浅绿

作品

天配良缘

之 SHANGJUN 上

商君

新世界出版社
NEW WORLD PRESS

图书在版编目（CIP）数据

天配良缘之商君 ：全2册 / 浅绿著. — 北京 ：新世界出版社，2018.2

ISBN 978-7-5104-5868-2

Ⅰ. ①天… Ⅱ. ①浅… Ⅲ. ①长篇小说—中国—当代 Ⅳ. ①I247.5

中国版本图书馆CIP数据核字(2017)第317560号

天配良缘之商君（上下册）

作　　者：浅　绿
责任编辑：黄　倩
责任印制：王宝根
责任校对：宣　慧
出版发行：新世界出版社
社　　址：北京西城区百万庄大街24号(100037)
发 行 部：(010)6899 5968　(010)6899 8705（传真）
总 编 室：(010)6899 5424　(010)6832 6679（传真）
http://www.nwp.cn
http://www.nwp.com.cn
版 权 部：+8610 6899 6306
版权部电子信箱：nwpcd@sina.com
印　　刷：三河市骏杰印刷有限公司
经　　销：新华书店
开　　本：880mm×1230mm　1/32
字　　数：550千字　印张：19.75
版　　次：2018年2月第1版　2018年2月第1次印刷
书　　号：ISBN 978-7-5104-5868-2
定　　价：76.80元

目录 contents（上册）

楔子

暮色苍茫看劲松，乱云飞渡仍从容。天生一个仙人洞，无限风光在险峰。

幽山绝壁，这里是苍月最为险峻的群峰之一，峰上常年云雾缭绕，烟雨弥漫，山径蜿蜒曲折，仿佛无数蛟龙游戏于云海之间，霸气而苍茫。最高峰上，除了傲视蓝天的苍鹰，连飞鸟都不能飞过。

一素衣女子，跪在绝壁悬崖之上，青丝坠地，衣袂被劲风吹得啪啪作响。她挺直的背脊却如悬崖上的青松一般，不为疾风所动，一双明眸盯着膝下的岩石，眼睛里凄楚的情愁被刚烈和决绝所掩盖着。

“徒儿不孝，父母罹难，不报枉为人子。”清冷的声音自女子口中说出，艰难却不退缩。

女子所跪之处不远，一个身穿藏青长袍的中年男子负手而立，即使是背影，也透着一股道骨仙风、潇洒脱俗的气质。

荆蜀轻叹一声，脸上尽是痛惜之色，只是面对着云海群峰，不让人知晓。良久，他轻轻闭上眼，叹道：“罢了，你去吧，不过你记住，下山之后，你我师徒之缘也就尽了。”

女子身子轻颤，牙根紧咬，却并不苦求。再看一眼多年养育教导自己的师父，女子在青岩上狠狠地磕了三个响头，抬起头来时，鲜红的血印子在她额上红得异常妖艳。

“徒儿不孝，谢师父多年教导！”将不舍、哽咽与苦楚全部咽下。女子慢慢起身，利落地转身向着山下飞掠而去，身手之矫健迅速，山间灵兽亦追赶不上。

一行清泪随着冷冽的山风无声飘落，她，再无资格踏上此峰！

绝壁上，只留下荆蜀孤傲的背影独对群峰。

一直站在松树后远远关注着这对别扭师徒的少年实在看不下去，奔到荆蜀身后，叫道："师兄，偌君下山营救父母，并不是什么大错，您为什么要和她断绝师徒之情呢？"他真的想不明白，师父将他交托给师兄，他就一直和这对师徒生活在一起，师兄对偌君的感情明明亦师亦父，他怎么就忍心与她断绝师徒之情！

荆蜀终于转过身，那永远洒脱的脸上蒙上了阴霾。他看着偌君离去的方向，痛心地低叹道："她此去，命之将尽，又如何还能续师徒之缘。"

"啊！"祁风华大惊，叫道，"既然如此，决不可让她下山，我立刻拦她回来。"说完就要向山下追去。

荆蜀轻扬衣袖，一道掌风阻下祁风华疾行的脚步："风华，你的武功哪里拦得住她。今天不让她去，只怕她活着也是生不如死。"

祁风华懊恼，师兄说得没错，亏他占了师叔的名义，武功却远不如偌君，莫说他追不上她，就是追上，他又如何劫得了她！束手无策，祁风华在绝壁上来回走了几次之后，终于还是埋怨地说道："可是您也不能眼看着她送死啊！"

他又何尝忍心。抬头看绝壁之上，风云涌变，聚散难依，荆蜀淡淡地说道："一切自有命数。为兄昨晚给她卜了一卦，奇异非常，若是偌君能有幸遇见那人，她的命运必将不同，苍月的国运也将扭转。"

昨夜那颗瑞星忽现天际，毫无预兆，独立四国之间，并非帝王星象，却璀璨非常。

偌君，希望你有缘相见。

祁风华大喜，追问道："那人是谁？"师兄奇门术数、星象占卜无所不精，他这么说，偌君就是有救了！荆蜀摇摇头，天机难断。提气纵身，几个起落之后，荆蜀已身在他峰。

腊月寒霜，凌厉的寒风如利刃一般，每一下都割得人生疼。万物凋敝，只留下枯槁残枝来宣告冬的酷寒。这样的天气里，本该行人萧索的城中法场，却挤满了百姓。只因今日问斩的，是有着赫赫战功、名震四海的护国将军。无论是市井百姓还是满朝文武，都为这为国出生入死、屡退劲敌的将门之家忽然获罪唏嘘不已，只因那一纸卖国通敌文书，就将忠烈之士满门抄斩，多少人在心中腹诽。然身在朝野，明知皇上心意已决，谁又敢在这个时候站出来为武家鸣不平，只怕未能替武家昭雪，自家已是人头落地！

百姓们就少了朝堂上如此这般的鬼魅心思，虽不能为武将军昭雪，青天白日之下，却可为这守卫百姓家园的英雄送最后一程。

本来还算宽敞的法场，被自觉穿上一身黑衣前来送行的百姓围得结结实实。监斩官方繁有些紧张地皱起了眉，悄声对身旁的监斩守将说道："快将法场重重包围起来，莫让百姓冲撞进来。"

"是！"守将立刻调兵，不一会儿，行刑之地，里三层外三层围了个水泄不通。方繁终于稍稍放下心来。这支队伍，是皇上从宫廷御卫里钦点来的，就是怕武征廷带兵多年，手下众多，有人从中捣乱。

光看今日围观的百姓，方繁就心慌得很，武征廷居将军之职多年，深受百姓和各方将领尊敬爱戴，皇上这次是想要快刀斩乱麻，在四方守军未有动作前，先将武征廷正法。边城守将可不像朝里的这些软骨头，他是怕将来那些将军们为武征廷鸣冤，皇上为安军心，第一个人头落地的就是他！大冷天的，方繁越想越心寒。

"午时已到！"守将大喝一声，让原来还喧闹的人群立刻安静下来。

方繁真是矛盾，既希望时间快点到，斩完他早点离开这个是非之地，又希望时间慢一点，或许事情还有什么转机，他自己也不希望武征廷死的。紧张地咽了咽口水，方繁讪笑着恭敬地问道："武将军，你，可还有话想说？"

刑场最中间，已是满脸血污却依然虎目圆睁的壮汉忽然纵声长笑，即使疲惫不堪，却声如洪钟，朗声说道：“武某无话可说，君子之心，青天白日，众人皆知！”此话一出，跪在武征廷身旁的女孩立刻大叫一声好。坚毅的笑脸微仰着，小小的身子在父亲高大的身旁显得如此孱弱，只是那傲骨却与她父亲一般铮铮，跪在武征廷身后的武家人也纷纷大声叫好。

果然将门无犬子，百姓中不知是谁，率先鼓掌，数千百姓随之附和，此起彼伏的击掌声让在场士兵们都莫名紧张起来。方繁赶紧大声叫道：“行刑！”刽子手举起手中的利刃，武征廷对着女儿温情一笑，用手轻轻抚上她的眼睛，不想让她亲眼看见父亲人头落地的那一刻。在场百姓很多人都不忍看这残酷的一幕，纷纷别过头去！这时，人们只觉得肩头被人轻轻拍过，抬头一看，只见一个素衣墨发的年轻女子，手持一柄莹白软剑，向法场飞掠而去，仿佛一抹光影，快得让人来不及看清样貌。

咣！一声脆响，软剑在千钧一发之际挡下了全力劈下的大砍刀，持刀的大汉被一股劲力震得向后跌去，砍刀也早已被软剑断作两截，咣当落地。一切都发生在瞬间，守将回过神来时，女子已经扶着武征廷，并且挑断了小女孩腕间的绳索。

“有人劫法场！”守将一边大喝，一边举起手，对着埋伏在刑场四周的弓箭手叫道，“放箭！”

利箭如密雨一般向他们袭来，武偌君只能放下父亲和妹妹，挥舞着手中的凌霄软剑。剑身如丝带一般在他们身边围绕，将利箭一一打回去。为了保护家人，她将真气运行全身，所形成的暗劲将他们保护得很好。旁边的人就没有这么幸运了，一百多家仆在箭雨下纷纷倒地。武征廷知道，偌君这样真气外泄来守护他们，定然支持不了多久，到时只会让她也身陷其中。他趴在地上，把偌笑推向偌君，叫道：“偌君！带妹妹走！”

“爹！”武偌笑哭着紧紧拖着父亲软弱无力的手，死也不肯放开。

武偌君一边挥舞着软剑，一边对着父亲叫道：“爹，我一定要带你们一起走！”她咬紧牙，就算是死也绝不放弃。

“偌君，爹的手筋脚筋已被挑断，你带笑儿走，快走！”即使偌君武功再厉害，她如何能在这箭雨中带着一个瘫子和小孩一起离开。

刚才还意气风发、不畏强权生死的大男人，看着自己的女儿为了救他在箭雨中命悬一线，终是忍不住痛苦地激她：“难道你要我们武家绝后吗？你要让爹娘九泉之下不得瞑目吗？！”

武偌君不为所动，她不能看着爹爹死在面前，如果要死就让他们一家死在一起吧。武偌君脚旁，密密麻麻的箭支早已落了一地，她的真气消耗过多，手上的软剑挥舞起来已经力不从心，一支箭穿过软剑，直直刺入她的右臂，血沿着衣襟滴落。猩红的血落入黄沙，立刻被吸干，这里就是一片渴血的土地，热切地吮吸着鲜血。武征廷不能让他和汝心的两个女儿都死在这里。偌君的性子他最是了解，今日他不死，她是绝不会放手离去的，既然如此，就让他自己了断吧，比死在那刽子手刀下来得光荣。再看一眼与利箭纠缠的女儿，还有身边拉着他不放的幼女，武征廷拿起掉落在身边的长箭，即使手因为失去经络而控制不住地颤抖，他仍是用尽全身的力量，将利箭送入了胸膛，血花溅出的那一刻，他露出了欣慰的笑容。

“汝心，我来陪你了。”血从胸膛喷出，灼热而血腥的液体溅在武偌笑脸上。

“爹爹——”一声凄厉的惨叫之后，武偌笑直直地向后晕了过去。

听见叫声，武偌君赶快俯下身，只来得及接住妹妹软倒的身体，却来不及阻止没入父亲胸腔的利箭。盯着武偌君被血污沾染的脸庞，武征廷用颤抖的声音狠狠命令道：“偌君，你娘要笑儿活着，活着！你给我办到，听见没有！”他唯有这样要求她，她才会带着偌笑离开。女儿，你们都要好好地活下来。说完武征廷软倒在地，胸口涌出的血染红了法场的黄沙，也染红了武偌君的眼，还有她的心。双手被她紧握得关节咔咔作响，武偌君木然地抱起妹妹，围在一旁的士兵没想到武将军居然会自尽，个个握着手中的箭，却不知道还要不要继续射。

武偌君抱着妹妹，面无表情，仿佛幽魂，踏着满地的残箭，一步一步向他们逼近，墨发和着血污纠结在一起，素衣早已被自己和父亲的血浸湿，沿着衣摆，拖出一道长长的血痕。士兵们为她刚才绝高的武功和眼中的凄厉、疼痛怔住了。随着她的逼近，他们小步后退着，就此对峙。

方繁躲在桌子底下，箭雨停止了，他才敢冒出头来，看见士兵只是用武器指着武偖君却不上前，赶快大声叫道："放箭，放箭！愣着干什么！"

这女人武功这么厉害，她爹死在他监斩的法场上，要是让她活着，不要了他的命才怪。听到命令，士兵们连忙拉弓，可惜只在转瞬之间，武偖君已经一个提气，抱着妹妹闪出了数丈之外。

瞪着那来去如风的身影，方繁厉声尖叫道："追！一定要抓住她！"

可惜士兵在追赶的过程中，被数千百姓阻隔，等他们艰难地闯出重围，哪里还有半点影子。武偖君掠出数丈之外，回身看去，触目猩红，她武家数百人命付之于这场乱箭之中，横倒于法场之上。利箭穿胸，血染黄沙的一幕成了她一生不能忘却的梦魇！

第一章　灭门之恨

天城近郊，一个天然山洞里，几根干柴噼啪作响地燃烧着，把不大的空间映照得火光缭绕。武偌君轻柔地将偌笑放在铺好的干草上，拨开她脸上散乱的发丝。即使是昏迷，偌笑纤秀的眉依然浅浅地纠结在一起。偌君轻抚着偌笑的脸，脑中时时闪过箭雨中不断倒下的亲人的脸，还有爹爹胸前那支深入胸腔的利箭。她的双眼被泪水打湿，沿着绝美的脸颊没入满是血迹的素衣里，悄然无声。

虚弱地靠坐在石壁旁，武偌君觉得自己仿佛置身冰窖，她不知道，为什么一夕之间，爹爹就成了叛国通敌的罪人？她不相信，她不相信爹爹是这样的人。狠狠地捶了石壁一拳，附近细小的石块纷纷掉落，她却感觉不到疼痛。

武偌君粗鲁地扯下自己的外衣，右臂上的血窟窿早已经干涸，只是上面的斑斑血迹让人看得触目惊心。她撕了衣摆上的布条，在胳膊上绕了几圈，咬住布条的一端，左手用力一拉，打了一个结。过大的力气让伤口再次渗出血来，武偌君却面无表情地穿上外衣，仿佛那不是她的手一般。

“爹爹——”直到凄厉的叫喊声响起，她才有了表情。

武偌君将偌笑紧紧地抱进怀里，小丫头用力地抓住姐姐的手臂，一边哭闹一边叫道：“姐姐！爹爹呢？爹爹在哪里？”

手臂被偌笑掐得痛彻心扉，面对妹妹凄厉的哭声，她却一个字也说不出来，只能让她不住地摇晃自己已然痛到麻木的手臂。

终于，偌笑哭够了，闹够了，跌靠在姐姐的怀里，颤抖的手轻轻摸着自己的脸——爹爹的血就洒在她的脸上。她抓着自己的脸，用力埋入姐姐怀里，一边哽咽着，一边低声泣道："爹爹真的死了，爹爹死了！"

怀里偌笑几近失声的哭泣，犹如一把尖刀，又一次凌迟她早已斑驳的心。忽然一股浊气由心中涌上来，喉头一甜，偌君一口血喷在了岩壁之上，斑斑血痕，在火光的摇曳下，恐怖而凄厉。

偌笑像受惊一般赶紧抬头，偌君按着妹妹的头，不让她看见背后那面沾满血污的石壁。偌笑却在姐姐唇上看见了一片猩红，她用力拉扯着偌君的衣袖，几乎疯狂地叫道："姐姐！姐姐，你怎么了？你不要死，不要死，不要留下笑儿一个人！姐姐……"

她好怕！偌笑哭得几乎喘不过气来，偌君一手撑着妹妹，一手封住了自己的穴道，用衣袖擦拭唇角的血渍，暗暗调息之后，才小心地捧着偌笑的脸，轻声安慰道："笑儿别怕，姐姐没事。"

抓住衣襟的手还是不肯放开，盯着姐姐平静的脸，偌笑泪水婆娑地求证道："真的？"她真的好怕，好怕姐姐也像爹娘那样忽然就离开她了。

"嗯。"靠着石壁，撑着自己，偌君把偌笑抱在怀里，轻抚着她的发丝。姐姐怦怦的心跳似乎给了偌笑力量，她终于不再哭泣，慢慢平静下来，握着衣襟的手也渐渐松开，却仍是不肯放手。

低头看偌笑停止了哭泣，武偌君轻声问道："笑儿，告诉姐姐，发生了什么事？"她不能让爹爹和娘亲就这样不明不白地死去，她一定要知道原因，不然她枉为人子。原来已经闭上眼睛的偌笑，听见姐姐的话，又紧绷了身体，不住地轻颤起来，无措地回道："我，我不知道。"

更用力地将她拥入怀里，偌君轻声说道："别哭，告诉姐姐你知道的。"抓紧偌君的衣襟，偌笑回忆着这几天发生的事情，良久，才喃喃地说道："娘亲为太后献寿礼，很晚都没有回来，后来宫里传来消息，说娘亲打坏了先皇留下的镇国琉璃盏，她不想连累家里，就自尽了。是宫里的人把娘亲送回来的，娘亲就像睡着了一样躺在辇驾上，只是脖子上挂着一条雪白的长绫。早上娘亲还给我梳头，晚上她就再也不能睁开眼睛叫笑儿了。”她温婉却坚强的娘亲绝不会自尽的，不会的！偌君的心又一阵紧缩，调息逼住阵阵疼痛，她还是轻拍着偌笑，只是手不受控制地抖着：“笑儿，继续说下去。”

“爹爹把娘亲带回家之后，一直萎靡不振，娘亲下葬那天，陛下下旨，说是爹爹通敌叛国，就将爹爹收押，再后来，再后来——”那日混乱的一切都让偌笑恐惧得发抖，她再次蜷作一团，无声地颤抖着，再也说不出话来。“好了，不想了。”偌君不忍再折磨妹妹去回忆那恐怖的一切，爹娘的冤情她会自己一力承担。

“睡吧。”擦干她眼角的泪，偌君轻摇着她，就像从前娘亲哄偌笑睡觉时一样。偌笑却忽然坐起身子，在囚衣里一阵摸索，终于在最里面的衣兜里，翻出一张被折得极小的丝帛，递给偌君：“这是爹爹在娘亲下葬时在她发饰里找到的。爹爹只看了一眼，官兵就冲进家里了。爹爹把这个塞到我衣服里，让我好好收着。”偌君看着手中的丝帛，她知道，这里面一定有爹娘遇害的线索，不然爹爹不会把它放在笑儿身上。他一定知道这次自己必死，所以才将重要的东西交给笑儿。因为即使笑儿也被杀，她的尸首会得到安葬，丝帛也能保存，而他的尸首，极有可能不得善果。将偌笑放到干草上，偌君走到火堆旁，小心地展开丝帛。

借着火光，武偌君看清了那方丝帛上寥寥几个用血书写的字。

“雍帝陇趋穆非先皇御定国君，御笔遗诏、奉国玉玺藏于凤凰灵柩，玄石为匙。”瞬间呆滞之后，武偌君终于明白爹娘为什么而死了。就因为母亲知晓了陇趋穆篡位的秘密，他将母亲缢刑，还让爹爹背负卖国之名，更将他们武家数百人赶尽杀绝。陇趋穆，陇趋穆，我要杀了你！

火光也感受到武偌君的暴怒之气，伴着风声，呼呼地烧得更艳。偌笑捂着耳朵，蹲在一角，不敢看姐姐疯狂的样子。山洞里，凄厉的咆哮声久久地回响着。

深夜，万籁俱寂，只有月光投射下的斑驳树影随着隆冬的寒风轻轻摇曳着。吏部尚书府本该平静的府邸小道上，一盏红烛灯笼引路，两个中年男人跟随着老者，辗转曲折之后，终于进入了后院的一所小楼。

匆匆赶来的御史大夫黄岐、刑部尚书高海铭才踏入书房，就看见一向稳重的厉大人交握着双手，在书桌前走来走去，一脸的焦虑。

黄岐与高海铭在朝为官多年，深知半夜三更，厉大人如此紧急地邀他们前来，还谨慎地选在隐秘的后院，今日必有要事。故此黄岐也不再寒暄，直接开门见山地问道："厉大人，您请我们来，所为何事？"

厉陵迎上去，向他们微微拱手之后却不急着说事，而是低声对着老者交代道："守住院门，任何人不得靠近。"

"是。"老者提着灯笼，将门小心地关好。

待老者的脚步声在院外停下之后，厉陵才走向两人，面色凝重地说道："今日之事，厉某也算冒死请二位大人前来商议。"

黄岐、高海铭面面相觑，不解地问道："厉大人，到底是什么事？"厉大人乃三朝元老，在朝中也算举足轻重的人物，今日说这样的话，让人费解。隐隐地，两人的手心也不由得冒出了薄汗。

厉陵也不再多言，走到书案旁，将隔着内室的布帘轻轻挑起，室内走出两个人来。

"她们是？"清瘦的素衣女子，绝美的脸让人移不开视线，可惜面无表情的脸上透出的毫不掩饰的凛然之气，又让人看得心不由得轻颤。她还牵着一个十岁左右的小女孩，小女孩眼睛里虽然隐含着泪水，表情却也是一样的隐忍凛然。

看清小女孩的脸，还有她那身血污惨白的囚服，黄岐倒吸了一口凉气："武将军的家眷？"素衣女子他或许不认得，这小女孩他却是见过的，武将军的掌上明珠武偌笑！

同样认出武偌笑的高海铭也惊讶地问道："厉大人，这——"早前听闻武家小女孩被救走了，原来是在厉大人府上，他们是知道厉大人与武家的交情的，救下武家子嗣他们可以理解，只是既然已救出又何必还要叫他们来？

将妹妹抱到椅子上坐好，武偌君面色如常地上前一步，冷然说道："各位大人，偌君知道两位都是苍月的忠臣，今日请两位大人来，并不敢祈求大人为家父洗刷冤屈，而是另有一事，必须让朝中重臣知道。"

武偌君本来想入宫行刺陇趋穆，凭她的武艺，或许是有机会的，只是若失手，妹妹无人照料，母亲拼死传递的秘密也将不见天日，因此，她想到了爹爹多年的好友厉大人。若是联合朝中大臣的力量，扳倒陇趋穆，爹娘的冤情也可昭雪了。

"这是我娘临死前留下的血书。"将丝帛递给他们，看过之后，两人霎时间惊得手都不由自主地颤抖起来。

早在皇上即位之时，因为他拿不出玉玺，就有传言其弑君篡位，好在一纸遗诏让他成功登基，只是这么多年来，苍月历代相传的奉国玉玺下落不明，今日竟是有了线索吗？

黄岐激动地问道："你找到御笔遗诏、奉国玉玺了？"若是武将军一家真有这两样东西，难怪会惹上杀身之祸。

武偌君轻轻摇头："我不知道凤凰灵柩在哪里，所谓的玄石指的又是什么。"她也想去找，只是母亲提到的这两样东西，她根本一无所知。高海铭和黄岐立刻看向厉陵，他是在朝时间最长的官员，先皇在世时最受倚重，如果他不知道，也没有人会知道了。

厉陵叹了一口气，沉思片刻，才娓娓道来："先皇在世时，与一个老术士常往来。先皇酒后曾与我说过，术士有一颗玄妙之石，可寻找到一灵地，集天地灵气于一体，乃惊世之所。此后，就不曾听先皇再提起，几年后先皇驾崩，那凤凰灵柩不知是否就是先皇曾提起的惊世之所。"

二十年来，他一直怀疑壅王登基之事，只是当年先皇驾崩，整个禁宫都被壅王控制了，没人得见先皇，壅王又拿出遗诏，自然没人敢抗旨。

今夜偌君来找他，给他看这丝帛，他毫不犹豫地就相信了她，也因此他才会火急火燎地找来两个可以信任的同僚相商。武偌君追问道："那个术士呢?”只要找到术士，就有机会取得玉玺了。

厉陵摇摇头，叹道：“先皇驾崩之后，他便失了踪影。先皇驾崩二十多年，术士那时已年过百岁，现在怕是早与厚土同穴。”

好不容易燃起的希望落空了，武偌君的脸越发冷然。

黄岐将丝帛递还给武偌君，问道：“你手上还有什么其他证据吗?”

武偌君摇头，将军府已被查封了，她回去看过，家里被翻得不成样子，显然有人比她更想找到什么，也因此，她才更相信母亲留下来的血书的真实性。

黄岐与高海铭对看一眼，在对方眼里，他也看见同样的无能为力，黄岐只好据实说道：“这就难办了，虽然皇上到现在也没有拿出玉玺，但是先皇遗诏中确实载明传位于壅王。”

武偌君不服：“那遗诏是礼官代为书写，根本就是他捏造的。我娘既然会写下这个血书，就一定是真的。”

看在武将军的面子上，黄岐也不愿和她一个女子计较，好言劝道：“光有这血书并不能说明什么，且不说你们武家现在背上了卖国通敌的罪名，就是没有，也不能光凭你母亲这一纸血书就让皇上退位!”

女子就是女子，朝堂上的事情，哪里是这么简单的。

“陇趋穆在位二十余年，苛捐杂税，残害忠良，连年战事，他根本就是一个暴君。”武偌君并不认为她有什么错，别说有母亲的血书可以证明陇趋穆篡位没有资格做皇上；即使没有血书，她也一样认为这样残暴的人没有资格位居国主。

他们又何尝不知道皇上的残暴，只是谁又有能力与他一搏呢?高海铭忍不住叹道：“睿亲王是大皇子的嫡子，也是唯一有机会和资格与皇上相争之人，若是将军还在，联合百官，扶持睿亲王称帝，主持一切，或许还有机会。现在——”

就连武将军也死了，厉大人又年事已高，莫说找不到玉玺，即使找到，谁又能辅佐新王!

全部是推脱之词，武偌君冷笑：“如此有心，你们也可以拥立睿亲王。若为推翻陇趋穆的统治，揭竿而起，自立为王也未为不可！”这些年来，他们早被陇趋穆养成了没有胆子的老鼠了。

“偌君住嘴！”厉陵大喝，如此大逆不道的话怎么能说出口，身为人臣，辅佐陇氏明君才是分内之事，岂可有谋反之心。

武偌君咬牙，却不敢忤逆爹爹敬重之人。

这孩子也是可怜，厉陵拍拍偌君的肩膀，安慰道：“你爹爹已经去了，你们是武家的血脉，皇上必不会放过，我想办法安排你们出城。”他一把年纪，死是不怕了，能为武家留下血脉，也算对得起他与征廷相交多年之情了。

“厉大人——”她不能就此放弃。

厉陵摆摆手，不让她再说下去了，眼里尽是叹息，低低的声音仿佛是在自语一般：“罢了，罢了，怪只怪——你不是男子！”

武偌君内功之深，这样的低语她听得清清楚楚。

“男子？原来如此！原来如此啊！”武偌君忽然大笑起来，笑声之狂傲，刺伤了这些所谓重臣的耳膜。

若她是男子，这些大人们就不会和她说什么血书无用了？若她是男子，她说的话他们就愿意理会了？若她是男子，就可以继承爹爹，辅佐新王了？若她是男子，才有资格说揭竿而起，为民除害了？

怪只怪她不是男子，不是男子啊！原来如此！

她张狂而肆虐的笑、苍凉而凌厉的眼，还有那桀骜不羁的性子，都让这些在官场上摸爬滚打多年的老臣们看得心惊。

“偌君谢过各位大人了，不过这仇，武偌君只要活着一天，必是要报的。”武偌君笑够了，抱起妹妹，再也不看这些虚伪而怯懦的嘴脸，漠然地出了书房，只留下一句满是寒意和决绝的誓言。

“偌君！”厉陵追了出去，这孩子怎么就这么倔呢。

武偌君停下了脚步，只是仍未回头，淡淡地问道：“厉大人，我父亲的尸首在哪里?”

“皇上得知你劫了法场，十分震怒。命人将武将军的尸首悬于城门示众十日。偌君，你千万不能去，这是陷阱，为的就是要抓你们。”厉陵还想再说什么，武偌君一个提气，抱着妹妹还依然轻盈的身影早已经越过高墙。这一方小院中，哪里还见那抹桀骜的丽影。

“偌君!”回应他的，或许唯有院里几树欺霜傲雪的冬夜寒梅。

院里三人看着武偌君离去的方向，心里同时惊叹，真是可惜了，若她为男子，必有无限的作为，可惜了!

腊月寒夜，三人只觉得自己是越发老了。

第二章　九死一生

今夜，是冬至，和往年一样，白雪如期而至。偌笑蜷着身子，靠着洞门，任棉絮一般的雪花飘落在她的身上、脸上。往年的这个时候，娘亲已经准备好她喜欢吃的年糕，还有新棉袄了吧，爹爹会给她堆一个和她一样高的雪人，今年她长高了很多，雪人一定会更高！偌君重新包扎好伤口，将青丝绑成髻，换上与夜一样漆黑的夜行装。看着妹妹落寞的背影，偌君轻叹一声，从背后将她揽进怀里。她五岁便随师父上了山，常常一年只回几次家，习惯了佳节美景独自一人，偌笑却不同，她此时心里的痛该是比她更深吧。

倚着姐姐单薄的肩头，偌笑轻轻擦掉眼角的泪痕，她已经长大了，必须要坚强，不能再动不动就掉泪了。姐姐照顾她，她也要照顾姐姐，转过头来，看见姐姐一身劲装，偌笑心里有了隐隐的不安，问道："姐姐，你要去把爹爹带回来，是吗?"

偌君把她拉进洞里，帮她把发上的雪花拍下来。对于她的问题，她只是敷衍地"嗯"了一声。

偌笑立刻跑到姐姐从家里收拾来的包袱旁，翻找着夜行衣，叫道："我也要去。"

"不行，你乖乖地在这儿等我回来。"偌君想也没想，就立刻拒绝。

武偌笑找不到夜行衣，但是仍死死地抓住她的衣襟，就是不肯放。她不要自己一个人待在山洞里，她也随着爹爹练过几年武，她要和姐姐共进退。迎着妹妹倔强而坚定的眼神，武偌君蹲下身子，轻抚着她早已经纠结在一起的发丝，缓缓拉起她的手，紧紧地握着。就在偌笑以为她要同意了的时候，武偌君忽然利落地出手，点了她的穴道。

身上不能动，武偌笑惊恐地睁大眼睛，大叫起来："姐姐你干什么?"

武偌君仿佛没有听见她的惊叫一般，微笑着细心地给她整理衣服，只是那笑容看得偌笑更加惊慌。帮她整理好，偌君抱着她放在铺好的干草上，为她盖上衣服，轻声交代道："山洞里有干粮，如果我两天还没有回来，你就自己离开这里，答应我好好地活下去。"

姐姐温柔的声音不但没能安慰偌笑，反而将她笼罩在更绝望的恐惧里。泪水沿着脸颊，落入发鬓，偌笑企求地看着偌君，一遍遍地哭道："姐姐，不要抛下我，姐姐，不要抛下我，不要，不要——"

别开视线，不忍再看偌笑哭花的脸，偌君站起身，背对着她，狠狠地咬着自己的唇，不让喉间苦楚的低泣声溢出。

"姐姐会把爹爹带回来的。"深吸一口气，偌君只留下一句决然的话，就朝着洞外飞掠而去。

"姐——" 笑儿，姐姐不能让爹爹死后仍受此侮辱，原谅姐姐，你是武家的宝贝，一定要好好活着，若是非要搭上一条命，就要她的吧。

寒冬佳节是与家人团聚的日子，城门早早地已经关上了，街道上也冷冷清清。只是悬于城门，现在已被厚厚地覆上一层瑞雪的尸体还是让人看得胆战心惊。

城门边，两个小兵裹着厚厚的棉衣，来回地跺脚搓手取暖。其中一人看了一眼那悬在撑杆上的黑影，一边摇头，一边感慨道："真是可怜，想当年，他多么威风，驰骋沙场，无人能敌，如今死后仍不得善终。"好在是这样的大冬天，若是夏日，怕早长虫生蛆了吧！这世道真是难料，昨天风光无限，今天就死无葬身之地。另一人立刻瞪他一眼，喝道："闭嘴，这些事哪是我们评价的，不想要脑袋啦!"朝廷上的事，那些拿着万石粮饷的大官们都不敢胡说，他在这里放什么屁！

冷哼一声，小兵才不理他，继续闲闲地发表意见："我就随便一说，都第三天了，还要这样折腾多久啊！我看也不会有人来抢了吧。"谁不知道这是陷阱啊，笨蛋才来呢。

"谁知道!"另一人转向另一边，懒得理他，就他这张破嘴，哪天他怎么死的都不知道。

小兵还想再发表意见，却发现城门正前方，飞掠而过两抹寒光，快得他根本看不清是什么。他赶紧抓住旁边士兵的肩膀，声音都不由得结巴道："老哥……你……你快看那是什么?"

"哪儿?"旁边的士兵不耐烦地转过身，正想说话，两人被忽然袭来的身影狠狠地击中脑袋，连叫都来不及，直接栽倒下去。偌君借力踏着城墙，一招纵云梯，已经登上了三丈高的撑杆之上。

颤抖的双手扶着被冻得早就僵硬的父亲，偌君几乎要控制不住心里骤然袭来的剧痛。

忽然城门四周，火把光芒四射，原来还寂静无声的道旁密密麻麻站满了训练有素的铁甲兵士。他们手中的弓箭已经拉满弓，利刃齐刷刷地对准撑杆上的黑衣人，只需一声令下，就能把那人射成刺猬。

士兵中间，唯一的一匹纯黑烈马上，一男子桀骜地盯着那抹黑衣，犀利的眼眸间，满是戏谑与不屑。不管来的是谁，遇上他尤霄，都是一样的结果：死!

偌君冷静地扫了一眼，她很清楚，这些人不是劫法场时的乌合之众，光是他们绝佳的隐蔽能力、令行禁止的服从力就够让人头疼了，而他们的将领，那个目光冷过凛冽寒风的男子，绝对是她今晚最大的敌人。

无视那些杀气腾腾的利箭，偌君漠然地抽出软剑，利落地将捆绑父亲的绳索斩断，稳稳地绑在自己的腰上，冷冷回视男子傲慢的眼。

尤霄危险地眯起眼，盯着那抹黑巾下敢与他对视的冷冽眼眸，轻轻勾起了薄唇，这个人有意思，稍稍引起了他的兴趣。他举起手中的银戟，挑衅地说道："我最喜欢看困兽之斗，希望你今天表现得足够精彩。"

一跃三丈，好武功，他倒想看看，是她的轻功快，还是他的箭快！举起的银戟落下，铁甲士兵的箭也在这一刻万箭齐发。又是箭阵！武偌君冷漠的眼中升起两团炙热的火焰，她冷笑地扬起手中的三尺软剑，银带飞舞的瞬间，箭羽被软剑锋芒反震出数丈之外。好强的内力！尤霄握着银戟的手越发用力了，难得一见的对手让他好斗的血液不安分地涌动起来。他倒要看看那人能撑多久，值不值得他动手。

三天前，她没有机会做准备，让父亲自残于箭雨之下，今日，她又岂会再被困阵中。武偌君催动内力，御剑而动，形成一个保护网，单手抓住她飞跃而来时结下的天蚕玄铁丝，脚下用劲，顺着丝线，极快地越过城墙，向城外飞掠而去。

该死，她什么时候结下的丝网，自己三百精兵隐于城墙之下，居然无人察觉，她若没有背负武征廷的尸首，身法之快，恐怕他也追不上。眼看着那抹纯黑身影轻盈地消失在茫茫雪夜里，尤霄原本满目轻蔑的俊颜立刻变得乌云满布，他轻踏身下的骏马，暗紫的身影如鬼魅一般，直逼偌君而去。

提足真气掠出百丈之外，偌君身体不再轻盈，几日来不计后果地滥用真气，她早已不堪重负，即使右肩渗出的血早已被寒夜凝结成冰，胸腔却仍如烈火焚烧一般。她压抑着喉间翻涌的血腥味，脚下片刻不敢停滞。可惜即使这样，在离城三十里之外的眉山下，偌君还是被紧追不放的暗紫魅影纠缠上了。尤霄凌空一跃，在一片枯木残林前，拦下了武偌君。

今夜月光不明，苍茫的雪夜下，两人对峙而立。尤霄看不见对方的表情，只是那隐于黑暗中的眼，仿佛黑洞一般，引人探究，却琢磨不透。

二人身虽未动，寒风已和着彼此的杀气，卷起丈余白雪，顷刻间，白色雪暴将二人包裹其中。对方杀机毕露，偌君知道，自己不能拖，她的内伤已经很严重，背负着父亲，她抵抗不了多久。腾空跃起，气贯于剑，原本如灵蛇一般的软剑瞬间变成一把坚硬无比的长剑，一寸长一寸强，她定不可让男子的银戟近身。

偌君俯身冲下，剑尖直指尤霄喉间要害。尤霄长戟横于胸间，挡下了偌君致命的一击，却也被她的内力震退数步。一击不中，偌君收回软剑，提气往眉山顶上奔去。尤霄微怔，这人武功极高，刚才那一招，震得他现在还气血翻腾。她跑什么？

不多想，尤霄紧追其后，再次缠上了她。银戟擦过偌君的肩膀，差点勾下偌君脸上的黑巾。偌君挥出软剑，紧紧缠住银戟，才险从戟下逃脱。偌君还来不及喘口气，尤霄忽然放开执戟的手，欺身贴近偌君，对着她前胸运足内力拍下一掌。重击之下血气逆行，偌君只觉喉头涌上一股辛辣之气，手中也失了力道，银戟失去控制，掉落下来，重回到尤霄手中。

偌君低喘着后退，只是再往后是万丈悬崖，她无路可退。

尤霄一步步逼近，他最喜欢猫捉老鼠的游戏，看着对手惊恐绝望的表情，总会让他心情愉悦。尤霄缓缓举起银戟，再一次指向偌君，唇角噙着一抹冷笑，冷酷地说道："你，无路可走了。"

"那倒不一定。"轻浅的冷语，即使黑巾遮住了面容，尤霄还是感觉到了挑衅之意。垂死之徒，还敢出言不逊，尤霄跃进一步，银戟当头劈下。黑衣人不退反进，软剑径直缠上尤霄的右臂，锋利的侧刃划破紫衫，深深地嵌入臂中。尤霄当即翻转银戟，挡住软剑的去势，不然他这条手臂一定不保。

趁他分神之际，黑衣人朝着悬崖一头栽了下去，尤霄再要缠上去的时候，那人早已没入死寂的深渊下。她跳崖了！尤霄盯着脚下险峻的崖壁，上面隐隐留下了软剑划过的利痕。

该死，让她逃了！难怪她自寻死路地往山崖跑，难怪她大言不惭，难怪她那双逼人的利眸中满是讽刺。右臂上，血浸湿了削得残破的布袍，沿着指尖，爬上了泛着寒光的银戟，血一滴一滴地落在岩石之上，在寂静的夜里，清晰入耳。这年的风雪之夜，尤霄记住了那双既漠然清冷又桀骜笃定的眼，下次再让他遇见，他绝对不会让她再逃掉。

暮云西落，残霞满天，本该是冬日绝美的景色，只是伴上萧索的枯木，渐暗的天空，多少有些悲凉。眉山脚下，几块极不起眼的乱石之后，是一座新垒好的矮坟，坟前没有墓碑，只有几支香烛，烛火被冬日的寒风吹得吱吱作响。“爹，女儿现在不能为您立碑，但是您放心，偌君一定会为您洗刷冤屈，到时再来接您与母亲合葬。”新坟前，跪着一个白衣素缟的女子，满头的青丝未绾，脸上悲戚到漠然的表情有些麻木，清冷平淡的话语，是她在父亲面前立下的誓言。

抽出腰间的凌霄软剑，夺目的银光扎得人眼睛生疼。武偌君擒起一束坠地青丝，软剑划过，墨丝尽断，随风散落在白雪之上，刺目而惊心。

武偌笑冲上前去，抓住姐姐挥剑的手，惊叫道：“姐姐你干什么？身体发肤，受之父母，不敢毁伤，头发是女子的命啊！你怎么可以斩断！”

偌君冷笑，头发是女子的命，只可惜，她已不再做女子，自然不需这拖沓之物。偌笑想要捡起雪地上的头发，偌君拉住了她的手，直到发丝被劲风吹散得了无踪迹，她才放开偌笑。从今往后，所有与女子有关的东西都与她无关了。冷然地将软剑别于腰间，武偌君从袖中拿出一方长巾，一边利落地将发丝束起，一边对着偌笑说道：“偌笑，从今天起，我们从母姓，我叫商君，你叫商笑，以后我就是你哥哥！”

“哥哥？”武偌笑瞪着将发丝束起后变得更加阴冷的姐姐，不解地问道，“为什么我们不能姓武？为什么你要是哥哥？”

因为女子不能保护你！因为女子不能为爹爹报仇！因为这世道容不下女子抛头露面！因为女子不能在男人的世界里让他们信服！太多的因为、太多的不甘心，是她不能也不愿向偌笑说的。偌笑该是生活在阳光和欢笑中，就像她的名字一样。爹娘，你们放心吧，偌君会做到的。至于报仇，是她商君一个人的事情。一日不报父仇，她一日不配再叫武偌君！

拍拍妹妹的头，偌君敷衍地笑道：“皇上在通缉武家后人，我们必须得换一个姓氏。今后还要四处潜逃，我扮作男子更方便些。”

偌笑似懂非懂，但还是听话地回道：“嗯，我听姐姐的。”

“叫哥哥。”武偌君起身，紧紧地捉住偌笑的肩膀，交代道，“以后不管人前人后，我都是哥哥，记住了?”

偌君犀利的视线吓得偌笑缩缩肩膀，点头回道：“记住了，哥哥!”

知道自己今天的言行吓到偌笑了，只是她也是不得已。轻叹一声，将妹妹抱在怀里，最后再看一眼那无碑的孤坟，偌君不再回头，离开了这让她心伤心碎的地方。从今天起，将是她一个人的征途，而她已是他了!

第三章　临风关

已是初春了，本该是万物复苏、新芽绽放的时节，可惜临风关的雪山上终年的积雪，让这里没有四季之分，永远都是侵人心魂的寒冬。也正因为如此，这里人迹罕至。人不喜欢这里的严寒，不代表别的生物也不喜欢，极目所至，尽是苍茫暮雪的大地上。一抹快如闪电的黑影肆无忌惮地撒欢狂奔着，四蹄激起的雪花飞溅，细看之下，竟是一只通体黝黑，皮毛间隐隐带着血红之光的汗血宝马。它高昂着头颅，仿佛它就是这天地间唯一的存在，那样地肆意不羁，自由狂放。它在雪地里肆虐地狂奔了好几圈之后，忽然一声长嘶，欣喜地向一处奔去。那里站着一个全身包覆在雪貂长袍下，裹得严严实实的女子。

马儿不到片刻已经奔到那女子身边，轻踏着前蹄，鼻子发出吱吱的喷气声。女子含笑着轻抚它的头，却被它躲开，直到她从身后的布袋里拿出好几根手腕粗的人参，骏马才将头转向她。不过从她手上咬过人参之后，它又酷酷地别过头去，不再理她。虽是这样，它也没有狂奔而去，而是贴在她身边站好，用它健壮高大的身体帮她挡住迎面而来的烈风。

女子低笑，轻轻靠着马背，享受着难得的宁静时光。它是她几个月前发现的，被它雪地狂奔时那狂放不羁的自由姿态所惊艳，从那时起，她每天晚上住在雪山脚下，白天上山等它，用人参引诱它到她出现的地方，然后和它说话。一开始它可是很不耐烦听她唠叨，等它大半天都不出现，慢慢地它才会到这个固定的地方等她。女子轻叹，穿越到这个异世半年了，和它在一起的日子，是她最宁静快乐的时光。和马儿闲聊着，忽然天空又飘起了雪花，这雪山之上的天气，真是难料。女子拍拍它的头，轻笑道："冰魄，下雪了，我走了。"骏马不耐烦地喷喷鼻子，不知是对她自作主张起的名字不满意还是因为她的啰唆。她却不为所动，依然叫它冰魄，也依旧啰唆着。裹紧身上的袍子，向冰魄挥挥手，女子向山下走去。冰魄远远地跟着她，并不靠近。

女子走了几步，发现不远的地方有一团东西，细细的雪覆在上面，看不清是什么。走过去，拍掉雪花，轻轻掀开覆在上面的一层薄毯一看，惊得倒吸了一口凉气。薄毯下，一个年轻的男子蜷缩着身子，他怀里，紧紧抱着一个十一二岁的小女孩。女孩身上虽然已经穿着一层又一层的衣服，但脸色依然苍白，看样子已是昏迷不醒。男子只着单衣，唇被冻得发紫，微微扇动的睫毛显示他还活着。

飞雪随着寒风弥漫而来，越发大了起来。雪地上也卷起了薄雪，几乎看不清下山的路了。抬头看了一眼乌云涌动的天空，女子轻轻皱眉，这两人她若是不救，只怕即将到来的暴雪一定会要了他们的命。只是，她一个人怎么搬得动他们呢？她还在苦恼如何救这两个人，冰魄却已经不耐烦了，它对气候变幻有着天生的敏锐，自然知道危险的临近。它有些躁动地跑到女子跟前，伏下前蹄，焦急地长嘶一声，想要带她赶紧离开。

女子欣喜地笑道："冰魄，那就辛苦你了。"说完立刻动手将两人拖上它宽厚的背。女子抓紧冰魄的鬃毛，风雪太大，她只有一边低喘着一边大声喊道："冰魄，快走。"

女子将紫貂袍更用力地裹紧，准备快步离开，才抬脚，袍子就被什么东西绊住了。女子回头，只见冰魄还趴在那里，喉间发出哼哼的低鸣，展示着它对女子得寸进尺、不知死活的不悦。

雪暴来袭之前，蚀骨的寒风让女子话都说不出来，再次抬头，天地间已是黑压压的一片，不再迟疑，她立刻跨上了冰魄的背。确定她坐稳了，冰魄轻松地立起前足，暴雪之中，一抹如黑色闪电般的烈影穿过风雪向山下飞驰而去。

剧烈的颠簸让商君恢复了些许知觉，可惜四肢僵硬的她根本动不了，确定妹妹还在自己怀里，她的心终于安定下来。商君脑子里混沌的意识慢慢清楚了一些。

这几个月来，她们一直过着四处躲藏的日子，陇趋穆是下定决心要她们的命了，举国上下，到处都是通缉她们的画像，虽然她们已经改头换面，却仍是不能住客栈，也不能投宿民居，还经常与追兵狭路相逢。她的内伤越来越重，笑儿也因为长期担惊受怕，风餐露宿而病得不轻，她不得已才想到要攀过雪峰，离开苍月，到东隅隐匿一段日子，却不知这雪山上的严寒，远远超出了她的预料。

经过五天的酷寒跋涉，她终于支持不住，倒在了雪地里，恍惚的她只能紧紧地护着笑儿，什么也做不了。她记得自己失去意识之前，看到了一抹雪白的影子，看不清长相，只隐约看到，那人有一双能融化寒冰的沐春明眸。耳边有呼呼的风声，她是在马背上吗？是那个恍惚中见到的人救了她们吗？救她目的是什么？无数的问题在混沌的脑子里交替肆虐着，终于，她还是承受不住，晕了过去。

雪峰的气候果然瞬息万变，山脚下，虽然依旧冷冽非常，却无法与峰上的风雪肆虐、目不能视相比。女子拍掉身上的雪花，本想让冰魄在山脚下休息一晚再离开，谁知她们一落地，它便头也不回地奔向了暴雪寒风越见张狂的雪峰，不一会儿，它墨黑的烈影已融入了苍茫的风暴之中。

罢了，女子自嘲地轻笑，是她多虑了，它若是不能傲视风霜，又如何久居峰上。

进入内室，看到已经被安置在两张床上的人，她是真的头疼起来了。她不喜人多，身边只带了两人，都是从风雨楼沈啸云那儿“低价强抢”来的武林人士，只是为了保护她的安全而已。现在救了两个人，她要怎么照顾，其中还有一个男子。即使是这样，人还是要救的，女子从衣柜里拿出棉被，将小女孩抱在怀里，小心地帮她把层层叠叠的单衣脱下来。小女孩瘦弱的身形让女子微微地皱起眉头，而孩子滚烫的体温更催促着女子利落地给她穿好衣服。为她盖上厚厚的棉被，女子才长舒了一口气。

让御枫给身边的男子换衣，女子起身打算离开避嫌，却在扫过男子脸庞的那一刻呆住了，好俊的相貌。不过吸引她视线的，不只是那让人神思恍惚的容貌，还有他光洁的脖子，他竟没有喉结！

“等等。”御枫解衣襟的手一顿，虽然不解，但他还是收回手退到一旁。

女子走到床前，仔细地盯着男子的脸看，微粗的剑眉，眼睛紧闭着，看不出眼形，傲挺的鼻梁，莹润丰厚的唇，刀削一般完美的脸部轮廓，组成了一副清朗俊美的容颜。女子疑惑了，是她看错了吗？

微微侧身，挡住了御枫的视线，女子轻轻掀开他的单衣，看到了捆绑于胸的束布，一层一层，紧密而结实地缠绕着他。果然，是个女子！拉高棉被，将她盖好，女子从容转身，说道：“你去准备些参汤。”

“是。”御枫立刻退了出去，不再看床上的男子一眼。主子的事情，他们没有资格管。

竹门轻轻合上，女子将火盆端到床前，才掀开棉被，为她换衣，当衣物褪尽，胸前紧束着的布条显得更加刺目。身上新旧交错的伤痕，让原本应该娇媚的身体狰狞而恐怖。

女子不由动容，这是个怎样的女子呢？雪峰之上，只着单衣，即使是倒下，也不忘保护怀里的女孩。还有那寻常人想都不敢想的伤痕，她却全部背负在身上。她的背后，必是有一段不能回首的故事吧！轻叹一声，女子拿起干净的绵缎，轻柔地为她穿上。

刚系好前襟，商君忽然坐起身子，手反射性地掐住了女子的脖子，力道之大，女子的脸色一下变得涨红。天，她要掐死她吗？

商君在恍惚间感觉到有人在脱自己的衣服，练武之人，身体比她的脑子反应更快，还没清醒，手却已经缠上了对方的脖子。待她看清眼前女子的脸，她已经因为喘不过气而快晕过去了。商君赶紧放手，只因她记起来了那双温和的眼。

女子抚着脖子，拼命地喘着气，她终于知道窒息的感受了，她的手劲好大。虽然放了手，商君却丝毫没有放松，扫了一眼身边的环境，这是一间宽敞的茅屋，笑儿就躺在她身边不远的床上，再低头看看自己身上名贵的锦缎，还有厚厚的棉被，商君有些不自在地说道：“对不起。”

女子终于顺过气来，不介意地轻轻挥手，然后坐到了离她远些的椅子上，她可不想再尝试一次窒息的感觉。商君掀开被子，走到妹妹的床前，想要将她抱走，在看到笑儿舒服安心的睡颜时，僵在了那里。她答应爹娘好好照顾笑儿，结果就是让她跟着自己颠沛流离、担惊受怕吗？深深的自责让她只能半跪在床前，动弹不得。

看着商君无助的背影，女子想了想，低声说道：“你要走的话，我不拦你，不过那小女孩的身体怕是承受不住，大夫马上就到，你可以听听他怎么说，再决定是走是留。”原本她是打算醒了就让他们离开，可是看过小女孩纤弱的身体和那男装掩盖下伤痕累累的灵魂时，她又迟疑了。

商君回头，一双深沉的眼紧紧地盯着女子，冷冷地问道：“你的目的是什么？”

目的？女子哭笑不得，同时也感到深深的无奈，她是受了多少伤害，让她已经不知道什么是信任和温暖？

迎着这样一双满是戒备与猜疑的眸子，女子不怒反笑，她上下打量了她一番，才调侃道：“我觉得……你俊美非常，仪表堂堂，气质不凡，所以看上你了。”语气轻松，不难听出淡淡的讽刺。

商君一愣，僵在那里，想到自身处境，不禁有些自嘲，是啊，自己不过是一介女子。她能有什么目的呢？身无分文，伤痛不绝，除了这副皮相还有一身血海深仇，她有什么值得别人觊觎的？真是自不量力！自不量力啊！本来就是想要讽刺她，但是看她自厌的样子，女子又有些不忍心，何必和一个已经受尽磨难的女子斗气？

女子温和地说道："这里是东隅临风关的雪山脚下，很少有人经过，茅屋是我的临时住所，外面有两个侍卫。你若喜欢，就在这里好好养伤；若不喜欢，尽可离去。"她能做的，也唯有这些了。

这里已是临风关了？这是不是说明，他们暂时安全了？

她，是东隅人吗？看着这个始终温和浅笑的女子，商君心里升起一股愧疚，她在雪山上将她们救下，她没有一句感谢，还掐伤了她的脖子。抱拳于胸，商君郑重地说道："谢谢。救命之恩，商君定竭力相报。"

她叫商君？很好听的名字。女子正想回答她不需要什么报答，御枫低沉的声音自门外传来："主子，大夫来了。"

商君立刻拿起床上的外衣，套在身上。看她整理好了，女子才轻声说道："进来吧。"

竹门打开，进来一位六旬老者，看到女子，他连忙拱手行礼道："见过小姐。"

女子回以一笑，说道："快看看这孩子怎么样了？"

老者认真地为商笑诊脉。商君却将视线放在了这白衣女子身上，她是谁呢？虽然身处茅屋，用的却都是精细之物，这医者对她恭敬有加，还有院外所谓的侍卫，武功统统不弱，对她言必称主子，还有她清雅如风的气韵，绝不是平常人家能有的。她是谁？自己是不是不应该留在这里？

商君还在思索着，老者已起身，走到女子面前，担忧地说道："小姑娘郁结于胸，未能好好疏解，后来又感染风寒，阴寒之气伤及心肺，故寒邪外束，阳不得越，郁而为热。"听他这么说，商君急道："如何救治？"

老者这时才发现还有一人，看了他一眼，立刻被商君的好相貌惊到，好一会儿，才回神来，一边轻抚胡子掩饰自己的失态，一边回道："老夫待会儿开些方子，先给她退热驱寒，只是小姑娘体弱，怕是要完全康复，还需用心调养，多多休息。"商君心疼地握着妹妹灼热的手，她不但没有找到为父雪恨的办法，就连笑儿也没有照顾好。深深的自责让她原本就伤得不轻的身体承受不住，一抹嫣红自她唇角滴落在雪白的棉被上，让人看得心惊。想到她身上密密麻麻的伤痕，女子对老者轻声说道：“您给她也看看吧。”只怕她比那小女孩伤得更重。岂料，未等老者答应，商君头也不回，只冷冷地说道：“我不需要。”

女子看着那刺猬一样的人，心里升起一阵无奈。向老者微微行礼，女子礼貌地说道：“多谢大夫，您去准备药吧。”

“是，老夫告退了。”好暴躁的脾气，可惜了那副好相貌。

“有劳。”女子送老者出门时，遇上了端着参汤的御枫，女子接过汤碗，笑道，“给我吧，你也早点休息。”御枫只是轻轻抱拳，这次他没有听从主子的命令，依旧尽职地守在茅屋前。女子无奈地摇摇头，对这不动如山的男子毫无办法，他们听她所有的命令，休息除外。

进入室内，里面还有一个同样倔强的女子。

“大夫已经说了，好好调养，这孩子不会有事的。这是参汤，你喝一些，对你的伤应该有用。”女子已不愿再劝，因为劝了也是无用。将参汤放在矮桌上，女子悄声退了出去。

就在女子跨出房门的那一刻，身后传来商君低浅的声音：“你，叫什么名字？”女子回头，扬起一抹淡淡的笑容，回道：“慕容舒清。”说完轻轻地掩上了房门。

慕容舒清——商君喃喃地重复着这个名字，她终于见识了，原来人可以笑得如此淡然、温暖。

身后是雪山的苍茫，身前却已是新芽吐蕊，春意袭人，两样的风光，奇妙地交汇于雪山脚下。茅屋前，一个粉装少女蹲坐在一堆干草之上，面若桃花，只可惜有些苍白。女孩托着腮帮，痴痴地盯着一棵刚长出新芽的矮树，眼神有些空洞，看不出她在想什么。一只素手扶着她的胳膊，将她轻轻拉起来，耳边是淡若春风的无奈笑语：“虽然是春天了，但是雪山下还是很冷，以后别再坐地上了。”

女孩扬起一抹纯真的笑容，乖巧地回道：“知道了，舒清姐姐。”

慕容舒清故作无奈地笑道：“你这丫头，嘴上应得利索，转头就忘，害得我都快成老太婆了。”她在这里住了有十来天了吧，小女孩的乖巧率真她很是喜欢，只是不时流露出的落寞总是让人心疼。

商笑连忙摇头，挽着慕容舒清的胳膊，赞道：“才不会，舒清姐妇是最美的仙女。”是的，那种美不在于容貌，她就是仙女，能带给人温暖和安定的仙女。慕容舒清低笑，她长什么样自己清楚得很，和仙女挨不上关系，不过对于别人的夸奖，她都一一笑纳，人，本就各有各的美。

“进去吧，外面风大，你的身体还没有完全好呢。”慕容舒清拿掉商笑身上的草屑，拉着她往茅屋里走去。商笑只走了两步，便不愿动地停在那里。慕容舒清不解地看着她。商笑轻抿嘴唇，看向远处雪山下孤傲的背影，美丽的大眼睛里满是依恋，她喃喃地回道：“我想在这里陪她。”

慕容舒清不用看也知道她在看什么，那个让人毫无办法，也接近不了的人，每天只与寒雪劲风为伴，她的心估计也与这雪一般，冰冷而无依。舒清拍拍商笑的手，劝道：“进去吧，你帮不了她。”

商笑一步也不想走，紧紧拽着慕容舒清的手，无助地低泣道：“舒清姐姐，我好害怕。”姐姐一天比一天冷漠，她完全不知道姐姐在想什么，她害怕有一天，连姐姐也失去了，那她真的一无所有了。

“别怕。”轻轻擦干商笑眼角的泪，慕容舒清只觉得自己的安慰如此苍白而无力，轻捋着她肩上有些散乱的发丝，慕容舒清故意轻松地笑道：“我泡了今年的新茶，刚从锦州茶园送过来的，外面可没得卖，进去吧。”

“可是，我哥……”商笑仍是不愿离开。

这对倔强的姐妹，她不知道是应该生气还是怜惜。慕容舒清叹道：“你先进去，我帮你去叫她，好吗？”

“嗯，谢谢舒清姐姐。”商笑终于破涕为笑，舒清姐姐的话或许她能听进去一点儿。

慕容舒清可没有她那么乐观，商君的心伤，若是三言两语便能劝解，又何至于此。对于她们的事情，她并不多问，只隐约感觉到她们在苍月有仇敌，而且对方颇有实力，仅此而已。

寒风中，素衣薄衫迎风而立的孤傲背影，让慕容舒清想要走近的脚步怎么也迈不过去。她纷飞的衣袂，紧束的墨黑发束，随着肆意的寒风飞扬着，清瘦而修长的身形几乎融入那万里冰霜之间。即使只是一个背影，依旧美得让人不敢逼视。站在商君身后，慕容舒清不禁苦笑，像她这样一个局外人，对她们一无所知，有什么资格劝她？迟疑了一会儿，慕容舒清最后仍是无语。

“你觉得笑儿怎么样？”商君轻浅的声音缓缓传来，似乎舒清的到来她早已知晓一般。慕容舒清隐隐感觉到她接下来要说什么，但仍如实回道：“可爱懂事，很招人喜欢。”商君紧咬的牙关在她消瘦的脸颊上留下深深的棱角，久久，她还是开口了：“你愿意将她留在身边吗？”低浅的声音仿佛失了元气一般，几乎被凛冽的寒风湮没。

她果然还是说了，抚养商笑对于她来说易如反掌，只是商笑不是东西，不该任人左右。慕容舒清淡淡地回道：“守护她，是你的责任。”

商君的肩头一僵，依旧是那样木然地远眺雪山之峰，只是这次的声音里充满着疲惫与无奈：“我不能给她安定的生活。而且，我还要去实现一个承诺，她跟着我，只会与危险做伴。”爹娘之仇，她是一定要报的，能把笑儿托付给慕容舒清这样的人，是她对爹娘最好的交代。

慕容舒清忽然笑了，商君有些莫名地转过头来，只见那张清雅的脸上不再是浅浅的淡笑，而是笑得有些讽刺。上前一步，与她平视，慕容舒清问道：“商君，你有多少个承诺要去实现？”

商君微怔，愣在那里。不等她回答，慕容舒清冷然地说道：“不止那一个吧，商笑不是你的承诺吗？你有没有想过，商笑才是你最应该负起的承诺，她，只有你一个依靠而已。”

商君忽然觉得心里一阵钻心的疼。慕容舒清的话像一把犀利的刀，直指她一直逃避的责任。是啊！她的眼里满是暴戾，只看到血腥和仇恨的一面，她把爱和最亲的人都丢失了，她有什么资格谈承诺。爹爹临死前的嘱托一遍遍在脑子里回响，她连笑儿都照顾不好，还谈什么报仇？

不是没有看见商君眼里的自责与痛苦，但是既然已经说了，慕容舒清便不再避讳，直言道：“若是暴力，不怕死可以解决问题，你何须沦落至此。你在对手面前，只是一只随手就可以捏死的蚂蚁，你拿什么和他斗？不是每件事都需要同归于尽去解决的，让自己有所依凭，势均力敌的时候，再来一较高下，岂不爽快？”

势均力敌！商君冷笑：“我永远不可能与他势均力敌。与他为敌，就意味着与整个苍月为敌，我要如何与他势均力敌？谁愿意与女子为伍？谁愿意听我说话！”忽然，商君抓住慕容舒清的胳膊，有些疯狂地叫道，“你说得对，我就是在螳臂当车，自不量力，但是我不甘心！不甘心！”

慕容舒清能够感受到，商君再一次被仇恨淹没，她的眼睛泛红，仿佛一只负伤的困兽，被关在一个狭小的笼子里，不管她如何努力，也永远不可能冲出牢笼。她孤立无援，是因为她是女子吗？慕容舒清终于明白她痛苦的由来，当一切的原因不是因为你的无能而是你的性别时，那种不甘是会把人逼疯的。没有抽回手，任她紧紧地抓着，借由手上的力道，慕容舒清感受着这种艰难。这个异世她待了半年了吧，她深深感受到身为女子的不易，她如此竭尽全力地将权力金钱握在手中，其实不也和她一样，只是为了能掌控自己的命运而已吗？

“商君，我愿助你与他势均力敌。”

痛苦挣扎中的商君在她最无助的时候，听到了一句温和轻柔却在不远的将来改变她一生的话。

轻浅却诚恳的嗓音，让商君的手不受控制地颤抖起来，第一次听到有人愿意帮她，她的心在这一刻是温暖的，不过也正是这句话，让她冷静了下来，松开手，商君低声回道：“谢谢你，我的仇敌，权势之大是你不能想象的，我不想连累别人。”

陇趋穆，苍月国主，她的仇敌！谁？谁能帮她呢？那些与爹爹相交多年的所谓知己，不也只是劝她躲起来罢了。舒清在商君的眼里看到了感激，同样也看到了不信。慕容舒清倒是不以为意，手臂有些疼，她轻揉着手臂，走到不远处的岩石上坐下。看着商君低迷的样子，舒清终于还是说道："国之命脉，有一条明线，一条暗线。明线在于政权，它有军权做后盾，号令全国，没有人敢违抗；而暗线在于经济，也就是银子。若你能将土地、粮食、漕运、布匹等收入囊中，有了这些做后盾，一样号令全国，没有人能抵抗银子的诱惑。他占了明线，你何不占暗线呢？"

商君如遭电击一般盯着眼前浅笑盈盈的女子，她怎么没有想过这个方法呢？脑子迅速思索着，商君有些兴奋地说道："你的意思是，他的敌人并不少，我不需用武力与他斗，只要我有你说的那些做后盾，自然有人求着与我为伍，听我说话，我甚至不需要自己动手，也能让他不得安生。"

慕容舒清轻轻点头，她就是这个意思。孺子可教。"可是，我并没有银子可以去做这些。"心里刚升起的一丝希望，在现实面前仍是脆弱得不堪一击。离家半年了，她身上连十两银子都没有，谈何暗线。

"你没有，我有。"风依旧凛冽，吹得她坠地的长发凌乱得有些纠结，素净的白衣让她看起来更加纤弱，而她依旧是那样淡淡地说着、笑着。嘴角那抹随意是自信而发吗？商君忽然有一种感觉，眼前这个女子真的可以帮她。

"你……为什么要帮我？"商君是真的不明白了。

问得好！慕容舒清坦然地说道："我慕容家经营粮食、茶叶等生意，父亲并没有什么经商才能，而他唯一的儿子今年还不满十岁。我的姐姐因为家人的安排，嫁给了一个连面也没见过的人。而我，从小也被安排好了婚事，也就是所谓的指腹为婚，但是对方却想退婚……总之，我的命运是被别人安排好的，可我并不接受这种安排。"

"你说你姓慕容？你是东隅最大的粮、茶、丝、棉之家慕容家的小姐？与你指腹为婚的人就是东隅的镇国将军轩辕逸？"商君忽然想起爹爹曾和她提起过慕容家，当时爹爹担心的是有慕容家的财力做支持，轩辕逸会更难对付。如果她是慕容家的人，难怪她那样自信地说可以帮她。

慕容舒清耸耸肩，有些痛苦地笑道："现在你知道，我要掌控自己的命运有多么困难了吧。”一个大家族和一个名扬四海的“未婚夫”。

“慕容家的财力，我正在慢慢地握在手中，但是慕容家在东隅，最多排在第二，而且我也不想处在首富的位置上，成为朝廷的眼中钉，所以我需要另一个人，培养另一股势力，来为我赚更多的钱。因为那也意味着，我有更多的自由和获得自由的机会。所以与其说我在帮你，不如说是与你合作，我给你银子，你还我更多的银子，而你也可以从中获得你需要的东西，如何?”

“我初见你时，觉得你并不像商人。但是现在，你很像。”她的意思，商君明白了，只是也更迷惑了。初见时，她温文尔雅；后来发现，她亲和温情；刚才，她又自信飞扬；现在，她又市侩精明，到底哪个才是真正的她?

慕容舒清一愣，而后爽朗地大笑起来，回道：“我本不是商人，但是必要的时候，我会是最好的商人。你的答案呢?”

商君知道，自己心动了，而且这似乎也是她目前能抓住的唯一机会，帮慕容舒清也是帮自己。即使最后，她依然是死，起码她还能为笑儿留下足够过活的钱财。只是，世人都道，女子无才便是德，她真的愿意把银子赌在她身上吗？迎上慕容舒清等待的目光，商君坦白地说道：“我是女子，你知道的。”

慕容舒清失笑，低头打量了自己一番，笑道：“我也是女子。”是啊，她也是女子，但是她却如此飞扬洒脱，自信非凡。而自己呢？商君握紧双拳不再多想，肯定地回道：“好，我答应。”她根本没有选择的余地，这是她最后的机会。又是那样冷硬的决绝表情，慕容舒清站起身，轻拍掉肩上的薄雪，有些头疼地问道：“商君，原本的你并不是这样的吧?”

“什么?”商君不解。

慕容舒清轻叹：“现在的你，浑身上下充斥着煞气，你的不甘和恨意都表现在脸上、身上。你已经被恨紧紧地缠住了，这样的你极易被人看透和牵制。我需要的，是一个能够游刃有余地周旋于各种人之间的生意人，而不是一个心中只有仇恨的人，做原来的自己吧。”这个背负着太多情殇的女子，从初见的那一刻，就让她莫名地心痛。

“走吧，我的茶要凉了。”

商君久久地立在雪地里，看着那个如来时一般默默离去的女子，发誓不再流泪的眼再次染上轻雾。原来的自己是什么样子的呢？她都快忘记了。

第四章　龙峡谷

商君随着慕容舒清走回茅屋，两人一路无语。踏入院门，御枫早就等在那里，见了慕容舒清，立刻迎了上去：“主子。”慕容舒清看到御枫脸色阴霾，就知道必定是发生了什么事情，搓搓有些冻僵的手，她淡淡地回道：“进去再说吧。”三人进了茅屋，商笑立刻笑逐颜开：“哥，舒清姐姐。”商笑端着早就泡好的两杯茶，兴冲冲地来到她们面前，说道：“这茶真好喝，你们快尝尝。”

商君接过她递过来的茶，摸了摸她的额头，问道：“药喝了吗？”笑儿的脸色好了很多，慕容舒清说得对，笑儿只有她，她应该好好负起这个责任。商笑赶紧点头，笑道：“早就喝了。”哥今天好像和往常有一些不一样，可是哪里不一样，她又不太说得明白。在她心里，没有什么比她们两个人永远在一起更加重要。端了一杯茶，来到慕容舒清面前，商笑感激地说道：“舒清姐姐你也喝。”慕容舒清微笑着接下，这屋里其乐融融，可有一人的脸色始终不怎么好看，她舒服地喝下一口热茶，才对着一直杵在门边的御枫说道：“御枫，你也进来喝一杯吧。”

商笑有些尴尬地赶紧再倒一杯茶，她居然从头到尾都没有发现这屋里还有一个人，赶快把茶端到御枫面前。

这回，倒换成御枫不知如何是好了，他刚才一直在想着要向主子汇报的事情，根本没在意什么茶，而且他本来就是护卫主人安全的侍卫，这茶他本就不该喝。现在商笑把茶端到他面前，他反而不知该不该接了。

看这两人为了一杯茶僵在门口，慕容舒清好笑：“御枫，接啊！你要让人家小姑娘端多久，你不是还有事要说吗?”御枫一咬牙，将茶一饮而尽，把杯放回托盘，越过商笑，直直走向慕容舒清。商笑盯着空茶杯，瞠目结舌，这茶有这么难喝吗？他眉头皱成这样？而且……他不怕烫吗？

走到慕容舒清面前，御枫看了一旁低头专心喝茶的商君一眼，最后还是说道：“送往苍月游城的货被劫了。”

“又是在龙峡谷?”

御枫用力地点了一下头，脸色越发黯沉，慕容舒清却神色如常，继续问道：“这次损失了多少?”

“茶叶十五车，丝绢二十车，损失一百八十万两。”

将手中的茶饮尽，慕容舒清淡淡地说道：“这是半年来的第三次了吧。”御枫点点头。第三次了，看来这条路是行不通。

慕容舒清拿起火炉上的水壶，缓缓地将杯子斟满，鲜嫩的新茶立刻像盛开的菊花一样，在杯子里翻滚。一边冲泡茶叶，慕容舒清一边说道：“龙峡谷是临风关与游城的必经之路，若是要与苍月贸易往来，这条路是必须拿下的。但是那里也是有名的山贼窝，他们仗着那里地势险要，易守难攻，而且正是两国交界之处，属于三不管地带，朝廷几乎不会出兵剿匪，所以，他们在那里一手遮天。”

待茶杯里茶叶不再随水沉浮，慕容舒清轻轻盖上茶杯，看向商君，问道：“你怎么看?”商君抬头，说道：“现在两国并无战事，贸易往来应该更加频繁，但是由于山贼肆虐，贸易只是两国居民间交换的小买卖，不过也正是这样，若能解决山贼的问题，把东隅的茶叶、丝绢，苍月的珠宝、药材生意全部揽下，我们就能成为两国之间最大的交易商人。”以她现在的身份，去哪国都不合适，这中间地带才最适合她。

慕容舒清赞同地点头，如果不是看中这里巨大的商机和利益，她也不会如此冒险三次过龙峡谷，不过事实证明，一切只是徒劳。

慕容舒清遗憾地说道：“我也这么想过，但是那龙峡谷的地形太过复杂，为他们形成了天然屏障，而且里边的人都是穷凶极恶之徒，武功皆不弱，别说朝廷不会出兵，就是真的要出兵围剿，只怕也是徒劳。”

“你派人查过？”果然，她向御枫看了一眼，示意他过来说，御枫把自己知道的如实告诉了商君：“龙峡谷全长五百里，里面聚集了大概十几个山贼窝。其中，两个寨子势力最为强大，一个是专门抢劫货物和人质的飞鹰寨，只要乖乖留下货物或者交钱赎人，他们大多不杀人，旨在求财；另一个是钱要命也要的险狼寨，他们残暴嗜血，只要是他们盯上的，几乎无一生还。”听完御枫的话，商君若有所思地说道：“要做两国的生意，这山贼必除。”

“你要怎么做？”慕容舒清轻轻扬眉。

商君轻松地回道：“我现在不知道，要先到龙峡谷去一趟。”

“不行！”一直乖乖坐在一旁的商笑立刻跳了起来，叫道，“哥，那太危险了。”刚才御枫哥哥也说了，他们生性凶残，她不许她去冒险！商笑紧紧地拽着商君的衣角就是不放，生怕一个松手，她就会不见一般。

慕容舒清也不认同地劝道：“商君，我也觉得太冒险了，我知道你有武功在身，但是毕竟寡不敌众，而且你还不熟悉那里的地形，我们再想其他办法吧。”

商君笑道：“你不是想了半年了吗？若是有办法，你早就用了吧。”

舒清无语，她确实已经想尽办法了，连绕道她都想过，可惜两边都是峡谷，根本无能为力。轻拍着商笑的肩膀，商君安慰道：“乖，我不会有事的。”

商笑心里仍是不愿放手，不过她知道，商君要做的事情，总是要做的。最后，商笑还是乖乖地放开了手。

“放心吧，我不会冒进的。不入虎穴，焉得虎子。”正视着慕容舒清，商君信心满满地笑道，“你也正好可以测试一下我到底值不值得你帮。”

“你心意已决？”慕容舒清承认，这样自信甚至可以说有些狂妄的商君很让人心动，她更喜欢也更欣赏这样的她。

“是。”商君回答得坦然。

“让御枫陪你去吧，他进出龙峡谷多次，有些经验。”

“不用，我打算好好会会这帮山贼，一个人正好。”她自小生活在幽山绝壁之上，所有险峻的山峰，她从来都不会放在心上，既然决定了要走行商这条路，她就会尽全力去做。“你应该试着相信你的……是叫合作伙伴吗?”商君故意皱皱眉，调侃起慕容舒清来。

慕容舒清轻笑，看来已成定局了：“好吧，我会在龙峡谷的这一头等你出来，御枫每隔三天入峡谷一次，你有什么消息就让他送出来。笑笑你不用担心，有我在。”

“好。”有了舒清这句承诺，商君就更加没有后顾之忧了。这是她们第一次合作，也是她实现承诺的第一步。她必须要赢。

清晨，初春的阳光越过云霞，绽放着它柔和的光芒。商君站在怪石嶙峋的龙峡谷里，只能看见一条如粉红丝带一般的狭长天际。她不得不惊叹，这里天生就是孕育山贼强盗的地方，一丈有余的山道，是这峡谷唯一的路径，峡谷两边是陡峭的岩壁，还有高高低低的乱石。峡谷特殊的地形，让这里并不寒冷，所以即使刚过完冬天，乱石间的矮丛、灌木依然茂盛，简直就是绝佳的隐匿之所。商君提气纵身一跃，轻盈地落在了三丈高的岩壁上，站在这里，可以清楚地看到山道前后数十里内的一切人或车队，而走在峡谷里，绝对不可能发现灌木丛生的岩壁上有人，这对山贼太有利了！如果他们在四周的乱石里持弓箭埋伏，身处丈余小道内的人根本没有还手之力。商君陷入了深思，他的敌人，不是山贼的穷凶极恶，而是这大自然的鬼斧神工。还在思考着，商君发现不远处一队车马缓缓向这边驶过来，三辆马车，十几个人，他们应该是有些行路经验的。

前面两人骑马，警觉地注视着四周，看那身形气势，应该武功不差。几个劲装男子手持长剑护在马车旁边。他们后面高大的红马上，坐着一个着暗紫劲装的年轻女子，手上握着一柄镏金长弓，背后的箭筒里，数支羽翎短箭在阳光下熠熠生辉。看那威严的领袖之气，她该是这队车马的领头人吧。她身后还有几个人殿后，一行人谨慎而小心。

商君暗叹，好精神的女子。忽然灵光一闪，她有了一个决定。这峡谷的地形她已经大略看了一遍，接下来应该会会那些山贼了，不过她孤身一人，估计引不起他们的兴趣，而这队人马，应该可以引蛇出洞。加入他们，定有机会“偶遇”山贼。闪身跃下石壁，商君凝神屏息，隐身于峡谷边的树丛中。

待车队走过，商君故意轻轻踩了一脚身边的枯枝，咔的一声，引起殿后的几人的注意。“谁在那里?”一声大喝，一把弯月刀几乎是与声音同时到达，稳稳地架在商君的脖子上。商君故意装出一副受惊的样子，盯着眼前的黄衣女子。

看清商君的样貌，黄衣女子也是一惊，好俊的脸，如玉般雕琢的样貌，清朗而不失俊秀，她还从没见过这样好相貌的人呢。发呆了好一会儿，直到商君轻咳一声，她才回过神来。她怎么会因为对方的好皮相就失了心神，真可恶，女子气愤地厉声说道：“出来!”

心里苦笑，这位小姐是恼羞成怒吗?商君提起衣摆，小心地踩着石块，故意笨拙地慢慢走下来。因为女子的喝声，车队都停了下来。商君才在山道上站稳，几把长剑齐刷刷地指向她。商君装作害怕的样子倒退了几步，黄衣女子却不会轻易放过，弯刀更逼近几分，商君僵在那里，一动也不敢动。

这个叫喜鹊的黄衣女子上下打量了面前的瘦弱男子一眼，连路都走不好，也太没用了，绣花枕头。将刀移开一下，喜鹊不耐烦地问道：“你是什么人?为什么鬼鬼祟祟地跟在我们后面?”商君赶快行了一个书生的拱手礼，才回道：“我是游城人士，姐姐前些年嫁到临风关去了，今年生了孩子，我想过去看看她。可是听说这龙峡谷多山贼出没，我看你们一大队人马，又都带着兵器，所以想跟在你们后面，安全些。”

哇！是不是人长得好，声音也特别好听，轻轻的低低的，让人莫名地舒服。听了这男人的解释，喜鹊收了弯刀，略为得意地回道：“原来是这样，算你有些眼光。”他们往返龙峡谷两三次了，就遇到过一次山贼，也没什么厉害的。这个书生还不算太呆。喜鹊小跑两步，来到紫衣女子身边，说道：“小姐，我看他挺可怜的，不如就让他跟在后面吧。”

喜鹊话音才落，一道严厉的男声立刻说道：“不妥，我们车上都是贵重东西，这人出现得蹊跷，还是不要管闲事的好。”这男子如果真如他刚才表现的那样笨拙，为什么他们一路都没有感觉出有人，而且车上都是从苍月精选的珍贵药材，价值连城不说，都是救命的良药，绝不能落入山贼之手。喜鹊狠狠地瞪着杨牧，他就爱和她作对，先是不准她来，现在又质疑她的眼光，她今天就是要帮这个男子。

喜鹊指着一脸无辜的商君，大声说道：“可是他明明就是一介书生，对我们能有什么威胁？他一个人在这峡谷里走，别说山贼，就是几个猛兽都能把他吃了，见死不救，不是我们阮家人的作为！”

“小姐——”杨牧还想再劝，紫衣女子说话了：“好了，别吵了，就让他跟在最后吧。”阮听雨一直暗暗观察着这个男子，虽然斯文有礼，但是他不像书生，他身上没有迂腐之气；他应该也不会是山贼，因为他眼中没有贪婪、残暴，那他会是什么人呢？真的只是一个过路人？即使心里有些疑惑，喜鹊的一句“见死不救”还是将她打败了，阮家世代行医，见死不救是不能发生在阮家人身上的。

商君也微笑地看着她，近看这女子除了英气勃勃之外，还是个不折不扣的美人，即使未着红装，脂粉未施的她也另有一番天成之美。

发现商君也在看她，阮听雨别过头去，掉转马头，回到队伍的中间，经过杨牧的时候，阮听雨还是轻声吩咐道：“杨牧，你若是不放心，就让两个人盯着他好了。”杨牧立刻抱拳回道：“是。”

“走！”阮听雨一声令下，车队继续前行，商君也如愿地跟在车队的最后。山道崎岖，又因为走得谨慎，天已全黑，他们还是没能走出峡谷，为了防止夜间山贼突袭，他们在峡谷一处靠山之所停了下来，今晚就在此处休息。

商君背靠着一方巨石，暗暗打量着周围的环境。这里山道稍宽，巨石也相对少些，而且背后是面平滑陡峭的岩壁，如果真有山贼袭击，他们起码不会腹背受敌。这紫衣女子果然有些本事。商君随意地在巨石上坐下，忽然一样东西向她袭来。商君下意识地就要反击，但是余光中她看见了那黄衣女子，商君立刻收了劲力，故意手忙脚乱地接住。看商君接得狼狈，喜鹊大笑起来，坐下笑道："我叫喜鹊，你叫什么名字？"

真是喜庆的名字，商君轻笑着回道："我叫商君。"

商君看向刚才接下的东西，竟是一个粽子，不过可能是为了方便外出携带，它被草绳密密麻麻地绑了个遍。喜鹊暗忖：人俊，名字也好听。看他盯着粽子看了半天，以为他打不开密密缠绕的草绳，喜鹊轻扬手中的弯刀，手起刀落，麻绳尽数分作两段。

商君哭笑不得地看着喜鹊，兵器不是这样用的吧！

喜鹊利落地收回刀，发现商君还是不吃，只是表情奇怪地盯着她的刀，便拍拍刀鞘，笑道："别害怕，我的刀法好得很，不会伤了你的。"

商君失笑，看了一眼端坐在火堆旁的紫衣女子，故作不解地问道："这龙峡谷这么可怕，为什么你还有你家小姐会来此冒险呢？"

喜鹊噘着嘴，不服气地说道："你懂什么。我的刀法是家传的，厉害着呢。再说我家小姐巾帼不让须眉，她的星月弓例无虚发，对付那些个小蟊贼绰绰有余。"

星月弓？是天戌宫的星月弓吗？天戌宫在江湖上早就隐退了，这弓为什么会在那紫衣女子手中？商君一边点头一边随意地说道："你这么说我就放心了。你家小姐叫什么名字？"

"阮听雨。"喜鹊得意地报出小姐的名字之后，又忽然觉得不对劲，她叉着腰，一脸警告地说道，"你很关心我家小姐的事情嘛。我告诉你，别妄想，虽然你长得还不赖，可是我们家小姐这样的人物，自然是要配英雄的，你这个小书生还是少做梦了！"

商君一愣，忍住笑意，立刻连声回道："不敢不敢。"

喜鹊满意地点点头，还想再教训两句，这时阮听雨的声音传了过来：“喜鹊，过来。”

“哦，来了。”喜鹊才跑过去，阮听雨就问道：“你和那人啰唆些什么？”

喜鹊嬉皮笑脸地回道：“没什么啊，我就是警告一下他，不要妄想打你的主意。”

“多嘴！”阮听雨低斥，还想说什么，最后又闭上了嘴。她摆摆手，闭上眼睛吩咐道，“安排人守夜，让大家早点休息，明天还要赶路。”

“哦。”喜鹊耸耸肩，向其他人走去。

喜鹊走后，阮听雨又缓缓睁开眼睛，看向巨石上的人，他背靠着崖壁，笼罩在岩石的阴影下看不清神情，只隐约能看到一双清润而略带悲伤的眼在这初春的夜里仰望天际。他是什么人呢？阮听雨疑惑了。

夜更静了。三更时分，商君忽然睁开眼，有人！凝神静气，她感觉出对方起码有近百人，领头几人武功极高，其他人也井然有序，如果是山贼，那么这些人的实力超过了她的想象。山贼对这里的环境十分熟悉，他们的速度很快，已呈半圆形包围过来，而那些守夜的人并没有发现危险已经由上方的乱石间向他们靠近，商君不希望阮听雨他们就这么被山贼当成了囊中之物。运气于掌心，商君向着火堆送去一掌，火苗感应到强劲的掌力，呼呼地蹿高了数尺。半夜里，这里的动静立刻引起了守夜侍卫的注意，戒备地大喝一声：“谁！”

这样的叫嚷不仅惊醒了阮听雨和其他侍卫，也惊动了山贼们。或许觉得此时已无须隐匿，或许是觉得自己胜券在握，山贼们点起了火把。瞬时间，半座山上都是跳动的火焰，将三更的天际映照得一片火红。火光下，一把把弓箭齐刷刷地指向峡谷里的这队车马。好大的阵势！商君暗叹，他们占据了高地，还有如此多的弓箭守候，这场对决，估计肯定是这些山贼取胜了，就不知道来的是杀人越货的险狼寨，还是重在求财的飞鹰寨了。如果是为财便罢了，如果是要害命，她要好好想想如何才能将这两个女子救出去。商君不动声色地从巨石上跳下来，隐身于巨石之后，暗暗观察着周围的地形。

喜鹊紧握着手中的弯刀，戒备地盯着忽然出现的山贼，紧张地问道："小姐，是山贼！我们现在怎么办?"杨牧也拔出了手中的长剑，带领着侍卫将喜鹊和阮听雨围在中间，等待着她的命令。

阮听雨紧紧地皱着秀眉，难怪都说这龙峡谷是山贼的天下，她万万没想到居然会有如此多的山贼，他们整齐划一，行动迅速，看来今天他们极可能命丧于此。就在阮听雨头疼的时候，一声清朗的男声徐徐传来："这里有个石凹。"

阮听雨回头，只见离他们数丈之外的石壁旁，那布衣男子正站在一处阴影下，他什么时候过去的，而且面对这样的阵势，他看起来比她还镇定，阮听雨更肯定这人绝不像他说的那么简单。他虽然可疑，但是权衡过后，阮听雨还是下了命令："退到石凹里!"起码那里可以让他们避过最致命的箭雨。他们一路退到阴影处，才发现这个石凹十分狭窄，只能躲下五六个人，但是山贼显然也看出他们有反抗的意思，密密麻麻的利箭立刻向他们射过来。

几个还在外面的侍卫立刻挥动手中的长剑挡住来箭，阮听雨知道这样下去不是办法。她看着那火光冲天的半山，美丽的大眼燃起了一抹决绝的厉色。罢了，今日就与这些鼠辈在此决一死战。将箭筒背在肩上，阮听雨利落地说道："把马车呈一字形排列，挡在石凹口。杨牧，你带他们躲在马车后面，不要轻举妄动。要放箭随他们放，他们不可能每个人的箭法都那么好，一旦他们想要攻下来夺东西，怕伤到自己人，箭就不会频发。你们要抓紧机会，山贼敢靠近马车，就利用长剑解决他们。"

"是。"杨牧带领着侍卫，几个起落避过擦身而过的数支长箭，隐身于马车之后。贴着岩壁探出身子，阮听雨发现几匹马受了惊，纷纷跑得不见踪影，只有她的红马仍然留在原地等候着她，这些山贼可能也看出了红马的珍贵，利箭一支也没有射到它的身上。缩回身子，阮听雨拉着喜鹊的手，说道：“待会儿我召回红马，一旦有机会，你就立刻走。”

“不行。”喜鹊坚持地说道，“我怎么可以自己跑？要死也要和小姐死在一起。”阮家养育她这么多年，她喜鹊岂是贪生怕死之人。

阮听雨大喝：“胡说！我是让你回阮家报信的，你跑得掉才能找大哥来救我，听见没有？”

“那小姐你抓住机会走吧，我和杨牧他们还可以抵挡一阵！”咬咬牙，握紧手上的弯刀，喜鹊就要往外冲。阮听雨眼明手快地抓住她的肩膀，立刻将她拉回，才刚刚退到石凹，喜鹊刚才站的地方立刻插上两支锋利的羽箭。

抓着喜鹊的手，阮听雨继续劝道：“我的箭法好，可以掩护你，帮你击退用长箭攻击你的人，我骑马出去没人掩护，一会儿就会变成刺猬。”

听着外面箭射到石壁上噼噼啪啪的声音，喜鹊无话可说，看她软化了，阮听雨继续游说：“好了，出去也很危险，看准机会，我们都靠你了。”喜鹊用力点头，她一定要想尽办法冲出去，只要找到公子，小姐就有救了。

商君知道，阮听雨是在安慰喜鹊，她不可能撑到喜鹊找来援兵，这些山贼一次出动如此多的人，就是要速战速决的，她已经有战死在这里的打算了。商君佩服眼前这个坚毅的女子，即使明知是死，依然如此坦然。商君上前一步，想要看看外边的情况，却被阮听雨的长弓拦住。

“你躲到最里边去，不要碍手碍脚。”她知道这个人不是普通的书生，但是毕竟还是瘦弱之身，或许最后还是一个死，她却不想他现在就受伤。

商君诧异，虽然她的口气很差，但是关心之意她还是感受到了，一个不认识的人值得她如此关心？后退几步，商君如她所愿地靠在最里边的石壁上。罢了，山贼的箭如此充足，她是不可能救下所有的人的，这绝壁之上就是乱林，待喜鹊离开之后，她再带着她离开好了。

不一会儿，箭真的少了很多，杨牧叫道：“小姐，他们攻下来了。”

好机会，阮听雨一声长哨，红马立刻长嘶一声，向着他们所在的石凹冲过来。阮听雨拉住喜鹊，待红马靠近时，一使力，助她顺利飞上了马背。“快走！”和着阮听雨的叫声，红马如离弦的箭一般，向道路另一边飞驰。山贼怎么可能让人逃掉，原来渐歇的箭雨立刻掉转方向，射向喜鹊。一时间，数箭齐发。

商君暗叫一声糟，身边的阮听雨忽然提气，跃起一丈有余，双腿横叉于石凹两侧，长弓横握，手熟练地伸向身后的箭筒。拿出来时，五指上居然扣着十支羽翎短箭，而那镏金长弓竟有两条弓弦，满弓而发。商君只觉得一抹流光而过，那些几乎射中喜鹊的长箭全被短箭从中截断。

红马的脚程极快，这一击不中，它早已载着喜鹊奔出数里之外。

好厉害的兵器，好精准的箭法！商君抬头，岩壁上的劲装女子英姿飒爽，长弓被她使得行云流水。喜鹊走后，她的箭也转向了攻上山道的山贼。短箭一次齐发，且劲力十足，锋利无比，一箭可以穿过数名山贼的胸膛，山道上立刻倒下了一片山贼，形势似乎发生了逆转。果然冲下山道的山贼又退回到乱石堆里。杨牧终于松了一口气，“小姐，他们退了。”

商君却越发紧张起来，他们不会这么容易就退的。就在阮听雨下来的时候，商君感觉到一股犹如破竹之势的劲道向她猛然袭来，是一支箭！这人算得好精准，阮听雨在半空中，根本不可能躲过这一箭，她的短箭也来不及发。被这样的力度击中，必死无疑。

商君眼神一暗，气运于掌，向急速而来的长箭打去一掌，掌风击中箭羽，箭立刻失了准头。可惜长箭已离阮听雨很近了，即使偏了方向，长箭依然以刚猛的力道贯穿了她的右肩，直直地射入岩壁之上！

阮听雨吃痛，下落的身子失了平衡，就在她几乎砸到地上的时候，商君扶住了她的腰，手上使力，将她暗暗托住。

商君小心地扶着阮听雨坐起来，才发现她肩头的伤非常严重，暗紫劲装已被涌出来的血浸湿。阮听雨立刻点了自己的穴道，血不再涌出来，只是被箭穿过的伤口早已血肉模糊，右臂几乎不能动弹。扶着阮听雨的肩，商君打算带她走。从这里到上面的岩壁五丈有余，她的内伤好得差不多了，有凌霄软剑护身，应该可以把她带上去，到了那里就有乱石矮丛掩护了。

杨牧看见阮听雨中箭，立刻退到她身边，急道：“小姐，你的伤怎么样?”阮听雨摇摇头，“没事。”

就在商君想要带着她飞跃而上时，眼前忽然一片火光飞舞，山贼居然用了火箭。箭箭都落在石凹前的马车上，车里都是干燥的药材，不一会儿马车就烧着了。浓烟和着药草燃烧后呛人的味道，把侍卫们都逼回了石凹里。侍卫一边戒备地注视着山贼的行动，一边说道：“小姐！药材着火了！现在怎么办?”

阮听雨身体的力量仿佛被全部抽走了一般，无望地说道：“他们已经不要财了，就一定是要我们的命。”她还奢望能够再撑得久一点儿，这样他们还有被救的希望。杨牧握着长剑的手，青筋隐隐浮现，他立誓一般地说道：“小姐放心，我们一定誓死守护你。”

阮听雨原来还萎靡的精神在听见这句话之后，一反颓势，喝道：“现在不是说这些的时候，把着火的马车推出去，趁着火势大的时候，你们分开往两个方向跑，能走一个是一个。”她不能就这样放弃，即使她走不了，她也要做最大的努力为他们争取活的机会。

阮听雨话音才落，所有侍卫立刻单膝跪下，坚定地说道：“小姐，我们不走。我们掩护你走吧!”阮听雨看着几乎燃烧殆尽的马车，叹道：“刚才我的箭伤了他们那么多人，他们一定是恨极了，才会选择烧了马车。他们一定要杀了我，现在我又受了伤，是走不掉的，你们走吧。”侍卫手中的长剑紧握，却没有一人回应。

阮听雨急道：“快走啊!”火势减弱，山贼已经下山了，再不走，就没有机会了。杨牧率先站了起来，指着如潮水一般涌上来的山贼，大喝一声：“山贼攻下来了，你们准备好了吗?”其他侍卫交换了一个眼神，都站了起来，整齐而坚定地回道：“是!”

五个侍卫齐刷刷地立在石凹前，将阮听雨完全保护在身后，那一把把染血的长剑一致指向俯冲而下的山贼，留给她的是高大而决绝的背影。

阮听雨痛苦地闭上了眼睛，她知道现在说什么都是无用了，以杨牧的脾气，他是绝不会走的。罢了罢了，有他们陪着护着，她死又何憾。只是——阮听雨看向一直将她稳稳扶在怀中的男子，愧疚地说道："你真是选错了人，跟着我们倒害了你。"

商君扬起一抹淡淡的笑容，无谓地笑道："我见识了一回什么是真正的奇女子，什么是忠肝义胆，这一行值得。"

这些人用生命守护着她，她也愿意用性命救他们，这样的主仆之情让商君动容。山贼人数众多，她只怕是救不了他们了，不过他们极力保护的人，她必是要救出去的。

阮听雨疑惑，这人是否永远都是如此淡定从容，即使此刻，他依然笑得出来。阮听雨还想说什么，山贼已近在咫尺。杨牧一声大喝，侍卫随着他冲了出去。一场激战不可避免地开始了。侍卫的武功并不高，面对如潮的山贼，根本没有还手之力，纷纷倒下。只剩下杨牧还能抵挡一阵，可惜不一会儿，他已经身中数刀。

"杨牧！"阮听雨倔强地要举起长弓，只是她右手根本动弹不得，几次努力下来，长弓上染满鲜血，却怎么也拉不开。

这时，她一直认为瘦弱的男子利落地抓起箭筒里的短箭，轻松拉开箭弦，满弓尽放，流光一般的箭直射而出。阮听雨惊愕，他居然能用星月弓！

虽然商君并不懂使用这弓的玄妙之处，但是飞射出去的箭仍然击退了杨牧身边的山贼。可惜箭筒里的短箭已尽数用完，商君放下长弓，上前几步，把满身是血的杨牧拖回石凹中。

阮听雨点了杨牧的穴道，为他止血，可是他的刀伤几乎全部见骨，即使不再流血，想要活下来估计也不易。阮听雨在怀里一阵摸索，终于找到一个绿色的瓷瓶，打开盖子，商君立刻闻到一缕浓郁的香味，阮听雨倒出几颗，尽数塞进杨牧嘴里。这药或许真的神奇，已经昏迷了的杨牧居然睁开了眼睛，他虚弱地说道："小姐，你不该浪费它来救我。"

"胡说！"阮听雨几乎是在咆哮，商君却听出了她心中的痛。

突然，一声长哨在石凹前响起来，接着是一声调侃："石舫，领头的居然是个女人！而且长得还不赖。"井向天啧啧有声地在阮听雨面前走来走去。

只片刻，他们已被山贼包围，困在这石凹之中。阮听雨警觉地盯着眼前这个二十出头的年轻男子，黝黑的皮肤，平凡的长相，还有那一脸的戏谑。年轻男子身后是个大汉，满脸的络腮胡，看不出长相，但是他的声音却大如洪钟，瞥了一眼阮听雨，他大声嚷道："她害我们死了这么多兄弟，管他是男是女，杀了再说！"

"对，杀了她！杀了她！"一声高过一声的吼叫响满了整个山道。

井向天暗叹，这个女人很有意思，不哭不闹，还有那一身的好箭法，颇顺他的眼，他还真有点舍不得杀她。井向天回头对着一个冷漠男子问道："大哥，杀不杀？"男子沉默了一会儿，在一声高过一声的喊杀声中，冷酷地点了点头。"没办法了。美人，我给你留个全尸吧。"井向天举起了手中的长剑，对准了阮听雨的胸口。

"等等。"就在剑要落下的一瞬间，一声清冷的男声自石凹阴影处传来，待看清走出的人，惊得井向天持剑的手久久忘了落下。

第五章　被俘

这，这是男子吗？不仅井向天有这样的疑问，其他的山贼看见缓缓走出的男子都忍不住张大了嘴。

衣摆被撕得不成样子，袖上衣襟也沾满血迹，即使是这样，他却丝毫没有狼狈的样子。他如清风朗月一般立在那里，英气飞扬的剑眉、挺傲的鼻子、微扬的薄唇，五官完美得无可挑剔。天下真有这样的人？

井向天倒吸了一口凉气，从小在这峡谷里混到大，见的人也不算少了，俊俏的男人不是没有见过，但是眼前这个人，如青竹傲梅般风雅的翩翩风采让人情不自禁地惊慕。

商君擦干净手上帮杨牧包扎时沾染的血迹，越过目瞪口呆的井向天，直直地走向那个浑身散发着让人不能忽视的冷酷气息的男子。

他的右脸被火烧过，几乎全毁，即使从左脸依旧看得出他未被毁容之前，应该是个俊逸的男子，不过可惜那冷残的戾气让他整个人看起来狰狞而恐怖。

迎向男子阴鸷的眼，商君平静地说道："出动如此多的人，不过就是求财而已，现在货也烧了，人又杀了，你们岂不是白跑一趟？"

周围一片宁静，山贼们面面相觑，为了商君在面对老大时的镇定。井向天更是来了兴趣，暗叫一声好，这个男人不光长得俊，还极有胆量，居然敢直视老大的脸还和他谈条件。

男人盯着商君久久不语，烧伤的脸让人看不出他的情绪。

商君继续问道："你们可知临风关阮家？"

商君在赌，阮听雨会让喜鹊回去求援，可见应该离峡谷不远，他们从苍月往东隅的方向走，阮家极有可能就在临风关，而能买这么多名贵药材的，家境应该殷实，希望这些山贼知道这个阮家。

井向天怪叫道："那个有名的医药世家？你们是阮家人？"阮家在临风关和游城之中大大有名，不仅是因为乐善好施的美名，还有那据说可以妙手回春的医术。

他赌赢了，商君放下心来，淡然说道："放了我妹妹，我跟你们回去，让他们拿钱赎我，价钱随你们开。"

阮听雨大叫道："不行！"因为右肩的伤势，她已经软倒在地，听见商君的提议，她挣扎着坐起来，她知道他在救她，但是她不能。

商君回头，像所有疼爱妹妹的哥哥一样，宠溺地安慰道："乖，听哥哥的话。"

这是她忽然想到的计划，既可以救阮听雨，又可以跟着他们回山贼窝，想要一起解决他们，必须知己知彼。依今日所见，这些山贼比她原来以为的棘手得多。

阮听雨在商君温和而坚持的视线下乖乖地闭上了嘴。好吧，若是山贼真的放了她，即使倾尽阮家所有财产，她也要把他救回来。

井向天走到男子身边，轻声说道："大哥，我们这次损失了这么多兄弟，不赚一笔实在不划算，不然就把他抓回去换赎金也好，听他的口气，我们可以狠敲一笔。"

当然他还有私心，这人是阮家的后人，或许医术也一样高明，若是能治好大哥的脸，那就太好了，不过这个他可不敢当着大哥的面说，不然一定会被掐断脖子。

男子冷酷的眼微微眯起，就在井向天以为他不为所动的时候，他忽然冷冷地说道："带回去。"

他们正要把商君押走，清醒后的杨牧慢慢地向阮听雨爬过去。

走在最后的石舫看见还有一个活的，大叫道：“大哥，这里还有一个活的，让他回去报信，这个女的杀了算了。她杀了我们这么多兄弟，再说她的弓这样厉害，放她回去也是后患。”

商君微惊，抓起一支地上散落的箭，抵着自己的咽喉，大声说道：“你们杀了她，我就是死也不会跟你们走的，反正也就是一条命，大家一拍两散好了。”

商君暗暗观察着那冷残男子的表情。

男子盯着这个箭尖毫不犹豫地抵着自己咽喉的男子，冷冽眼神微闪，冷声说道：“两个一起带走。”

石舫虽然不爽，但还是收了大刀，不知道是不是故意的，他粗鲁地抓住阮听雨受伤的右肩，像拎小鸡一样把她拖起来。商君扔掉箭，揽过阮听雨的腰，把她从石舫的大手上解救下来。被这样一折腾，阮听雨的右臂再受重创，即使疼得冷汗直流，她仍是紧紧咬着牙关，哼都不肯哼一声。

这时，一股绵长温厚的暖流自背心缓缓注入，不仅缓解了她的疼痛，还及时护住了她外泄的真气。阮听雨回过头，商君的手稳稳地护着她的背心，依旧是那样温和地笑着。

原来他会武功，那他为什么不走呢？他拉得动星月弓，还有这样均匀绵长的内力，他想要脱身并非难事，他为什么不走？

给了阮听雨一个少安毋躁的表情，商君扶着她随着山贼一路往前行。

井向天蹲在杨牧面前，看到杨牧眼中的恨意，心情大好，大笑道：“听着，你的两个主子能不能活命就看你的了，十天的时间，五百万两，就在这里赎人。见不到钱你们就来领尸体吧！”

“走。”冷冽一声令下，原来还盘踞在山谷的山贼立刻有条不紊地撤退，一会儿便消失在山道上。除了一地的残箭和惨烈的尸体，山道又恢复了平静。杨牧用力敲着自己的头，他为什么要在那个时候出现？如果小姐有什么不测，他就是死一百遍也弥补不了。

脚上的刀伤几乎割断了他的筋脉，杨牧一点一点地向前爬着，血污泥泞的脸早已看不出表情，只有那双坚持的眼闪耀着不弃的光芒。

商君搀着阮听雨，随着山贼的大队人马，向着峡谷旁边的山林走去。走进一条类似一线天的狭小山涧，商君发现山涧上有五六个人守着，从他们所在的高度，远远地就能看见靠近他们的人，而且这里一次只能通过一到两个人，可以说是一夫当关，万夫莫开。

穿过山涧，是一大片密林，到了这样宽阔的地方，山贼却依然保持着一条线的行进方式。领头的是那个冷残的山贼头子，其他人一个接着一个跟在后面，很有秩序。

那个年轻的男子忽然走到他们跟前，不怀好意地低声笑道："好好跟着前面的人，不然小命可不保。"

扶着阮听雨，商君不语，跟着他们一路走进去，看着他们走下的弯曲线条，还有周围一些刻意按时辰及星宿摆放的巨石，商君明了，这是一个幻迷阵。她从小跟着师父习武、钻研奇门遁甲之术，这个阵对于她来说，是最简单的初级阵法。只是对不识奇门术数之人，那就是个要人命的阵势，它能让你永远走不出去，还会出现幻象。这些山贼不是每个人都知道如何行走，所以才会这样一个跟着一个。

密林不小，走了半个时辰，他们才走出去，好在出了密林，眼前豁然开朗，是一片广阔的洼地，应该是一座悬崖的底部。

商君抬眼看去，前方不远处，就是一个寨子，高大的寨门敞开着，门梁上是一只展开双翅的雄鹰，它眼含凶光，一副俯冲之势，仿佛它看中的猎物决不能逃脱一般。

这里应该就是御枫所言的飞鹰寨吧。商君暗叹，他们果然不是善类，天险山涧坐镇，迷阵辅佐，想要进入这山贼窝，真正就是一个"难"字！

走向山寨不算长的路旁，站满了大声欢呼的山贼，商君粗略地算了一下，也有两三百吧。光现在看来，这个飞鹰寨就有四五百人，还不算她可能没见到的，山贼的人数也超过了之前的预计。

才走进寨门，只见一个粉装少女像一阵旋风一般，直冲下来，十二三岁的样子，两条长长的麻花辫晃来晃去，没有多余的缀饰，清秀的脸上满是笑意。她跑到冷冽面前，拽着他的衣袖，大发娇嗔：“哥，你们终于回来了。”

冷冽冷冷地“嗯”了一声，虽然依旧冷漠却少了那残酷的神情。越过她，冷冽走近寨门旁的六旬老者，恭敬地叫道：“明叔。”

老者捋着长及胸口的胡子，扫了一眼冷冽花了整夜劫来的成果，眼光在商君脸上停顿了一会儿，并没有说什么，只是拍着冷冽的肩膀，一边向寨子里走去，一边笑道：“回来就好。来，我有事和你说。”

冷冽跟在老者身后，走了两步，又停了下来，对着身后的大胡子说道：“把他们关到后山崖谷。”

大胡子愣了一下，赶紧点头。

被几个山贼押着往左边的山坡走去，商君警觉，后山崖谷应该是个特别的地方，不然大胡子不会发呆。这个山寨隐身于崖底，到底还有多少秘密路径和洞谷，她要想办法弄清楚才行。妹妹冷芙盯着商君远去的背影，问道：“石头，那两个人是谁啊？新掳回来的？”那个男子长得真俊呢！

一说起这个，石舫一肚子的不爽，哼道：“嗯，那个女人够烈的，要不是看他们还可以换钱，我早杀了他们。”

“他们是哪家的人？”每次被押回来的人都是一身华服，惊恐万分，窝囊死了，而那人却是布衣棉衫，脸上完全没有害怕的样子，奇怪。

石舫皱着眉，想了好久也没想出来，敷衍地回道：“什么医药世家的，谁知道呢，有钱赎就行！”

医药世家？整天被困在飞鹰寨，她都快无聊死了，冷芙在石舫耳边轻轻笑道：“我去看看！”说完就像只老鼠一样溜了过去，可惜她还没跑出几步，就被人拎住了背心。

石舫头痛地说道：“你回来，待会儿被大哥知道有你好看的。”这小祖宗骂也骂不怕，打也打不怕，整天就知道瞎胡闹，累得他们也跟着受罚。

冷芙背对着石舫做了一个鬼脸，转过来的时候却是一脸的讨好：“放心啦，明叔说了有事和哥商量，他才不会这么快有空理我呢！走啦，带我去，求求你，你最好了，石大哥——”

那刻意拉长的嗲音，让石舫这个大男人起了一身鸡皮疙瘩，啐道：“他们有什么好看的！走走走，去别的地方玩去。”

软的不行？冷芙立刻冷起一张俏脸，威胁道：“去不去？你不带我去我自己也会偷偷去的。到时哥哥怪下来，我就说是你教我这样的。”

“你——”石舫气结，这个小妖精！他用力地抓抓本来就已经够乱的胡子，终于还是妥协地说道，“只准看一眼！”

“好！”冷芙赶快点头以示同意，跟着石舫走向后山崖谷。冷芙一脸狡黠，哼，等到了那儿，想看多少眼还不是随她喜欢。

商君扶着阮听雨，绕过寨子，走上了一个斜坡。坡上的守卫很是森严，上到坡顶，是一间石砌的牢房。

“进去！”她们被山贼粗鲁地推进室内，关进了石室中几根木头隔成的牢间里。石室的后墙是一大面空窗，只用圆木简单地拦着。商君奇怪，前边守卫如此森严，何以后面疏于防守成这样？她想过去看看，手却被阮听雨拉住。

“你为什么……”阮听雨才说了几个字，商君忽然抓紧她的手，示意她不要说话，这牢里还有人。

因为那面空窗，中午的阳光还是可以照进来，石室里并不黑。商君微微眯眼，看向牢房的另一角落里还有一个人。那人缓缓地挪出一点身子，阳光照在了他的脸上。是一个十五六岁的少年，白净的脸上满是稚气，虽然年纪不大，却已是俊逸非常。锦缎缝制的华服上脏乱不堪，散乱的发髻上还插着几支稻草，看样子已经被关在这里有些日子了。

少年也打量了她们很久，终于轻声问道：“你们也是被抓进来的吗？”

商君轻轻点头。少年看了商君怀里的女子一眼，女子满身的血吓得他惊道：“她受伤了！”在角落里一阵翻找，少年从里面找到一个小皮囊水袋，小跑到商君身边，笑道：“这是我趁着下雨的时候接的一点儿水，给——”

“谢谢。”商君感激地接过，小心地喂着阮听雨。肩上的伤已经让她渐渐恍惚起来。商君擦干阮听雨嘴边的水迹，将水袋递还给少年。少年又推给商君，说道：“你也喝一点儿吧，他们经常不给饭吃，也没有水喝的。”

商君微笑着摇头，把水袋放到少年手里，她一两天不喝水也不会怎么样，既然水这么珍贵，还是留给他吧。少年也不再多说什么，抱着水袋，干脆在商君身边坐下，自顾自地说起来：“我是苍月人，在家排行老三，大家都叫我三儿，跟着叔叔出来做生意，路过这里就被他们抓了，你们呢？”

商君思索了一会儿，才避重就轻地回道：“我们是临风关人，她是我妹妹听雨。你年纪小，就随听雨叫我大哥吧，我们也是路过的时候被他们掳来的。”这孩子很聪明，先用水和他们接近，还想套他的话，在这贼窝里关了这么久，脸上却没有恐惧。如果他真的也是被抓来的，那他的背景一定不凡，不过好在他并没有恶意，商君也就不想拆穿他了。

“哦。”少年点点头，也不再追问。

商君想把阮听雨放在干草上休息，谁知才移动她的身体，阮听雨立刻疼得倒吸了一口凉气，嗞——

商君皱眉，让她靠着石壁，轻轻撕开她右肩的衣服。少年立刻识相地别过头去。右肩上血已经干涸，但是长箭穿肩而过，留下了一个见骨的伤口，折腾了一个晚上，伤口溃烂，脓血正沿着右臂一点一点地往下流。

商君脱下衣摆已经撕得破烂不堪的外袍，轻轻地披在阮听雨身上，拍拍阮听雨的脸，让她清醒一些，轻声问道：“你给杨牧吃的药还有吗？”那药能救杨牧，一定也能救她。右臂疼得没什么知觉了，阮听雨闭着眼睛回道：“没了。”她当时只想救杨牧，已经全给了他了。

她脸颊的热度让商君一惊，抚上她的额头，好烫！商君站起身，拍打着圆木大声喊道：“来人！来人！”

阮听雨艰难地睁开眼睛，问道：“你干什么？”

商君没有回头，淡淡地回道：“伤口再不处理，你的手就要废掉了。”这样好的弓，这样精准的箭法，这样好的女子，失去一条右臂就太可惜了。阮听雨美丽的眼睛看着那仍是用力拍打圆木的清瘦背影，他的影子变得越来越模糊，只因她眼中蓄满了水雾。叫了好一会儿，石室的门砰的一声打开了。

“不要命了，在这里还敢大喊大叫！”伴随着怒吼出现的，除了像山一样的壮汉，还有那个俏丽的粉装少女。看见有人冲进来，少年利落地将水袋塞进衣服里，一步一步地悄声往后退到墙角处，静观其变。

来的是石舫，想要拿到药有些棘手了，不过商君还是略带恳求地说道：“我妹妹的伤很重，你们能不能拿些止血的药材过来？”

石舫一听就怒了，吼道：“你以为这是善堂还是药铺？没杀你们就不错了，还想拿药！”

身后的冷芙上前一步，眨着一双无邪的大眼睛，笑道：“是啊，我们这里药材很难找的，只有后山的狼穴里有一些。”“狼穴”两个字她还刻意说得特别大声，一边说着，一边走到石室的大窗旁，指了指下面，不怀好意地说道，“喏，就在你背后的斜坡下面，你想要，就自己去摘。”

商君走近石窗向下看去，她终于明白为什么这后面疏于防范了，因为没有必要。石窗外面就是一个陡坡，并不高，不足三丈，任何人都可以跳下去。只是下面是一片广阔而茂密的矮林，站在上面看下去只见绿幽幽的一片，林间草丛晃动，除了狼之外，应该还有别的动物吧！这种未知的恐惧足以让人胆战心惊。商君收回视线，冷芙等着看他哭丧着脸的样子。商君却轻松地回道：“好，我可以自己去摘。”

“你去？去喂狼吗？”冷芙嗤之以鼻，嘲笑道，“那里可都是饿了很久的野狼群，只怕你药没找到，小命就搭在那里了。”他那风一吹就能吹跑的竹竿身材，还不够狼群塞牙缝呢。商君扫了石舫和冷芙一眼，自傲地说道：“那可不一定，你们不行不代表我不行。”这两人都是急性子，激将法对他们应该有用。

下面的矮树林都不高，不能躲避在树上，要是遇到狼群只有一搏，那饥饿凶残的东西一点儿也不比所谓的武林高手弱。她不是不怕，而是必须去这一趟，阮听雨的伤不能再拖，下面密林之中应该有她要找的药材。还有一个她一定要下去的原因，那就是要弄清这片密林通向哪里。进口处有个狭窄的一线天，马车根本进不来，那山贼是怎么把货物运进山寨的，一定还有其他路。

冷芙瞪大了眼睛，这人简直大言不惭，她不服气地叫道："好大的口气，好，你去摘！石头，放他出来！"一边说着她还一边抢过旁边守卫的钥匙，就要打开牢门。石舫虽然也被商君的话激得火冒三丈，但是还没有丧失理智，他拉过冷芙，劝道："芙儿，别胡闹，让他进狼穴，等于让他去送死。我们还要靠他赚赎金的！"

冷芙哪管这么多，她长这么大还没见过谁敢在她面前嚣张，尤其是看见商君那骄傲的笑容，她更是心火狂烧。她指着商君，煽风点火道："谁让他口气这么大，死了活该。而且不是还有他妹妹嘛，一样可以要赎金啊。再说我们是山贼，你看他嚣张的样子，还说我们做不到他做得到。完全是蔑视你！这还得了，对不对啊！"

石舫本来就是个火暴脾气，这么一激，也失去了理智，哼道："好，就放你进狼穴，我倒要看看那时你还怎么嘴硬！"他打开大锁，把拴在木门的铁链一把拉下来，对着商君嚷道："你给我滚出来！"

商君看也不看他一眼，走到阮听雨身边，帮她把衣服盖好，附在耳边低声问道："我就认识几种草药，龙牙草、黄花香薷、曼陀罗够了吗？"一些粗浅的治伤药她还是知道的，就怕这些药还不足以治疗她的伤势。

阮听雨哪里还管这些，用没有受伤的左手紧紧抓出商君的衣袖，虚弱的她声音都快发不出来了，还是不停地说道："不要，不要去……不要去！"她知道他有武功，可是狼窝是万万去不得啊！商君轻拍阮听雨，示意她放手，她却拽得更紧，手不住地颤抖着，就算没有了一只手，她也绝不让他去，因为光是想着他被狼群围攻的样子，她宁愿自己的手废掉。

商君轻叹一声，轻轻点了她左臂的穴道，阮听雨只觉得左手瞬间变得无力，即使百般不愿，手还是不得不松开。商君给了她一个放心的笑容，然后潇洒地起身，对着靠坐在一旁的少年笑道：“三儿，麻烦你帮我照顾一下听雨，好吗？”少年被那抹仿佛什么都不惧怕的从容笑脸震得片刻无语，缓过神来后立刻点头回道：“好。”

冷芙不耐烦地叫道：“走啊！磨蹭什么！”待会儿让你吓得屁滚尿流。

商君依然还是那样骄傲地笑着，倒显得他们气急败坏幼稚而笑。冷芙更生气了，推搡着商君往外走。他们出了石室，少年立刻站了起来，靠在窗旁观察着外面，从这里可以清楚地看见下面乱林的情况，如果那个叫商君的男子真的跳下去了，他就能看见。少年微微眯起的眼隐含着危险的精光，他此时沉静的脸上，哪里还有什么幼稚的神情。

少年叫萧纵卿。他有些希望那男子跳下去，因为他很想看看他还有什么能耐；他又有些不希望他跳下去，几天前一个所谓的武林高手，就从这里跳下去了，自以为能穿过这片狼穴逃出去，结果还没半个时辰，伴随着狼嚎，只听见几声凄惨无比的叫喊，就再也没有了声息。如果那个丰神俊朗的男子也这样死了，那怪可惜的。不过看他刚才那自信满满的样子，或许值得期待也不一定。

石舫押着商君走到石室旁，脚下是陡峭的土坡，眼底全是密林，不时还能听见几声让人毛骨悚然的狼嚎。冷芙叉着腰，得意地笑道：“跳下去啊！”

商君微微眯起眼，看向远处，十几里之外有山石，或许那里就有出口。置身密林，最怕的是迷失方向，抬头看看渐渐西斜的烈日，跟着太阳走，她应该能在日落前走到。商君还在思索着如何穿越密林，冷芙看他一会儿皱眉一会儿眯眼的，以为他终于怕了，于是更是得意，讽刺道：“不敢了吧，你现在求饶还来得及。”谁知她话音未落，商君忽然向前一跃，迅速而利落地跳下了陡坡。冷芙和石舫还没有回过神来，商君已经置身密林之中。

“喂——”冷芙一脸的惊慌，大叫道，“你还真跳啊!”她只是看不惯他骄傲得不把她放在眼里的样子，想要吓吓他而已，好不容易有个这么有趣的人，她可没想真的让他去喂狼啊。

站在陡坡边上，冷芙焦急地盯着下面，叫道：“我放绳子下去，你快上来，里面真的有狼群，会死人的!”说完对着也一样惊奇万分地看着密林下方的守卫吼道，“看什么看！拿绳子啊!”

石舫也紧紧地盯着密林，眉头紧锁，原来他对这个弱不禁风的男人厌恶得很，不过现在倒是有些佩服他了。为了妹妹，居然头也不回地跳下明知饿狼遍地的狼穴，算条汉子！看他跃下时很是轻盈，是有些武功的，顺着绳子爬上来应该没有问题。只可惜一阵手忙脚乱之后，绳子是放下去了，下面却早已没了声息。“喂——你还活着吗?”“喂——”冷芙叫了半天，回答她的只有空旷的密林和渐渐偏西的日光。

石舫也纳闷，这人跳下去之后，怎么就没个回响，林子并不高，他走动的话，应该能看见草木晃动，但是现在却什么动静也没有，难道摔下去就摔晕过去了？冷芙烦躁地走来走去，嘴里不停地嘀咕咒骂着商君的愚蠢。

“你们在那儿看什么呢!”井向天好笑地看着石舫目不转睛地盯着乱林的样子，有这么好看吗？不就是一片林子几窝狼嘛。

冷芙赶快跑过去，拖着井向天到陡坡旁，指着下边急道：“井向天，你快想办法，那个男人他进狼穴里去啦!”井向天为人机灵，比石舫聪明，或许他有办法把那个不怕死的男人弄上来!

“谁？石舫，怎么回事?”井向天忽然有一种不好的预感。

石舫抓抓头，不耐烦地回道：“就是刚才押回来的那个男人。他大言不惭，说要进狼穴给他妹妹找药材，他想死我当然成全他!”

“什么？他下去多久了?”

冷芙喃喃回道：“差不多半个时辰了，他跳下去的时候我就放绳子下去了，可是下面一点儿动静也没有，不知道是不是已经死了。”

“你们糊涂！”井向天瞪着石舫，骂道，“怎么能让他下去?！芙儿还是孩子不懂事，你这么个大人，也没有脑子吗？现在明叔说要见他，人却没了，你们闯大祸了！”原来也觉得让那个男人下狼穴是做错了，可是现在井向天这样大声地吼他，石舫也不爽起来，不过就是一个俘虏，他犯不着当着这么多人的面吼他。他越想越恼火，也大声地吼道：“不就是赎金嘛！他妹妹不是还没死！”

井向天气结，他懒得看他，仔细地看着下面的密林，什么动静也没有，晃了晃绳子，也毫无回应。石舫还在一旁生着闷气，井向天无奈地叹道：“赎金还是小事情，你知道阮家的医术在这一带是多么有名吗？他有可能医好大哥的脸。你居然让他进狼穴！”

井向天这么一说，石舫和冷芙都傻了眼，冷芙缩了缩脖子，低着头一句话也不敢多说。记忆中哥哥是个开朗阳光的人，自从脸被席邪那个坏蛋毁了之后，就变得阴阳怪气起来。如果她早知道那个男人能治好哥哥的脸，她一定把他供起来。石舫那被胡子遮住的脸也瞬间没了脾气，他拿起自己的大刀，说道：“我进去把他带出来。”祸是他闯的，他自己会承担。

“林子这么大，你知道他去哪里了吗？人没找到自己被狼吃了！”井向天拦住意气用事的石舫，头痛不已。这大块头年纪明明比他大，怎么还这么不成熟。石舫甩开井向天的手，赌气地回道：“就算被吃我也会找到他的。”

“够了，你什么时候才能用脑子思考！”井向天实在受不了石舫的别扭，别过头去，也不再拉他。石舫握紧手中的大刀，想要反驳，又发现自己没有立场，将兵器狠狠地插进旁边无辜的树干里，背对着井向天生闷气。两个人就这样谁也不理谁地闷不吭声。冷芙咽了咽口水，小心地问道：“那……现在怎么办啊?”那个男人还在下面耶，他们自己倒吵得起劲。冷芙在心里暗暗腹诽，果然，男人都是不理智的家伙。当然，她自己不会承认，这一切都是她煽风点火挑起的。

井向天将手环在胸前，气还没消，口气不好地回道：“我怎么知道怎么办！只能希望他不会走很远，希望白天狼不会出来，希望他还能活着出来。”陡坡上两个大男人像孩子一样相互赌气着。

夕阳西下，阳光已经失去了活力，只留下让人流连的晚霞，金黄的霞光照在乱林上，让它看上去美丽、宁静而梦幻。只可惜，这美好的霞光很快就会消逝，而月华渐升之时，乱林将迎来最活跃也最恐怖的时光。

夜晚，从来都是它们觅食的时刻。那个叫萧纵卿的少年靠着石窗，若有所思地盯着坡下平静的林子，那个男人，去哪儿了呢？

商君此刻已经走到了林子的尽头。跃下陡坡的时候，她并没有直接跳进乱林之中，而是用软剑插入了陡坡上的山石，吊在陡坡上。石舫看不见草木晃动，那是因为商君根本没有落下去，而是吊在他们脚下。

商君在那里观察了一炷香的时间，终于轻轻地落下，她没有贸然直接闯进乱林之中，而是沿着林子的边缘走，虽然这样会慢很多，但是比较安全。狼群白天虽不常觅食，可是饿狼除外，而且你只要遇见了一只，就意味着要对付一群，所以商君选择了保险的道路。提足真气，没有花很多的时间，她已经到了乱林的尽头，这里有三座山峰挡住了前面的路，难道这个乱林并没有出口？商君脚踏山石，借力上了山的顶峰。太阳落下，天已擦黑，不过商君还是看到了前面不远处，就是入口的一线天。这个发现更肯定了她原来的猜测，这里边一定有出口，山贼只要通过这个出口，就能不经过一线天，把劫来的东西运进山寨里，但是这个出口在哪里呢？

在峰上找了一圈，商君一无所获，跃下山峰，她沿着山脚一路查看。月亮越升越高，借着月光，商君发现最右边的山峰下，有一处石板非常奇特，蹲下身子，轻轻拨开上面的泥土和杂草，露出一块纯黑的岩石，石上有一些空洞，轻敲石板，声音很清脆，下面有可能是空的。商君有些激动，这石板一定与她要找的出口有关。俯下身子，摸索着石板的周围，非常光滑，什么机关也没有，商君又仔细看了一下那些空洞，发现它是按照天干、地支排列而成，别看这几个小小的洞，却有八十一种变换。她按照排列一一尝试，到了第三十八种的时候，只听见石板咯吱作响，慢慢下沉。

这是一个空穴的入口，商君感受着里面传出的微微气流，可见风是流通的。沿着不算宽的洞走进去，里边居然别有洞天。洞里很黑，商君拿出火折子，借着微弱的火星子，她看见了眼前是一个巨大的洞穴，应该就是大山的下面，而洞穴里横七竖八地堆满了货物，有些已经结了很厚的灰。在洞里走了一圈，她发现了几堆看上去很新的东西，走过去细看，流光溢彩，细腻丝滑，是布匹。这些应该就是慕容舒清丢的货吧。

洞很大，商君找了很久，还是没发现另一个出口，灭掉火折子，她凝神静气，六神皆平，感受到了洞里的气流流动的方向。沿着这个方向，商君终于找到了一面特别凉的石墙，墙旁边有一处微凸的石头，用力拍下去，石墙竟缓缓打开。她走出去一看，果然是在一线天前方的山道，这个洞穴就是山贼存放赃物的地方。虽然心里非常开心，但是商君还是悄悄地退了回去，走出洞穴，将石板轻轻关好，再撒上泥土，将一切恢复原样。

光找到赃物还不够，她还要想想如何才能灭了这些山贼，而且阮听雨还等着她，她必须回去。握紧手中的软剑，商君再一次沿着乱林的边缘往那间石室的方向走去。

走到一半，忽然闻到一股淡淡的异香，停下脚步，商君眯眼看去，借着月光，看到在离她半里之外，草丛间隐约盛开着几朵硕大而炙烈的火红花朵，那是——曼陀罗。商君怀里已经摘了龙牙草、黄花香薷，原本以为这片林间没有曼陀罗，想不到还是让她找到了。有了它，不仅能让阮听雨减少疼痛，还能防止她被寒湿之气侵蚀身体。即使在入夜的密林里，狼啸虫吟不绝于耳，但为了那棵曼陀罗，商君还是踏进了危险的密林深处。

放低身子，小心地拨开两侧的矮丛，商君尽量不发出声音。来到花朵旁，它的异香更加浓烈，似乎光是闻，都能让人恍惚。妖艳的红在月光的照耀下，非但没有柔和些，反而更加妖艳。取下头上的发巾，商君小心地包起几株花茎，轻轻把花摘下来。曼陀罗从花到枝茎都有毒，不小心沾上了可不好玩。包好放进怀里，商君正要离开，不期遇上了一对绿幽幽的眼眸，在这样的夜里，让人不寒而栗。

商君缓缓站直身子，手抚上腰间的软剑，退后一步背靠着一棵小树，与它对峙。野狼忽然仰天长啸。商君抽出长剑，银白色的寒光让上前几步的饿狼停下了脚步，在商君面前走来走去，也不再上前。

提足真气，商君向正前方猛冲过去，她移动的同时，她左右侧的狼也同时向她跃起。商君挥动软剑，右边的狼立刻身首异处，同时左手被一股力量狠狠地撕扯，接下来就是钻心的痛，她的手几乎麻痹。反手击出一剑，咬着她左臂的狼也被截成两半。

商君脚下一刻也不敢停顿，狼群被血腥味激得更加兴奋和疯狂，一路呼啸而来，它们的速度比她想象的要快得多。商君只觉得身后追逐的狼影越来越多，她屏足气，现在只能极力地向前冲。

井向天抬头看看越升越高的月亮，摆摆手，说道："这么久了，估计是死了。算了，明叔已经等得不耐烦，我回去禀报了。"

冷芙和石舫对看一眼，都垂着头跟着井向天准备回去领罚，才走出两步，忽然一声骇人的狼啸自密林深处传来，这样的叫声每天晚上都会不时响起，只是今晚的啸声此起彼伏，仿佛异常兴奋。

萧纵卿原来还在闭目养神，听到狼啸之后立刻惊得睁开了眼，就是这个叫声，前几天夜里饿狼吃人的时候也是这么叫的。他起身盯着下面的密林，只见由远及近，树影疯狂地摇晃着，速度极快，是人吗？还是狼群？

井向天和石舫也有这样的疑问，他们警觉地握紧武器，紧紧盯着急速而来的影子，影子越来越近，到了陡坡之下，一个灰蓝身影破林而出，一跃而起。冷芙看清来人的样子，兴奋地大声叫道："你们看，是他——是他！他居然还活着！"

商君虽然使足劲力，但是刚才一路急速奔跑，根本没有时间调息。这一跃只勉强跃上陡坡，她半趴在陡坡上，已经没有力气再往前，脚还吊在半空中。陡坡下，饿极的狼群狂躁地扒着陡坡的沙石，幽绿的眼紧紧地盯着那即将到口的美食，此起彼伏的狼啸声回荡在密林间。这人还能活下来，真是奇迹，井向天回过神来，赶快说道："快拉他上来。"

冷芙开心地叫了起来："你居然没死，太好了！"刚才他从半空跃上来的样子实在太帅啦。

石舫看看自己满是鲜血的手，再看看商君那血肉模糊的手臂，惊道："你的手怎么样？"这伤口是狼咬的吧，那竹竿一样的手怕是要废了。

动动自己的手臂，有些麻痹，好在还有感觉，商君大口大口地喘着气。再久一点儿，她就要被狼追上了，真的好险。终于松了一口气，商君跌坐在地上，低低地笑道："没事，小伤。"

冷芙蹲在商君身边，托着下巴，好奇地问道："你运气真好，差点就被狼吃掉了。你是怎么逃过狼群的？"他的头巾不见了，头发散乱地扎着，满手鲜血，喘息不已，狼狈不堪。不过冷芙却觉得此刻的他，俊得让人心跳。商君好笑地看着这个好奇宝宝，不愿多谈，轻笑着调侃道："要感谢你放的绳子。"

冷芙一愣，继而大笑，得意地对商君说道："我就说嘛，还是我的功劳，没有我你死定了！"

石舫和井向天可没有冷芙这样天真，在如此茂密的树林里，跑得过嗜血凶残的饿狼，他的速度该有多快。月色下，这个刚刚经历了一次生死大劫，左臂上还在流淌着血的男人，还有心思逗别人。这人真的只是一个医学世家的少爷吗？

商君喘够了，慢慢站了起来，对着冷芙问道："我妹妹呢？"

冷芙指着石室，说道："在里边。"他们可没有闲工夫去管那个受伤的女子，不过下午看她的伤势这么重，死没死就不知道了。

商君匆匆进了石室，萧纵卿迎了上去。商君对他笑笑，走到听雨身边，只见她平躺在稻草上，眼睛半睁着，口里不断地低喃着："不要去，不要去。"

"听雨？听雨！"商君半蹲下身子，轻拍着她的脸。阮听雨完全没有反应，依然那样叫着。商君看向萧纵卿，问道："三儿，她怎么会这样？"

萧纵卿一脸无辜地摇摇头："你走之后，她就这样一直叫，我喂她水她也没有反应。"商君皱眉，将阮听雨扶起来，更用力地拍着她的脸，让她看着自己，并大声说道："听雨，你醒醒，我回来了，醒醒。"

商君努力了好一会儿，阮听雨的脸颊都拍红了，才慢慢有了反应，混沌的眼睛也有了焦距。她看清商君，忽然激动起来，沙哑着声音想要说话却又说不出来："你——"商君点点头，安慰道："我回来了。"

阮听雨终于露出了一抹宽慰的表情，眼睛一闭，晕了过去。

商君一惊，赶紧抚上她的手腕，还好，脉象只是弱了一些。商君让冷芙端来一盆水，接着将阮听雨肩部的衣服全部撕毁，把捣碎的草药轻轻敷上去。石舫忙插话道："你快点，我们当家的还要见你。"

商君挽起自己的衣袖，将手浸入水里，褐红的血水沿着手臂流淌着，把水染成了红色。她随便清洗了一下伤口，抓起阮听雨没有用完的药敷上，放下衣袖，从容地出了石室。迎向等在外面的井向天，商君笑道："走吧。"

跟随着井向天，两人向主寨走去。

看看躺在那里不省人事的阮听雨，再看看那盆泛着浓重血腥味的水，冷芙倚着石门，盯着那道渐行渐远的消瘦背影想，这个人，和她见过的所有人都不一样。

第六章　飞鹰寨主

主寨。烛光将室内照得宛如白昼，偌大的房间里，只有明华和冷冽两人，一张残破的绢布放在石桌之上。冷冽双手紧握成拳，手臂的青筋因为愤怒而暴起，那双死死盯着绢布的眼，也染上了血红的腥臊，即使已经尽量克制，愤恨之情仍不容掩饰。

明华轻叹一声，劝道："冽儿，这件事我们还需从长计议，切不可莽撞行事，席邪敢公然挑衅，可见必是有了什么凭借，我们不得不防。"

这张丝绢是一支利箭送来的，就插在一线天守卫的身上，这是席邪的挑战宣言。飞鹰寨与险狼寨从上一代开始就结下了宿怨。当年冷冽的父亲冷磷与席邪的父亲席峰卓同时看上了一个女子，而女子选择了冷磷，从此冷、席两家冲突不断。后来女子在生下冷芙时难产死了，席峰卓认定是冷磷害死了他深爱的女人，两人大战了一场，两败俱伤，不久双双离世。

不知道是宿命还是冤孽，两人同时爱上一个女子的悲剧再次发生在冷冽和席邪身上。这次席邪没有给女子选择的机会，将她掳回了险狼寨，女子不堪受辱，自尽而亡。当年冷冽年轻气盛，只身前往险狼寨，席邪当着他的面，焚烧女子的尸首。冷冽最后抢回了女子的尸体，但同时也毁了自己的俊容。将视线从绢布上移开，冷冽闭上眼睛，待情绪稍稍平复，才冷然地回道："你放心吧，明叔，我不会再犯五年前的错误了。这次，他敢来，我必定要他把命留下来。"他心中默念：星儿，这仇我一天也没有忘记，我不会让你白白死的。

明华摇摇头，他没看到他自己满脸的杀气和躁动吗？洌儿这样怎么和阴险的席邪斗？拍拍冷洌的肩膀，他劝道：“今天你也累了，回去休息吧，明日我们再好好商议防范之计。”

冷洌沉默不语，这时，井向天在门外叫道：“明叔，人带到了。”

冷洌疑惑地看向明华。明华尴尬地笑笑，假意撑着自己的腰，笑道：“听说阮家医术了得，我想让他帮我看看这腰痛的老毛病。”这个井向天办事不力，早不来晚不来，偏偏这个时候来。

冷洌眼神一暗，转身向门外走去，明华才刚想松一口气，冷洌却在门边停下，冷漠地说道：“明叔，我脸上的伤永远也不可能治好了，我也不在乎，你不用白费心机了。”说完用力推开主寨的木门。井向天有些不知所措地站在门外，干笑两声，叫道：“大哥。”

冷洌看也不看他一眼，孤傲的背影很快消失在主寨前。商君玩味地看着冷洌急于走避的背影，他真的不想治脸吗？还是，不敢想？

“进来吧。”一会儿之后，一道苍老的男声从屋内传来。井向天轻轻推开门，对商君招了招手，商君缓步踏进了这所灯火通明的屋子。

屋内主位上，两张大红木椅子，其中一把椅子上坐着入寨时看见的老者。近看之下，他显得更加苍老，那双看起来不再锋锐的眼眸里平静而祥和，山贼该有这样一双眼睛吗？商君对眼前这个老者来了兴趣，如果没有猜错，那些奇门遁甲之术应该出自他手。

明华也暗暗打量着眼前这个布衣男子，散乱的发丝、残破的衣衫，还有血污的左臂。此刻的他，没有了入寨时的优雅，不过丝毫不影响他的风度，长身而立，但笑不语，却已是尽显风流。

“你就是阮家的大公子阮听风？”早就听闻阮家大公子文采风流，医术卓绝，如果是眼前的这个男子，传闻确非谬传。阮家大公子叫阮圻风吗？商君暗笑，她自己都不知道。商君微微拱手，既不承认也不否认。他不说话，明华当他默认了，直言道：“我也就不再拐弯抹角了，你能治好冷洌的脸吗？”商君连思考都不用，直接回道：“不能。”

井向天急了，说道：“你不是名医吗？试都没试过，怎么就说不能呢？”

商君淡然地回道：“他重度烧伤成那样，又经过了这么多年，脸上的皮肤甚至经脉早就已经死了，想要完全治好是不可能的。而且，他本身从心里就抗拒治疗，更加没有希望治好。”她虽然对医术并不精通，却也知道烧伤几乎不可治，再则，冷冽在门边说那样的狠话，不就是说给她听的嘛。

明华盯着商君淡然的脸，不相信地说道：“你说不能完全治好，意思是还是可治的。”商君想了想，回道：“可以治，不能完全恢复，但是能让他看起来没这么狰狞。”她只打算拖时间，可并没有真的想要帮他治，最重要的是——她根本不会治。

明华不知道商君这些心思，叹道：“太好了，你明天就给他治。”

商君点点头，笑道：“首先，你们要先说服他配合，然后给我准备两间房，让我和我妹妹搬下来住，我不想待在狼窝里给他治病。”忽然一张清秀的脸庞在眼前闪过，商君继续说道，“还有，那个男孩，我需要他给我做助手。”明华警觉到什么，问道：“你认识他？”那男孩是半月前掳回来的，而且他是苍月人，他们不应该认识。商君摇摇头：“刚才在牢里认识的。”

在商君脸上，明华看不出什么端倪，他起身走到商君面前，苍老的声音虽然在笑，听起来却让人不怎么舒服：“你是在和我谈条件？凭什么？你不过是一个阶下囚而已。”

商君低笑，任由明华将她由上到下打量够了，才轻松地低语：“凭阮听风的名声和医术，凭冷冽那张需要治疗的脸，凭你们再也找不到能治他脸伤的人。”仿佛询问一般，商君轻轻勾起嘴角，问道，“够了吗？”

那双原来还算平静温和的眼，此刻闪着阴狠的光芒。商君轻轻挑眉，这才对嘛，山贼就应该有这样的眼神，平静温和不适合他。

“你是第一个敢和我谈条件的人。我答应，不过你最好知道自己在做什么。如果冽儿的脸没有好转，我会让你知道和我讲条件是一件多么愚蠢的事情。”他满是皱纹的脸，此刻看起来比冷冽那张毁容的脸更加狰狞。

明华与商君对面而立，他讨厌这个男人眼中的坚定和从容，还有挑衅！

清晨的阳光透过简朴的木窗，照进不大的小屋里，虽然算不上刺目，却也晃得人眼晕。商君起身，拉下床旁的帷幔，为还在昏迷的女子遮去点点阳光。女子睡得并不安稳，梦魇不断，忽然她惊恐地睁开眼睛，仿佛被什么恐怖的事情纠缠住一般，此时她耳边传来温和的问候：“你醒了？”

阮听雨立刻看向说话的男子，看清是商君后，她终于平静了下来，看看周围的摆设，这是一间简单的小木屋。她只记得他们被山贼掳去了，于是不解地问道：“这是哪里？”商君还未来得及回答，阮听雨却因为看见自己这一身的粉藕罗裙而惊叫道：“我的衣服……”

商君轻笑，赶快解释道：“你放心，是那个小姑娘给你换的。”

听了他的解释，阮听雨忽然觉得有些不好意思起来，虽然与他结识不久，却也知他是个大丈夫，怎么会做出那样的事情，即使真的帮她换了衣衫，也是权宜之计，自己这样倒显得小气了。

看她尴尬的样子，商君故意轻松地岔开话题，“我们能出那牢房，还得要感谢你哥的名声。我会替他好好给那山贼治脸的。”说完还狡黠地扬扬眉。阮听雨被逗笑了，这人有一颗七窍玲珑心，总是会为别人着想。记起自己晕厥之前他满手是血的样子，阮听雨拉着他还满是血渍的衣袖，急道：“你的手臂怎么样？一定很痛。”

商君收回手，淡笑道：“已经上药了，放心。”

阮听雨可没他那么轻松，盯着商君的眼里满是忧虑，她严肃地交代道：“你不要大意，狼牙有毒，很多人不是被狼咬死的，而是伤口溃烂而死。你待会儿一定要用马齿苋、桑叶捣碎敷在被咬的地方，经常换药，知道吗？”商君连连点头，看她精神好些了，也忍不住调侃道：“你现在看起来很像一个大夫。”

白了他一眼，阮听雨笑道："我本来就是大夫。"只是医术没有大哥好而已。说到大哥，她才想起商君并不会医术，他要如何给那个山贼头子治脸呢？阮听雨脑子里思考着治疗烧伤的各种办法，然后一股脑地说给商君听，生怕他记不住，她说得又慢又详尽："烧伤的皮肤需要重新打开创面，先以幸罗寞草加泉水敷在旧伤上，一天伤口就会溃烂，然后用狼须庚加付幽草每日清洗创面两次，将死去的经络去掉。七天之后用月见草、栀子、黄芩、赤芍、皂刺碾磨成粉，敷于患处，让它重新生长，再辅以当归、丹参汤药，能够让他的脸有好转。"说完，阮听雨又担忧了起来，如果治不好山贼头子，商君会不会有危险呢？她低下头，懊恼地叹道："我的能力只有这样而已，即使再怎么努力，也不可能恢复成原来的样子。如果哥哥在，或许还能有更好的办法。"

这个女子真是有意思，虽然看起来英姿飒爽，果敢决绝，却有一颗比谁都柔软敏感的心。拍拍她的手，商君安慰道："你放心，我不过是在拖延时间，让你能好好养伤，至于他的脸伤，能治多少就治多少吧。而且你的医术看来也不弱，算他走运了。如果没有你，被我乱治一气，估计他另外一边脸也得毁了。"商君本意是想逗她开心，让她心情放松一些，谁知说完阮听雨不但没笑，反而眼眉间的愁色更浓，她轻咬下唇，问出了她疑惑很久的问题，"你为什么要救我，又为什么要陪我入贼窝涉险？"

商君起身，走至窗边，轻轻推开窗棂，初春的暖阳和着微凉的寒风，洒满木屋。靠着窗棂，商君微笑着回道："我说过你是一个奇女子，救你不是应该的吗？而且，我本来就打算要闯一闯这龙峡谷的。"

阮听雨抬头，盯着那抹几乎要融入阳光中的身影，他脸上似乎总是漾着这样温文的笑容，只是笑容的背后，就像一个黑洞，有着无穷的力量和神秘感，让人疑惑，却欲罢不能。他说他本来就是要闯龙峡谷的，还有他那自信的眼神，她疑惑道："你是想……"除掉这些山贼？阮听雨话只说到一半，商君将手轻轻放在唇上，做了一个噤声的动作。这时敲门声立刻传来。商君起身走到门后，打开门，见到一张笑颜如花的脸。

“阮大哥。”冷芙捧着一套衣服，递到商君面前，献宝一样地笑道，“我给你也准备了一套干净的衣裳。你试试，是新的。”她拉起商君的手，也不管他的意见，就将衣服塞进他手里。

商君看着自己手中的纯白锦衣，轻咳一声，有些尴尬地笑道：“多谢姑娘。”这姑娘的热情还真让人有些受不了。冷芙摇摇头，笑道：“你叫我芙儿好了，我该谢谢你肯帮我哥哥治脸。你换衣服吧，明叔说让你到主寨去一趟。我在外面等你。”说完，一阵风一般地又跑了出去。

商君还在感叹那丫头来去如风的爽利个性，只听见背后阮听雨冷冷地说道：“小姑娘是看上你了。”

“听雨！”商君头疼地低叫。他可不想惹上任何少女的怀春心事。将衣服放在一旁的木椅上，商君出了木屋。阮听雨瞥了一下那白得晃眼的衣衫，不禁有些懊恼。她是怎么了，为什么看那丫头为他准备衣服，她就隐隐觉得不高兴，而他没有穿，自己又有些欣喜。她烦躁地抓起被子，将自己的脸蒙了起来。她一定是休息不好，才会这么莫名其妙。

商君才走出阮听雨的房间，坐在屋外长凳上的萧纵卿立刻起身，迎了上去，憨厚地笑道：“谢谢大哥把我从那鬼地方救下来。”

商君轻轻拍着他那俊秀的脸，笑道：“不用谢我，我只是觉得，你这只小狐狸，带在身边看着更加安全。”

“呃？”萧纵卿前一刻还笑得阳光灿烂的脸，这一刻僵在那里。他有什么破绽吗？是他掩饰得不够好，还是这个男人真的如此敏锐？

不再看他审视的眼，商君绕过他，说道：“从今天开始你就是我的助手了，走吧。”这少年身上的秘密一定不比自己少。

萧纵卿狭长的眼眸微眯，他似乎不用再演了，也好。很久没有兴奋的感觉了，被掳来算一件的话，他就是第二件。快步跟上商君，他这么喜欢把他带在身边，他一定全力配合。

冷芙一直噘着嘴，他居然不穿她给准备的衣服，她可是找了很久才找到那套最好的白丝锦缎，不领情。哼！

才刚走到主寨前，一声狂暴的怒吼从室内传来："我不会治的，明叔，你不用再说了。"这吼声吓得冷芙不敢再踏近一步，是哥哥。好可怕，哥哥从来没有和明叔这么说过话。商君轻扬唇角，这男人都喜欢让人未见其人，先闻其声？还是他不应该叫冷冽，而是应该叫"火暴"？

"冽儿！"伴随着老者的低喊声，冷冽粗鲁地踢开木门。

冷冽的气恼让他本来就骇人的脸更加可怕，冷芙悄悄咽了一下口水，小步地后退。看见门前的商君，冷冽直直地朝他冲了过去，冷芙吓得赶紧捂住眼睛。天呀，哥不是要杀了他吧？

冷冽冲到商君面前，却并未出手，他的双眼因为怒火已布满血丝，拳头也握得咯咯作响。瞪着眼前这张俊逸的脸，冷冽吼道："你给我滚回牢房去，不要让我再看见你。"他不需要什么大夫，不需要！

他在隐忍？还是躲避？或者是恐惧？商君揣度着，冷冽脸上的烧伤背后，必是有一段情，或者一场恨？将手环于胸前，商君对着那匆匆离去的背影大声叫道："喂，你是不想治还是不敢治啊？"岂料商君话才出口，一个钩子一般的利器以极快的速度朝着她的脸面击过来。商君惊得立刻弯腰侧转，避过铁钩。谁知钩后面居然还连着锁链，锁链的另一端就执在冷冽手中。只见他振臂一挥，锁链带动钩子，向商君横扫过去。

商君此时跃起是可以躲过铁钩，但是站在他身后的少年一定会被铁链击中，冷冽已是下了死手，少年被击中的话，他的小命就玩完了。片刻的犹豫，铁钩已近在咫尺，商君只好拉着身后的少年扑倒在地，一阵狼狈的翻滚，才险险地躲过钩链。冷冽轻扯链条，倒钩又稳稳地回到了他手中。

好厉害的钩子，能如此自如地控制这少说数十斤的武器，冷冽的武功不低。商君微喘站起身，大胆地迎向冷冽阴鸷的眼，拍拍衣摆的灰尘，低低地笑道："怎么，恼羞成怒？"

萧纵卿好不容易从地上爬起来，听见商君又在大放厥词，赶紧退到他身后丈余外的地方，这男人不怕死，他还想多活几年呢。

似乎觉得还不够，商君上前几步，用极尽挑衅的语气说道："这伤能让你保持仇恨的心情？还是你要用它纪念谁？或者你害怕自己忘记？”

商君每多说一句，冷冽的脸就冷硬一分。最后他终于狂暴地骂道：“你给我闭嘴！”随着他声音而来的，是攻势更加猛烈的铁钩。这次商君有了防备，轻踏主寨下的石梯，飞身一跃，轻巧地躲过了冷冽载满恼怒的一击。他抓住钩子后边的铁链，与冷冽各执一端，暗使劲力，铁链左右拉扯着，一时不见输赢。

其他的山贼看见这个俘虏竟然敢跟老大动手，纷纷围过来，握紧手中的刀剑，向商君慢慢逼近。明华轻轻抬手，阻止了其他人的动作。这个阮听风有些本事，能接住冽儿钩链的人少之又少，现在暗比劲力，冽儿也未见得占上风，想不到阮家有此能人，难怪他昨天敢和他谈条件。但是，他有如此了得的功夫，何至于被他们掳回来？

与商君对峙，冷冽微惊，对面那股内力醇厚而绵长，只守不攻。他越是用劲，反噬的力量就越强，他自己心里明白，他根本不是对手。

商君感受到冷冽劲力减弱，暗暗催动真气。冷冽只觉得手上一麻，再看时，商君已放下一端的长链，退后数步，脸上依旧挂着清朗的笑容，仿佛刚才出言挑衅的不是他，与他动手的也不是他一般。

商君身上的布衣又是血污又是泥土，早已经脏乱不堪，刚才的打斗也让左臂的伤再次渗出血来。商君毫不在意，握紧左腕，不再看向冷冽，意味深长地说道：“有些仇恨是噬骨都不会忘记的，这印记不过是仇者的战利品。你若是想要保留，尽可以不治，就让它永远陪着你，说明你是一个失败者。”他若真懂得什么是不能忘却、不敢忘却的恨，就知道它根本不需要任何印记和提醒，依然夜夜蚀心。

一句失败者，再次燃起冷冽心中的怒涛，但是他握紧长链的手，却久久没有挥出去，只因冷冽在商君看似随意优雅的脸上，看见了他熟悉的恨意，那种如他所说的夜夜蚀心的恨。两人就这样各有所思地沉默不语，冷芙莫名其妙地看着刚才还暴跳如雷，现在却盯着阮大哥发呆的哥哥，觉得气氛有些诡异。而这诡异的气氛被石舫的一声惊呼打破：“大哥，一线天点起了狼烟。”石舫的吼声将所有人的视线引向一线天。只见远处黑烟滚滚，烟雾直冲云霄。

山贼们窃窃私语，冷冽皱起了眉头，手上的锁链也感受到他的怒意而轻轻地抖动着。席邪果然是个奸险之徒，昨天下的挑战书说三日后拿下飞鹰寨，今日就迫不及待了，既然如此，又何必下什么挑战书。

他早来也好，他们早就该决一死战了。将铁钩收回握在手中，冷冽向寨外奔去，奔出数步之后，他忽然回身，看着商君一脸悠闲的样子，低声命令道：“把这两个人押回去。没有我的命令，不许他们出木屋一步。”

这个男人来飞鹰寨必有所图，不过他感觉得出来，他和席邪不是一条道上的，等解决了席邪，再和他较量。明华盯着滚滚的狼烟，本来满是皱纹的脸因为愁绪而显得更加苍老，他轻叹一声，转而入了内室。他要想想如何调整密林里的幻阵，希望这次它还能守得住飞鹰寨。

飞鹰寨一下子陷入了紧张的气氛中，就连爱闹的冷芙也跟着明华进了主寨。商君看向萧纵卿，只见他微低着头，让人看不清他的表情，商君猜测，这少年脑子里一定在盘算着什么。走到他身边，商君用力拍拍他的肩膀，笑道：“走吧。”萧纵卿被吓了一跳，抬起头来，迎向商君笑得开怀的脸，不解地问道：“去哪里？”

商君好笑地指指围着他们的五六个壮汉，轻松地回道：“你觉得我们还能去哪儿？没我们什么事，回房睡觉。”说完商君乖乖地向小木屋走去，只是那闲散的步伐，仿佛是在他家后花园散步一般。

萧纵卿快步跟上，瞟了一眼商君再次流血不止的左臂，像是询问更像是讽刺地说道：“你真的不怕死？”

“怕。”商君认真地说道。萧纵卿一愣。商君话锋一转，闲闲地笑道：“所以趁他没杀我之前好好睡一觉。”

萧纵卿恼火地瞪着商君走进房间的背影，觉得自己被耍了，不甘心地继续叫道：“喂，你一直不声不响，为什么要在今天激怒他？又为什么在这个时候展露你的武艺？”他忽然这么做，一定有什么目的。

商君脚下一滞，优雅地转过身，这小子不错，脑子清晰，思维敏捷，她微笑着朝他招招手，示意他靠近。萧纵卿看见这么亲和的笑容，有些戒备，不过又想知道答案，还是跟了过去。

商君故作神秘地微微弯下身，笑道：“用你的小脑子想一想。”

萧纵卿还没反应过来，商君的房门就砰的一声，关上了。

差点被门打中他的鼻子，萧纵卿暗啐一口，这人就爱故弄玄虚。

商君自然不会是真的要回房睡觉，她将门闩上。昨夜听见了看守在木屋外的山贼对话，她知道险狼寨与飞鹰寨之间将有一场恶斗。想了一整夜，她终于想到了解决龙峡谷山贼的办法，这也是她为什么沉默了这么久，要在今天激怒冷冽的原因：一是看看他的实力，二是让他注意到自己，显然，这招成功了。

商君轻轻将窗推开一个细缝，向外看去，几个山贼都聚在一起，眼睛盯着一线天的方向讨论着，并没有注意她。商君利落地推开窗户，翻身出去，将窗户轻轻关上，沿着墙壁，走到了木屋的背面，躲开了守卫的监视。木屋旁边，就是后山崖谷的斜坡，从旁边矮林过去，不需要经过狼穴，就能到达山贼藏赃物的三座山峰，那里应该可以看清一线天发生的事情。商君弯腰隐身于矮丛间，躲避周围山贼的视线。

这飞鹰寨就像是一个迷宫，处处荒草，处处小道，让人极易迷失方向，不过成也萧何败也萧何，正是这些小道荒草，帮助了商君在寨子里自由来去。弯腰行进了差不多半个时辰，商君终于到了山峰之下，她脚踏岩石借力，轻松地到了峰顶。

半蹲下身子，商君俯视，发现距一线天一里外，聚集着五六百人，个个手持大刀长剑，脸上的表情是常年嗜杀之人才会有的阴狠残酷。为首之人杀气更盛，长什么样子商君看不清楚。只见他端坐在一块垫着白虎皮的岩石之上，旁边立着一把一人高的大刀，刀锋闪着幽蓝寒光，可见这刀上淬了剧毒。这一行人或坐或站，并没有要攻进去的样子，那他们围在这里是为什么？一时猜不透他们的意图，商君向一线天看去。冷冽已经站在狭缝之上，井向天和石舫在他身边说着什么，只是冷冽的眼一直盯着对方头子所在的方向。那决战之心，商君在这么远的山峰上，都能感受到。可惜对方还是闲暇地坐在虎皮之上，从气势来看，冷冽过于外放，略输一筹。

在一线天，井向天担忧地说道：“大哥，席邪已经这样坐了两个时辰了。”

冷冽默不作声，只是冷冷地盯着席邪。旁边的石舫烦躁地抓抓满脸的胡子，怒道：“他下的挑战书是三日后攻进来，现在集结于此却没有进一步动作，他到底想干什么？要打就打啊，婆婆妈妈！”

井向天苦恼，拍拍石舫的肩膀，劝道：“你不要太焦躁，席邪为人阴险，诡计多端，你这样就有可能中了他的计谋，我们一定要小心戒备。”

石舫显然不是能静得下心来的人，他对着冷冽急道：“那要怎么办？大哥你说句话啊！”井向天拉拉石舫的衣袖，示意他不要吵，冷冽却在此时命令道：“加派一百人上一线天驻守，另外占据相邻的几个山头，只要席邪靠近一线天，就把他给我射成刺猬。”

冷冽身上，杀机四起。井向天只觉得他仿佛一只饿极了想要立刻冲出去将敌人撕裂的狮子，连理智都快丧失了。井向天很是担心，不得不提醒道：“大哥，一线天只是一个窄小的狭道，根本容纳不下一百人，还有，一线天岩壁陡峭，要将箭运上来非常费工夫，我怕这里的箭不够御敌。”

终于，井向天的提醒还是让冷冽找回了一些理智。他暗暗调息，按下心里叫嚣的恨意，别过头去，不再看向席邪。只要看见他那张得意的脸，他就会想到星儿在烈火中被焚烧的情形。

冷冽越过井向天，查看一线天上堆放长箭的地方，只有十来捆，如果席邪真的攻过来，这些箭只够抵御不到一炷香的时间。环视一眼周围的群山，冷冽说道：“调三十人上来，再调一百人运箭，直到这一线天放不下为止。席邪攻过来的时候，附近山头的兄弟先用箭阵阻其道，他们进入下边的狭道时，上面的兄弟再放箭，每一支箭都不要浪费，绝不能让他们入密林，即使入了也要让他们死伤惨重。井向天，你要守住这里。”

“是。大哥你放心，我不会让他们有机会踏进飞鹰寨的。”井向天答得干脆，大哥终于又有了应有的判断力，刚才的他太危险了。石舫等了好一会儿，冷冽也没有给他任务，不禁急道：“那我呢，大哥？”

“明叔在密林里一定还有安排，你随我回去听候差遣。”密林是飞鹰寨最后一道屏障，他绝不能让席邪进入。

“是。”石舫兴奋地跟着冷冽下了一线天，迷阵他一向不精通，这次他一定好好和明叔学。

冷冽离开了一线天，商君也悄悄地下了峰顶，因为，她还要去见一个人。

龙峡谷入口。御枫站在绵延山道的入口。今天，是第一个三天之约的日子，他奉命日出就等在这里，等那个只身前往峡谷的男子。看着渐渐偏西的太阳，御枫仍是一动不动地等待着，只是心里却不认为今天还能等到他。轻微的草木晃动。御枫警觉到有人靠近，手抚上了腰间的长剑。此人身手极快，御枫还未拔剑，他已来到他的面前。

是他。御枫拔剑的手终于缓缓放下。商君将一张绢布递给御枫，就立刻在山道旁的石头上坐了下来。怕时间赶不及，商君一路狂奔而来，累得不住地喘气。

御枫拿着绢布，盯着眼前喘息不已、衣衫凌乱的男子。这世上就是有些人，即使是一身狼狈、动作不羁地坐在乱草间，也只能用“优雅”二字来形容，仿佛他身边的一切都因为他而变得美好起来，眼前的男子就是这种人。看了一眼商君血污的左臂，御枫并不多言，低头打开丝绢，看见上面密密麻麻的图案之后，不禁结舌，这是——

“这是飞鹰寨的地图。”商君轻松地笑道。他起身来到御枫身旁，指着地图，解说道，“我已经找到他们藏赃物的地方。这几日内，险狼寨与飞鹰寨会有一番对决，你带人在这附近等候，以烟火为号，看见信号你们到这个口等候，趁他们内讧的时候，你们就把慕容舒清的货物运走。”

如果说御枫原来还在怀疑商君的能力，那么，在他拿到这张他找了半年，而商君只用了三天时间就拿到的飞鹰寨的地图时，他彻底服了。

对商君有了敬佩之心，听了他的解说，御枫提议道：“既然他们内讧，我们何不在他们两败俱伤的时候坐收渔人之利，一举将他们剿灭?”这是一个再好不过的机会。商君轻笑着摇摇头，解释道：“且不说山贼众多，我们未必能一举剿灭，即使如愿得胜，这龙峡谷内十多个山寨依然存在。就算最后真的全部歼灭了，我们也没有能力派人驻守整个龙峡谷。这里是滋养山贼盗匪的地方，你我灭得了一次、两次，可灭得了三次、四次?”商君暗叹，御枫想的，自己何尝没有想过，只是最终仍觉得不可能实现。

御枫皱眉，不认同地说道：“你的意思是看着这些山贼继续杀人越货也无能为力了?”商君没有因为御枫的咄咄逼人气恼，她看看快下山的太阳，并不多做解释，只是微笑着回道：“我自有打算，你回去安排人手吧，最好找些武艺高强的，而且要快。”商君不说，御枫也不再多问，将丝绢放入怀里，酷酷地转身离开。

“等等。”御枫才走了两步，商君忽然叫住了他。御枫以为他还有什么要说的，转过身来等他说，谁知商君苦笑着举起左手，轻晃着，略带恳请地说道：“我受伤的事，别告诉慕容舒清。”

虽与慕容舒清结识不久，却已知她是极善良之人，她若知自己受伤，必会担心难过吧。那张温柔宁静的脸，最适合她的应该是微笑。

御枫心下微怔，这人，不枉主子牵挂他。御枫轻轻点点头，转身离去。踏着余晖，商君也向飞鹰寨狂奔而去，她的计划已经开始。

第七章　交易

临风关龙峡谷外。

初春，是欣欣向荣的季节，篱笆栅栏旁嫩绿的小草已经长成茂密的一大片，冬日落尽叶子的树木，也在春风的召唤下，吐露新芽。夕阳之时，余晖遍洒，温暖的霞光让人感到温暖，而鼻尖淡淡的草木芬芳则让人怡然舒爽。

木屋前的小院里，慕容舒清半倚在软榻上，忽然有些心绪不宁起来。御枫出去已经一天了，商君究竟如何？那个总是如此倔强的女子，是否安好？慕容舒清握着手中的茶，直等到夜幕降临，才终于等回了御枫。

御枫入了院门，抱拳道：“主子。”

慕容舒清放下手中的茶，急道：“怎么样，他有消息吗？”

御枫点点头，从怀里掏出绢布，恭敬地递给她。慕容舒清轻轻展开，是一张密密麻麻的图纸，她果然没有看错人，才去三日，就拿到了如此细致的贼窝地图。舒清暗暗松了一口气，她还有心思画图，可见，起码是安全的。

御枫将今日的对话一一禀告：“他说，险狼寨与飞鹰寨近日会内讧，让属下带人在龙峡谷等候，等他的信号，趁山贼恶斗的时候，将货物运出来。”

舒清把地图轻轻折好递还给御枫，淡淡地回道：“嗯，按照他说的做。”

御枫拿着绢布站在那里，欲言又止。舒清疑惑地看着他，微笑着问道：“还有什么事吗？”

御枫捏紧绢布，虽然今天商君已经解释了缘由，但是他还是觉得不应该错过这次机会，思考过后，御枫回道：“主子，山贼内讧，正是铲除他们的大好机会。”

慕容舒清若有所思，拿起微温的清茶，轻酌了一口，才又问道：“商君怎么说？”

御枫无奈地回道：“他说他自有安排。”

慕容舒清肯定地点点头，说道：“按他的意思做，他要什么就给什么，不要打乱他的计划。”御枫说得没有错，鹬蚌相争，渔翁得利，确实是大好的机会。但是商君既然身处其中，应该更明白这个道理，她已经将她视为合作伙伴，视为朋友，信任她，就是她最应该做的。

“是。”将丝绢塞进怀里，这次御枫不再有异议，大步离去。

茶凉了，有些涩，慕容舒清缓缓放下茶杯，夜幕下，远处连绵起伏的龙峡群峰，高耸而诡秘。

飞鹰寨里，每个人都围绕着即将到来的恶战在紧张地准备着，三天来，除了门口依然不变地守着四个人，商君他们的生活可以说是非常平静，席邪没有攻进来之前，她什么也不打算做。

走近阮听雨的房间，商君轻轻敲门，没想到门没闩上，一下就被推开了。室内，阮听雨拿着一截软木做成的简易弓箭正练习拉弓，只是她的肩伤未愈，才试了几次，就已经满头大汗。

商君踏进屋内，拿下她手中的木箭，轻叹道：“你的伤没好，不要乱动。”

看着阮听雨挫败地在床沿上坐下，商君给她倒了一杯茶，笑道：“你想要回你的弓箭，是吗？放心，好好养伤，我会帮你找回来的，只有你才配拿它。”

那是师父传给她的弓箭，听到商君说能帮她要回来，阮听雨先是开心不已，后来想一想，又担忧地说道："你不要轻举妄动，万一惹恼了他们，你会有危险。"

商君摇摇头，笑道："他们自顾不暇，没心思管我。"今天就是三日之约的日子了，不管是出于什么原因，席邪要等到今天才攻进来，这场恶斗都在所难免。

什么意思？阮听雨还想再问，一声声整齐的吆喝声从一线天的地方传过来，远远地，纷杂散乱，听不清楚。

"什么声音？"阮听雨一脸的莫名其妙。

商君推开窗户，吆喝与杂乱的声音更大，看着那又一次直冲云霄的滚滚狼烟，商君知道，这场较量终于开始了。

走到阮听雨面前，商君严肃地说道："待在这儿，千万别乱走，记住了吗？"

虽然不明就里，阮听雨还是点了点头，相信他，似乎是再自然不过的事情。

飞鹰寨的人，一部分去把守一线天，一部分在迷阵里部署，一部分守卫主寨，留在寨子里的并不多，商君轻松地就越过密林，上了峰顶。半蹲着身子，商君看清一线天前的景象，不禁微惊。这席邪比她想的要难对付得多。

席邪手下，二十人一排，五十人一列，一百人就是一个方阵，每三人举着一块长条形的盾牌，从四面到顶上，都严严实实地遮盖起来，将山贼护在其中。好在他们并非士兵，彼此间的协作不好，必须靠着口号行进。冷冽安排山头上的人不停地放箭，偶尔能击中几个没举好盾牌的山贼，但是仍无济于事，还是阻止不了他们前进的步伐。

商君暗叹，那盾牌应该是精心设计过的，大小刚好可以通过一线天，等他们到了狭道，将盾牌分开顶在头上进入，即使上面的人再怎么射箭，也是伤不了他们。一线天的另一头虽然也有伏击，但是他们有盾牌，箭是用不上了，入口如此小，只怕那边也站不了几个人。如果敌人是跑着进入，那他们又能砍伤几人？这一线天基本就是没用处了。

商君看向依然悠闲地端坐在虎皮上观战的席邪，不免担忧起来，他们这样行进的速度虽然有些慢，但是进入一线天则是迟早的事情。在盾牌上就花了如此多的心思，席邪这次只怕势在必得吧。

掏出怀中的烟花，商君立刻将它点燃，只见一缕青烟直上云霄，一会儿之后散做一朵彩花，消失在天际。下边打得热闹，也不会有人在意这么一枚小小的烟花，即使看见了，也无暇顾及。

信号已经发出，下面虽然还打得热闹，商君却不再逗留，转身跃下山峰。回到木屋前，商君利落地放倒门外的守卫。

匆匆来到萧纵卿的房间，商君想把他一起带走，但是房间里空空如也，根本没有他的影子。商君蹙眉，那少年去了哪里？外面的喧闹声越发大了起来，已经没有时间再耽搁，商君转而走向阮听雨的房间。

商君才敲了两下，门立刻打开，看清是商君，阮听雨急道："外面发生什么事了？"

"没什么，两伙山贼打起来了。走，我带你离开这里。"商君避重就轻地回答，拉着阮听雨一路向外疾走。

商君难得的急促让阮听雨敏锐地感觉到，外面一定发生了什么大事，果然，随着商君出门，就看见院前横躺着几个原来看守他们的山贼，不知是生是死，远处黑烟滚滚，在屋里听到的吆喝声现在听起来更加清晰。

阮听雨以为他们是要从进来的地方出去，谁知商君拉着她朝后面的矮丛走去。不明原因，阮听雨还是毫无异议地跟着商君往密林里钻，她的眼睛盯着商君拉着她的手。虽然知道只是一时权宜，她还是微微红了脸颊。

商君在前面一路疾走，根本没有注意这些。御枫看见信号后，应该已经赶过来了，她要快一些才行。

好不容易到了山峰下的入口，商君熟练地打开暗门，自己先探身下去，然后对着身后的阮听雨说道："下来，里边黑，你要小心。"

阮听雨点点头，稍稍弯腰，慢慢地走了进去。

里边确实很黑，什么也看不见，好在商君一直站在她身边，平稳的呼吸声让阮听雨忐忑的心稍稍安定。

商君掏出火折子引燃，淡淡的光亮在这漆黑的洞穴里，已足够看清附近的东西。

阮听雨被眼前堆得横七竖八、琳琅满目的货物吓了一跳，不禁低呼道：“这是……什么地方？”

商君一边辨别着门的方向，一边随意地回道：“山贼藏赃物的地方。”

“你是怎么发现的？”看他熟练地进入这里，一定不是第一次来，他来这里的目的是什么呢？阮听雨只觉得自己心里有许许多多的疑问。

商君轻笑道：“碰巧。”

碰巧？阮听雨撇撇嘴，这世上哪有这么多巧合？

终于找到暗门的位置，商君欣喜地笑道：“跟着我，到这里来。”

一切等到离开这里再问吧，阮听雨压下心里的疑问，默默地跟着商君在满是货物的洞穴里走着。

到了石门边，商君用力拍了一下旁边微凸的石头，石门缓缓打开。

阮听雨惊叹，原来这里还有一个出口。正想拉着商君赶快离开，却发现门外站着一队人马，五个人却牵着十几只马，就这样悄无声息地立在那里。阮听雨心下一紧，戒备地看着他们。

御枫看见阮听雨走出来，也是暗暗惊讶，手中的长剑准备随时出鞘。

好在商君及时出现，按下御枫紧握剑柄的手，轻声笑道：“货在里边，你们动作快些。”前面就是席邪手下进攻的队伍，虽然有几面巨石挡着，却依然非常危险，越快离开越好。

御枫松开握剑的手，向着身后的人使了一个眼色。几人都是麻利之人，立刻进入洞穴中，将装着布匹的车套上马，一辆一辆地拉出洞穴。

阮听雨靠着旁边的岩壁，看着这些人在她面前来来往往地装载着，不敢置信地盯着商君，声音有些颤抖：“你……你也是盗贼？”

商君苦笑着回视阮听雨可以算得上是惊恐的眼，无奈地解释道：“我只是拿回我的东西。”

“你的东西?”阮听雨仔细看看他们拉出来的货物，都是一些丝绸、茶叶之类的。这些山贼确实常常抢劫商人的货品，阮听雨轻声问道：“你是商人?”

商君坦然回道：“是。”从那日与舒清在雪山下谈过之后，她就已经决定要做一个商人了。

听到商君肯定的回答，阮听雨长舒了一口气，还好，他不是盗贼。阮听雨怎么也不能将眼前这个浅笑而立、温和儒雅的清瘦男子和唯利是图的市侩商人等同起来。

“装好了。”不到一炷香的时间，御枫已经将货物全部搬上马车。令他意想不到的是，在几个月前丢失的那一批货居然还在这洞穴里，这次他们也可以一并找回了。

商君将阮听雨带到御枫面前，诚恳地说道：“御枫，她也是被山贼掳回来的可怜女子，你帮个忙，把她带出去，送回阮家吧。”

御枫看了一眼阮听雨，爽快地点头。

听出商君托付的语气，阮听雨急道：“商君，你不走吗?”

商君微笑着摇摇头，回道：“我还有其他事情要做，还有你的星月弓不是吗？我说过会把它还给你的。”

阮听雨抓着商君的衣袖，劝道：“可是太危险了。”她不要星月弓了！

商君拍拍她的手，安慰道：“我会没事的。你家人还在等着你回去，快走吧。”说完商君转身进了石门，门缓缓地关上了，阮听雨盯着紧闭的石门，喃喃地说道：“小心。”

他说会还她星月弓，是不是说，她还有机会见他?

商君这边费心地将阮听雨送了出去，那边萧纵卿却是不愿离开。

主寨后的树林，葱绿而茂密，不仔细看很难发现里边有人。萧纵卿双手环胸，盯着远处的滚滚黑烟，那张清秀年轻的脸上，看不出喜怒。他身后三个壮汉抱拳微躬着，一脸的恭敬。

萧纵卿轻声问道：“这些都是你们搞出来的？”

为首的林义头皮发麻，低着头，既无奈又有些委屈地说道：“您被山贼掳走，大少爷知道以后暴怒，下了命令要将您救出来，还要将这座寨子夷为平地，把山贼头子挫骨扬灰……”

“够了。大哥说了什么我没兴趣知道。”萧纵卿头痛地揉揉太阳穴，这些话，绝对是他家暴躁的大哥会说出来的。

林义斟酌着继续说道：“属下打听到险狼寨与飞鹰寨之间有宿仇，所以暗助险狼寨，让他们两虎相争。不过三少爷放心，属下只是暗中指点，并没有牵扯上萧家。”远处喊杀声越发逼近，林义急道：“三少爷，他们就快攻进来了，让属下护送您离开吧。”进攻的主意是他出的，接下来要发生什么事他最明白，这个寨子不久就会被攻陷，他们还是早些离开为好。

摆摆手，萧纵卿优哉游哉地回道：“不着急，应该还有好戏即将上演，我现在舍不得走。”那个神秘的男人要玩什么花样他还没看明白呢，怎么能走。“三少爷……”林义为难地低唤。

“无须多言。你们退下，我想走的时候，自然会走。”萧纵卿抬起手，阻止林义说下去，缓慢低沉的语气里，流淌着满是不容违抗的威严。

“是。”除了等这难缠的主子主动同意离开，他们也没有其他的办法了。如果三公子会听人摆布的话，他就应该乖乖待在家里弹琴赋诗，也不会被掳到这贼窝里来了。萧家三位公子，大公子脾气火暴，二公子沉默寡言，三公子倔强难缠，他们是谁也得罪不起，只能眼睁睁地目送他大摇大摆地回到那间小木屋里了。

萧纵卿回到小屋，只看见横躺在地上的几个山贼，找遍了木屋里的三个小间，都没有那两人的影子，难道他们已经趁乱逃走了？外面乱哄哄的一片，萧纵卿却没了看热闹的兴致，无聊地坐在门槛上。好不容易有一个能引起他好奇心的人，居然也跑了，真是可惜。

伸了伸懒腰，萧纵卿也准备离开了，这些山贼争地盘的斗殴他一点儿兴趣也没有。刚站起身，就看见那道熟悉的灰蓝身影从小屋后走来。萧纵卿眼前一亮，原来还意兴阑珊的脸立刻变得神采奕奕。商君走过来，他马上兴致勃勃地笑道：“喂，你把妹妹送走了，自己为什么不走？”

商君本来打算直奔主寨，却意外地听见了那少年显得有些兴奋的笑声。不远处黑烟缭绕，喊杀震天，他还能如此镇定地揶揄他，他昊然猜得不错，少年必不是寻常人家的孩子。商君向他走去，双手环胸，背靠着门槛旁边的木栏，如他一般悠哉地回道：“你猜。”送走了妹妹，没有后顾之忧，那就是要放手一搏喽，萧纵卿肯定地说道：“你想趁着他们内讧，将他们一网打尽。”

商君摇摇头：“还有没有别的答案？”他想听听少年能有多少心思。

不对吗？萧纵卿轻抚下巴思考着，一会儿之后，他自信地说道：“你想将他们收为己用。”这些山贼虽是莽撞之徒，好好调教一番，也可用。

商君不急不慢地笑道：“还有吗？”

又不对？萧纵卿站起身，来回地走了好几圈仍是想不明白，能为我用者留，不为我用者杀，他这样不杀又不留的，是为了什么？

等了一会儿，商君看向远处的密林，除了黑烟滚滚之外，隐约可见火光四起。时机终于到了，她站直身子，掸掸身上的尘土，快步朝主寨走去。萧纵卿还在思考着商君的用意，却见他挥挥衣袖走了。他不禁急道：“喂，你去哪里？”商君没有回头，只是随意地回了一句：“想知道就跟着来。”萧纵卿赶快小跑着跟上了商君。

主寨内，明华一整天都蹙着眉，盯着乱林的地图，上面已经密密麻麻地画满了标记，旁边还堆着许多关于奇门术数的书籍，表情极其凝重。

“这该死的席邪，去哪儿弄来这么多的盾牌，箭都已经快射完了，根本挡不住他们。”石舫握紧手中的大刀，暴躁地在屋里走来走去，惊雷一般的大嗓门震得人耳朵发麻。走到明华面前，石舫忍不住抱怨道：“明叔，席邪已经攻进了一线天了，你还在看什么啊？”现在都什么时候了还盯着那些书，又说要保存实力，不让他和老大出去和席邪打，但是现在人家都打进门来了，还保存什么实力。真是气死他了。

冷芙狠狠地踹了石舫一脚，戳着他的肩头，小声地骂道：“死石头，没看见明叔正在研究乱林迷阵，吵什么!”明叔都已经几天几夜没好好休息过了，他还在这儿瞎胡闹。冷芙那点小鸡力气，石舫一点儿也不放在眼里，只是心中有气不吐不快，“该做的前两天不是已经做了，现在看这些书还有什么用。”这两天来他又是搬石头，又是砍树枝的，他都没有怨言，可是敌人都打进家里了，还在这儿啃书是何道理!

“不管了，我宁愿出去迎战席邪，也不在这里坐以待毙。”将刀扛在肩上，石舫就要往外冲，死也要和兄弟们死在一起。早知道要被关在这儿，还不如陪井向天在一线天和席邪交锋来得痛快。冷冽上前一步，阻了石舫的去路，按住他的肩膀，低吼道：“够了石舫，给我闭嘴。”已经够烦躁了，他还在这里闹事。他狠狠地推了石舫一下，将他肩头的大刀打落。石舫心里生气，却也不敢对大哥动手，负气地蹲在角落生闷气。

冷冽在主寨里等了好几个时辰了，听到来报，都是席邪攻入的消息，他心里也着急，也窝火。实在撑不住，冷冽走到明华身边，不解地问道：“明叔，迷阵是不是出了什么问题？为何我们要困于此!”这张地图，是冷冽的父亲，也就是他的义弟冷磷画下的，他跟着冷磷学了多年奇门术数，也略有心得，义弟去了之后，一直是他在布阵守护着飞鹰寨，只是这几日，他怎么算怎么觉得不对劲，却又看不出哪儿有问题。

“这阵不对劲。”紧紧地捏着手中的书，明华苍老的声音里有些惶恐和焦躁。不对劲？主寨里众人面面相觑，这阵守护了飞鹰寨三十余年，怎么就不对劲了呢？大家都莫名地有些心慌。

“确实不对劲。”这时一道温和而略带轻笑的男声赫然传来。

蹲在门边的石舫第一个站了起来，拿起大刀，吼道：“谁?”

商君微笑着漫步而来，脸上那优雅的笑容，与他一身污衣极不相符，却一点儿也没有影响他悠闲的气息。他越过石舫，在冷冽面前站定，轻笑着与他对视。冷冽皱眉，戒备地说道：“你现在来这里，想怎么样?”

商君肯定地笑道：“帮你。”

石舫立刻嗤之以鼻，哼道：“就凭你这么个瘦竹竿？席邪一刀就能把你劈成两半。”商君但笑不语，走到明华身边，挑了一本桌上的书籍，随意翻了几页，又放下，再拿起一本又讪讪地翻着。主寨里的人不明就里，暗暗揣度着这个奇怪的男人想干什么。萧纵卿则轻松惬意得多，倚着最旁边的书柜，饶有兴味地等着看好戏。

就在石舫快要受不了商君的悠哉，准备大骂的时候，商君才淡淡地说道：“奇门之术，讲究的除三奇、八门、六仪、九星之外，更要融合于阴阳、五行、八卦之中，今日二月十八，近春分，属阳遁，居震卦数三。你既然摆下的是乱林迷阵，就应该知道，此阵不仅需辅于辰位、宿位，还有气数、天时。你学艺不精，连未时三刻属迷阵凶门中的死门都看不出来，还摆什么阵势？”那声音不高不低，语气不急不慢，却是把明华说得一无是处。

明华此时，如遭电击一般，双目圆睁地愣在那里，忽然又像是发了疯一样地抓起一本书，不停地翻着，不知道要找什么。商君潇洒地拉过一张椅子，在书桌前坐下，轻敲着桌面，含笑地看着明华手忙脚乱的样子。

石舫不太明白商君说的意思，但是他说完之后，明叔就变得这样紧张兮兮的，虽然他刚才有抱怨，但是他心里还是很尊敬他老人家的。他拿起大刀指着商君，警告道：“你胡说八道什么，明叔研究奇门术数几十年，那时候还没你呢。哪里轮到你小子妄加评价！”

商君依然笑得从容。明华忽然放下书，盯着商君，似在求证，又似乎在自言自语，不住地重复道：“难怪……难怪席邪要等到今天才攻进来，未时三刻，对，就是未时三刻！原来就是这里不对劲。”明华突来的喃喃自语，除了商君之外，没人明白他在说什么。石舫抓抓胡子，不解地问道：“就算有什么生门死门的又怎么样？席邪根本不懂这些奇门之术啊。”

“他不懂，自然有懂的人指点他，就算一点儿不懂奇门之术，放一把火他还是懂的。”这“一把火”几个字，商君说得缓慢而别有深意。

其他人还是不明白，明华却眼前一暗，大叫道：“糟了！”

冷冽刚想追问何事让他如此惊慌，一个人由外边猛地冲进来。顾不得许多，男人一边喘着粗气，一边叫道："大哥，不好了，席邪进了一线天之后，点起了大火，密林烧起来了。"

"不可能，密林风向常年由北向南，就算点了火，风势所向，密林也不可能会烧起来。"冷冽脸色剧变。

冷冽不信，通报之人急了，不停地叫道："是真的，大哥，真的烧起来了。"他干脆直接推开主寨所有的窗户，指着外面焦急地说道，"真的烧起来了，不信你们看！"不用他说，窗户推开之后，远处一片火光冲天，即使正午的太阳，也比不上它的热力，只要不是瞎子都能看到。眼前大火纷燎的景象，不仅令冷冽瞠目结舌，主寨里的所有人都一副不敢相信的样子，当然，除了早就知道会发生什么事的商君依旧笑得温和而从容。

看着眼前的一片火海，冷芙吓傻了眼，跌坐在地上，颤抖地问道："明……明叔，怎么会这样？"明华已被这既在预料之中，又在意料之外的大火震得一句话也说不出来，面如死灰。

大火不仅点燃了乱林，也引爆了石舫的情绪，他挥舞着大刀，站在主寨门口，骂道："该死，席邪不会破阵就想烧了密林，实在是可恶，而且老天爷居然还帮着他。既然这样，大哥，我们也别等了，冲出去和他决一死战。"一直守在寨里的山贼看见大火，也都聚集到了主寨前，一时间群情激扬，大有立刻冲出去的架势。商君看向有些恍惚的明华，提醒道："你不打算告诉他们接下来还会发生什么事吗？"

冷静的声音仿佛在明华头上浇了一瓢凉水，他当即疾呼道："不能去！"冷冽和石舫已经踏出屋外的脚又停了下来，他们奇怪地看着明华万分焦急的样子。这密林都已经着火了，迷阵也派不上用场了，难道要等几个时辰，天黑了再打？

明华无力地哀叹一声，说道："飞鹰寨地处崖底，又有一线天与之遥对，群峰间的风力汇于此，风向对流，故常年都是由北向南吹。但是今日乃阳遁、震卦之日，又恰逢九宫回天，故引起风异向而动，飞鹰寨会有一个时辰停滞无风，一个时辰风向逆流。”苍老的声音里满是疲惫，就连原来还算挺直的背也佝偻起来，仿佛瞬间苍老了十岁。

冷芙不解道：“可是，我们往年都没有感觉到啊？”从她有记忆以来，飞鹰寨里的风都是由北向南吹的。

“阳遁且九宫回天之日十年一遇，有时在夜间，有时在清晨，时辰又短，因此你们都没有注意过。”就是因为这样，他才会错算了今日。越想越觉得懊恼，明华也终于跌坐在椅子上。寨子里一片安静，都在思考着明华所说的意思。一会儿之后，石舫一声惊雷打破了这场沉寂：“明叔，您的意思该不会是说，现在就是停滞无风的时候，火点着了，那再过大半个时辰，风向逆转，火就该往我们这边烧过来了？”明华痛苦地点点头，都是他的错，害得飞鹰寨就要付之一炬，这让他死了也没有颜面见冷磷。

山贼议论纷纷，萧纵卿带着讥笑，在一旁冷冷地火上加油：“他就是这个意思，而且风助火势，不用一个时辰，乱林就会被烧得干干净净。你们冲出去，也就是死得快一点儿。附近也是绿茵成林，顺着火势，你们的寨子很快也会化作灰烬。那个叫席邪的就不战而胜啦。”

石舫拔出旁边的剑，就向萧纵卿所在的墙角扔去，可惜他早有准备，转身躲到身后的柱子背后，躲过了迎面而来气势汹汹的长剑。看他躲过了，商君暗暗松了一口气，放下刚才随手拿起的砚台。少年的动作身手，虽算得上敏捷，却一点儿功夫底子都没有，这小子真是得意忘形了。好在这种时候，石舫也懒得再去和一个少年计较。石舫再次冲进来，在明华身边急得团团转，嘴上也不住地吼道：“那我们现在要怎么办？明叔，你出个主意，我立刻去办！”

明华木然地摇摇头，九宫局已现，风向必会逆转，根本没有办法控制火势蔓延，现在砍树，早已经来不及了。看着明华绝望的眼神，石舫知道再问也是无用。抬眼看了看中午的太阳，现在离未时三刻还有些时候。商君对着僵在门边的冷冽说道：“现在逃还来得及。”毕竟这寨子暗道应该不少。

“不行。”冷冽忽然大吼一声，这个“逃”字似乎引爆了他这几天的怒火与焦躁，只见他眼神狂乱，仿佛远处的烈火都映进了他的眼里、心里。走出主寨，举起手中的倒钩，冷冽像立誓又像宣告一般，大声狂叫道：“我绝不能让爹的心血就在我的手上毁于一旦，我也不会再做缩头乌龟逃跑。席邪，今日我定要与你决一死战！飞鹰寨所有兄弟都给我听着，待会儿随我冲出去，死也要抱着席邪一起死！”

“是！”冷冽此言一出，立刻得到如石舫一样的狂热之人附和。

远处的乱林燃烧的啪啪声、砍杀声、兵器声，再加上冷冽的咆哮声、众人的应和声，主寨前的小院里，处处都是疯狂和杀戮的气息。

啪！一记清亮的耳光在嘈杂的人群中响起，却分外清晰。所有人都愣住了，原来激愤的气氛一下子变得诡异起来，就连萧纵卿也瞠目结舌地盯着眼前的一幕。商君居然狠狠地扇了山贼头子一个耳光？那力道估计能打出血来。那个叫冷冽的男人分明就已经疯了嘛，难道他也疯了？

脸上火辣辣的，冷冽哪里受过这样的屈辱，举起倒钩就向商君的肩头挥过去。这次商君不打算手下留情，她侧身躲过，一脚踢向倒钩，钩子直直地飞出，钩在主寨的门梁上。商君利落地出手，一把擒住冷冽的咽喉，手上使力。冷冽的脸因为咽喉被掐，已经涨得通红，却仍不肯吭一声，只是眼睛狠狠地盯着商君。其他人看傻了，没有想过大哥居然在一招之内就被人制伏了，而且还是一个俘虏。人人都愣愣地盯着，忘了要攻击商君。

商君手上使力，口中冷冷地说道：“这一巴掌是代你爹爹打的。你如果这么想死，就自己冲进火海里，这里有跟随你多年的兄弟、年幼的妹妹、老迈的长辈，你不思考如何救他们于火海焚身的危难之中，还想着寻仇，让他们陪着你送死，你不配做他们的大哥，更不配称一寨之主。”

她原以为，冷冽虽为贼寇，却也算是盗亦有道、有情有义之人，助他要比助那杀人成性的险狼寨来得值得。现在看来，也不过尔尔，只知道动怒。今天他的功力还不如上次的三分之一，莫说遇不上席邪，就是遇上了，也就是找死而已。商君松开手，转身离开，这里不值得她留下，她也不想跟这样的人谈交易。

冷冽喘着粗气，盯着那道走得决然而洒脱的颀长背影，咬紧牙关，下定决心一般，叫道："站住！"

对于背后传来的困兽嘶吼，商君充耳不闻，依旧故我地继续走去。当头的烈日越发毒辣，与乱林里叫嚣的火焰交相辉映，即使是早春时节，仍是热力逼人。冷冽握紧的双拳青筋暴起，喘息声越来越重，忽然他迅猛地向商君冲去。萧纵卿以为冷冽恼羞成怒，要暗算商君，谁知只见他一跃而起，正好落在商君面前，阻住了他的去路。

商君停下脚步，冷然地看着冷冽，不语。两人就这样对视着，冷冽在这个男人一向温和淡然的眼里看到了隐藏的冷傲和自信，他盯着商君的眼睛，深吸一口气，用几乎是恳求一般的语气问道："你有办法救他们，对不对？"

商君轻轻挑眉，他现在是什么意思，疯狂过后的反思？双手环在胸前，商君依旧冰冷地回道："我现在已经后悔说要帮你了。想要救他们，你自己就可以做到，离开飞鹰寨，并非只有一条路。"

商君的冷漠刺伤了冷冽的骄傲，他二话不说，绕过商君，走回小院中心，大声下令道："石舫，让兄弟们集合，你带领他们从后峰离开，杀回一线天，助井向天脱困，然后你们就此离开飞鹰寨吧。"脸颊上的火辣，提醒着他除了报仇，还有身为一寨之主的责任。

由他来带领？石舫追问道："大哥，那你呢？"

迎着烈火的方向，冷冽决绝地回道："我要与飞鹰寨和席邪同归于尽。你替我好好照顾芙儿还有明叔。"别说前面是火海，就是地狱，他也照闯不误。石舫一听，将大刀插在地上，倔强地闷声回道："不行，我既已和大哥结拜，就必要同生共死。我不走！"仿佛赌气一般，他干脆盘腿坐在了地上，脸上除了怒气之外，更有被兄弟遗弃的委屈。

明华扶着寨门，看着那越来越炽烈的火焰，原本还精锐的眼，现在也混沌不明。他用苍凉的声音轻轻地叹道："我是不会走的，我要和这个寨子一起去见冷磷。”

冷芙早已哭成了一个泪人，她紧紧地拽着冷冽的衣袖，痛哭道：“哥，我也不走，芙儿已经没有亲人了，死也要和你死在一起。”她的记忆里，没有爹爹，没有娘亲，就只有哥哥，他哄她睡觉，喂她吃饭，背着她漫山遍野地跑，满足她所有无理的要求。她就只有哥哥，只有他。

冷芙哭得悲切，其他人互看一眼之后，纷纷举起刀剑，齐声叫道：“我们也不走，誓死守护飞鹰寨。”

“誓死守护飞鹰寨!”一遍又一遍，整齐而有力。

冷冽微颤的双肩，说明了他此时的心情既感怀又悲戚。

冷芙跑到商君面前，睁着泪水洗涤过的清眸，低泣道：“阮大哥，你一定有办法保住飞鹰寨的，对不对?”迎着这样一双满是希冀的泪眼，商君一时间不知道如何回答。他刚才侃侃而谈，还讥笑明叔，他一定有办法，一定有。商君不语，冷芙却认准了商君有这个能力，拉着商君的手不肯松开，不停地叫道：“求求你，救救我哥，救救我哥。”冷芙忽然扑通一下，跪在商君面前，两行清泪打湿了她的脸庞，那是对亲人的眷恋，对失去的恐慌。

眼前这张年轻的脸，忽然与笑儿的脸有了重合。在那寒冷的山洞里，笑儿也曾用这样的眼睛看着她，求她不要抛下她。

“起来。”胸口隐隐作痛，商君扶着她的手，将她拉起来，小姑娘却倔强得紧，死活不肯起来。商君轻叹一声，手上用力将她提了起来。罢了，本来就是要帮他们的，现在倒让她成了见死不救的罪人。

商君缓步走到冷冽身后，说道：“你想我帮你保住飞鹰寨，甚至反败为胜都不难，问题是，我为什么要帮你?”人要救，她的目的也要达到。

石舫火暴地站起来，叫嚣道：“你敢不帮我们，我就杀了你妹妹。”这人真当他们不敢把他怎么样。“你们几个，把那个女人带过来。”

商君冷笑道：“你们不用麻烦了，她早就离开了，或许已经回到家喝着丫鬟奉的茶了。”按时辰算，应该也快到家了。石舫睁大了眼，大怒道：

“你——”一口气哽在喉间，气得他气喘吁吁。

终于，一直面对着火海的冷冽转过身来，与商君对面而立，说道：“你有什么条件，说吧。”这人才入寨不过几天，就已将这里摸清，还能神不知鬼不觉地把人送走，或许他真的能救飞鹰寨。

很好，对面的这双眼虽然还是有些躁动，却已不再疯狂，商君扬起一抹轻松的笑容，回道：“很简单，就是一场交易，我帮你除了席邪，你保证从今往后我的货物通过龙峡谷的时候万无一失。”

确实很简单，冷冽不解，他一个药家之子，能有多少货物需要运送，他大费周章，就是为了这个？虽然不解，冷冽还是爽快地答应道：“好。”

萧纵卿不知道什么时候已经走到商君身边，啧啧有声地说道：“他们是山贼，你和他们谈交易？只怕到时你帮他们除了席邪，他们也顺带除了你。”他可不是好心提醒，只是想看看他怎么解决这个问题而已。

“混账，我们飞鹰寨的人岂是出尔反尔之徒。”石舫再一次挥舞起他的大刀，就要向萧纵卿砍过去。萧纵卿灵敏地一个转身，躲到了商君身后，嘴上还是不饶人地回道：“谁知道！”他刚才看得很清楚，这个男人武功高不可测，躲在他身后就是最安全的地方。果然，刀被商君反手一挥，偏了方向，石舫差点栽倒在地。想不到这男子身子瘦瘦小小的，内力居然如此浑厚，技不如人，石舫只得恨恨地瞪着萧纵卿。

瞟了萧纵卿得意扬扬的脸一眼，商君轻笑着摇摇头。少年想给他出难题呢，正好，他的生意还要继续谈下去。

“你们上次劫了我的布匹和茶叶，我已经取回了。”商君话音才落，冷冽脸色立刻变得难看起来，这人到底还有什么是他不知道的？

萧纵卿暗暗吹了一个口哨，手脚好快啊！连进了贼窝的东西他都能要回去，有意思，太有意思了。

确定冷冽明白他刚才说的意思了，商君才不紧不慢地笑道：“不过据我看来，你们堆在洞穴里的东西有些已经好几年了吧，没有人敢和山贼做生意，放眼整个临风关，更没人吃得下你们劫的这么多东西，它们留在洞穴里换不成银子，就和石头一样。与我合作，我可以帮你们把它们变成银子，多少我都吃得下，而且我只从中提三成。这个生意划得来吧。”商君暗暗自嘲，她似乎越来越像生意人了，言必称生意，处处往利字上靠。

萧纵卿咋舌，乖乖，三成还不多？而且到时卖了多少钱，还不是他说了算。这人是他见过最黑的生意人，和二哥不相上下。再则，他现在把山贼也拉上了船，为了卖掉货物，当然不会杀他了，最绝的是以后这条路龙峡谷只有他能走。这招真是绝！冷冽思考的却不是这个问题，这人既是药家子弟，为何口口声声谈生意，还大言不惭地说有多少吃多少？他的身份可疑。

商君大方地让他审视，只是指指头上正午的太阳，笑道：“你最好考虑快一点儿，时间不多了。”

现在最重要的是解燃眉之急，冷冽果断地说道：“我答应，就按你说的办。我们现在应该怎么做?”商君轻轻勾起唇角，自信地笑道：“地图。”

第八章　峰回路转

“我去拿。”冷芙擦干眼角的泪痕，开心地冲进屋里。

商君环视了一遍整个山寨，忽然问道：“寨中可有坚韧的布匹？”

石舫撇撇嘴，回道：“布匹你不是都运走了。”刚才不是还耀武扬威，现在还要问这些。

商君哭笑不得：“我运走的是我的丝绸，你们抢回来的其他东西，我没有兴趣。”

冷冽暗暗打量商君一眼，转而对身后的人说道：“你们十人，到洞穴里找到去年抢回来的麻布，全拿过来。”

“是。”冷芙拿着地图，一阵风似的跑出来，直奔商君而去，“阮大哥，地图。”

“谢谢。”商君微笑着接过，左右看看没有可以放地图的地方，干脆席地而坐，将地图平摊在地上。萧纵卿就是喜欢商君这样洒脱的性情，也笑着在商君身边坐下。冷冽等人本来就是草根庶人出身，自然也不拘泥，于是一群人就在空地上围着一张地图坐着，就连明华也认真地坐在商君对面，他很想听听他要如何破这九宫回天局。

大略地再看一遍地图，商君指着乱林的中心地带，说道：“石舫，你带上五个人，进入密林，在大约中间的位置点火，让火势呈一字形横向燃烧。”

“还点火？”不仅石舫惊叫，围在旁边的人都以一副你疯了的表情盯着商君，现在这些火待会儿就足够把他们烧个够呛，他是想让他们直接烧成灰烬吗？

商君缓缓抬起头来，看看火势已经不可收拾的乱林，轻松地笑道："我怕待会儿风大，他们点的火灭了。"

"什么？"这人不会脑子有什么问题吧？石舫暗暗打量着商君。

商君坐直身子，有些好笑地回道："你是要听我慢慢解释，然后被火烧死，还是现在去点火，让席邪被烧死？"

"我立刻去，你们五个跟我来。"一听能把席邪烧死，石舫就来了精神，一跃而起，立刻准备火把去了。

指着地图上山寨两边的侧峰，商君对冷冽说道："待会儿布拿过来了以后，你找二十个精壮的男子，十人一队，左右占据这两个高点，用布将主寨从中一分为二，布要多几层，最好厚到密不透风。"冷冽沉默不语，百思不得其解。商君双眼始终不离地图，也不管冷冽的反应，又指着一线天正对山寨后方的一边石壁说道："再调五十人，把这面石墙打穿。"

"打穿？"萧纵卿伸长脖子，看着那一面几乎三丈有余的岩壁，一边摇头一边讥笑道，"那是一座石壁耶，别说一两个时辰，就是一年半载他们也打不穿。"他确定是在帮飞鹰寨，不是逗他们玩呢？

冷冽面如寒霜，虽然萧纵卿语气轻浮，说的却是实情，旁边的乱林，已经被烧得噼啪作响，树叶烧焦的味道弥漫着整个山寨，他哪里有时间再去凿石壁？

商君有些头疼地揉揉太阳穴，这小子就是来和她捣乱的。商君对着脸色阴鸷的冷冽解释道："放心，那只是一面很薄的石墙，里边应该是一个大穴口，你们尽量把敲碎的洞口开大一些。不过未时三刻一到，不管洞口开了多大，立刻离开石壁，躲到石壁旁的凹陷处，不要出来。"

冷冽站起身，盯着从他出生开始就存在的绝壁，那里会是一面薄墙？冷冽还在思索，几人扛着十几捆布匹奔到冷冽面前，喘道："大哥，布匹来了。"

冷冽低头看向商君，只见他盘腿而坐，在密密麻麻的地图上认真地查看着，风吹得他早已散乱的头发覆在脸上，他只随手一拨，双眼始终不离地图，那张俊得足以让人汗颜的脸上满是专注。

握紧双拳，冷冽对着茫然的手下沉声说道："跟我来。"便带着十几人直奔商君所说的侧峰而去，他选择相信这个忽然冒出来的男人，不为别的，就是一种感觉。

听着商君的部署，明华的眉头越皱越紧，他指着地图上的几个侧峰，质疑道："你想用布匹阻隔风的流向？这不太可能，一是逆流之时，风力极大，莫说那二十人拉不住，即使拉住了，布匹也会承受不了，而且风乃无形之物，岂能阻隔？不从这里，它也可以从上面、侧面流过。"

商君忽然起身，负手而立，冷淡地回道："我没说要用布匹阻隔风势。任何遁局、格盘的形成都有原因，也都可破解，只看你知不知道破解的点在哪里罢了。而这个破点，就在这面石墙之后，飞鹰寨地处崖底，属阴面，之所以每十年会出现九宫回天局，实则是寨子的阳面有一个巨大的洞穴，回天日，穴口飓风从这个出口出不来，自然要涌向另一条路，故此风力回转。这些布匹不过是保护寨子里的人不被突来的飓风所伤而已。"

商君轻叹，这老者在寨子里数十年，既不知风向回转的日子，也不知破解之道，这奇门之术，他连门都没入。

明华激动地抓着地图，手不住地颤抖着，眼睛紧紧地盯着地图，似乎上面有多么可怕的东西一般。良久，他终于颓然地放下地图，踱到商君身后，对着那道优雅清朗的背影，深深一揖："老朽受教了。"苍老的声音里有服气、有羞愧，更多的却是疲惫。明华迟缓地转过身，颓然地向屋里走去。

商君仍是默不作声地盯着不远处烈火纷飞的乱林，风吹布衣，飘摇不定，那萧索而坚定的背影会让人不自觉地看痴了，也没有人再去打扰他。萧纵卿托着腮帮，这个男人让他看不明白，他奇门遁甲无所不知，武功更是世上少有敌手，应该是意气风发吧，为什么现在看来，那背影却有一种令人窒息的孤寂与哀伤？

冷冽匆匆赶回来，只见他们都呆呆地看着商君的背影，不明所以，他走到商君身后，朝他看的地方看去，除了猩红跳跃的火焰，他什么也没有看见。

收回视线，冷冽一向冷漠的声音里有一丝雀跃："布匹已经悬上去了。石墙后面确实有个洞穴，不过现在只能敲开一点儿。"石壁后边居然真的是个洞穴，这让冷冽更相信商君所说的话。

商君转过身，淡淡笑道："还有不到半个时辰，能开多大就开多大吧。"

又是这种温和淡然的笑容，萧纵卿微微皱眉，现在的他，看起来淡然而自信，刚才的哀伤萧索了无踪影，难道是他看错了吗？

石舫举着火把，一脸兴奋地跑过来，笑道："大哥，火已经点上了。"

冷冽点点头，所有人都看向商君，因为他们也不知道还要干什么。

冷芙摆弄着地上的地图，问道："阮大哥，你刚才的意思是不是说，那个洞口打开了，风就不会往我们这边吹了，到时席邪就会被自己放的火所伤？"

商君赞许地点点头，"对。"这小女娃倒是有几分天赋。

冷芙开心地赞道："阮大哥好厉害。"

石舫却是一头雾水，再看看寨子后面一条长长的布帘，不解地问道："什么洞口？这些布又是怎么回事？"他才离开一会儿，这里就变成这样了？

可惜没人回答他。

商君轻轻扬手，指着一线天的方向，清朗的笑容里，掩不住势在必得之心，"守住一线天，我要让席邪进得来出不去。"

石舫看了一线天一眼，烦躁地说道："席邪有那个该死的盾牌，我们拦不住他。"一线天现在根本发挥不了作用。

商君转过身，对着石舫狡黠地一笑，轻声说道："那就不用箭，用油如何?”

“油?”石舫和冷洌都是眼前一亮。石舫用力拍着大腿，大笑道：“对啊，我怎么没想到?”从上面把油倒下去，再点上一把火，盾牌都给他烧了。

将手中的火把塞给别人，石舫风风火火地就往后山走去：“我现在去准备油，马上就送出去。”

“石舫，”商君大声交代道，“你们要在风向改变之前，就将一线天的火点上，绝不能让他们出去。”她要堵死席邪的退路。

“放心吧。”石舫一边回着，一边拉着身边的人和他一起搬油去。

火势渐猛，在平地上已能感受到迎面而来的热浪，冷芙有些害怕地问道：“阮大哥，现在还要做什么?”

商君轻轻扬眉，轻笑道：“等着看火烧蚂蚱的好戏。”

蚂蚱?冷芙扑哧一笑，原来还紧张兮兮的脸一下被逗乐了。看着商君绝美悠然的侧脸，冷芙缓缓低下了头，脸也莫名地泛红。萧纵卿站在商君身后，看着这少女怀春的一幕，心里暗暗好笑，她只怕是痴心妄想了，虽然不知道这个男人的身份，却也知他绝非常人，哪里会看上她这山里的贼丫头。一炷香之后，远处一线天由上而下燃起了一条火龙，浓烟滚滚，火龙狂摆着它赤红的身体，狂暴地张牙舞爪，直冲云霄。别说通过一线天，就是想要靠近都不容易。

冷芙惊叫道：“快看，一线天的火点起来了。”好大的火势。

商君莞尔，石舫果然是性情中人，让他点一把火，他也不用把整个一线天都点起来吧，他们在上面不会被烧焦吗?

商君微微眯眼，看向稍稍偏西的太阳，未时三刻，到了。

忽然一股狂风自一线天的方向迎面吹来，风力带来的火星、热浪烫得人呼吸困难，院里的人面面相觑，不是说风力不会逆转了吗?为什么大火还是向着他们扑过来?众人纷纷看向冷洌。冷洌眉头紧锁，却没有质问商君，只是冷冷地盯着他依然挺拔平静的背影。冷芙捂着鼻子，退后一步，在商君身边急道：“阮大哥……为什么火还是往我们这边来啊。”

商君凝神静气，屏除杂音，只听见石壁后的洞穴内传来嗡嗡的低鸣声，声音越来越近，越来越响。商君猛地睁开眼睛，只来得及叫了一声：“大家小心。”

话音未落，一股飓风自穴口冲了出来，本来只是一个不大的洞口，却被狂风吹得洞口旁的石壁全部轰然倒塌，它就像一只被困多年的怪兽急于出闸一般，带着摧毁一切的力量，向外宣泄着。

萧纵卿只觉得一道足以将人掀倒的力量，由身后猛然袭来，他根本站不稳，一个趔趄就要栽倒在地。这时一只微凉而有力的手及时提住了他的衣领，他才没有跌倒在地。萧纵卿只见商君紧皱剑眉，半跪在地上，脸色痛苦地一手提着他，一手抓着冷芙的胳膊。他消瘦的身体在狂风中剧烈地颤抖着，在这样的狂风下稳住身子，还要保护他们，难怪他脸色如此难看。好在片刻之后，狂风势头减缓，商君放开抓着他们的手，疲惫地跌坐在地上，狼狈地喘着粗气。萧纵卿蹲在商君旁边，担忧地问道：“你怎么样?”

商君轻轻摇头，她现在没力气说话，师父说得对，人要对抗自然天地的力量，是不可能的，唯有听之、任之、顺之、改之，故此人才研习了奇门遁甲、阴阳五行。今天她算是体会了，才一会儿的工夫，她耗费的功力不比力战群雄少。“吓死我了。”冷芙惊魂未定地拍拍自己的胸口。回头看去，背后一片狼藉，主寨的瓦片所剩无几，而院里除了哥哥还能站着，其他人都在地上滚了好几圈，还有些被风吹到了数丈外的草丛里，而原来横在寨子中间的布帘早被风吹得四分五裂。冷芙后怕地咽了一下口水，还好刚才阮大哥护着她，不然她可能都飞进乱林去了。

冷芙跑到冷冽身边，看他脸色铁青，不由急道：“哥，你怎么了?”

冷冽暗暗调息了一会儿，才轻轻摇头，好强的疾风！冷冽佩服地盯着坐在地上气息不稳的商君，他真正是服气了，在刚才那样的飓风下，还能护住两个孩子，他自认没有这个能力。

看冷冽脸色好了一些，冷芙终于放下心来。远远地，传来一阵高过一阵的凄厉叫声，如临死前的哀鸣，叫得凄惨无比。冷芙惊恐地抬眼看去，风向逆转，大火向着一线天的方向猛扑过去，尤其是刚才的那一阵狂风，将火势烧到了被困在一线天与密林间的山贼身上。冷芙兴奋地又叫又跳，“大哥，你快看。火烧过去了，烧过去了，太好了！”

远处，被烈火扑身的人，如一个个刺目的火球，在地上翻滚着，惨叫、狂吼、哭喊声由远处不断传来，可惜火势太大，在挣扎嘶吼之后，渐渐被烈火吞没。商君站起身，看着眼前惨烈的一幕，那些人，可以说是因为她才会死得这么惨；不过没有她，这一幕也会发生，只是死的是她身后的这些人而已。世上的事，就是这样残酷，不是你死，就是我亡。那一具具焦黑的尸体，她除了觉得恶心之外，只有漠然。什么时候开始，她已经变得如此冷血无情。

从娘亲含冤而去的时候开始，从父亲将利箭没入胸膛的那一刻开始，从她武家百余人血洗法场的时候开始，她的心就已经被那热血腥臊抹去了悲悯，或许当她把利剑刺入那人的心窝时，她才会得到救赎。

“冷冽。”商君冷冷地叫道。冷冽走到商君身旁，不解为何只一瞬间，此人身上就散发着蚀骨的冷残之气。

“你不是一直想和席邪决一生死吗？你的机会很快就来了。”她有很多种方法将席邪困死在乱林之中，不过她除了利用风势以牙还牙之外，什么也没做，因为她知道，只有手刃仇敌才能平复那夜夜蚀心的恨。

冷冽冷声哼道：“我等这天，已经等得够久了。”星儿，你也等得够久了吧。商君轻掀唇角，转身走向主寨前的长凳，轻轻扫掉上面的瓦砾，安然地坐着，等着看接下来的好戏。

风势渐弱，大火也没有刚才猛烈，此时，火海中七八个人借力而起，脚踏枯枝，竟是凭着极高的轻功，踏过密林，直直朝寨内飞跃而来。

冷冽双目圆睁，是席邪。他终于等到他了！握紧手中的铁钩，冷冽将身边的冷芙推到商君身旁，说道：“芙儿，躲到他身后去。”

冷芙听话地退到商君身后，看那几人飞跃而来的架势，萧纵卿也立刻站到商君身旁。商君挑眉，他们真当她是避风港了？几人轻跃落地，除了衣衫有被火苗烧过的痕迹外，他们看起来没有受多大的伤，足不落地，借力而行，能跃出如此远的距离，这几人的武功都非泛泛之辈。

为首的男子手持大刀上前一步，看着冷冽，仿佛多年的好友一般，故作亲热地笑道："冷冽，一别多年，我还真是想念你……还有星儿。"

男子长得算是俊美，只是那双细细长长的眼闪着奸险猥琐的光芒，被这样的一双眼睛盯着，谁都会由心里寒到脚底。

"住嘴。"冷冽原来还算冷静的脸，在他提到星儿这个名字时，彻底地崩溃，"你不配提她的名字。"冷冽的失控让席邪心情更好，他奸邪地笑道："不配吗？她在我身下辗转求欢的时候可最爱听我叫她的名字了。"

"住嘴！"冷冽掷出手中的倒钩，招招想要席邪的命。

席邪轻轻一跃，便躲开了冷冽的倒钩，继续说道："啧啧啧，你这张脸还真是吓人啊，星儿那么娇小可爱的女孩子，一定害怕极了。等你死了，我还是把她的尸骨挖出来比较好，烧成灰，那才干净。"商君皱眉，那尖细而阴冷的声音，犹如一只冰冷枯槁的手紧拽着他的心窝一般，让人恶心而颤寒。他在扰乱冷冽的心神，而且显然冷冽已经失控。

冷冽挥舞着长链，倒钩所到之处，一片狼藉，可惜攻击得毫无章法，半点近不得席邪的身。席邪冷笑。他还是这么容易上当。横卧刀柄，席邪一招秋风扫落叶，直朝冷冽颈项挥去。冷冽一惊，俯身一跃，险险避过，几缕发丝却被刀气削落。冷芙站在商君背后直跺脚，紧张地绞着衣角，大声叫道："哥，打死他，打死他！"

席邪刀法犀利，力大无穷，每一刀劈下来，都是狠绝而利落。冷冽章法大乱，现在只有抵抗毫无攻击的机会。商君站起身，冷声说道："冷冽，不要听他说话，他的弱点在下盘，用你软兵器的优势攻他下盘。"

战得正酣的两人都是一怔，席邪更是暗暗心惊，他才出了十几招，竟然就有人知道他的弱点在下盘，是谁？席邪朝商君看去，只见一个清瘦的俊美男子傲然地立在那里，不禁心生杀意，一边与冷冽对战，一边朝身后的五六人大喝一声："杀了他。"几人立刻会意地举起手中的刀剑向商君袭去，一时间数把利刃向着商君的头砍来，冷芙吓得惊声尖叫："啊！"萧纵卿一颗心也提到了嗓子眼，此时，一抹银光一闪而过，只听得哐当一声脆响，几截断剑散落在地。商君手持一柄三尺有余的软剑，面色如常地冷视眼前这伙宵小，低声对身后的萧纵卿说道："三儿，带冷芙进屋里，关上门。"萧纵卿抓着冷芙的衣袖，拉着她往主寨跑去。

看着手中的断刃，几人暗暗心惊，这是什么武器，竟是如此厉害，男子内劲好强，他们只觉手上一麻，兵器居然被从中砍断。他如此护着那年轻女子，她必是寨子里重要的人物，他们绝不是男子的对手，抓住女子他们才有可能脱困。

几人迅速交换一个眼神，其中三人再次举起手中的断刃，朝商君的头、胸、腹刺去，另两人越过商君，直奔冷芙而去。原来围在一旁的飞鹰寨的兄弟看着冷芙有危险，连忙上前护卫，可惜他们毕竟离得远，萧纵卿感觉到背后一阵劲风袭来，他对着冷芙背心处用力一推，将她推进主寨里，他自己的肩膀却被一记阴狠的鹰爪手狠狠地擒住。萧纵卿闷哼一声，不过疼痛仅一瞬间，伴随着一声惨叫，擒住萧纵卿的手被硬生生地斩掉。

"少爷！"林义紧张地帮萧纵卿轻揉着肩膀，要是三少爷有三长两短，他们万死难辞其咎。皱着眉扯开林义的手，萧纵卿啐道："你们是死人啊！"早干什么去了，疼死了。

商君解决完围攻他的三人，回头便看见萧纵卿揉着肩膀龇牙咧嘴。他身后站着三人，全都恭敬地低着头听他训斥，而断了一只手的山贼在哇哇大叫之后，看清砍他手之人的脸，立刻双目圆睁，不敢置信地惊道："你——"可惜话还未说完，已被林义一刀结果了他。好快的身手，商君沉默，刚才那人看见他们，何以如此惊恐？

这边席邪与冷冽依然难分胜负。冷冽平定了心神，再加上有了商君的提点，现在越战越勇，席邪应付得也越发艰难。听见旁边的惨叫声，席邪抬眼看去，看见萧纵卿身后的几名男子后，脸色也瞬间大变：“是你们！”

席邪如蛇一般的眼睛阴狠而不甘地瞪着冷冽，骂道：“冷冽，想不到你也够奸险狡猾的，假意给我盾牌，教我火烧飞鹰寨之计，原来是诱我上当，好，今天我就跟你同归于尽！”说完，席邪挥舞着淬满毒汁的大刀，向冷冽直扑过去，刀锋与倒钩剧烈地碰撞在一起，激起点点火花。冷冽猛然甩出长链，紧紧缠绕住席邪的脖子，以脚蹬着席邪的胸口，铁链越收越紧，席邪终于不支而倒地，垂死挣扎地拉扯着链条。只是冷冽怎么可能放过他，几番挣扎之后，席邪终于睁着那双邪恶的眼睛，愤恨地死去。冷冽大仇终得报，全身的力气像是被抽空了一般，也颓然倒地，眼睛看着湛蓝的天际，冰冷的脸终于再次扬起了淡淡的笑容。星儿，我终于为你报仇了，你看见了吗？看见了吗？

冷冽得胜，飞鹰寨里欢声雀跃之声一浪高过一浪，林义在萧纵卿身后悄声说道：“少爷，您还是快走吧，他们不会放过您的。”刚才席邪已经说出了他们给险狼寨提供了长盾，待会儿冷冽一定不会这么轻易就此罢休。

萧纵卿暗骂道：“这是谁惹的祸？”

嘴上虽骂着，萧纵卿也深知，离开的时候到了。他走到商君面前，爽朗地笑道：“喂，我叫萧纵卿，想结交你这个朋友，怎样？”

将软剑别回腰间，商君坦然一笑：“我叫商君，不过我更喜欢叫你——三儿。”少年虽然心眼不少，但也是性情中人，说心里话，商君对他也颇喜欢。萧纵卿一听，哈哈大笑，家中只有至亲之人才能叫他“三儿”，这几天听商君叫来，他还觉得挺顺耳的。他微微扬手，笑道：“三儿就三儿，我走了，后会有期。”悄悄退到主寨之后，萧纵卿在三人的搀扶下，几个起落，跃上了后山的山头，一会儿消失得无影无踪。

商君若有所思地看着萧纵卿远去的方向，好个后会有期，不过人生的际遇又有谁能说得清楚，后会有期，希望如此吧。

身后冷冽疲惫的声音幽幽传来：“你到底是谁？”

优雅转身，此时已没有隐藏的必要，商君朗声回道：“商君。冷冽，你应该不会忘记我们的交易吧。”

冷冽慢慢地站起身，不屑地回道：“你放心，不管你是谁，我答应的事情一样算数。”很好，算数就好。商君本来打算就此离开，忽然想到什么，对着冷冽说道：“向你讨样东西，阮听雨的星月弓。”那是一把绝世好弓，不过冷冽还是爽快地说道：“给他。”几日相交，冷冽深深觉得，这个叫商君的男子是个值得结交之人，区区一把弓算得了什么。

沉甸甸的长弓握在手里，商君微微躬身一揖，笑道：“谢啦。”

再看一眼冷冽那容颜尽毁的脸，商君轻叹一声，说道：“以幸罗寞草加泉水敷于伤处，伤口会慢慢溃烂，然后用狼须庚加付幽草每日清洗创面两次，将死去的经络去掉。七天之后用月见草、栀子、黄芩、赤芍、皂刺碾磨成粉，敷于患处，帮助肌肉和皮肤生长，再辅以当归、丹参汤药，能够让你脸上的烧伤好转。治不治，就看你自己了。”她知道的也仅仅是阮听雨说的这些了。“后会有期。”商君纵身一跃，跃出数丈之外，别有深意的笑声回荡在山谷里。

龙峡谷出口的山道上，一辆纯黑的马车停在路边，两匹高大健硕的黑马一看就是名贵的品种，车辕均是用最结实昂贵的黄檀制成。马车旁，灰衣男子面色冷峻地注视着周围的一草一木，虽然整个马车毫无奢华的装饰，但是那隐隐呈现出来的大气，让人不免好奇，这马车里到底是什么样的人物。

“御枫。”一道清润的女声自马车里边传来，“有一件事，我想问问你的意见。”御枫微微躬身，回道：“主子请吩咐。”只听一声无奈的轻叹响起，布帘被素手缓缓掀开，慕容舒清弯腰从马车里出来。御枫立刻扶住她的胳膊，轻轻一带，将她带下马车。

慕容舒清站定，看着御枫严肃的脸，无奈地笑道：“我是说，问问你的意见，不是命令你。”御枫默默地点了点头，却不回话。

有时候，慕容舒清对他们的盲从真的有些头疼，没办法，她还是轻声问道：“你觉得商君这人如何？”

御枫想了想，最后据实说道："武功高强，心思缜密，有勇有谋。"

评价很高，慕容舒清接着说道："如果让你在他身边帮他，你可愿意?"商君独自在临风关，没有人帮她始终是不太放心。御枫是最好的人选，他对临风关比较熟悉，而且经过龙峡谷一役，御枫对商君应该是信服的，不过这一切，都必须是御枫自己愿意才行。御枫并没有太过惊讶，主子刚才提到商君时，他就有所察觉了。御枫平静地抱拳回道："听凭主子差遣。"

她就知道他会这样回答，慕容舒清轻轻摇头，认真地说道："御枫，我要听的是你的想法。"

御枫沉默了一会儿，终于肯定地回道："属下……愿意。"

慕容舒清微笑着点了点头，转身站在绵延的山道上，看着龙峡谷的方向，继续等待着那道清瘦的身影。

商君走出龙峡谷的时候，便看见了那抹迎风而立的雪白丽影，早春时节，她依然穿着厚厚的棉袄，坠地的青丝被她编成了长辫，发间没有任何饰物，简单而清雅。并不美艳的脸上，淡淡的笑容，却美得直入人心。

"舒清?"

慕容舒清迎上去，看着商君血污的衣衫以及受伤的手臂，并没有多问，只是淡淡地笑道："上车吧，笑笑还等着你回家呢。"

"家?"商君的心被这个词震了一下，家？她早就已经家破人亡了，哪里还有家。慕容舒清拉着商君的手跨上马车，看着商君疑惑又隐含悲伤的眼，认真而坚定地说道："对，你们的新家。"

宽敞的房间里，装饰得非常简单，一面墨丝翠竹屏风将房间一分为二，里边只有一张雕工精美的梨花碧玉床，红木杉纹矮柜。外边，进门处摆着紫檀圆桌，靠窗的位置，铺着厚厚的长绒毛毯。房间的角落里，点着两个火炉，即使初春的晚上，也温暖如夏。此时，慕容舒清只着靛青单衣，靠着软垫，光着脚，舒服地坐在地毯上，墨黑的发丝未绾，凌乱地散落在地毯上。商君坐在舒清身边，换上了干净的素衣，即使是在屋里，她依然紧束着发髻，缠在胸前的布帷，始终不肯卸下来。

商君看着如猫一样蜷在地毯上的女子，她是感激她的，只几天而已，她就帮她和笑笑安排了一个“新家”，简单的木楼，朴素的装饰，却处处透露着她的用心。慕容舒清半眯着眼睛，轻声说道：“三日后，我就回花都了。”

商君皱眉：“这么快?”与她相处的时光，总能让人心里得到安定，她就是有这样的魔力。

“我在临风关已经待了快半年，也应该回去了。而且这里有你，我很放心。那些丝绢和茶叶，本来是要卖给苍月萧家的，现在都交给你去处理了，以后与苍月的生意都由你做主吧。”慕容舒清从身边拿出一个木盒，放到商君面前，“这里是五百万两银票，你想怎么用就怎么用，不必知会我。”仿佛那里边装的不是五百万两银票，而是一个空盒一般。

商君面色有些凝重地接过木盒，这里边装的不仅是五百万两银票，还有舒清的信任和自己复仇的希望。

看她如此紧张沉重的样子，慕容舒清起身，从圆桌上拿起两个小壶，递给商君，笑道：“陪我喝一杯吧。”

商君为难地接过酒壶，她要时刻保持清醒，酒，不适合她。

慕容舒清拔开瓶塞，浅酌了一口，才轻声笑道：“放心，御枫在外面守着，不会有人进来，这是我珍藏的桂花酿，你尝一尝。”

商君迟疑了一会儿，还是喝了一口，淡淡的桂花香味，香醇的口感，确实沁人心脾。商君赞道：“很好喝。”不过也只是浅尝了一口，她便将酒瓶放下了。慕容舒清轻晃着酒壶，让桂花的香味慢慢地散发出来，似有若无地轻叹道：“你若是能放下一些东西，你会发现，还有很多更美好的事情在等着你。”

“舒清，有些东西永远放不下，想忘也不能忘，它就像一根芒刺，深深地扎在心窝最深处，无时无刻不在痛，拔不出它，你要我如何坦然地生活。”商君疲惫地闭上眼睛，把头靠在窗棂上，任惨白的月光洒在身上。

第一次，她流露出了脆弱的神情，低低的声音，像是在询问舒清，更像是在问自己。一滴清冷的泪，沿着紧闭的双眸缓缓没入鬓间，慕容舒清握住商君冰冷的手，隐隐地为这个用坚强掩饰心伤的女子感到心疼，不忍地劝道："芒刺扎得深，不是一天两天就能拔出来的，你要让它在你心里流脓生疮，在你还没把它拔出来之前，就要了你的命吗？刺终是要拔的，生活也要继续。"

商君沉默不语，慕容舒清也不再多言，有些话，点到为止就好。

如她一般将头靠在窗棂上，慕容舒清也缓缓闭上双眸，轻浅的声音淡淡地要求道："你现在是一个生意人，在你还没有足够强大之前，答应我，只做生意，不问政治。"久久，商君郑重地回道："我，答应你。"

初春的月华下，两人静静依偎着，谁也没有再说话，一种名为友谊的情感却在二人之间生根发芽。

第九章　缥缈山庄

一方庭院里，满园芬芳，桌上沏好的茶早已经凉透，一抹忧伤的倩影站在桑树下，呆呆地看着满月，已经回来两天了，他现在处境到底好不好？有没有逃出来？

“小姐，你的伤才好些，怎么又跑出来吹风了呢。”喜鹊赶紧为她披上厚厚的披风，初春的夜已经冷得透心。

“我没事。”阮听雨轻轻摇头。

喜鹊盯着阮听雨满是愁绪的脸，小声问道：“小姐，你是不是有什么心事？”小姐被劫之后，把少爷急坏了，可是山贼躲在龙峡谷里，他们连贼窝都找不到，更别提营救了。阮家只是医药世家，山贼提的赎金，少爷是怎么也不可能凑齐的。就在他们一筹莫展的时候，小姐居然自己回来了。人虽然是回来了，却像丢了魂似的。茶不思饭不想，整天盯着月亮发呆，被山贼掳去的那几天，到底发生了什么事情？

阮听雨在石凳上坐下，拿起凉透的茶，有一口没一口地喝着，她也不知道自己是怎么了，脑子里时时出现那道清瘦的身影。

阮听雨默不作声，喜鹊也没有办法，抢过她手中的茶杯，正想给她再沏一杯新茶，却在院门口看见了阮听风，喜鹊微微行礼：“大少爷。”

阮听风轻轻点头，喜鹊看清了他手中的东西，立刻惊喜地叫道：“这是——小姐的星月弓！小姐，你快看。”

星月弓！阮听雨原来还一副颓然的样子，一听是星月弓，立刻站了起来，跑到阮听风身边，接过星月弓，一遍又一遍地抚摸着，眼睛不停地在阮听风身后张望。没有看见她预期中的人，阮听雨急道：“哥，送弓的人呢？”

阮听风一脸莫名其妙，回道：“走了。”听管家说来人只把弓交给了他，就离开了。一个送弓的人，需要她如此紧张？

阮听雨一听，紧紧地拽着阮听风的衣袖，追问道：“走了？他，他有没有说什么？”

阮听风摇摇头，还没等他问清楚是怎么回事，阮听雨便把星月弓往他怀里一塞，也不顾自己才刚好一些的肩伤，就向院外奔去。

“听雨……”这丫头是怎么了？阮听风看着手中的星月弓若有所思，这弓，是听雨最最心爱之物，平日里，旁人连碰都不行，她现在却把弓就这样扔给他。他一直以为这几天听雨心情不好，是因为丢了弓，现在看来，她，是丢了心。

只是那人若对她有意，又怎么会只送还弓，一言半语也不曾留下？只怕是神女有心，襄王无梦。

“舒清姐姐，我舍不得你走。”商笑一双翦水美眸，此时已经哭得肿成了两个核桃。她拉着慕容舒清的手，就是不肯松开，泪水在小小的瓜子脸上留下一道道泪痕。

顾不得自己的衣衫是雪白的丝缎，没有带丝帕习惯的慕容舒清，简直是手忙脚乱地用衣袖为商笑擦着眼泪，这孩子的眼睛是水龙头吗？关都关不上。她一边擦着，一边轻声安慰道：“傻丫头，临风关到花都，也不过一月路程，我有空会来看你的。”

“真的？”

“我保证。”只要她别再哭了，慕容舒清发誓都可以。

她最怕的就是这样可怜兮兮的泪眼，轻拍着商笑的脸颊，她继续劝道：“别哭了，你若喜欢，让你哥带你到花都去玩，那里温暖宜人，碧荷青天，与临风关可是大大的不同呢。”

商笑吸吸鼻子，看着商君，喃喃问道："我真的可以去吗?"

迎着慕容舒清求救的目光，商君轻笑着摇摇头，回道："等你再长大一点儿的时候吧。好了，别再闹舒清了。"想不到一向淡定从容的舒清居然受不得孩子的哭闹。

商笑低着头，也不再哭泣了，只是还是不肯放开慕容舒清的手。

慕容舒清暗暗松了一口气，任由她拉着。抬头看看宅子光秃秃的门楣，她问道："对了商君，你这宅子总该有个名字吧。"

"名字?"商君皱眉，需要什么名字?

"嗯，像是什么山庄、别院、楼之类的，将来也算生意场上的一个名号。"就像沈啸云的风雨楼一样，名号可是响当当的。商君想了想，却不在门楣上题字，而是走到宅子旁的一块大青石旁，拔出腰间的凌霄软剑，剑舞飞扬之后，青石上赫然出现了四个刚劲有力的狂草。

"缥缈山庄?"慕容舒清轻声低语，不禁笑道，"好个缥缈。"

不再多言，慕容舒清拍拍商笑的手，跨上了早就等在一旁的纯黑马车，清润的声音，自马车里淡淡地传来，"我走了，君，保重。"

商君点点头，朗声回道："你也保重。"

无须赘言，彼此的祝福和不舍，都已经明了。

一声轻嘘，马车狂奔而起。

商君站在宅子里，久久地看着前方空旷的土坡，忽然低声叫道："御枫。"

御枫走到他身后，正要抱拳行礼，却被商君一只手轻托，卸了他的礼数。商君低声问道："御枫，我教你奇门术数，你可愿意学?"

御枫一愣，奇门之术知者甚少，一般皆不愿意教授于人。若想习得，磕头拜师自不必说，到头来师父还不一定愿意指点，而他，竟是如此简单就愿意教他吗？御枫还在迟疑，商君轻轻扬眉，笑道："你不愿意?"

御枫赶紧摇头，回道："属下愿意。"

商君满意地点点头，她感激这个此时愿意留在她身边的男子。她指着身后的宅子，郑重地说道：“以后这个家归你管了。”

“是。”御枫声音微颤，这是商君对他的信任，而他定不负所托。

商笑微微仰头，走到商君身后，坚定地说道：“哥，我也要学武。你教我！”

轻柔地帮她把散落下来的发丝别回耳后，商君轻声告诫道：“会很辛苦。”

商笑摇摇头，大声说道：“我不怕。我们家的孩子，怎么可以不会武?!”十一二岁的孩子，小小的脸，稚气的声音，话却说得面不改色，掷地有声。

商君欣慰地轻拍着商笑的肩膀，朗声回道：“好。”是啊，咱们是武家的孩子，怎么可以不会武！

商君拉着商笑的手，身后跟着御枫，三人阔步走进了宅子，两扇红木大门缓缓合上。

从此，东隅与苍月之间，有了一座外人无法窥视、低调而神秘莫测的缥缈山庄。

苍月都城——天城，位处苍月中心，街市繁华，店铺林立，而其中最为惹眼的，当数城门西侧的一座四层牌楼，前面八扇紫檀大门齐齐敞开，门面用红木雕花，宝石镶嵌，装饰得豪华气派，宽阔明亮的门楣上龙飞凤舞地写着“只待君来”四个大字。即使只是下午休闲的时间，店里依旧几乎客满。

一辆藏青色马车缓缓行至门前，马车除了较其他马车大些外，也就没有什么特别的了。一灰衣男子始终立于马车左右，他腰间佩着长剑，面色如常，眼神内敛，不过那沉稳的气势与健硕的体格，一看也知是个高手。只是这只待君来是天城内最最有名的酒楼，多少达官贵人、王孙显贵经常进出这里，什么样的大人物、大场面都见怪不怪了，所以门房也就没太在意。

一双白皙修长的手缓缓掀开竹帘，车上走下一白衣男子，待他站定，门房小二倒吸了一口凉气，好个潇洒俊朗的公子。略微消瘦的身材让他看起来有些单薄，却不影响他斯文儒雅的气质——星眉朗目，唇边的轻浅笑容让人觉得如沐春风，腰间配的银丝腰带很是特别，看上去柔软地垂在腰间，却莫名地寒气逼人。

门房小二都是见过些世面的，虽然此人身上并未佩戴名贵之物，随从也少得可怜，不过那一身高贵的气质必出名门。小二赶紧迎上前去，热情地招呼起来："这位爷，里边请。"

往里走，小二一路张罗着："您要吃点什么，我们这里各种特色小吃、风味名菜、陈年佳酿是应有尽有，还有上好的新茶鲜果，只要您点，本店都能给您送上，还有……"

"要一处安静的包房。"御枫皱眉，受不了一个大男人像只麻雀一样喋喋不休。

小二立刻堆起笑脸，以一副为难的样子解释道："真是抱歉得很，我们这里的包间早就已经订满了。"小二转向一旁但笑不语的白衣男子，这位看起来还颇好说话的样子，于是谦卑地笑道，"爷您不嫌弃的话，小的给您找一处隔间，您看如何？"

商君无所谓地回道："好。"

"好咧，爷您这边请。"

随着小二绕过一座巨大的玉雕屏风，步上几层梨花木铺就的台阶，走进了一个颇大的隔间，四周用精美的木雕做隔断，几缕轻垂的极品蚕丝帘隔绝了外边的视线，而坐在里边的人，却可以通过雕花窗看清外面的大厅。

小二将商君带到隔间，殷勤地笑道："您慢坐，小的这就给您沏茶去。"

待小二走远，御枫才上前一步，担忧地说道："主子，这样贸然来苍月萧家，只怕萧家的人不一定会愿意见您。"

"没关系，商人逐利，而萧家是苍月最好的商人，有利可图的事情，他们都不会放过。”商君拿起桌上的香炉，轻敲其壁，是碧玉所制，萧家还真是财大气粗，只待君来里，不仅装饰极其奢华，就连物件也价值不菲。放下香炉，商君自信地笑道，“你把拜帖送上就回来吧，不需在门外等他们的回音。”

“您此行，志不在萧家？”御枫疑惑了，看主子的样子，一点儿也不急，莫不是另有打算？

商君轻扬唇角，眼睛里隐隐跳动着志在必得的光芒：“不，萧家是苍月最大的药材商、珠宝商，名下的各种产业遍及苍月，我这次不仅要谈成茶叶、丝绸这笔生意，还要拿下萧家药材、珍宝的交易。”

“属下这就去送。”商君言之凿凿，御枫不再多言，转身离去。

商君走到窗边，看着窗外人来人往的街道，抓住窗棂的手越发收紧。天城，才半年，她又回到了这个让她心伤的地方，那个令她家破人亡的人，就在离这儿不到十里的宫墙之内。她身体里的血液在叫嚣着，杀了他！杀了他！

商君痛苦地闭上眼睛，暗暗调息，极力控制着自己的情绪，终于渐渐平静了下来。不问政治，这是她对舒清的承诺，也是对自己的承诺。缓缓睁开双目，里面终于恢复了清明，目光晃过只待君来的门前，商君忽然眼神一暗。

是他。那个大雪纷飞之夜，差点要了她的命，逼得她只能背着父亲的尸体跳崖逃生的桀骜男子。那张张狂自负、阴邪冷酷的脸，她绝不会忘记。但是他怎么会在这儿？

商君隐身于纱帘之后，看着那男子进了店内，身形奇快地上了二楼。商君悄悄跟了上去，不敢跟太近，靠在包间的柱子后，注视着男子。男子在最靠里的包间前停了下来。商君轻轻推开一条缝隙，不知道他在看什么。

商君利落地翻身到墙外，俯身越过几个包间，终于到了最里边的房间，在窗纸上戳了一个小洞，眯眼看进去，里边坐着几个老者，主位上的人竟是——历大人！

商君大惊，历大人所坐的位置，正对着男子所在的小窗，难道……惊觉不对劲，商君退到柱子后。只见男子勾起了一抹残忍的笑，抬起右臂，衣袖下是绑于腕间的短弓，正要射出箭，如此短距离内，足可顷刻间要人命。

商君皱眉，抓了一片身边盆栽的叶子，运足内力掷出。男子感觉到一股杀气袭来，身子后倾，手中的箭也失了准头，直直地射到厉陵头顶正上方的石墙内。

“谁？”里面的人大惊，叫道，“有刺客！”

里边有了防范，已经没有机会再射第二箭，商君迅速地转身离开。

尤霄盯着没入石柱上的暗器，竟是一片叶子。是谁？眯眼看去，只见一抹白影一掠而过。收了短弓，尤霄向那抹白影紧追而去。

尤霄追得太紧，商君来不及回到隔间，只好御气而行，向城外奔去。

奔出几十里，尤霄依然紧追不舍。商君轻轻扬眉，干脆不再跑了，潇洒落地，缓缓转身，迎向紧追而至的尤霄。

尤霄暗暗调息，这人好强的内息，他使足全力，才能勉强与他同速，而他竟然还能面色如常地立在那里，这人到底是谁？

“是你？”他认得这双漠然清冷的眼，半年前在悬崖之上的黑衣人。他找了他不少日子，今天是得来全不费工夫。

商君一怔，想不到他还记得他，也好，他们今天也不妨算一算那一掌之仇。

商君轻轻拱手，轻浅的声音里带着几丝讥讽，几丝挑衅，低低笑道：“别来无恙。”

果然是他，尤霄的眼里浮现出淡淡的兴致，冷酷的声音咄咄逼人：“你和武家是什么关系？”

商君脸色如常地微笑着，眼神却是一凛，朗声回道：“武将军为人耿直，侠肝义胆，人人敬仰，他的尸身受辱，岂能袖手旁观。”

尤霄冷哼：“这么说，你还是正义之士了？”

商君整了整一路奔跑而凌乱的衣摆，优雅地立在那里，隐含着讥讽，一派悠然地回道：“不敢当。不过相较于你，我确实是。”

尤霄举起右臂，腕上的短弓直指向商君，只要他一动，短箭立刻就会射穿他的喉咙。尤霄一想到能将眼前这人擒在手中，一向冷傲的心莫名地竟有些兴奋，他唇角噙着一抹冷笑，说道：“上次让你侥幸逃脱，这次你不会再有机会跑掉了。”上次可以跳悬崖，这次在官道上，他倒要看看，他还能使出什么花招来。

无惧近在咫尺的短箭，商君忽然大笑起来，手悄悄抚上腰间的凌霄软剑，一脸的不屑。商君轻哼道：“是吗？被你手下数百人围困，又是箭又是刀的，都没能抓住我，今天想擒我，只怕你没有这个本事了。”

话音未落，尤霄眼前一抹银光闪过，他立刻收回右手，可惜掌间的湿热黏湿说明他再一次被商君的利剑所伤。他怒气直攻胸腔，扣动手中的机关，一支劲力十足的短箭朝着商君的颈项直射而去。商君向左轻跃，险险躲过，脚尖才落地。另一支短箭又向他胸腔袭来，商君避无可避，挥动软剑，挡住短箭的去势，被逼得倒退了数步。

短箭如密雨一般向商君射去，因为距离很近，每一箭都力透千钧，商君走避得越发狼狈，商君运气于胸，提气向前方的树林掠去。“想逃。”尤霄不屑地低喝，紧跟在商君身后。入了树林，商君忽然停下脚步，靠在一棵树旁，带着自在的笑容，目视着尤霄。

尤霄皱眉，他又在故弄什么玄虚？不再上前，尤霄继续向他放箭，商君冷笑，稍一侧身，完全躲在树干后，短箭直直射入身前的树干上。尤霄连发数箭，都被商君依靠树木轻松躲过。他射完了吗？商君轻扬唇角，现在该她了。

不知何时，商君手中扯上了一根坚韧的树藤，抛出树藤直袭尤霄面门，突来的树藤，让尤霄大惊，起身向后跃起。商君拔出树干上的短箭，以其人之道还治其人之身，向尤霄掷去。尤霄为了避开短箭，只好在半空中翻转落地，短箭他是躲过了，却也让商君有机可乘，他才落地，就被商君点了穴道。一块纯黑令牌随着尤霄刚才的翻转掉落在地，商君悠闲地把它捡起来，漠视着尤霄杀人的目光，一边把玩着令牌，一边挑衅地笑道：“尤霄？你的名字？”尤霄身体不能动弹，嘴也不能言，那双原来冷酷的眼睛此时却是染上了烈火一般，恶狠狠地瞪着商君。

迎着尤霄的视线，商君一副忽然想起的样子，笑道：“啊，对不起，我忘了还顺手点了你的哑穴。你没有银戟，我胜之不武，今日暂不杀你。”

商君解开尤霄的哑穴，立刻听到一声暴戾的怒吼：“今天你不杀我，下次我绝不会放过你。”

“手下败将，何足言勇！”商君看也不再看他一眼，将令牌丢在尤霄脚下，步履轻盈地离开树林。“你给我站住！”尤霄怒视着那道飘摇而去的白影，被封住穴道的身体动弹不得，但是他的血气却在体内横冲直闯，直往头上涌，一双猎鹰一般的眼闪着血色的光芒，他从来没有受过这样的侮辱和漠视，今日之仇，他必要十倍百倍地报回来。

“啊——”背后猛兽低吼一般的叫声，只换来商君冷冷的一笑。她从来不惧任何敌人，尤其是那人的爪牙。今日不杀他，不过是时机未到，她还要在苍月待好一段日子，而她现在还不够强，不想惹麻烦而已。

商君回到只待君来，天色已晚，御枫等在客栈门前，脸色越发阴沉，远远地看见商君回来，他立刻迎了上去，看清他发丝微乱，白衣污损，还气息不稳的样子，不禁急道：“主子，您这是？”商君心情舒爽，摇摇头，无所谓地笑道：“没事，活动活动筋骨而已，拜帖送到了？”

“是。”拍拍满是尘土的衣襟，商君轻轻挑眉，别有深意地笑道，“好，那我们今晚就去打扰好了。”

“啊？”御枫一愣，今天下午主子不是说只送拜帖，按兵不动吗？怎么才一会儿，现在就要住进萧家？御枫深刻地觉得，他从来搞不定主子的心思，以前搞不懂舒清小姐想什么，现在更搞不懂商君想什么。

第十章　苍月萧家

藏青马车缓缓行至萧家，商君从容下车，萧府门庭广阔，不容错认。两只守财进宝的玉雕灵兽一左一右地分居两侧。灵兽的眼睛处镶嵌着名贵的血玉，紫檀老木所制的门堂，看上去恢宏大气，也贵气逼人。

商君才在门前站定，一个身着青袍的家仆立刻迎了上来，微微躬身作揖，说道："这位公子，酉时已过，我家主子不再会客，您请回吧。"礼貌却也疏离的拒绝，让人无话可说。商君暗笑，真不愧为苍月首富，连家仆都如此进退得宜，又难以应付。商君也微微拱手回礼，轻声笑道："小哥，麻烦你给纵卿通报一声，就说有朋自远方来，他若不见，我即刻离去。"

家仆暗暗打量了商君一番，此人看起来风雅脱俗，气宇轩昂，不像会说谎的人，他称呼三少爷纵卿，该是三少爷的朋友，家仆不敢怠慢，问道："敢问公子名讳?"

"商君。"

"公子稍候。"家仆进去通报，商君不顾萧家侍卫奇异的目光和那一身的白衫，自在地在石阶上坐下等待着。

要与萧家做生意，她也查了萧家的情况，自然知道她在贼窝里遇到的少年就是这萧家的三公子。她本不打算这么早来找他，谁知今日与那尢霄交手了，天城的客栈她是住不了了，而萧家就成了最最安全的地方。

商君还在思索着如何与萧家谈交易，一声带着惊喜的男声自背后响起："商君。"

“真的是你。”萧纵卿奔到商君面前，看清他清朗的笑容，才敢相信商君真的来萧家找他。飞鹰寨一别，他总是会莫名地想起他。刚才听见小溪来报的时候，他简直不敢相信。

萧纵卿一身馏金对襟银灰长衫，足踏小羊皮短靴，发冠紫金，配上那白净俊秀的面容，活脱脱就是一个翩翩浊世佳公子，与被囚之时不可同日而语。商君起身，大方笑道：“三儿，数月不见，越发俊秀了。”

萧纵卿撇撇嘴，轻斥道：“在你面前，谁敢担这俊字啊。走，到我院子里说话。”说完拉着商君兴冲冲地往宅里走，才走了两步，忽然回头，对着身后的家仆叫道，“小溪，让厨房备一桌好菜，再把我的沉雪玉露拿出来，今日我有贵客。”

“是。”小溪暗暗舒了一口气，还好刚才他没有莽撞地把那人赶走，三少爷几时如此兴奋过？那人到底是何人啊？

商君随着萧纵卿一路走来，只觉得这萧府颇有些意思，不管是旗下产业还是门面，都是极尽奢华的，倒是他家里，简单得与普通府邸毫无二致，或者说，更朴素一些，还真是十足的表里不一。

绕过花园，萧纵卿带着商君进了一所小院。商君抬头看了一眼，小院名唤“宿卿”，商君忍不住低笑，这名字起得明了，一点儿也不花哨。

“商君，进来。”

才走进房里，就听见萧纵卿笑着道歉：“毕大哥，纵卿怠慢了。”

商君抬眼看去，只见一个布衣男子缓缓抬起头来，一张极其平庸的脸，可以说让人过目即忘，毫无特色。男子看了商君一眼，放下棋子，无所谓地回道：“无妨，你有客我就不打扰了。”他欲起身离开，萧纵卿却一把按住他的肩膀，急道：“别啊，棋还没有下完呢，你怎么就走了。”

男子摇摇头，笑道：“不用下了。”

“不行，棋哪有只下一半的道理。”萧纵卿就是不肯放手，男子一副为难的样子。商君向那棋盘扫了一眼，笑道：“三儿，你就别为难人家了，这盘棋胜负已分，不需下了。”

“胜负已分?”萧纵卿松开手，盯着棋盘，不可能，他刚才出去的时候，明明才下了一半。商君执起一颗白子，轻轻放在黑子后方虚空的正角处，围棋中有“金角银边草腹”之说。这一子落下，其他的子再下已是徒劳。萧纵卿终于看出其中端倪，微微皱眉，苦笑道：“原来我已经输了，害我刚才还绞尽脑汁。”就在萧纵卿认输的时候，布衣男子却忽然说道：“那倒不尽然。”

商君与萧纵卿面面相觑，男子执起黑子，竟是落在白子对角，黑子很快连成一线，与白子分庭对垒，黑子虽然依旧处于劣势，却也不是毫无机会。商君来了兴致，再执白子，与那男子对弈，两人各执一方，竟是对了数十回合，最后以一子之差，商君险胜。

男子放下黑子，真心赞道：“公子好棋艺，毕某佩服。”

商君微微拱手，淡然回道：“不敢当，是你开了一个好头。”这人下棋时，不仅自顾，还要揣测对方的棋路，可见必定才思敏捷，思路清晰，为人处世思之甚广。他远远不像他的长相那样如此普通。

萧纵卿站在二人中间，笑道：“好了，你们不要再互相谦虚了，待会儿菜都凉了。毕大哥，留下来一起用饭吧。”

毕弦迟疑了一会儿，最终轻轻点头，回道：“那就叨扰了。”

萧纵卿眼神微闪，暗暗看了商君一眼，他还真是魅力不小，毕大哥从不与不熟之人多言，更别说同桌吃饭了，刚才他不过是随口问问，毕大哥居然应允，看来他是对商君也起了好奇之心。

三人在桌前落座，萧纵卿突发奇想，笑道：“今日如此开心，不如一边游湖一边用饭，赏月品酒，岂不是美事，你们说呢?”一个是相交多年的大哥，一个是患难相交的朋友，两人都是极尽风雅之人，今日一同畅游，实在是太难得了。毕弦似乎是早就习惯了萧纵卿兴之所至便随性而为的性情，回道：“客随主便。”商君更是无所谓，笑道：“恭敬不如从命。”萧纵卿连连点头，兴致勃勃地叫道：“好好好，来人，把酒菜备到画舫上。”

“是。”看他们麻利的样子，估计是被萧纵卿训练得已经习惯了。

天河，天城中最负盛名的河道，这里白天看时，两岸满目苍翠，奇峰浅滩，风光无限，绵延数十里，而它最让人称道的，却是夜间的时光。每当月上枝头，河道旁遍植的星木花便开始吐露芳香，子时最为浓烈，寅时消散，一年四季皆如是。此香浓烈时如烈酒，让人欲醉微醺；清淡时如新茶，让人神清气爽。每到月华初上之时，天河里小船、画舫交错，好不热闹。

萧纵卿选了河道上游的位置，且萧家的船华贵异常，船头处暗红的萧字醒目而张扬，普通船只也不敢靠近，故身处热闹的天河之中，却难得地安静。三人再次落座桌前，商君暗暗佩服，萧家的仆人果然训练有素，他们出了萧家即乘马车前来，才落座，这一桌子精致讲究的菜肴已全部上齐，而且都是热气腾腾的。见仆识主，萧家能有今日的成就，绝非偶然。

萧纵卿拍拍脑袋，笑道：“对了，还未给你们介绍呢，他是我新结识的朋友商君，毕弦大哥是我们萧家多年的朋友。”这样的介绍说了等于没说，不过二人并不在意。商君礼貌地拱手为礼。毕弦也轻轻点头，微笑回礼。

萧纵卿举杯笑道：“今日难得聚在一起，我们先干一杯吧。”待他们举杯，萧纵卿又忽然神秘地笑道，“等等，好酒应配好杯。”说完萧纵卿从木柜里拿出一个方形玉盒，小心翼翼地打开，一抹莹光一闪而过。精致的盒子里装着一套玉杯。

“这是?”商君欣赏地盯着这套冰种碧玉杯，杯子造型简单，没有多余的雕花装饰，打磨得光滑细致。毫无瑕疵的玉质，让玉杯在月光下晶莹剔透，几乎透明。杯身似乎会聚光一般，在月色烛影下，莹光环绕。

萧纵卿把杯子拿出来，一边满上酒，一边笑道：“这套杯是毕大哥去年所送，我可一直舍不得用呢。其实说到做生意，谁也不如毕大哥，畅游天下，阅尽天下美景，遍览世间奇珍异宝。商人做到这个分儿上，才叫人既羡又妒呢。”未见被夸奖的喜悦，毕弦淡淡地说道：“纵卿言过其实了。”

萧纵卿认识毕弦多年，知他不喜别人讨论他的事情，连忙讪笑道：“喝酒喝酒。”商君只看着自己杯中之酒，并不接这话题。看得出毕弦为人低调，而她也不喜深挖别人的私事。

萧纵卿本就是爽快的人，他喝着酒，看向商君，直接问道：“商君，你此次来天城，是有事吧？”毕弦轻轻摇头，纵卿从小便是如此，他问这话是想要帮人家，却不管别人是否愿意道明来意。商君坦然一笑，直接道明来意：“确是有事，我这次来，一是为了做成你萧家的生意，二是来会友。”

萧纵卿了然，回道：“生意之事，还是大哥二哥在管，明日我替你引荐吧。”商君摇摇头，并非场面上的假意推托虚应，大方笑道：“不用了，拜帖我已送上，生意之事，顺其自然。我今日来，只为访友。”

萧纵卿大笑，商君就是商君，做事为人都如此随性，与这样的人结交，就是开心。举起杯子，萧纵卿笑道：“好个只为访友，来，再干一杯。”三人正喝得尽兴，河道旁繁杂的吵闹声由远及近，扰了一室的清静。萧纵卿不耐烦地问道：“外面为何如此吵闹？”

小溪轻声回道：“三少爷，好像是官差在捉拿要犯。”

萧纵卿拂袖：“扫兴。”商君眼神一闪，微微眯眼向外看去，白纱纷飞间，商君隐约看见几列身着银甲的兵士一路搜查各式船只。她认得那身打扮，是尤霄的手下，想不到他行动如此迅速。只是在天子脚下，他们并非官府官员，却敢大肆搜查，尤霄到底是何身份？

很快，铁甲卫已搜到萧家的画舫。小溪立于船头，大声喝道：“放肆，我家主子正在接待贵客，萧家的船岂是任何人都可以随便搜查的。”

带头的小将微微迟疑，苍月谁人不识萧家，莫说是他，就是朝廷命官，见了萧家人也礼让三分，只是今日大人下了死令，他又岂敢不从。

腰板挺直，拱手为礼，小将客气地说道：“末将奉命捉拿朝廷要犯，任何画舫酒肆一律搜查，还请行个方便。”小溪挥挥手，朗声回道：“船上只有我家主子和客人，没有你所说的要犯，请回吧。”

小将微怒，他已给足面子，他们居然不识抬举。他身后的副将却是没有这等好脾气，一介商贾之家，竟是如此目中无人，副将大喝一声："大胆，胆敢阻挠官爷公务，里面一定有问题，给我闯进去！"身后数十铁甲卫手持长剑，就要冲上船头，小溪大惊，喝道："谁敢！"

随着小溪的叫声，萧家侍卫也纷纷拔剑相向，一时间，剑拔弩张。商君悄然看了萧纵卿一眼，他面色微冷地默不作声，任外面已经吵得天翻地覆，他还在给毕弦和自己斟酒，现在看来倒不像十五六岁的少年，颇具大家风范。毕弦更是满脸的闲暇，反观自己，倒是不够洒脱了。

"萧家不愧为苍月大家，好大的威仪，连皇家卫甲办案都敢拦。"一道冷傲而讽刺的男声在两方人马中间赫然传来。商君拿起酒杯的手一顿，眉头紧皱，是尤霄。真是冤家路窄！来人身着暗黑铁甲，手中的银戟寒光凌厉，一双满含戏谑与冷酷的眼，让小溪不自觉地咽了一下口水。萧家侍卫也紧了紧手中的长剑，这人的出现，让人莫名地感到窒息。尤霄一步一步慢慢走上船头，冷冷地看了一眼船头醒目的萧字，哼道："这画舫，今晚我搜定了，让你家主子当面问我的罪吧。"

"你！"小溪气极，频频看向舱内，主子没有发话，他也不敢造次。

"搜！"随着尤霄傲然地下令，铁甲卫冲进舱内。

纷杂的脚步声逼近，商君眼神一暗，再与尤霄打一架她是不惧，只是这么做一定会连累三儿还有毕弦。不多想，商君忽然起身，一跃而起，附在船舱的顶上。萧家画舫很大，舱顶离地足有两丈有余，纱幔由舱顶垂落，这样的晚上，隐身于船舱之上，白纱之间，确实不易被发现，只是上面并无可以落脚之处，商君只能将身体尽量紧贴舱顶，双手轻扯纱幔，让自己不至于掉下去。商君轻跃而起的同时，毕弦衣袖挥过桌面，将还装着半杯酒的碧玉杯扫落，右手绕下桌布，稳稳接住杯子，暗暗藏于袖中。一切都在电光石火间完成，仿佛他早就知道商君会藏匿一般。

萧纵卿微怔，不过很快恢复镇定，他拿起手中的酒壶，为毕弦再斟了一杯酒，笑道："毕大哥，我们再喝一杯。"

“好。”铁甲卫闯进船舱时，只见萧纵卿与毕弦两人频频举杯，一派悠然的样子，刚才外边的对峙似乎一点也没有影响他们的雅兴。小将一眼看去，船舱虽然非常大，却也十分空旷，除了一个从旁伺候的小童，并未见其他可疑人物。

铁甲卫捉拿过叛党凶徒，处决过皇族显贵，领教过凌厉狠绝，见惯了气势逼人，今日却被眼前两人的悠然所惑。一个瘦弱男子，一个弱冠少年，在剑影寒光中不见骇然，身为萧家之人，起码也该勃然大怒，然而却什么都没有。铁甲卫面面相觑，不知这空旷的船舱还要不要搜，小将看向尤霄。

尤霄微眯起眼，盯着毕弦和萧纵卿，冷然说道：“搜。”

“是。”得令，铁甲卫不敢怠慢，仔细搜查起来。

任他们把船翻了个遍，萧纵卿与毕弦依然但笑不语，畅快喝酒。

船上本就空旷，也没什么可搜的，不到一刻钟，小将走到尤霄身旁，禀道：“大人，没有发现。”尤霄缓缓走近圆桌，绕着圆桌走了一圈，忽然在萧纵卿旁的空位上坐下，拿着一支筷子，轻敲空位上的餐具，冷哼道：“两位好雅兴，两人喝酒，备三副碗筷？”叮叮当当的声音在安静的船舱内响起，显得格外的刺耳。

萧纵卿放下酒杯，迎上尤霄傲慢的眼，笑道：“这位大人才真正是好雅兴，我萧家宴客，多备一两副碗筷还不劳你费心吧。”萧纵卿话说得坦然，心里不免暗暗庆幸，还好毕大哥刚才把酒杯收了起来，不然还真不知道怎么解释那半杯酒。在萧纵卿脸上看不出端倪，尤霄扔下筷子，警觉地注视着四周，别有深意地说道：“我是怕萧公子还有其他客人，躲得太辛苦。”这船舱里总让他觉得有什么不对劲的地方，到底是哪里不对劲？

眼见尤霄视线渐渐上移，萧纵卿与毕弦对视一眼，起身走到尤霄面前，带着不悦，大声质问道：“闯也闯了，搜也搜了，大人还想怎样？我不说话是给你面子，大人何苦故意刁难？我萧家虽不是什么皇族显贵，却也算得上儒商良民，大人此番作为让人不解。”果然是商人本色啊，即使年纪轻轻，也深谙此道。这样欲褒还贬，他再搜下去倒真坐实了故意刁难的罪名了，可惜，他行事向来故我，想用话挤对他，休想！他越是这样就越是可疑。

“萧公子此言差矣，我是为了二位安全着想。”当着萧纵卿的面，尤霄再次下令，“来人，搜船沿的水下。”

萧纵卿暗暗握紧双拳，这人是谁？竟然嚣张到这种程度。尤霄！好个谨慎多疑，张狂自我的个性。商君不断运功调息，抓着轻纱的手越发用力，她现在只依靠着轻纱支撑，尤霄再不走，她就快撑不住了。

尤霄一双鹰眸冷冷注视着船舱内外的一举一动，丝毫没有罢休的意思。毕弦感觉到身边的纱幔轻轻摆动，看来他快不行了，于是缓缓拿起酒杯自顾自地喝着，低笑道：“尤大人，皇家卫甲虽直接受命于皇上，不受六部监管，但是据我所知，大人的职责是保护皇上，而不是肆意扰民吧。”

“你知道我是谁？”尤霄微惊，终于正视眼前这个相貌气质皆平庸无奇的男子。不仅尤霄惊讶，就连隐身于船舱之上的商君也是一惊，他认识尤霄？

毕弦，他真的只是一个商人吗？隔着纱帘，商君看不清毕弦的表情，只听见他以悠长平淡的声音笑道：“御前近身侍卫，铁甲军总兵，尤霄，我有没有说错？”尤霄忽而大笑：“原来这船上还卧虎藏龙。”难怪他总觉得船舱里不对劲，原因就是他吧，一介布衣却得萧家如此礼遇，倒是他眼拙了。

前前后后，甲板水下，都搜了一遍，还是毫无发现，小将走到尤霄身边，低声禀道：“大人，没有发现。”尤霄轻轻抬手，铁甲卫训练有素地退了出去。尤霄再看毕弦一眼，负手离去，他走到甲板之上，透过层层轻纱，冷傲的声音从外面传来：“你叫什么名字？”毕弦轻轻皱眉，最后还是朗声回道：“毕弦。”

不一会儿，繁杂之声渐行渐远，船舱内又恢复了平静。商君翻身落下，额上已是一层薄汗，她躬身抱拳，笑道：“多谢两位。”

“说这些做什么，商君，你与那野蛮人结怨了？”

商君耸耸肩，不愿多谈，敷衍道：“算吧，不过就是羞辱了他一番而已。看样子他不把我翻出来，是不会罢休的。”

萧纵卿还在气头上，口气不屑地低斥道：“怕什么，你住在萧家，有本事他也上萧家搜一搜试试看。”商君似假还真地回道：“就是看在你们萧家家大势大，我才急着去投靠啊。”

萧纵卿白了商君一眼，笑道：“得了，你还调侃起我来了。我看那人绝非善类，明日我把你引荐给大哥，把你该办的事情早日办完，回临风关安全些。”他也是第一次见如此软硬不吃的人，被他黏上，还真是棘手。

商君也不推托，顺势回道：“好。”直到三人再次围坐桌前，毕弦才慢慢伸出右手，将碧玉杯放回桌上，里边的酒一滴未洒。

商君举起酒杯，一饮而尽，真心谢道：“今日商君是真的要多谢毕公子。”如他这般低调的人，今天为了将尤霄的注意力吸引过去，锋芒太露。

毕弦轻笑摇头：“商君何必客气，你若不是为了我与纵卿，也无须躲得如此狼狈。能侮辱尤霄，又岂会怕他寻仇。”商君微微扬眉，他知道？两人对视一眼，在彼此眼中都看见一抹名为欣赏的光芒。这趟天城之行，生意谈不谈得成且不说，结交毕弦其人，商君隐隐觉得，已是不虚此行。

为了防止尤霄派人监视，萧纵卿命人让船随水漂流，月华渐浓，船已漂到了四下无人的天河下游。船舱里，萧纵卿喝得酩酊大醉。甲板上，商君和毕弦手执清酒，各居一方。天河的美，在于它愈夜愈撩人。两岸香气四溢，虫鸣蝉嘶，不绝于耳，并不艳丽的星木花，在这样朦胧的月色下，芳踪难寻，不过随风飘摇无处不在的浓香，却霸道地彰显着它的存在。

极少喝酒的商君，今夜也喝了一些，但也仅仅是一点点，她需要时刻保持头脑清醒。随意坐在甲板之上，头靠着船桅，任清风袭面，商君轻轻闭上眼睛。月光洒在她光洁白净的脸上，一身玄白的襦衫，让她看起来恍若谪仙。“商君不像商人。”毕弦拿着酒壶，自顾自地喝着，仿佛他手里的不是酒，而是白水一般。脚边酒壶一地，他的眼却是满目清明。

一直知道毕弦盯着她看，商君也不恼，没有睁开眼，轻轻勾起唇角，回道："毕公子何尝又像商人?"毕弦失笑，点点头，回道："是啊，一般越不像商人的，越是出色的商人。"他是，他亦是。盯着商君绝美的侧脸，毕弦眼中精光一闪而过，他忽而轻声笑道，"我想与一个有胆识的人谈一笔生意，不知道商君可有兴趣?"

商君将手枕在脑后，舒服地半躺着，轻松地回道："不妨说来听听，能赚钱的买卖，我基本上都接。"

"你可曾听说过海域?"商君忽然睁开眼睛，疑惑地看向毕弦，问道："天下四国之一，却无人知道具体在哪儿。莫不是你所说的生意，与海域有关?"毕弦一副孺子可教的表情，欣然解释道："海域位处东方，隐匿于东海尽头，多年来只闻其名不见其形，只因甚少人知道进入海域的方法，更少人知道，那里十分富足，奇珍异宝多不胜数。但是海域毕竟是海国，唯独种不出好茶，产不出精棉。所以只要你有这两样东西，轻而易举就能换到很多所谓的奇珍异宝。"

待他说到这儿，商君反而一副兴致缺缺的样子，继续靠着船桅，闭眼假寐："既然如此容易，你自己去就行，还和我谈什么?"

"要去海域，一年只有四次机会，而每年中秋，则是最佳时辰，东海上会出现半个时辰的海水逆潮，你需把握住这段时间，随水漂流。但这半个时辰内，海水流向不定，礁石、巨浪颇多，一不小心就会粉身碎骨，而这样的危险行程，需持续十余天，若是不死，就能到达海域。"停顿了一会儿，毕弦才继续说道，"去的人，就要有死的准备，你现在知道我为什么与你谈了?"商君不为所动，笑道："你已去过数次了吧，若是怕死，不必等到今日才找人前去。"

商君轻轻抬手，拦下毕弦接下来要说的话，直言道："毕弦，与我无关之事，我可以不管不问，也无意窥伺他人隐秘，但是若与我有关之事，我不接受一丝一毫的敷衍。你最好想清楚再与我谈。"

好强的气势，好孤傲决绝的性子，毕弦苦笑："我给自己找了一个大麻烦。”不过正因为这样，这海域他还非选他去不可。罢了，有些事憋在心里够久了。盘腿坐在商君身边，背靠着桅杆，毕弦灌了几口酒，才悠悠地说道：“在海域，有一个人我想去见，又怕去见，而她已不允许我再踏入海域，此生我都没有资格再去了。”不特别感人的故事，也不特别悲伤的声音，断断续续，纠结难解，让人似懂非懂。

商君拿起放在一旁的酒壶，在毕弦面前晃了晃，爽快地回道：“这门生意，我答应了。”或许她还是没听懂毕弦所说的那人、那段故事，不过她听懂了他即使极力掩藏却依然疼痛不已的心声。手中的酒早已喝干，毕弦扔掉酒壶，拿起另一坛酒，撕破封蜡，与商君的酒壶轻碰，二话不说，仰头猛灌。商君不语，有一口没一口地喝着。壶中酒被一饮而尽，毕弦放下酒壶，手背轻拭唇角，那双看起来平凡无奇的眼却依然清明，再拿起一坛酒，毕弦淡淡地说道：“你每次去海域得回来的东西，一半归我，价钱就按你从海域收来的价钱算；另一半，归你。”商君一愣，摇头低笑：“你果然是个好商人。”

“问你一个问题，回不回答随你。”既然毕弦知道尤霄，还对宫闱之事知之甚详，或许他可以从他这里了解到宫里的消息。商君明白，她不应该在这个时候过度关切宫里的事情，但是，她还是忍不住要问。毕弦放下酒坛，看向商君，等他发问。他有些好奇，商君会想问什么。

暗自斟酌了一番，商君才迂回地问道：“你似乎，对皇族宫殿的人和事很清楚？”

“那要看你想知道什么？”

商君暗暗咬牙，冷然回道：“我都想知道。”关于陇趋穆的一切，他都迫切地想要知道。知己知彼，才有胜的可能。虽然现在不能杀他，终有一天，她会将凌霄剑刺进他的心窝。毕弦若有所思地盯着商君忽然阴沉的脸，良久才轻笑道：“你可知宫闱朝廷的事都卖得很贵？”

商君惊讶，猜测道：“这么说，你和风雨楼沈啸云一样都是依靠贩卖消息为生？”毕弦摇摇头，眼眉间隐隐透着鄙夷：“我和他不一样，他卖消息看银两，我卖消息看心情。”他的消息只卖给他想卖的人。

商君扬起一抹狡黠的笑，上下打量着毕弦，故作了然地轻叹道：“难怪，你只能着布衣。”低头看看自己，毕弦莞尔，对上商君调侃的眼，两人相视大笑。月下的天河，沉静而唯美，缓缓流淌的河水，轻轻拍打着画舫，船身轻晃。甲板上，酒香四溢，两人背靠背坐着，时而轻笑，时而举杯，月光投下两道长长的影子……

“你就是商君？”萧纵齐打量着眼前这个消瘦的男人，听林义说过他武艺高强，听纵卿赞过他性情随然，现在看来，有些失望，也就是瘦不拉叽，长得还算俊俏的男子而已。

商君微微拱手，有些尴尬地回道：“是。”她现在觉得浑身不自在，一大早，三儿就拉着他往正厅走，才走进大堂，这个男人就绕着他由上到下看了个遍，就差没跟她脸贴脸了。好不容易，他看够了，走回主位上坐下，商君也才终于有机会好好看看眼前的正厅。

正厅宽阔而明亮，主位之上一块梨花木匾，浓墨重彩、刚劲有力地书着“积善之家”四个字，两幅名家字画分居其下，大堂左右，数张红木宽椅一字排开，简单而不失庄重，可见这正厅应该是萧家议事的地方。现在偌大的厅堂里，除了刚才逼视他的魁梧男子之外，还有一个素衣男子坐在主位的右侧，消瘦的身形，苍白的脸上毫无血色，看上去没什么精神。眼光扫过商君，只停留了一会儿，便缓缓垂下眼睑。这两人，该是萧纵卿的哥哥吧，商君对那素衣男子比较感兴趣，刚才只一眼，他居然被那双清冷的眼睛看得心中一颤，那双眼仿佛什么都能看透一般。

商君还在注视着素衣男子，一道有些不耐的男声直截了当地说道：“你想与我萧家谈什么生意？”商君转而看向萧纵齐，微笑着回道：“东隅慕容家的丝绸、茶叶闻名四海，苍月萧家的药材、珠宝天下皆知，我想与你做个交易，拿丝绸、茶叶与萧家换药材、珠宝。”

萧纵齐怀疑地看着商君：“真的是慕容家的丝绸、茶叶？”慕容家的丝绸、茶叶皆是极品，难以求得，数月前好不容易谈好了一批，却被山贼劫了。商君坦然回道："如假包换。"

"好。"萧纵齐也爽快地应道，"这笔生意可以和你做。"慕容家的丝绸、茶叶在苍月能卖出很好的价钱，这笔生意稳赚不赔。

"我还没说完。"商君迎着萧纵齐不解的视线，朗声说道，"今后萧家销往东隅的药材、珠宝都只能通过我来交易。"

盯着商君，萧纵齐两条浓密的剑眉纠结在一起，他这是什么意思？

一道低沉而冷淡的男声自素衣男子口中缓缓说出："你的意思是，萧家不能把药材、珠宝卖给其他东隅客商？"

看向男子，商君肯定地回道："是。"她要成为两国交换最大、也是唯一的商人，即使是萧家也不能私自交易，这是她最重要的目的。

"不可能。"萧纵齐拍案而起，这小子好大的口气，居然想买断他萧家的药材、珠宝。萧纵齐一向是火暴的性子，这声怒吼震得商君耳膜隐隐作痛，她轻揉耳朵，无所谓地回道："萧大公子不妨再考虑考虑，慕容家已经与我有了协议，如果你不愿与我合作，那你萧家以后都不可能再买到慕容家的丝绸和茶叶。而我，也只能和别人合作了。"

如果他说的是事实，萧家没有了丝绸和茶叶，便少了一条财路，这还不是最重要的，一旦他将丝绸、茶叶卖给他们多年的宿敌丘家，对他们是大大的不利。萧纵寒思索一番，沉声说道："萧家愿高价购买你手中的丝绸和茶叶。"商君轻轻扬眉，连价都不问，直接回道："只换不卖。"

"你——"萧纵齐气结。

商君看向萧纵寒，说道："两国之间的货物，常常因为经过龙峡谷而被山贼抢夺，萧家与我合作，还可以保证你们的货物安全无虞。"

纵卿是说过这人与山贼间的协议，多年来，他们都在为龙峡谷的山贼头疼不已。这人能走通龙峡谷这条路，可见本事不小，与他合作未为不可。心中已经有了计较，萧纵寒脸上未动声色，问道："你要求萧家不能将药材、珠宝卖与他人，那么萧家如果与你合作，你是不是能保证苍月只有萧家能买到慕容家的丝绸和茶叶？"商君点点头，回道："可以保证。"

这人喜怒不形于色，他才是萧家真正厉害的人吧。

“这笔生意萧家做了。”果然，萧纵寒应允之后，萧纵齐即使心有不悦，却也没有发作。再次垂下眼睑，萧纵寒掩藏住眼底的精光，脸色依然苍白如纸　商君却觉得他比气势凌人的萧纵齐难应付得多。

一直沉默不语的萧纵卿，走到商君面前，笑道：“太好了，商君，以后我们就有机会经常见面了。”

“还得谢谢三儿。”若不是他，她就要花更多的时间说服萧家。

伸手搭上商君的肩膀，萧纵卿笑道：“走，喝酒庆祝去。”

商君微微侧肩，不着痕迹地退开，回道：“我待会儿就要赶回临风关。”昨日她已与毕弦谈妥了出海之事，距离中秋，还有不足一月了。虽然船只、水手毕弦都已准备妥当，她还需先赶往东海，这其间还有很多事情要办，她的时间不多。

“这么急?”

商君点点头，拍拍萧纵卿的肩头，笑道：“下次，陪你喝个痛快。”

“一言为定。”萧纵卿却以为他是因为尤霄而不得不早些回去，也就不再挽留。“一言为定。”商君向萧纵齐和萧纵寒抱拳施以一礼，朗声说道，“具体的事情我让管家留下来详谈。商君告辞了。”说完即转身离开。

“商君，我送你。”萧纵卿紧跟着商君身后跑了出去。

萧纵卿一溜烟跑得飞快，萧纵齐忍不住骂道：“三儿这死小子，和那个叫商君的交情好像还颇深。几时见他这么黏过谁。”几个月前他就一直叨念着商君的名字，今天一大早，还不许他们出门，非得要他们见商君不可。萧纵寒若有所思地看着两人渐行渐远的背影，苍白的脸上难掩担忧，轻叹一声：“不知是福是祸。”

第十一章　瘟疫

商君匆匆赶回缥缈山庄，才入庄，就看见商笑双手紧握着，焦躁地在前院走来走去，脸上满是恐慌的表情，商君急急地走过去，问道："笑儿，你怎么了？"商笑忽然听见声音，先是一惊，看清是商君之后，原来还皱在一起的眉头缓缓松开，一颗悬着的心也终于归了原位。商笑拉着商君的手，长长地舒了一口气，"哥，你终于回来了。"

商君总觉得有什么不寻常的事情发生了，追问道："发生什么事情了？"商笑咬咬唇瓣，小声回道："临风关发生了瘟疫。"

"瘟疫？"商君大惊，历朝历代，任何一场瘟疫都意味着灭顶之灾。

"嗯，城门已经封了五天，只有拿到郡守的通关令牌才能进出，忠叔去查看情况，到现在还没回来。"忠叔都出去一整天了，也没个音信，刚才她真的好害怕。商笑紧紧拽着她的手，指甲也不知不觉地掐进肉里。即使商君现在也是心乱如麻，脸上却不敢表现分毫。她轻拥着商笑，镇定地说道："别担心，进屋里再说吧。"

进了前厅，商笑还是坐立难安，来来回回地走了好几遍，紧张地看向微微皱眉的商君，问道："听守城侍卫说，已经死了不少人。哥，我们现在怎么办？"她也曾听说过瘟疫的厉害，这两天也看了好多四国之中关于瘟疫的记载，没有一次不是惨烈而恐怖的。商君轻叹一声，拉着焦躁的商笑在身边坐下，扶着她肩膀的手微微用力，沉静的眼对上商笑慌乱的眸，低声说道："别怕，你好好待在家里，别乱走，一切有我。"

“嗯。”商笑轻轻地靠在商君的肩上，颤抖的身体在商君的轻拍下终于恢复了平静。她不在的这几天，商笑真的吓坏了，忠叔和侍卫都行色匆匆，关于临风关瘟疫的流言传得沸沸扬扬，她有些六神无主。现在她终于不怕了，因为姐姐回来了，只要她们在一起，就是死也没什么可怕的。商笑慢慢安定下来，商君的心却越发不安起来。侍卫匆匆行来，在前厅外停下，禀道：“主子，忠叔回来了。”

商君朗声回道：“让他到偏厅等我。”又轻拍着商笑的头，商君轻声说道，“笑儿，你回永乐阁待着，不要到处跑。”

“不要。”商笑激动地站起来，叫道，“我看了很多关于疫病的书，我也可以帮忙。”

商君摇摇头，不容置疑地说道：“听话，瘟疫有时候比战争还可怕，不要让我担心你，好吗?”不管发生什么事情，笑儿绝对不能出事。

商笑张了张嘴，口中反驳的话硬生生地压了下来，她低下头，喃喃地回道：“嗯。你放心，我会照顾好自己的。”

“乖。”商君转身离开，商笑赶紧抬起头，大声叫道：“哥，你要小心啊。”

商君回过头，笑道：“好。”

商笑怔怔地看着商君离去的背影，落寞地低头转身，向永乐阁走去，什么时候，她才不用成为负担呢？练武！她一定要好好练武。总有一天，她可以站在她身后，与她并肩作战，为父母报仇。那时，她应该就可以再叫一声姐姐了吧。握紧双拳，商笑发疯一般地向后院跑去。

商君匆忙赶到偏厅，早就候在那里的杨忠立刻抱拳行礼道：“主子。”

商君在主位上坐下，说道：“忠叔不要拘礼了，坐下来把临风关的疫情细说给我听。”杨忠站直身，将打听到的情况如实回禀：“半月前，临风关南郊的虎丘村传出有不少村民患上了急症，请了很多大夫也没能看好。谁知才过五日，附近的村子中很多村民也相继出现了与虎丘村民一样的急症。大夫说，有可能是瘟疫，闹得人心惶惶。疫情一直在蔓延，越来越多的村民都染上了急症，几天前郡守派了重兵将那几个村隔离起来了，临风关也戒备森严，任何人进出临风关都需要有郡守的令牌。”

已经半个月了，难怪笑儿会说死了很多人了。商君剑眉微皱，问道：“那些染病的村民现在怎么样?”

“他们全都被关进虎丘村里，郡守只是想着不让疫情蔓延开，村民的生死，他早就不关心了。不过阮家的人进了虎丘村，听说已经在开始救治村民，只是还是有人不断染病。”阮家？是阮听雨家吗？商君暗暗钦佩，阮家不愧为医药世家，妙手仁心。

“郡守有何作为?”

杨忠脸上尽是鄙夷之色，回道：“他早在两天前将家眷搬至百里外的凤山镇，自己躲在郡守府里不敢出门，每日只给驻军和村民提供一百石粮食，看样子，他是想让村民自生自灭。”黄史杰这个败类，仗着姐姐嫁给了吏部侍郎，在朝中有些关系，谋了临风关郡守之职，平日里只知道苛捐重税，欺压良民，这样危急的时候，半点作为都没有。

瘟疫若是依靠这样的堵截就能解决，历年来也不会有如此多人命丧于此了。商君起身，走至前院，交代道：“忠叔，你将山庄前厅与后庭间隔开，女眷全都移至后庭。凡是出过山庄的下人和侍卫，都不许进入后庭，每日煎熬药石净手，喷洒庭院，不能让山庄中的人染上疫病。还有，调集山庄的影卫，等我的命令。”

听商君的语气，杨忠隐隐有些不安，问道：“主子，你想?”

“我要进虎丘村探个究竟。”阮家人在里边，疫情仍得不到控制，一定是出了什么问题。“使不得!”一听商君要涉险，杨忠急道，“瘟疫可不是儿戏，到现在为止，阮家都未能找到医治的方法。”

“疫情控制不住，缥缈山庄也不能幸免于难。”正是知道疫情的可怕，商君才非去不可。杨忠拦在商君之前，沉声说道：“一定要去，就让老奴去吧。”

他给威远镖局当了一辈子镖师，押送过无数次货物，出生入死，结果因为一场意外，货物被劫了，他们居然污蔑他与盗贼合谋侵吞货物，将他赶出镖局。江湖上的人，听信威远镖局一面之词，视他为奸险之人，多少曾经把酒言欢的所谓朋友都对他敬而远之。唯独他，这个叫商君的年轻人，不仅信他的为人，还对他委以重任，他年纪一大把，就一个人，死了也没什么可惜的，再则为他死，值得。

商君摇摇头，笑道："我与阮家还有些渊源，我去更为妥当，入村之后，我便不回山庄了，每日酉时，你到虎丘村后山等我的命令。"他何尝不知道杨忠的用意，只是他如何能让一个老者涉险。

商君的决定，从不容人质疑。杨忠潸然，最后也只得回道："是。"

商君满意地点点头，消瘦的身影向着虎丘村急速奔去，即使她才刚刚从苍月日夜兼程地赶回来，即使她已好几天没有好好休息。

虎丘村。第一缕晨光刺破云层，叫醒了沉寂一夜的天幕，云层间火红的光亮，正一点一点晕染天际，如同一块炫红的丝绸，曼妙地飘摇于天际。本该是万籁俱寂的黎明，却交叉着呻吟与低泣。对虎丘村来说，漫长而恐怖的一天又开始了。阮听风拔出细针，手中的孩子终于又有了浅浅的呼吸声，将孩子交到哭了一夜的娘亲手中，阮听风疲惫地净净手，对着身边的小童低声说道："霖芹，药。"

"是。"霖芹熟练地倒出药汁，扶着孩子的头，一点一点地给他喂药。

阮听风揉揉太阳穴，等待眩晕的感觉消退。身后不远处，阮听雨焦急的声音传来："大哥，你过来一下。"

"用了药之后，给他用汤药拭身。"匆忙交代完霖芹，阮听风赶到阮听雨身边，"怎么了？"她脚边，一个四十出头的妇人平躺在用一块木板简单拼成的床上，皮肤已泛着淡淡灰色，身上恶臭传出，阮听雨面色凝重地摇摇头，阮听风抚上妇人的颈间，脉息全无。

阮听风收回手，低声说道："尸体尽快烧掉。"

呆坐在妇人身边的少年立刻弹了起来，就要扑到妇人身上，被阮听风拉住手腕。少年跪倒在他脚边，哭喊道："不可能，我娘亲没死，她昨晚还和我说话呢！大夫，求求你，再看看，再看看！不要烧掉我娘亲。”

阮听风痛苦地闭上眼睛，任少年拉扯着他，连一句安慰的话都说不出来。旁边的村民上前把少年拉走，阮听风无力地走出临时搭建的帐篷。行医十数年，这是他经历最为惨痛的一次，见惯生离死别的他，也为每天重复上演的死亡感到心力交瘁。阮听雨站在他身后，怔怔地盯着初升的太阳，活力四射的晨光，却丝毫未能给她带来生的希望。一双秀眉也纠结在一起，阮听雨叹道：“已经是今天的第七个了，这样下去怎么办？”

阮听风颓然地摇摇头：“没有绿缢草，药配不齐全，我们也只能尽力而为了。”药汤换过四五次了，收效甚微，他是真的没有办法了。

喜鹊从另一头匆匆走过来，看了一眼头痛不已的阮听风，迟疑了一下，转身附在阮听雨耳边轻声说道：“小姐，粥不够了。”昨日的粮食已经吃完，今日的粮食还没有送到，即使送到了，也是不够。

“又不够了？”阮听雨看着哥哥疲惫的背影，不忍再为这些事去打扰他，她对着喜鹊吩咐道，“以后缺粮的事就不要再提了，让家里直接运些粮食过来吧。”喜鹊双拳紧握，不平地低吼道：“我们是医药之家，又不是开米铺的，这么多人，家里的粮食还能撑多久？家里的药仓都开空了，现在还要派粮，那郡守真是该死！”官府只知道把染病的人丢进来，却不管他们死活！他们阮家还能撑多久。阮听雨瞪了喜鹊一眼，示意她不要大声张扬，挥挥手，心烦地说道：“好了，别唠叨，快去。”

喜鹊还想再说什么，但是看看周围或哀泣、或垂死挣扎的人，又觉得现在抱怨这些也是无用。刚转身离开，却在远处看见了一个不应该出现在这里，既陌生又熟悉的消瘦身影。喜鹊拉着阮听雨的手，叫道：“小姐，你快看，那人，那人——”叫什么名字喜鹊一时想不起来。

“商君？”阮听雨低叫，她不敢相信自己的眼睛，是他，真的是他吗？

昨晚忙于筹粮，一早进入虎丘村，商君被眼前的景象刺痛了双眼，村里的房子不够用，大多数染病的村民被安置在村里临时搭建的帐篷里。呻吟声、呕吐声、哭泣声交汇着恶臭与药草的味道充斥着这个小小的山村，尸体被一具一具地抬出来，堆在远处架满柴薪的木架上，一些或呆滞、或恐慌、或悲痛的人蹲在木架旁，眼中的绝望，让人心颤。商君正要寻找阮家的人，就听见一声低呼从远处传来，抬眼看去，她看见了晨光中的阮听雨。

商君走过去，阮听雨也迎了上来，上上下下打量着商君，急道："商君，你怎么会在这里？"莫不是，他也染上了疫症？

"我听说这里发生了瘟疫，看看有没有什么能帮得上你们的。"看见阮听雨，商君微讶，知道阮家的人在这里，却没想到阮听雨也来了，身为女子，在这样的时候毅然挑起重任，果然如她初见时一般，巾帼不让须眉。知他不是染病，阮听雨一颗心总算归了位，不过看看周围衰败、惨烈的景象，阮听雨叹道："这里很危险，你不应该来的。"

"无妨，疫情若是得不到控制，哪里都一样危险。"转向站在一旁的阮听风，商君问道，"阮公子，商君有什么可以帮上忙的？"

阮听风微微点头回礼，还没来得及说话，一旁的喜鹊却抱怨道："你又不会医术，能帮上什么忙。本来就不够吃的了，无缘无故又多了一个。"

"喜鹊！"阮听雨低斥。

阮听风一时也不知道说什么，虽然他很佩服这个叫商君的男子，如此有胆识，孤身独闯疫区，可见此人心地纯良，胸怀天下，他颇为欣赏，只是喜鹊说的也是实话，他贸然闯进来，也帮不了什么忙。

商君指着村子入口处，守将们帮忙推进来的五大车粮食，笑道："粮食我来的时候，已经筹备了一些，一千石应该可以撑一段时间吧，不够我再想办法。这样我可以留下来了吗？"

喜鹊急忙看过去，果然看见几百袋粮食堆在村口，她惊喜地叫道："真的是你运来的吗？太好了。"她不用再为吃饭的问题发愁了。

"谢谢你，商君。"阮听雨也终于可以松一口气了，阮家的财力，真的支持不了多久。商君并不居功，淡然回道："别这么说，和你们比起来，这些不算什么。你们还没有找到能治疗疫病的药材吗？"

阮听雨为难地看向阮听风，阮听风一脸愁绪，回道：“找到了，还差一味药，绿缢草。”绿缢草？她没听说过，不过这并不重要，她现在关心的只有一点，“找到绿缢草就能解这次疫灾？”

阮听风摇摇头，并不敢肯定：“绿缢草能让脓疮等伤口快速愈合，扶内气抑邪毒，应该可以解疫，但是一切要等患者服用过后，才知道是否真的有效。”这也是他翻遍了先祖留下的医学典籍，才找到的方子，自己从来没有经历过这样的疫情。

那就只有试过才知道了，商君追问：“哪里可以找到绿缢草？”

阮听风头疼地回道：“绿缢草产于苍月南面的岐山，只长在山底溪流汇聚的深潭里，难以取得。或许，也只有萧家或者宫里才可能会有吧。但是那绿缢草珍贵至极，莫说萧家不一定有，即使有，也未必肯给。”

商君轻皱眉头，宫里的药她是肯定拿不到了，至于萧家，这次不是做生意，而是与萧家求药，她是真的没有把握。暗暗咬牙，商君还是说道：“我来想办法。”阮听雨眼前一亮，叫道：“商君，你真的能找到绿缢草？”他是个言出必行之人，若是他说有办法，就一定有办法，那这些村民就有救了。阮听风则是一脸惊异地看向商君，若真能得此药，这人倒是真正有些能耐。面对投过来过于炙热的视线，让商君不知如何回答，唯有苦笑道：“尽力而为吧。”

商君站在虎丘村后的山峰上，从这里可以看见整个村子，然而最显眼的，不是村子里残败的景象，而是村口一里外，层层把守的兵士。一个一个缠满荆棘的木栏横在村口，数千士兵身着铁甲，手握长矛，戒备地盯着村口，仿佛里边关着一只凶猛恐怖的怪兽一般，长弓利箭皆对准了一个方向，只要有人想靠近木栏，他们就可以把他射成刺猬。

这村子里，确实住着一只随时都能将人杀死的狰狞怪兽，而他们把村民孤立无援地扔在村子里，任怪兽肆虐。可是她却不能责怪他们，他们在捍卫更多人生的权利，在这样的大局面前，一个小村子，又算得了什么。商君收回视线，抬头仰望天际，不禁勾起一抹讽刺的笑容。

“主子。”背后传来一声恭敬的男声。

背对着杨忠，商君向前走了几步，轻轻扬手，示意他不要再上前，平缓的声音里，是淡淡的疲惫：“行了，就站在那吧。”杨忠看着不远处那抹傲然天地间，却单薄疲惫的背影，担忧地问道：“您还好吧？”

回过身，商君扬起唇角掩盖疲倦，双目间尽是坚毅之色，回道：“我没事，这封信，快马加鞭，尽快送到萧家，一定要亲手交给萧家三少爷。还有，让影幽盗取郡守令牌，开官仓，把粮食运进虎丘村。”筹措些粮食，对缥缈山庄来说，并不是难事，只是他看不得郡守置身事外，罔顾村民性命，既然黄史杰不肯做点什么，那就只有她帮他做了。

将信放在脚边的石块上，商君转身走下山去，才走了两步，她停下脚步，久久才牵挂地问道：“笑儿还好吧？”

杨忠捡起信封置于袖间，回道：“小姐还不知道您进了虎丘村，现在乖乖地待在永乐阁里。”

“不要让她知道，也别让她离开缥缈山庄。”说完，商君不再迟疑地快步离开。笑儿总是要长大的，她必须慢慢学会照顾自己，学会独自生活，因为，不知道自己还能让她依赖多久。杨忠沉声回道：“是。”

商君坐在巨石之上，看着前方浓烟四起，火光缭绕，听着薪柴燃烧时的吱吱声，伴随着声声撕裂人心的哭泣。这是她待在这儿的几天里，见得最多的场景。一个人在前一天还在和你说笑，今天就可能毫无生息，熔于烈火。“疫症会传染，最好用纱布覆面，接触了染病的人和进食之前，一定要用药汤净手。”阮听雨拿着一块素白的面纱递给商君，这几天，她忙着照顾村民，他又经常来去无踪，好不容易看见他，她情不自禁地走到他身边。

“谢谢。”商君接过面纱，一双深沉的眼目视前方，若有所思。

“商君在想什么？”阮听雨顺着商君的视线看去，除了滚滚浓烟，什么也没有。

靠着身后的石壁，商君忧虑地回道：“我在想这次疫情的源头是什么？

这里已经被隔绝，每日还不断有这么多人送进来，这个源头如果不找到，即使有绿缢草，也不一定能解这次的疫情。”

“一般的瘟疫，大多爆发在战乱、水祸、地陷等灾害之后，尸体无人入殓，易滋生毒气邪风，人们通过吐息、饮水皆可染病，但是近月来，临风关既无战乱，也无灾祸，为何就会产生疫病了呢？”阮听雨轻叹一声，对这次忽来的疫病，她和哥哥也是一头雾水。

阮听雨话音才落，商君忽然从巨石上一跃而下，向村后的小路走去。阮听雨怔怔地看着他匆匆的背影，不解地问道：“商君，你去哪里？”

“去看看虎丘村的水源。”若是能找到疫情的源头，这场瘟疫就能尽早结束。如果真的如阮听雨所说，是水源有问题，那疫病的范围将不仅仅只是临风关而已。“我陪你一起去。”阮听雨快步跑过去，跟在商君身后。

两人沿着小路走过去，不到一炷香的时间，就到了最临近虎丘村的河流。河水并不湍急，也不宽阔，水却非常清澈，在阳光的照射下，波光粼粼，河道从上游蜿蜒而下，河的两旁，还有不少村民已经无暇照顾的牲畜在饮水，一派平静祥和、生机勃勃的景象。

阮听雨走近河边，仔细地观察水流，还隐隐能看见不少鱼儿从上游悠闲地游下来：“河水很清澈，不像受过污染。”商君点点头，微微眯眼看向前方河道蜿蜒之处，说道：“到上游看看。”

沿着小河，他们一路走，一路观察河水，水势越来越大，阮听雨低喃道：“再上去就是玥河，也有士兵把守了。看来水源没什么问题，那是为什么呢？”商君在河道口停住，这里没有牲口饮水，也看不见小鱼，她却知道，这里的水也是干净的，因为河道旁的矮草长势很好，郁郁葱葱。看着渐渐偏西的太阳，他们出来也快两个时辰了，商君无奈地说道：“天色不早了，回去再说。”

“好。”

商君低眉思索，缓步于河岸，夕阳洒在她的身上，原就愁绪万千的脸庞，糅合在淡淡的光晕中，忧郁而迷惑人心。阮听雨看着商君，轻咬嘴唇，轻声问道：“商君家中就一人吗？这样只身前来，家里人会担心吧。”

商君回过神来，敷衍地笑道：“家人都安置好了，我会照顾自己，没什么可担心的。”

阮听雨有些失望地低下头，她也不知道，自己想要听见什么样的回答。河岸的小路湿润又泥泞，阮听雨精神有些恍惚，脚下一滑，还好商君眼明手快，扶住她的胳膊，说道：“天色暗了，你小心。”

“哦。”自己刚才在胡思乱想些什么。阮听雨不好意思地低下头，看见商君扶着她的白皙修长的手，也不明白怎么回事，又是一阵面红耳赤。

商君觉得今天的阮听雨有些不太一样，注意到她脸上不正常的红晕，忽然恍然大悟，赶紧收回手，跨步走在前边，不再与阮听雨同行。

一路无语，两人一前一后回到了村里。才进来村子，就见喜鹊像只没头苍蝇一样急急忙忙地找些什么。她看见阮听雨，立刻跑了过来，抱怨道：“小姐，你可算回来了，下次出门能不能告诉喜鹊一声，忽然就不见了，吓死人了。”阮听雨轻笑着摇摇头，问道：“好了，我没事，你这么急是要干什么去？”她这风风火火的毛病什么时候能改掉。

喜鹊撇撇嘴，指着商君，说道：“萧家来人了，我还不是急着找他。”

“在哪儿？”商君大喜。

“帐里。”喜鹊才说完，商君一个闪身，飞快地奔了过去。

掀开帐篷，就见一个身着暗紫流光长衫的男子背对着他，正与阮听风说话，待看清来人长相，商君不免惊道：“怎么是你？”

“是我。”萧纵卿转过身，看着商君的眼，莫名地有些深沉，说道，“你出来，我有话和你说。”

看见萧纵卿，商君震惊不已，他是修书给他，寻找绿缢草，却万万没有想到，他会来临风关。跟着萧纵卿出了帐子，商君又是惊讶又是恼怒地问道：“这里很危险，你哥哥们怎么会同意让你来？”他们家里人都在干些什么，让一个十五六岁的少年涉险！在空地上站定，萧纵卿蓦然回头，倔强地回道：“我要做的事情，谁也别想拦着。”

商君无奈地看着眼前已经长得和她一般高，却还是这么小孩子心性的少年，也不想再去苛责他，劝道：“三儿，不要任性，在这里随时都会没命，赶快离开，在临风关住一段日子，身体没事就立刻回萧家。”

萧纵卿低头思索了一会儿，抬起头，盯着商君，问道：“你走不走?”

商君苦笑着摇头，“我不能走。”一句不能走，点燃了萧纵卿几天来的怒火，他吼道：“为什么？既然随时都会没命，你留下来做什么？你又不是神仙，他们也不是你的责任，我可以把绿缢草给他们，但是你必须和我离开。”收到商君的信，他差点气死。他又不是大夫，也不是官员，凑什么热闹。要不是怕商君在这里染上疫病，他才不会拿绿缢草来临风关。

商君答道：“我待了好几天了，现在出去有可能把疫病也带出去。我想治好这场疫病，并不是认为自己是神仙，只是我想守护的人，她在临风关。疫病一日不好，她一日就有危险。”笑儿就是她的全部，只要是危害到她的事情，她都会去消除它。她？哪个她？对他很重要吗？萧纵卿心里忽然升起一抹自己也说不清的不悦。

商君看看天色，天已擦黑，在这里待越久就越危险，她轻推着萧纵卿的肩膀，说道：“好了，不要说这么多了，把绿缢草给我，你快走。”

本来就不悦，现在商君又急着赶他走，萧纵卿烦躁地推开商君的手，哼道：“你不走，我就不走。绿缢草是我萧家珍藏之物，你不让我留下，我是不会交出来了。”

“你!”商君气结。罢了，三儿若不肯交出绿缢草她再想别的办法，万万不能让他有三长两短。商君正要开口劝他离开，萧纵卿仿佛早已经想到他会说什么，立刻指着帐篷，叫道：“如果你一定要把我赶出去，我就让自己染上疫病，这样你就不能赶我走了。”

“三儿!”商君大怒，却又不知道还能说什么。她终于明白，不是萧纵卿的哥哥不想管他，是根本管不了他。

两人都怒目圆睁，互不相让，商君差点就想拎着他，把他丢出虎丘村。不过商君最终没这么做，她知道，如果真的做了，这小子绝对也会如他所说的让自己染病。懒得再看他，商君转身回了帐内。

商君才走进去，阮听风立刻迎了上去，问道："商君，怎么样？"萧家少爷会来，也是他始料未及的，而且那人还是冲着商君来的，见不到他，就不给药。到底要多深厚的交情，才会愿意冒这样大的险。

商君默不作声，紧跟着她进来的萧纵卿冷声回道："绿缢草我可以先给你们一些，你试着用，如果你的药方真的有效，我再把其他的拿出来。"这样既不会浪费了他家的宝贝，商君也不会把他赶走了。

阮听风大喜："太好了。"这样就能完成配方，疫情也有可能得到控制了，帐中的其他人也欢呼起来。

萧纵卿却不管这些人，对着身后的林义说道："林义，拿来。"

"是。"林义从包袱里拿出一个长方形的小盒子，递给萧纵卿。萧纵卿打开盒子，里边躺着一棵通体碧绿、纤长柔软的植物，看起来像水草，但是却比水草鲜嫩，而且叶尖仿佛还能滴出水来。如果说这是从苍月带过来的，最少也有十天八天，但是这草看起来，就像是新摘下来的一样。

阮听雨惊奇地问道："这……就是绿缢草？"阮听风盯着绿缢草，低叹道："是它，没错。"书中记载，绿缢草色泽碧绿，鲜亮，且出水数年依然能保持其出水时的样子，神奇之处，可见一斑。

众人围着绿缢草，议论纷纷，萧纵卿左右看看，却不见了商君的人影，他将手中人人惊慕的绿缢草塞到阮听风手里，急急地跑了出去。

没费什么力气，萧纵卿在村后的巨石上，找到了商君。他将手枕在脑后，躺在巨石之上，闭着眼睛，面无表情，浑身上下流露出少有的冷漠气息。萧纵卿走过去，站在巨石旁边，轻声问道："商君，你生气了？"

商君依然不肯睁眼，久久才冷冷地回道："你自己的性命，自己都不珍惜，我气什么。"听了商君的话，萧纵卿反而傻笑起来："你真的生气了。"这说明商君还是很关心他的死活的。

商君懒得理他，侧过身去，却看见一个八九岁的小女孩提着一个小桶，晃晃悠悠地往这边走过来。商君跳下巨石，走到孩子跟前，温和地问道："孩子，你要干什么?"

女孩指指小桶，轻声回道："娘亲要喝水，我去给她打水喝。"家里没有别人了，娘亲说爹和哥哥都去了很远很远的地方，只有她可以照顾娘亲了。商君怜爱地摸摸孩子的头，接过她的水桶，笑道："河边离这儿远，你等着，哥哥帮你去打。"木桶空的时候她拿起来都一步三晃，更别说装了水。小河离这里虽不远，只是对一个孩子来说，却是不容易。

小女孩拉着商君的衣袖，说道："不用去河边，我们都是喝井水。"

商君问道："井在哪儿?"指着前边不远处的水井，小女孩回道："村里有三个，前面有一个，村口有一个，村后还有一个。"

商君轻轻蹙起眉头，问道："你们都是打井水喝的吗？那河水呢?"

"河水是用来喂牲口、洗衣服的。井水比较清甜，大家都喜欢喝井水。"小女孩老实地一一回答，这个哥哥说话好温柔，和她哥哥一样，对她好。他们喝的是井水，会不会是井水有问题？商君抱起小女孩放在巨石上，轻声说道："你在这儿等着，哥哥帮你去打。"

拿起水桶，商君向河边飞掠而去。萧纵卿在背后大叫："商君，等等我，我也去。"可惜商君并没有停下脚步，她赶往河边，很快为小女孩打了一桶河水，帮她把水提回家。萧纵卿紧跟其后。

"商君，别生气了，我保证我会很小心，不会让自己染病，你相信我。"

"商君，有了绿缢草，疫病很快就会结束的，你别太紧张了。"

"商君，上次你还欠我一顿酒呢，疫病结束我们一起去喝一杯。"

"商君，我二哥说，你的茶叶和绢丝都很好，以后都和你做生意。"

"商君……"萧纵卿挫败地看着身边一路无语，不管他说什么，根本不理会他的商君，他还是第一次感觉到什么叫作无所适从。商君把小女孩送回家之后，一路向后山走去，知道他轻功很好，怕他又一个闪身就不见踪影，萧纵卿只好走在商君身前，几乎是倒着走，可惜不管他一路上说什么，都没回应。受不了商君的冷漠，萧纵卿低叫道："商君，你好歹说句话。”就算是骂他也好过对他视而不见。

“商君！”

拿出怀里的两块布巾，商君将其中一块塞到萧纵卿的手上，说道：“把面巾戴上。”她以前怎么没看出来，这小子这么啰唆，一路上就没停过。想好好思考关于井水的事，都被他吵得头晕眼花。“哦。”萧纵卿开心地接过布巾，如商君一般将它戴在脸上，商君终于肯和他说话了。

绕过一直挡在前面的萧纵卿，商君走近村后的水井边查看，井旁边绿草萋萋，抚摸井壁，有些微凉，从上面就能隐隐看见水影摇晃，井口上方，能感觉到清水的湿气。萧纵卿站在商君身旁，看他如此认真地查看，猜测道：“你怀疑井水有问题？”

商君轻轻点头，萧纵卿将井旁边的木桶放入井中，打了半桶水上来，借着明亮的月光，可以看出水很清澈，除了非常凉爽之外，并没有什么特别之处。将水桶放下，萧纵卿说道：“这井水好像没什么问题。”确实没什么异状，商君轻轻皱眉，却并不放弃：“去另外两个井看一看。”两人又查看了村子中央的那口水井，井中水量少了一些，其他的也和上一口井一样，没有异样。还有最后一口井，虽然觉得应该也和另两口井一样，不过商君还是决定去看一眼。

村口的水井其实并不在村里，它靠近山林，是为了方便上山打柴的农夫或是猎户饮水而挖的。走了一炷香的时间，他们终于看见了远远的山脚下，一个比上两口水井更小的水井，踏着月光，两人走近，离水井两三丈远的时候，商君发现了异状，一股淡淡的类似腐烂的臭味弥漫在空气中。萧纵卿也感觉到了不对劲，问道：“商君，你有没有闻到什么味道？”

商君轻声回道：“腥臊腐臭的味道。”萧纵卿要走到井口处查看，却被商君拉住衣袖，劝道：“别靠太近。”如果这里是疫情感染的源头，让三儿过去就太危险了，商君低眉思索如何把这个倔强的小子支开。萧纵卿忽然指着井口旁边的土地说道：“商君，你看。”

商君眯眼看去，井边的土地特别湿软，而且地上野草都很少，按理说，少有人经过这里，草木应该生长得更加茂密葱郁才对，现在看来，却完全不是这样。似乎这一整片山林的草木都没什么生机。萧纵卿走到山脚下，对着商君喊道："我们上去看看吧。"总觉得这片山林很不对劲。

商君走到井边，朝下看去，黑漆漆的，不过能感受到井里是有水的。恶臭的确是从这个井里传出来的，只是臭味并不是很明显，还和着泥土的味道。天色太暗，井里的情况根本看不清，想了想，商君离开井边，跟着萧纵卿向山里走去。月光本来还算明亮，但是进了树林，被树叶掩盖，只能透过斑驳的月痕视物。耳边只听见风吹过树林的沙沙声，安静中透出着阴冷。两人一前一后地走着，萧纵卿回过头，晦暗的光线下，商君一袭白衫格外显眼，夜风吹拂着他的衣摆，扬起阵阵微波。

萧纵卿轻咳一声，故作随意地问道："商君，你刚才说你想守护的人是谁啊？你娶妻了？"这个问题从刚才开始就一直让他心绪不宁。商君年近二十，娶妻也是正常的事，萧纵卿却不知自己心里何以如此紧张。

商君淡淡地回道："我妹妹。"

"哦。"听到商君说是妹妹，萧纵卿觉得如释重负，至于为什么如释重负，他自己解释为女人都太麻烦，要是商君有了妻室，他们想好好地喝酒，一醉方休都不行了。萧纵卿自顾自地傻笑，商君看着前方数丈有余的土坡，说道："三儿，你在下面等我。"也不知道上面是什么情况，这虎丘村之所以得名虎丘，是因为多年来，这里时常有老虎出没伤人，三儿不会武功，还是不要上去的好。

可惜商君的一片好心却换来萧纵卿的低吼："这点坡度我还上得去。"他当他是手无缚鸡之力的弱者吗？为了表明自己可以做到，萧纵卿忽然向土坡上冲过去，捉住坡上的树枝杂草就往上爬。

头疼地看着萧纵卿吃力地向上攀，商君站在坡下劝道："前段时间是雨季，山石可能不稳，你还是在下面等我吧。"

不理会商君的劝解，萧纵卿一边奋力攀爬着，一边气息不稳地吼道："我说我可以。"他才不会让商君看扁。谁知他话音才落，就因为脚下石块松塌，一个不稳，脚下踩空，身体也迅速向下滑落。商君惊道："小心。"

好在萧纵卿抓住坡上的矮枝，没有摔下来，却是吊在半山上，上下不能，但他倔强地不吭一声，自己在那儿挣扎。

看着吃力地吊在半空中还是不肯服输的少年，商君无奈地摇摇头，轻踏身边的山石，借力直上坡壁，抓住萧纵卿的肩膀，将他拉上斜坡。

才在土坡上站好，商君问道："你怎么样？"然而淡淡的血腥味提醒商君，三儿还是受伤了。她抓起他的手查看，手心被树枝和利草割得血肉模糊，黏湿的血在月下泛着暗红的光芒。商君撕下衣摆，想要帮他包扎。萧纵卿挣脱商君的手，把手别在背后，别扭地吼道："一点儿小擦伤不用包扎了，我还没那么弱。"心里气恼自己的没用，早知道今天这样丢脸，他小时候就随着大哥练武好了。"不要逞能，现在不比平时，一点儿小伤口很有可能就会染病。"商君不管他的吼叫，抓起手，一层又一层地给他把伤口缠上，萧纵卿挣扎了两下，最终恼羞成怒地别过头去。帮他把伤口扎好，商君叹道："继续走吧。"怎么感觉他又多了一个弟弟似的，而且还是一个不听话的弟弟。

坡上的树木更加茂密，月光穿越不过层叠树荫，周围一片漆黑，凉凉的风不知从什么方向吹过来，只觉得湿湿地黏在身上一般。夜里的山林，应该是很多动物最为活跃的时刻，但是任凭商君听力过人，依然听不到任何声响，一片死寂。

商君拿出怀中的火折子，轻轻吹燃，即使只是微弱的光芒，在这片伸手不见五指的密林里，已够照亮前方的道路。

两人并肩前行，才走了不到半个时辰，一股熟悉的腐臭味道随风隐隐飘过来，萧纵卿低声问道："商君你闻到了吗？"

"嗯。"是水井里的味道，只是要更加浓烈刺鼻。商君忽然有一种不好的预感，停下脚步。萧纵卿不解："怎么了？"

商君摇摇头，并没有说出心中的不安，回道："没事，看看旁边有没有枯枝，点两个火把再继续走。"

"好。"萧纵卿摸索着寻找到几根枯枝，递给商君，商君找了些枯叶引燃树枝，一时间照亮了周围的密林。火光摇曳中，萧纵卿发现自己身边不足一丈的地方，就躺着几只死了很久的野猪，身上只剩下还未腐烂的毛皮和骨头，血肉已经化作暗黑的腐水，侵蚀着附近的泥土，阵阵恶臭让人恶心。萧纵卿细看，火光所及之处，就能看见不少这样的野兽腐尸。

看向同样眉头紧蹙的商君，萧纵卿低喃道："这是……怎么回事?"

商君摇头，看着前面漆黑的密林，没来由地一阵战栗，暗暗调息，说道："再往前走走。"两人举着火把，一路摸索着前行，伴随着越来越多的腐尸，恶臭几乎将他们熏晕，即使他们都戴着面巾，仍然感到恶心欲呕。前方一片黑影，商君举高手中的火把，待看清黑影是何物时，商君与萧纵卿不禁惊得连连后退——前方，数百只野兽的尸体堆积成山，有些已经完全看不出是什么动物，有些还能隐隐辨别，蛆虫在腐肉间蠕动，一起一伏间，享受着这场盛宴，看得商君和萧纵卿汗毛竖起。尸山下的泥土，早就已经被腐血烂肉浸染得泥泞不堪，随着倾斜的坡度，和着血污的泥土一缕一缕地向下流淌。

萧纵卿暗暗咽了一下口水，问道："怎么会有这么多动物的尸体集中在这几座山头。"

商君看向尸山后边的群峰，隐约能看见一大片火光和营帐，她刚才还发现，有些动物的毛皮已经被剥去了。商君沉声回道："翻过这座山，下面就是朝廷派遣在临风关的驻军，这些或许和他们有关。"

"是动物的尸体带来疫病的?"光是站在这片泥泞的土壤上，他就已经觉得浑身上下都不舒服了。商君轻叹道："应该是吧。"

萧纵卿不解："那为什么不是靠近它们的驻军先染病，而是离这数十里之外的虎丘村民先染上疫病?"

商君轻轻抬起衣袖，只见袖摆向着山下的方向轻轻扬起，商君回道："周边的山势呈环形，风向对流，风只会往虎丘村的方向吹，但是这么远，已经闻不到了。前阵子是雨季，雨水带着动物的腐烂血水渗入泥土中，顺着山势而下，最后浸入水井里。这也是为什么这一路的树木大多枯黄的原因。”看来受腐水影响的，不仅仅是山下的那口井。

“我们先离开这里吧，现在最重要的是尽快清理腐尸。”袭人的恶臭让萧纵卿觉得有些头晕，如此多的尸体，也不是他们现在能解决的。

“嗯，走。”商君也感觉到了不适，两人迅速离开。走到土坡前，商君抓起脚边两根长树枝，用力地插在泥土里。这片土坡很长，夜色下她也分不清具体位置，为了方便下次能准确地找到，她必须做记号。抓住萧纵卿的胳膊，两人一跃而下。出了密林，他们才发现，天边已隐隐出现了红云，一夜已经过去了，在密林里，他们居然毫无察觉。下山时，两人的心情都有些沉重，一路无语。

行至山下，商君停下了脚步，说道：“三儿，你回村里，告诉阮听风我们昨晚看见的，让他通知村民不要再喝井水了，三口井都别喝，我要去一趟郡守府。”那些腐尸要尽快处理，但是它们在土坡密林之上，一般人是上不去的，必须要找身怀武艺之人。即使把缥缈山庄的侍卫暗士都集齐，也不过数十人，短时间内根本掩埋不了这么多腐尸，他唯有向官府求援了。萧纵卿看看才蒙蒙亮的天际，劝道：“天才刚亮，你昨晚一晚没睡，先回去休息一会儿，晚点再去吧。”

“我不累，这事不能拖，还有你的手，让阮听风给你好好处理一下伤口。”说完，商君立刻转身从另外一条路上奔去。

“商君。”萧纵卿怔怔地看着那抹迅速消失于眼前的身影，不禁摇头，这人脑子里什么时候才有自己？低头看看商君草草包扎的手，萧纵卿心情颇好地向村里走去。

第十二章　三儿染病

为了绕过虎丘村前的守将，商君越过了半座山，才回到临风关。街道上，一个人也没有，家家闭户，透露着寂寥而又紧张的气氛。商君急急赶到郡守府，只看见几个懒散的官差守在门前，一副没有睡醒的样子。商君走近，其中一人上下打量了她一番，不耐地问道：“你是什么人？来郡守府干什么？”商君微微拱手，朗声回道：“缥缈山庄，商君，为了虎丘村的疫情而来。”

缥缈山庄？没听说过，不过疫情两字却像是一盆冷水浇在官差头上一般，让他瞪大眼睛，惊道：“你是为了疫情而来？”商君坦然回道：“是。”

“你在这儿等着。”或许是特殊时期，官差没有再为难她，冲进府内，久久才又跑了出来，说道，“你，随我来。”

商君随着他进了郡守府，入目之处，雕梁画栋，亭台楼阁，皆是极尽奢华。官差将他带到一处偏厅，冷冷地说道：“你在这儿等着。”商君在红木椅上坐下，心情越发阴郁，一个郡守，一年俸禄不过百来两，他坐着的这套古藤红木椅就不止这个数目，更别提厅里的前朝古玩、名家字画了。一个偏厅已是如此，其他地方可想而知。坐了快一个时辰，一个人也没来搭理过她，商君越发不耐，起身打算亲自去会会这个“父母官”。

跨出偏厅，在回廊的尽头看见了一个前簇后拥的肥硕身影，那一身的绫罗绸缎、珠光宝气，猜也知道，此人就是临风关郡守——黄史杰。

商君压下心中的怒火，退回到偏厅，等待黄史杰的到来。即使只是这么短的距离，也磨蹭了好久，那抹肥硕身影才出现在偏厅里。黄史杰大摇大摆地进了偏厅，身边跟着一个身材与他不相上下的师爷，刚在主位上坐下，丫鬟立刻奉上香茶。商君深吸一口气，敛下不悦之色，淡然说道："见过大人。"

黄史杰斜睨了商君一眼，装模作样地喝了一口茶，才一副高人一等的样子说道："你说，有关于疫情的事情要回禀？"

"是的。"商君不卑不亢。黄史杰隐隐感觉到此人的凛然之气，也不再摆架子，摆摆手，说道："有什么就快禀报吧。"

"虎丘村高山密林里，有很多动物的尸体，雨水带着动物的腐烂血水渗入泥土中，顺着山势而下，浸入水井中，村民喝了井水，极易生病。虽然还不能肯定这次的疫情就一定是动物的尸体造成的，但是——"

"你从虎丘村来的？"商君话还未说完，黄史杰忽然大叫起来，这时他可顾不得什么官威，掩着口鼻，狼狈地跳起来，退到墙角处，指着商君，大喝道，"本官早就已经将那里重重封锁，你怎么还能出入？来人，把他抓起来，押回虎丘村。"

"来人。"几声杀猪般的高呼，叫来了十多个手握长刀的官差，知道商君由虎丘村来，个个拿着长刀指着商君，却不敢上前，唯恐染上疫病。商君一双平静的眼，沉静地看着这些面目可憎之人，手暗暗地收紧再收紧。

对上商君怒火渐升的眼，黄史杰指着他的手抖得厉害，肥硕的身子拼命地往后退，慌乱地呵斥着拿着长刀却不敢上前的衙役："还愣着干什么，快！给我抓住他。"

刺耳的吼叫声穿过耳膜，商君极力压下心中的戾气，不然他一定把黄史杰那肥得流油的脖子掐断。衙役们不敢违抗命令，心里又怕得要死，冲过去将刀架在商君脖子附近，却没有一个人敢上前擒住商君。商君缓缓松开紧握的双拳，任衙役将刀锋直指他的咽喉，恳请道："大人，我可以回到虎丘村去，只是恳请您派人入密林，将那些动物的尸体深层掩埋，并且通知临风关附近的村民不要再饮用井水。"看商君态度谦和，脖子上又架着利刃，黄史杰胆子又大了些，轻咳一声，站直身子，不可一世地呵斥道："本官做事，还需要你来教不成，把他押回去。"

"你!"商君牙关紧咬，若他不是朝廷命官，若不是有这么多人在场，若不是怕给缥缈山庄惹上麻烦，若不是疫情还未解决，一定要了黄史杰这条狗命。商君一口气无处发泄，真气运至掌心，反手挥过肩上的长刀，只听见数把长刀折断掉落在地上的清脆响声，衙役们惊恐地盯着手中的半截刀刃，黄史杰更是吓得挤到师爷身后瑟瑟发抖。

商君拂袖而去，乌烟瘴气的府衙，是非不分的郡守，软弱无能的官差，这趟算是白来了。商君离去了很久，黄史杰还躲在师爷身后不敢抬头。师爷暗暗咽了一下口水，向还傻愣在一旁的衙役们使了一个眼色，众人立刻意会，捡起各自的断刀，散得不见踪影。师爷转过身，谦卑赔笑："大人，那人走了。要不要派人去密林看看?"

黄史杰小心地环视了偏厅一眼，确实已经空无一人，推开师爷，跨步走回主位，一屁股坐上去，用衣袖擦拭着脑门的薄汗，骂道："看什么看，几时听说过瘟疫是什么动物尸体造成的，这些村民就是想逃出来作乱，才想出这种谎言分散兵力，简直就是一派胡言。还有刚才那个人是谁？简直就是胆大包天，不把王法放在眼里了，一看就是个下三烂的人物。"

虽然觉得刚才那人气宇轩昂，身手了得，必是人中龙凤，不过拿人钱财，就得卑躬屈膝，师爷忙迎合道："是是是，大人说得对。"

黄史杰用力拍了一下桌子，震得杯子里的茶水溅了一地，他那一脸横肉也抖个不停，瞪着师爷，叫道："是什么是，就知道杵在这儿，去查什么人盗了本官的令牌，开了粮仓。一群没用的东西。"粮食无缘无故不见了，被朝廷知道，这辛辛苦苦赚来的乌纱帽还要不要了?

"是是是。"师爷嘴上答得谦卑，心里却在暗骂，刚才那人怎么没给他几刀，不就是在朝廷里有几个人嘛，就不知道自己是个什么东西了。呸!

商君脚步有些沉重地离开了郡守府，一时间有些茫然，掩埋腐尸已经刻不容缓了，现在该怎么办？除了官府，她还能求助何人？走在清冷的大街上，商君既心焦又无力。行至临风关大门，一声低沉的军号声远远地传来，沉沉地直入人心。商君忽然眼前一亮。对了，那些腐尸有可能是驻军造成的，应该找他们负责掩埋。心中有了计较，商君立刻赶往临风关驻军所在地。

急速奔走了半个多时辰，商君才来到驻军营地，远远地，还未靠近，军营高墙上的守卫已大声喝道："驻军营地，不可私自靠近，来者何人?"

守军小将语气虽然不好，商君却并不在意，起码她看见了凛然的军威。商君停下脚步，不再上前，朗声回道："缥缈山庄，商君，为了虎丘村疫情求见将军。"守将迟疑了一会儿，还是大声回道："在此等候。"

商君站在驻地前，已能听见士兵训练整齐的吆喝声，早年就听爹提过，东隅由轩辕将军一家处理军务，不容小觑，轩辕老将军去世多年，却一直是爹爹最为敬重之人。只不过半炷香的时间，小将已立于墙头，大声问道："疫情之事，是临风关郡守的职责，若要调派驻军，需朝廷颁令或郡守亲笔文书加盖官印，你可有这些?"商君皱眉，坦诚回道："没有。"

"那么请回吧。"小将不再啰唆，转身回到哨台。

商君还想说些什么，却又住了嘴，她确实没有御旨或是文书，在此与小将纠缠只会浪费时间，她必须要会一会这个将军。暗暗查看周围地形，驻军虽处于群山环抱之间，却是地势平坦，旁边少有遮拦隐蔽之处。她要进去，唯有冒险了。希望这个将军不会让她失望。

商君缓步走出哨台所能看见的位置，折回驻军侧面，趴在低矮的草丛间。眯眼看去，后方是训练场地，中间是一间一间环建的简易搭棚，该是士兵休息之所，搭棚的正后方，一间相对宽敞的大开间，必是主将议事之地，那里就是她要去的地方。但是现在烈日当空，哨楼上七八人来回巡视着，她要如何才能靠近呢?没有轻举妄动，商君伏在草丛间等待时机，即使是在树影之下，地面一样被烘烤得炙热而滚烫，额间的汗滴落到草丛间，很快被干涸的地面吸干，炫目的阳光照得人根本睁不开眼。两个时辰之后，士兵的训练终于结束，人潮涌进环形的简易帐篷里。商君立刻起身，靠着人潮的掩饰，终于接近了议事厅。

掀开竹帘，议事厅里比想象的更加宽阔也更加简单，正中间是一盘沙石堆，建的是临风关的地形模型，右方一张大方桌子，两个身着盔甲的男子背对着她在商量着什么，声音并不大，却是清晰有力。

“这里与苍月接壤，应该加强巡视，虽然现在没有异动，但是绝不能忽视。还有各个哨楼也要重新部署。每个哨楼不能少于十人，每日操练——”张孝飞说到一半，发现正厅之中，居然坐着一个白衣男子，心下不免一惊。看他悠然自处的样子，来了定然不止一会儿，然他何时进来，他们居然都毫无察觉，若是他想要他的命，只怕早已手到擒来。

王平低头看着地形图，将军忽然不说话，奇怪地抬起头，只见将军眉头微皱地盯着身后一处，且隐隐能感受到将军散发的防备之气。王平转过身，看清坐在木椅上俊美悠然的白衣男子，大惊道：“你是何人？”

商君缓缓起身，回道：“缥缈山庄，商君。”王平手紧紧地按着腰间的长剑，戒备地盯着商君，喝道：“私闯军营，你可知罪有多重。”

商君坦然回道：“商君知道，不过等我把话说完，将军再治罪不迟。”

商君？张孝飞想起了几个时辰前小将的禀报，此人是为疫情而来的吧。不等商君细说，张孝飞抬起手，冷然回道：“疫情，非我军职责之内，你有什么要说的，应该与郡守去说。念你一心为了疫情，速速离去吧。”

这人便是驻军的将军了吧，身材魁梧健硕，一脸的络腮胡子看不出长相，倒是那一双虎目炯炯有神，沉静而坚定，这样的人绝对是一个有勇有谋敢于担当之人。虽不能肯定后山的尸山就是驻军造成的，不过商君还是决定赌一赌。商君非但没有离去，反而淡然又带着指责地冷声说道：“如果疫情是驻军造成的，是不是就有关了？”

“你胡说什么！”王平大怒，手中的长剑就要出鞘。

“王平，让他说下去。”张孝飞压住他握剑的手，莫说王平，即使是他，也未必是这男子的对手，且这男子言之凿凿，或许这其中真有隐情也不一定。好气度，商君暗暗喝彩，脸上依旧面无表情，说道：“驻地后方的丛岭上，堆积成山的动物尸体，应该是驻军所为吧。”

就为这个？王平不满地斥道：“是又怎么样，野兽时常下山扰民，咬死多少山中樵夫，我们不过是为民除害。再则，尸体已丢弃到无人经过的山顶，又怎么会危害村民，说疫情是我军引起的，简直就是无稽之谈。”若不是他们，还不知道有多少人枉死虎口呢。

真的是他们做的。商君摇摇头，解释道：“错就错在你们不应该把尸体丢弃在山顶上，而不掩埋。前阵子是雨季，雨水和着尸体腐烂的血水渗入泥土，顺着山势而下，最后浸入村民饮用的水井中。目前到底有多少口水井受到污染，还未能算得清楚。”

“这……不可能。”听他说得好像也有些道理，王平不免迟疑。

商君叹道：“这位将军若不相信，大可以到虎丘村口的水井去看看，那腐尸的味道与山上的一模一样。”

“将军？”王平看向身旁的张孝飞。

虽然他们确实是为了百姓不受猛兽祸害，才会猎杀动物，但是如果真因此产生了疫病，那就是他们的过错了。思索一番，张孝飞问道：“若真如你所言，你想要如何做？”这人既敢前来，必是胸有沟壑，有计要献。

“将尸体深层掩埋，并且通知临风关附近的村民不要再饮用井水。阮家已经拿到可解疫情的草药，只要能把源头控制住，这次的疫情应该很快就能结束。”他说的这些，郡守即可解决，张孝飞不解：“你为什么不去找临风关郡守？”若是那废物有用，她还需要来找他们吗？商君斜睨了他们一眼，一脸不屑地激道：“你们是要推卸责任吗？”王平一听就火了，吼道：“混账！若真是我军造成的，这件事自然会一并承担。”

“好。”等的就是这句话，商君立刻回道，“君子一言，驷马难追。”

王平本就是性情中人，立刻与商君击掌为誓。

张孝飞却是经过深思熟虑，身为驻军之首，他是见过那个黄史杰的，指望他是不太可能了，疫病若是继续下去，临风关的百姓，甚至是驻军都难幸免。罢了，即使驻军不可干预地方管理，今天他也要管上一管。

“王平，你先随他去查看水井和尸体，我调派一百精兵，随后就到。”

“是。”王平随着商君一同前往虎丘村，商君终于可以稍稍松一口气了，有驻军相助，那些腐尸终于可以解决了。但是此时她却不知，还有一个她想不到的坏消息在等着她。

商君带着王平查看了山顶上的腐尸和山下的水井，证实了自己的说法。只是此时天色已晚，山中密林之下，一片漆黑，不适合掩埋尸体，于是商君与王平说好，他回村子里看看阮听风的药汁熬制得如何。王平则在村口等待一百精兵，明日辰时一起上山。

商君赶回村子，在大帐前看见了阮听风，正想问他关于药汁的事情，阮听风却一脸为难地说道：“商公子，我有话和你说。”

“怎么了？”阮听风语气晦涩，面色沉重，商君忽然有一种心慌的感觉。阮听风微微皱眉，斟酌了一番，才低声回道：“萧公子好像也染上了疫病。”

“什么？”商君大惊，一时之间脑子乱得厉害，早上离开的时候，他明明还好好的，怎么才几个时辰，他就染上了疫病呢？

商君显然被这个消息震得蒙了。阮听风解释道：“他早上回来和我说了你们昨晚找到了瘟疫的源头，中午的时候就开始头晕、呕吐，现在体热不退。很有可能是在昨晚染上了疫病。”

“药呢？”商君盯着阮听风，叫道，“你不是有绿缢草吗？煎药给他服用啊。”商君的心莫名地慌乱，阮听风的表情告诉他，那药或许也有问题。

阮听风摇摇头，有些不敢看商君逼视的眼，久久才回道：“我已经试过了，没有用。”他煎了两次，只是根本没有发挥出绿缢草的作用，和他前面熬出的药汁在药效上没有区别。

“没有用是什么意思？”心中的猜测被证实，商君忽然抓住阮听风的衣领，眼睛里尽是不信，她厉声逼问道，“你不是说有了绿缢草就能配出药方治好疫病，现在你才和我说不行。”三儿是为了给她送药草才会染上疫病的，若他有什么不测，她将一辈子也不会原谅自己。

商君显然已经失控，平时的温文尔雅此时早已荡然无存。他与萧纵卿的友情之深，阮听风能理解。他用力扶着商君的肩膀，劝道："商君你冷静一点儿。"商君颓然地收回手，这时候责怪阮听风又有什么用。她背过身去，僵硬的背影，紧握的双拳显示着她正在极力控制自己的情绪。阮听风低声叹道："我今天想了一天，药方应该没有问题，可能是放药的顺序出了问题，我会继续试下去的，你别太担心了。"

"他现在在哪里?"

"在帐里。"

商君绕过阮听风，直奔营帐，却又在帐前停了下来，她深深吸了一口气，让自己平静后，才缓缓掀开帐篷的帘子。帐子里很安静，只有一盏并不明亮的油灯，只能隐隐看清平躺在床上的人影，浑浊的呼吸，不时响起的几声轻咳，让商君本来已渐渐平复的心绪再一次波动。商君脚下很是沉重，走到床头，低唤道："三儿。"萧纵卿紧闭的眼忽然睁开，看清商君，立刻抓起身上的被子，捂住自己的口鼻，叫道："你不要靠近我，我知道自己已经染上了疫病，我不想害你也染上。"

商君看着蜷缩着身子、拼命往里靠的萧纵卿，心里越发酸楚，她在床沿上坐下，故作轻松地笑道："傻瓜，我身体好得很，不会染上的。"

只是起身挪到床内侧，就已经让他喘得上气不接下气，萧纵卿干脆将被单捂住头，不愿让商君靠近自己。商君轻扯被单，安慰道："阮听风已经在给你煎药了，你放心，你会没事的。"

掀开一角被单，露出眼睛，萧纵卿瞪着商君，低吼道："我才没有担心自己，倒是你，整天跑来跑去的，才应该担心。"低吼引起了他不住地咳嗽，萧纵卿用手紧捂着嘴，不让自己在商君面前咳嗽，唯恐传染了他。

商君别开头，掩下眼角的轻雾，带着哽咽，轻声说道："我已经找到驻军的人，他们很快会把尸体掩埋了，疫病也会很快过去的。"这些话，或许是在安慰萧纵卿，又或许是在安慰她自己。

萧纵卿忽然大声唤道："林义。"

“是，三少爷。”帐外闪进一灰衣男子，恭敬地立于床前。

靠着床沿，虽然说话已有些吃力，萧纵卿仍是大声说道：“绿缢草交给商君，全力配合他，以后他的命令就是我的命令，听见没有？”林义抬头看了一眼商君，眼中的责备毫不掩饰，但是口中还是坚定地回道：“是。”商君想要伸手搀扶低喘不已的萧纵卿，他却再一次将自己埋在被单里。商君怔怔地收回手，起身走到布帘旁，想再说些什么，却又如此苍白，只低低留下了一句“好好休息”。她觉得自己简直是逃一般地出了帐篷，不知应该如何面对三儿。

阮听风看着商君疲惫地从帐里走出来，脚步有些虚晃，月光照在他单薄的肩膀上，显得他越发清瘦，脸上是看不出情绪的漠然，眼睛里流露着淡淡的忧伤，有愧疚、心疼，更多的是自责。跟在商君身后，几次想要说些什么让他宽慰，又觉得自己说什么都是枉然。深夜的虎丘村里，两道一前一后的身影被月光拉得很长很长。

“阮公子。”商君忽然停下脚步，转身看向跟着他身后走了很久的阮听风。阮听风一怔，走到商君跟前，只见他此时已经面色如常，那淡淡的温和气息又渐渐环绕在他身边。阮听风暗叹，好强的自制能力，他的内心一定还在为萧纵卿的事难过，情绪却已经调整好了。

商君略带歉意地说道：“刚才是我失控了，请你见谅。”

阮听风轻轻摇头，回道：“商公子不需道歉，是阮某没能做好。”

商君不再虚迎，沉声说道：“你待会儿再去林义那里领取两枝绿缢草，希望你能尽快熬成能解疫病的药汁，我与驻军明日清晨就上山掩埋腐尸，竭尽全力尽早解决这场疫病。”

“你放心吧，我会尽快找到熬药的方法。”阮听风忽然想到一点，交代道，“你们在掩埋尸体的时候，深度不能低于两丈，而且一定要在下面垫上厚厚的一层石灰。”唯有这样，才能保证那些腐尸不再危害百姓。

“我明白了。”看了一眼远处的帐篷，商君抱拳低首请求道，“拜托你，帮我好好照顾三儿。”阮听风赶紧扶着商君的手，承诺道：“我一定会的。”

治病救人本就是他的职责，倒是商君和萧纵卿都是为解救这场疫病而来的仁义之士，他可没有资格受他这一礼。商君不再多言，朝着村口奔去。

“商君？商君？”王平低唤了好几声，商君才怔怔地回过神来，从早上开始，他就一直精神恍惚，和他昨日下午气势逼人的样子相差甚远，不知道是不是村子里出了什么事情。王平关心地问道：“你没事吧？”

商君轻轻摇头，回道：“没事。”她只是有些担心三儿。

看他不愿细说，王平也是知情识趣之人，并不多问。他指着前方几个巨大的土堆，说道：“尸体都已经深埋了，我们下山吧。”

商君抬眼看去，确实所有的动物尸体都已经掩埋好了，在原来堆放尸体的地方，士兵正在上面撒上石灰。山顶上几乎已经闻不到令人作呕的腐尸味，取而代之的是淡淡的泥土味道和浓郁的石灰味。

商君建议道：“王将军，还是请将士们先在村后扎营休息，十天后没有染疫的情况出现，再回军中比较妥当。”

“这个我知道，还有水井我已经命人封了，其他村子的水井也用石砖封死了，不会有人能饮用到井水了。”

他直接就把井给封了？商君低笑，果然是军人的行事风格，这样也好，一劳永逸了，就是苦了原来靠井水生活的老百姓了，疫病过后，还得重新开凿水井。商君拱手笑道：“王将军办事，果然雷厉风行。”

王平显然不觉得自己有什么问题，大方领受，“过奖了。”

士兵们已经在收拾带上来的工具，商君心里挂念着萧纵卿，说道：“商君还有事，先行离开了。”虽然只认识一天的时间，在军营的时候还有些不愉快，不过王平对这个叫商君的男子印象却是十分的好，没有几人能赤手空拳独闯大营，为的不过是替百姓解除瘟疫的祸害。王平大声笑道：“结识商君，王某很是开心，后会有期。”

商君点点头，诚恳地回道：“商君亦然，后会有期。”

匆匆赶回村子，商君直奔萧纵卿的帐篷，掀开帐帘，就见阮听雨坐在床沿，眉头紧锁着用锦帕给三儿拭汗。商君缓步走过去，轻声问道：“听雨，他怎么样?”阮听雨回头，对上商君担忧的眼，只能轻轻摇头，萧纵卿已经昏迷了好几个时辰了，他的情况比其他人来得更加严重。

阮听雨默然无语，商君的心一下子提到了嗓子眼，在床沿上坐下，轻拍萧纵卿的脸颊，低唤道：“三儿，三儿。”

任她如何拍打，萧纵卿除了痛苦地皱眉、浑浊地呼吸外，再没有其他回应。由脸颊传递过来的高温几乎灼伤她的手心，商君急道：“你哥呢?”

“他去煎药了，让我照顾萧公子。”将湿了水的锦帕敷在萧纵卿的前额，阮听雨知道现在说什么都不能安慰商君，却依然不忍心看他一脸愁容，她劝道，“你也别太担心了，你已经两天两夜没有休息，快去睡一会儿，我会好好照顾他的。”商君摇摇头，将萧纵卿露在外边的手放回被子里，轻声回道：“我没事，其他帐中还有很多病人，你去照顾他们吧，三儿交给我。”阮听雨轻叹一声，起身准备离去，却在商君脸上看到难掩的疲惫，阮听雨忧心地问道：“那些腐尸处理好了?”

商君抬起头，说道：“驻军已经将尸体都掩埋了，你跟你哥说一声，他们会在后山扎营住上十天，让他每天过去看一次，就怕士兵中也有人染疫。”解疫病的药汁还未配好，希望那一百精兵中，不要有人像三儿一样染疫才好。阮听雨轻轻点头，回道：“我知道了。”走到门边，商君温和又略带焦急的声音传来，“药好了麻烦你端过来。”

阮听雨掀帘子的手一僵，回头看向商君，他的心思全在萧纵卿的身上，不停地为他换帕子、拭汗，从进来到她离开，他甚至连正眼都没有看过她。在他心中，是否朋友远比她来得重要，在飞鹰寨的监牢里，他是否也是这样悉心照顾她。带着淡淡的酸楚，阮听雨只轻轻地回了一声“嗯”，便缓缓地退了出去。三儿的衣襟已被汗水打湿，透明地贴在身上，胸膛因为浑浊的呼吸，而起伏不定，即使是神志不清，眉头却始终紧锁着，而她除了为他一遍一遍地换帕子，再也做不了什么。刚入村子时，染病村民痛苦挣扎，低喘呻吟最后暗青死寂的脸，一张一张在商君眼前闪过，商君痛苦地闭上眼睛，害怕三儿的脸与那些死寂的脸重合。只有紧紧地抓住床沿，才能让自己不住颤抖的手停下来。

时间在帕子换过一次又一次中过去，商君也不知道过去了多久，直到阮听雨轻柔的声音在耳边响起：“商君，药好了。”怔怔地回过神来，内心的惶恐总是让人煎熬，商君看着墨绿色的药汁，问道：“有用吗?”

阮听雨也不敢说一定有效，只能如实回道：“大哥已经加大了绿缢草的分量，应该有用吧，部分村民已经服用了，现在还看不出药效。”

“给我吧。”商君轻叹一声，“是我太紧张了，你去忙吧。”阮听雨缓缓点头，退了出去，因为，她根本插不上手。

将药汁放在床头，商君稳住心神，她要相信阮听风的药，一定会有效的。“三儿，三儿你醒醒。”更用力地拍打着萧纵卿的脸颊，甚至将他扶着坐起来，商君用尽方法也要将他叫醒。直到萧纵卿的脸被拍得又红又肿，他才好像醒过来，只是睁开了眼，却没有焦距。商君捧着他的脸，叫道：“三儿，三儿你看清楚，我是商君，醒一醒。”叫了好一会儿，萧纵卿的眼睛才慢慢有了些许神采：“商君？我的头好痛，好热……”沙哑的声音听不清楚他在说什么。

“我知道，来，张嘴，把药喝了。睡一觉病就会好的。”商君赶紧把药端过来，一边和他说话，一边将药一勺一勺地喂到他嘴里，唯恐他又晕过去。有些机械地喝下商君喂食的汤药，萧纵卿平躺在床上，眼睛盯着床顶，虽然呼吸依然不畅、浑浊，神志却是清楚了很多，相较于商君的紧张，他显然平静得多，低声说道：“你就会哄我。你说，我死了以后会不会变成鬼，还可以飘来荡去的，倒也自在，可惜你看不见我，就不能和我喝酒了。”

低哑虚弱的声音，一点儿也不像他们初见时的清朗少年所发出的，商君握着药碗的手，几乎将碗捏碎，语气也暴躁了起来：“别胡说，我几时哄过你？酒我随时都能陪你喝，叫你睡你就睡，不许说话。”

身体几乎不受控制，萧纵卿只能微微转过头，看向不远处的矮桌，说道：“桌上有一封我写给哥哥们的信，如果我死了，你帮我交给他们，他们就不会为难你了。”那是昨晚商君走后，他写下来的，来找商君是他自己任性所为，却不能让商君为此被哥哥们错怪。咣当一声脆响，药碗被商君掐碎，几乎是哽咽着请求，商君低叫道：“我说了不许说话，快睡。”萧纵卿低低地笑了起来，乖乖地闭上眼睛。商君又生气了，若是一直都能看见他生气，那该多好。

又是一天开始了，阮听雨踏着晨光，端着药走向萧纵卿所在的营帐，小心地掀开帐帘。虽然外面太阳已经渐升渐高，帐中依然有些昏暗，萧纵卿平躺在床上，呼吸平稳了许多。商君坐在凳子上，头靠着床沿，睡着了。帐帘掀起时照进来的阳光，让商君不自觉地皱起了眉头，可能是太累了，他并没有醒过来。阮听雨赶紧把帐帘放下来，将阳光隔绝在营帐之外，她轻轻放下药汤，拿起床尾的一张薄被，轻柔地盖在商君身上。快中秋了，临风关的早晨还是有些微凉。商君忽然动了一下，吓得阮听雨手上一僵，好在他只是侧过头去，眼睛并没有睁开，继续睡去，可想而知，这几天，是真的累坏了。他的侧脸，柔和而光洁，高挺的鼻子，完美的唇形，还有他的睫毛，好长。第一次这样近地盯着他看，阮听雨竟是看得有些痴了。

萧纵卿觉得自己睡了很久，却是浑身上下，没有一处不疼。他困难地睁开双眼，入目的是简陋的床帏，有一瞬间他不知道自己身在何处，微微侧过头去，却看见阮听雨脸色潮红地盯着商君熟睡的脸，极度暧昧。

萧纵卿双目圆睁，只觉得一股怒气直冲脑门，原来的混沌一扫而光，一阵大声而猛烈的咳嗽震得阮听雨尴尬地赶紧后退了好几步，商君也惊得立刻睁开了眼。“三儿?”商君紧张地问道，“你怎么样?”

萧纵卿别过头去，气闷地回道：“头疼。”他也不知道自己在气什么，反正就是心里不舒服。商君倒来一杯水，轻声说道：“喝点水吧。”萧纵卿就着他的手，咕噜咕噜地就喝了一杯，倒在床上，继续生着闷气。商君看着手中空空的水杯，笑道：“你看起来，精神好像好一点儿了。”也不知道三儿在闹什么别扭，不过比起昨晚的精神涣散，现在好太多了。商君心情很好地转身，对一直低头站在身后的阮听雨说道：“听雨，你哥的药真的见效了，麻烦你再煎一碗拿过来。”他应该没有发现她刚才一直在看他吧。阮听雨脸色微红地转过身，端起药，低声回道：“已经煎好了，我哥让你过去一趟。”

商君起身，温和地说道：“好，麻烦你帮我照顾一下。”

“嗯。”阮听雨点点头。

“三儿，你喝了药好好休息，我待会儿再来看你。”

谁要她照顾！萧纵卿吃力地撑起身子，叫道：“把药给我，我又不是小孩子，用不着别人照顾。”伸手拿过阮听雨手中的汤药碗，眼睛一闭，将药汁倒进嘴里，喝得干干净净，然后放下药碗，别过身去躺下，胡乱拉扯着被单几乎盖过头，不耐烦地低吼道：“你们都走，别吵我休息。”

商君好笑地摇摇头，不知道他又在生谁的气，或许是不好意思和女孩子单独待在一间房子里吧。看他精神颇好，商君对着阮听雨笑道：“走吧。”两人并肩走出营帐，萧纵卿用力掀开被单，怔怔地看着床顶，他现在到底是在干什么啊?!

商君才走出营帐，就看见阮听风手里抓着一大把草药兴冲冲地往煎药房走去，看见商君，阮听风满脸笑容地说道：“商君，绿缢草终于见效了。试服用的村民的症状都有所好转，神志也清醒了一些。”

这么多天了，她还是第一次见阮听风如此兴奋，笑得这般轻松，商君也感染了他的好心情，笑道：“那就太好了，既然有效，多熬些汤药，分给村民们服用吧，这疫病已经拖得够久了。”

“好。”看看商君身后的营帐，阮听风关心地问道，“萧公子怎么样了?”商君淡笑回道：“服了你的药，比昨天好了一些。后山的将士你可去看过?”

“早上去看过了，目前没有人有疫病的征兆。”他还拿了一些药汤过去，如果真的有人染疫，也能及时救治。“嗯。”商君放心地点点头。

商君随着阮听风向药房走去，一路上不少村民都主动和他们打招呼，大家听说已经有了治疗疫病的药汤，心里仿佛一下子有了希望，一直笼罩在虎丘村里的阴霾似乎随着炙热的阳光消散不少。商君一路上若有所思，眉头始终不见解开。阮听风不解地问道：“商君还在为何事烦恼?”

商君摇摇头，轻叹道：“有一件事，半月前就应该去做了，只是疫病严重，我不放心去，现在腐尸已经掩埋，药也见效了，我也应该去办原来要做的事情，只是——”据毕弦的说法，八月中秋，是前往海域最好的时机，危险也最小，尤其是像她这样第一次前往的人，更是应该把握好这次机会。她早就应该准备了，想不到又暴发了瘟疫，现在离中秋还有不足一月了，快马加鞭，应该还能赶得上。就是三儿，病情才略有起色，她始终放心不下。

商君未尽之意，阮听风却已经听出来了，承诺道：“若是耽搁不得的事情，你就去吧，萧公子我会替你好好照顾的。”

商君微微拱手，真诚地谢道：“那就麻烦你了。”

“商君不需客气。”虽然有了阮听风的承诺，但是想到三儿那倔脾气，商君还是决定等三五日再启程，都已经晚了这么多日子了，也不在乎这几天，毕竟三儿染病，皆由她而起。

三日后。疫情基本控制住了，今天已经没有新增的染疫村民，自从阮听风的药汁见效之后，也没有人因为疫病而死去。三儿能下地走动，饮食也正常，她可以准备海域之行了，只是去之前，她还挂念一个人。

匆匆赶回缥缈山庄，杨忠早早地等在门堂，叹道：“主子，您终于可以回家了。”虽然只是十几天的时间，但是每天都在担心主子的安全，确实十分煎熬。商君微笑问道：“笑儿呢?”

杨忠有些为难地回道：“小姐十几天没见到您，闹得厉害，老奴怕她跑出去有什么危险，让侍卫守着永乐阁的门口，她现在还在房里生闷气，老奴越矩了。”她知道笑儿倔起来一定很让人伤脑筋，商君拍拍杨忠的肩膀，笑道：“笑儿顽劣，辛苦你了。”

小姐毕竟是主，他是仆，将她关在房里，主子没怪他，还谢他，反倒是杨忠有些不好意思了，连连摇头，不敢居功。

商君一边向永乐阁走去，一边交代道："你帮我挑选十名身体强健、能适应海上行船、会泅水的侍卫，明日随我前往东海。"毕弦船队里的船员、经验丰富的舵手都已经做好准备，她几乎不用操什么心，就怕侍卫不适应海上生活，航行十多天，那就为难他们了。

"是。"

"此次航海之行归期不定，笑儿又要拜托您了。"海域之行，航海、备货、交易，少说也得两三个月，希望这丫头不要闹才好。杨忠连忙拱手一礼，回道："主子言重了，老奴一定会竭尽全力照顾好小姐的。"

商君满意地点点头，脚下不滞地向永乐阁走去，走到门口，四个侍卫看见商君先是一怔，随后纷纷行礼。商君挥挥手，四人的身影迅速消失在永乐阁前。还没走进院子，就听见叶子刷刷落地的声音，商君不解，加快脚步走进园中，就见商笑坐在石凳上，两只手不停地拔着园里的矮丛，嘴里不知道在嘟囔什么。放眼看去，原来郁郁葱葱、美轮美奂的园子，现在一地的落叶残花。商君失笑，低唤道："笑儿，你这是在辣手摧花吗？"

"哥！"听见商君的声音，商笑一脸的惊喜，不过想起这十几天对她不闻不问，还把她关起来，商笑又很不甘心，越发用力地拔着树叶，赌气道，"你不是不要我了吗？"商君无奈地走到她身边，半蹲下身子，抓住商笑两只忙碌的手，轻轻拍掉她掌心的叶子，今年十三岁了吧，生起气来还是只会做这些孩子气的事情。商君并不打算瞒她，解释道："我去虎丘村处理瘟疫的事情了，怕自己染病，不敢来见你而已。"

商笑瞪大眼睛，抽回手抚上商君的前额，急道："那你有没有哪里不舒服？"拿下商笑的手，商君回道："放心，我都能来见你了，说明疫病已经得到控制了。你长大了，以后即使我不在你身边也不许任性，知道吗？"

"嗯。"商笑点点头，低声问道，"那最近不出门了吧？"

迎着笑儿希冀的眼睛，商君张了张嘴，又不忍心说出来，竟有些不敢看笑儿的眼睛，最后，她还是将自己的行程告诉了商笑："明天我要去一趟东海，可能数月才能回来。”商笑似乎早有预感会是这样的结果，失望地垂下头，却没有撒娇胡闹：“那，今晚在家陪我吃顿饭好不好?”她们已经一个多月没有一起吃过一顿饭了。低浅压抑的声音让商君的心一阵紧缩。

咽下心中的苦楚，就像以前她每次下山的时候一样，商君轻刮着她的鼻子，轻哄道：“好。让厨房做我们都爱吃的酒酿丸子，看谁吃得多。”

“嗯。”商笑用力地点点头，两人手牵着手，向前厅走去，夕阳，如印象中一样美好而绚烂，只因身边是自己最最牵挂的那个人。她的脸上扬起了一抹幸福的笑容，是的，幸福有时很简单。

第十三章　海域之行

今天的一顿饭，笑儿吃得很开心，商君也很开心。踏着明亮的月光，缓步走在虎丘村的小道上，清风仿佛感受到难得的好心情，吹得树叶沙沙迎合。柔和的笑容挂在她绝美的脸上，让看见的人不由惊叹，世上真有如此绝美的人。

中秋，应该是团圆的日子，可惜今年的中秋，她不能和笑儿一起度过。或许这次去过海域之后应该缓一缓，毕竟报仇不是一朝一夕能完成的事情，笑儿却在一天一天长大，再过两年，就该及笄了吧。她不想在她成长过程中，缺失太多，毕竟，笑儿已经比普通的孩子经受了更多的苦难。

才刚走进村里，游荡了一个晚上的萧纵卿就迎了上来，不满地说道："商君，你一个晚上哪儿去了？喝酒要叫上我啊。"

商君好笑地摇摇头，回道："我回家看妹妹了。"这人是酒坛子里泡大的吗？动不动就是喝酒。

"哦。"萧纵卿不好意思地摸摸头。

虎丘村四面环山，乔木高耸，月光投射下无数斑驳的翠影，不时还有一两片落叶被初秋的夜风吹落，让人感受着秋夜萧索的寒意。萧纵卿仅着了一件单衣，身材虽已拔高，却依旧显得瘦弱。商君劝道："夜里凉，出来加件衣服。进帐里说话吧，你的身体才刚好些。"他是她见过最不配合的病人，能坐着绝不躺着，能走着绝不坐着。

"我早就没事啦，是你太婆妈。"嘴里絮叨着，脚下却是听话地随着商君入了营帐。

在帐里坐下，商君为他倒了一杯水，问道："你有什么打算？是马上回家，还是再住一段日子？"

萧纵卿想了想，回道："我不想马上回去，省得哥哥们大惊小怪的。"他的手搭在商君的肩膀上，痞痞地笑道，"我想，去你的缥缈山庄住一段日子，顺便看看你那个心心念念的宝贝妹妹，是不是个大美人，可以吗？"这样他就可以看看商君的家到底是什么样子的了。

商君眉头微皱，沉默不语。萧纵卿奇道："怎么？不行啊？"商君不像是那种小气、不坦诚之人，莫不是有什么苦衷？

商君摇摇头，苦笑道："不是不行，我明日要去东海，一去两三个月都不会回来，你若想去也行，就怕你会闷。至于我妹妹，算不算大美人我不知道，但是论起胡作非为，一定和你不相上下。"依他这性子，缥缈山庄简单朴素，又不热闹，只怕他跑得比谁都快。

对于商君的暗贬，萧纵卿直接无视，他比较想知道商君去东海干什么，于是兴致勃勃地问道："你要出海吗？去做什么？"

三儿过于神采飞扬的眼睛让商君隐隐觉得不妙，于是敷衍道："还不就是做生意。"

做生意？萧纵卿双手环在胸前，走来走去，一副若有所思的样子。以商君对三儿的了解，接下来，必定不是她想面对的情况，她才刚想起身悄悄离开，萧纵卿一脸兴奋地叫道："是毕大哥说的那个非常特别的地方吗？叫海域，是不？"

商君觉得自己的头开始疼了起来。

"我也去。"萧纵卿兴高采烈地宣告着他的决定。

"不行。"这小祖宗还真能折腾人。

萧纵卿瞪大眼睛，问道："为什么？"

"很危险。"

商君的语气，怎么越来越像二哥了，婆婆妈妈的。萧纵卿撇撇嘴，满不在乎地说道："能比瘟疫危险吗？这儿我都敢来，还有什么地方我不敢去，我才不怕。"

商君无力地回道："我怕。"三儿面色暗青、冷汗连连、呼吸浑浊的样子，她现在想来还一阵后怕，海域之行虽没有疫情来得恐怖，却也不是一段好走的旅程，她是真的怕了。

"我——"萧纵卿还想辩解。

商君直接利落地起身，郑重说道："你不用多说了，说什么我都不会带你去的。你好好休息吧，有空我再到苍月看你，保重。"说完不等萧纵卿反应，商君就匆匆出了营帐。

"商君!"营帐里，萧纵卿气得大吼，等他跟出帐外，商君的身影早已经掠出十丈开外。

瞪着商君渐行渐远的背影，萧纵卿眼睛里尽是气闷、倔强的光芒，年轻的俊颜因紧咬的牙关而显出刚毅的棱角。

"我若想去，就一定能去。"月光下，少年久久地站在营帐前，负气地冷哼，犹如他的宣言一般。

三儿为达目的，无所不用其极，商君是见识过的，所以此次离开，她连道别都省略了。虽然觉得有些对不起他，但是为了防备三儿花招不断，她也唯有如此了。

快马加鞭，一路疾奔，商君一行十数人终于还是如期赶到了东海。

东海港口，是东隅最大的一个港口，停泊了大大小小数百只船只，其中大多是渔船，像他们这样的商船为数不多，港口上下，一派繁荣的景象。东隅皇帝玄天成，不过三十余岁，却已在位十余年，算得上是一个体恤百姓、治国有方的明君，相较于燕芮国贤帝年事已高、无力管理、夺嫡之争在所难免的局势，苍月国陇趋穆苛捐重税、野心勃勃的现状，东隅有此明君，算是幸运的。

踩着脚下松软的细沙，商君一路寻找着毕弦口中所说的船头插着嫣红彩旗的商船，走了一圈，终于在港湾最边际的位置看见了三四艘船头插着一支暗红色旗帜的商船，船身并不宏大，与普通商船几乎没有区别，或许是怕太过惹眼，反而树大招风吧。商君轻笑，这倒是很像毕弦的作风，和他的人一样，尽量泯于众人。

商君才走到船舶前，一个五十开外的老者已经早早地等在那儿，恭敬地笑道："商公子，我是这次船队的管事，您叫我老尤就可以了，毕少爷已经交代好，我们准备一下，就可以起航了。"

毕少爷说了，俊得不像话的那个人就是商君了，那时他还犯嘀咕，今日看来果然好认。

商君轻轻拱手，回道："有劳了。"

常在海上生活，或许是看多了海阔天空的景色，见惯了海浪奔腾的洒脱，不管是船上的水手，还是这位管事老尤，都有着一副乐天的笑容，响亮的嗓门。商君也感染了这份难得的轻松，趁着他们准备的短暂时机，她坐在商船边上一块不大的礁石上，细细品味着海天一色、晴空碧水的美景。

正午的阳光最为炽烈，却为大海增添了撼人的魅力，阳光的折射，让你分不清碧绿微蓝的，是海还是天。这里已是海港边际，船舶稀少，一条在海面上漂漂荡荡的小船却吸引了商君全部的注意力，并不是小船有多么特别，而是船上的那个人，让人别不开视线。

碧海蓝天中，一方小渔船上，一个墨衣男子半靠着船舱，坐在船头，他修长的身形似随时可以随风化去般。他手中握着一幅画卷，阳光刺眼，大抵只看得出，画上是一个人。男子怔怔地盯着画，背对着商君，看不见长相，在这样繁华的港湾里，他只是这么静静地坐着，却形成自己的天地，仿佛所有的喧嚣都近不得他的身旁。

商君暗叹，好奇特的男子，起身正打算离开，男子却忽然回头，商君不期然撞进一双暮海静月般深邃迷人的眼睛里。那是怎么的一双眼睛呢？比身后浩瀚的深海更沉静，比身畔拂发的清风更温和，让人不自觉地移不开视线。与这一双眼睛相遇，商君清晰地听到自己怦怦的心跳声。

男子看清商君，竟是轻轻点头，润泽的丰唇微微扬起，飘扬的长发，与背后深浅交替的蓝，是一幅绝美的画卷。商君轻轻点头回礼，见过这个男子，她才知道什么叫作仙姿妙容，什么叫作温润如玉、宁静如水。

忽然，商君觉得这个男子让她有一种似曾相识的感觉。像慕容舒清，对，感觉上他们都是那样沉静而温和的人，只是舒清多了一份淡然、随性，而他，则拥有更多的风雅、脱俗。

“商公子，时候不早了，可以上船了。”老尤响亮的吆喝自船头传来。

“好。”商君匆匆下了礁石，顺着船与码头连接的玄桥上了商船。在船头上站定，商君再回首看向男子所在的小船时，已不见他的人影。或者，他也回船舱里去了吧。

商君忽然有一种怅然若失的感觉，轻轻摇摇头，不禁自嘲，她几时如此容易感怀了。

船很快出了海港，进入深海范围之后，浪明显大了很多。商君生长在苍月这样的内陆国度，从小又随师父上山，几乎没见过大海，更别说在这样的大浪下行船，才不过半天的时间，夕阳的红霞还挂在天上，商君却已经觉得头微微有些疼，几欲作呕。

老尤站在商君身旁，看他脸色微青，他在船上待久了，看多了晕船的人，于是拍拍商君的肩膀，豪爽地笑道：“商公子，您的脸色不太好，是不是晕船?”

商君苦笑，回道：“有一点，不过还能撑得过去。”她用内力调息，还能控制自己的身体。

老尤摇摇头，笑道：“我去给您准备一些专门治晕船的汤药吧，这还是小浪，待会儿潮水逆流，浪才叫大呢。”

“有劳了。”

这还是小浪？商君忽然觉得这十几天的航程，将是她有生以来最大的挑战。

天快黑了，船员们检查着晚上用的灯具和船只的航行情况，掀开底板，检查下层船舱。这时，船员忽然大声叫道："你们快来看，下舱里居然躺着一个人。"

下层船舱平时就堆放一些工具、备用帆布之类的，怎么会有人呢？船员们纷纷赶过去看热闹。

"什么人?"

"是一个少年。"

"喂，你叫什么名字?"

"你怎么上的船?"

船员们蹲在舱口，对着下面七嘴八舌地问着话，船舱下却没有应答。老尤也赶了过去，看清船舱下的景象，说道："搭把手，先把他拉上来再说。"

两个壮汉一起使力，将船舱里莫名出现的少年拉了上来。

商君本来就不舒服，只是靠在甲板上看着他们，待看清少年那污浊的脸后，双目圆睁，叫道："三儿?!"怎么会是他，一身的华服脏乱不堪，皱作一团，头发也未好好束起，现在的他就和被囚在飞鹰寨时一样狼狈。

"你——"商君一口气哽在喉间，他这个样子，在那船舱里起码待了两天以上。这么说，他在她离开的当天晚上就直接来了东海，大病初愈，他还能在那几乎不透气的船舱里待两天，为了怕被人发现把他赶下去，起航了也不肯出来。她只是站在甲板上，就极不舒服，更别提他在低矮的下舱。面对这样倔强的三儿，商君不知道自己还能说什么。

萧纵卿目光越过人群，死死地盯着商君，眼睛里有愤怒、倔强，甚至是得意。"我说过，我若想来，就一定能来。"许久没有喝水，声音哑得几乎听不清楚。

商君转身走下船舱，对他无话可说。

"商君!"萧纵卿有些急了，商君不言不语，不怒不骂，倒是有点吓到萧纵卿了。他推开众人，跟着商君进了船舱。

商君在床边坐下，气沉丹田，缓缓调息，几次之后，发现用处不大，依然感觉胸闷难当。

萧纵卿冲进商君的房间，只见他双眉紧皱，脸色泛青，忘了赌气，急道：“商君你怎么了？脸色这么难看，你不舒服吗？”

商君摇摇头，却不回话，她怕自己一说话就会吐出来，手用力按压着胸口，呼吸有些乱。

萧纵卿看了半天，忽然叫道：“你晕船？”想不到武功极高，仿佛无所不能的商君，居然晕船。想到这一点，他的心情忽然大好，轻拍着商君的肩膀，哄小孩一般地笑道：“好啦，好啦，我不应该身体没好就到处乱跑，也不应该先斩后奏躲在船舱里，都是我不好，你就别生气了。晕船心情要保持舒畅，不然更晕。”

受不了他小人得志的样子，商君白了他一眼。

“商公子。”老尤端着一碗药汤，轻轻叩开商君的房门，说道，“这是治晕船的汤药，我们船上的人经常给新船员用，挺好的，您趁热喝了吧。”

“谢谢您，让我来吧。”萧纵卿迎了上去。药汤有些烫，他一边吹着药汤，一边与老尤寒暄道，“我叫萧纵卿，和商君是拜了把子的兄弟，您就叫我小卿好了，我怎么称呼您呢？”

少年看起来也是个爽朗的直性子，老尤爽快地笑道：“你随着商公子叫我老尤吧。”

“好，老尤。”萧纵卿也不扭捏，让隔着一辈的两人相视大笑起来。

感觉药稍稍凉了些，萧纵卿端到商君面前，说道：“商君，快喝药。”

或许是在船上的缘故，商君总闻到一股腥味，这碗药也是一样，一股恶心涌上喉间，她连忙别过头去。商君不肯喝，萧纵卿可不依，将药塞到商君手里，教训道：“现在不是任性的时候，快喝！”

商君无语。待喉间恶心的感觉消退一下，商君闭气，将手中的药统统倒进嘴里。入口之后，并不觉得腥，还有点淡淡的木香味。

接过商君手中的空碗，萧纵卿精神爽利地笑道：“你睡一下，习惯了这海上的波浪就好了。”

老天真是和她开了一个大玩笑，萧纵卿窝在下舱几天，还精神抖擞，倒是她，病怏怏的，一点儿力气都没有，这回真是风水轮流转了。

船晃晃悠悠的，商君睡得不太好，不过喝了老尤的药，胸闷欲呕的感觉好了很多。透过房间的木窗，能看见外边月亮已经升得很高了，应该过了子时了吧。想不到迷迷糊糊间，竟是睡了好几个时辰。

外面一声高过一声的喧哗引起了商君的好奇心，都这般时候了，外面怎么还这么热闹？走出船舱，只见甲板上站了不少船员，几乎每两三个人手中，就有一个巨网，他们这是在捕鱼吗？

其中一组收了网，拉上来之后，一声熟悉的惊呼声传来："嚯，好大的鱼啊，让我也来试试行吗？"

船员爽快地笑道："行啊。"

少年开心地拿起渔网的一端，学着大家的样子抛向大海，不知道是他运气好，还是鱼真的那么多，不一会儿，少年大叫道："快快快，我拉不住啦！大家搭把手。"

几个空闲的船员都涌上去，拉着渔网，喊着号子："一二，一二——"

商君皱起眉头，这声音好熟悉。仔细看去，和着号子拉着渔网的，不正是三儿嘛。商君失笑，那身破旧的华服早已换成了和船员们一样的粗布短袄，头发也用布缠绕成髻，他熟稔地和船员们站在一起，简直就成了他们中的一员。商君轻叹，好聪明的孩子，才不过半天，就和船员打成一片，他知道面对什么人，应该怎么样，在飞鹰寨时收敛光华，在海上却是热情奔放，三儿将来一定会是一个很好的商人。

"商公子，你可好些了？"

虽然依旧难受，商君还是应道："好多了。"

老尤一边擦拭着手中的水渍，一边解释道："逆流快到了，海底的大鱼都被搅上了水面，这时候捕鱼，收获最多，而且逆流过后，特别不好捕鱼，所以大家都趁现在多捕些，吵到你了吧？"

"没有，我也睡了很久了。"确实够久了，就是越睡越觉得浑身酸痛。

“拉上来了，拉上来了！”萧纵卿大声地吆喝着。老尤大笑着走过去看，看看他到底网到了什么大鱼。其他船员也跟着围了上去。商君见他如此兴奋，也微笑着走近。“这些是什么啊？”萧纵卿第一次打鱼，兴致勃勃地翻着渔网，看看自己究竟打出来了什么大鱼，可惜蹲在渔网旁翻了半天，别说是大鱼，就连一条小鱼也没有，萧纵卿挫败地恼道，“我还以为是多大的鱼呢，都是些水草。”

船员们爽朗地大笑，在海上打捞到水草，那是常有的事情，只是看他沮丧的样子，船员们不由得笑了起来。老尤蹲下身子，在水草里翻出几个比拳头小些的海蚌，安慰道：“谁说的，还有几个海蚌，小卿，或许你比他们幸运，这海蚌里说不定有珍珠哦。”

“真的？”萧纵卿眼前一亮，接过海蚌。

旁边几个老船员笑道：“老尤，你别哄他开心，待会儿又让他失望，我们在这海上闯了十几年了，一千个海蚌里都不一定有一颗珍珠。这几个蚌这么小，别说珍珠，连蚌肉都还不够下一碗汤呢。”老尤笑着点点头。说的也是实话，珍珠确实不好找，这片水域并不是产珠海蚌生长的区域。

他们这是逗着他玩呢！萧纵卿笑着失望地站起来，就看见商君也站在一旁看着他，他走到商君身边，关心地问道：“商君，你起来了。好些了吗？”说着将手中的海蚌递到商君面前，萧纵卿抱怨道：“老尤说这里边可能有珍珠，他们又说没有，害我忽喜忽忧的。”

商君失笑：“打开看看就知道了。”

旁边的船员拿出小刀，自告奋勇地说道：“我来开。”

虽然大多数人都认定了里边不会有珍珠，不过还是忍不住要亲眼看看开出来是什么，连开了三个，除了并不肥厚的蚌肉，什么也没有，老船员们一副我就说没有吧的表情。

“最后一个了。”萧纵卿也失望之极，递出最后一个海蚌。

打开最后一个海蚌，蚌肉肥硕，船员用小刀轻戳蚌的裙边，一个小白点从裙边滑了出来，开蚌的船员兴奋地大叫道：“有啊！真的有珍珠！”

原来已经意兴阑珊的船员们忽然精神一振，又都围了上来，船员小心地将珍珠挑出来，却有了意外的发现。“还有一颗。”听说还有一个，船员们都大声吆喝起来，有些还兴奋地吹起了口哨。

萧纵卿拿着两颗小珍珠在手上把玩着，感觉颇为新鲜，老尤笑道：“小卿，你太幸运了，在这深海里难得捞到有珍珠的蚌，而且珍珠还不小呢。”萧纵卿把珍珠递到商君面前，欢喜地问道：“商君你看，好看吗?”

两颗珍珠颜色偏黄，不过难得的是，大小几乎一致，犹如饱满的黄豆，而且都是椭圆形的。在月华下，闪着淡淡的莹润的光泽，虽算不上极品，却因为是自己亲手捞取的，显得格外珍贵。商君点点头，笑道：“好看。”商君低头看着珍珠的侧脸，柔和而光洁，如珍珠一般莹润，因为靠得有些近，萧纵卿闻到他身上有一股淡淡的气味，不似身边的男子身上的汗味，也不似女子的脂粉味，是一种说不出的味道。萧纵卿伸出手，说道：“送你，它和你最般配，温润雅致。”

这倒是不假，船上能配得上珍珠的，好像也唯有商君而已。

商君有些尴尬地轻咳一声，回道：“我要来做什么，你好好留着吧，这是你在大海上的纪念。”她现在是大男人，配珍珠算什么事。

萧纵卿撇撇嘴，商君不要，他也不强求，小心地包好藏在袖子里。

老尤看看刚才还扬起高高浪花的海面，现在一下子风平浪静，连海风都仿佛停滞，水面如镜面般平静，商君也注意到了这奇怪的景象，船员们见怪不怪，有条不紊地收拾着甲板上的东西。老尤说道：“商公子、小卿，你们快到舱里去，船要在逆流中涡旋半个时辰，那时凶险无比。你们要小心。”

“快进去吧。”商君晕船，老尤又说得如此恐怖，萧纵卿急急地拉着商君往船舱里走去。两人才关上门，船舱里的木窗立刻给一阵狂风吹得啪啪地拍打在窗框上，好在是实木的窗子，若是平时的雕花窗，早被砸烂了。萧纵卿走到窗边，正要关上窗户，就见船正向着一个旋涡一般的地方驶去，惊得他双眼圆睁。他还没来得及让商君小心，船就已经失控地旋转起来，他抓着窗框，没有摔倒。商君却不知道发生什么事，被忽来的旋转摔得撞在了床角上，疼得她闷哼了一声。

匆匆关上窗户，萧纵卿想走到商君身边，奈何船摇晃得太过厉害，他频频撞在船壁、桌子上。商君急道："三儿，抓住桌角。"好在船上的桌椅都是固定的，萧纵卿抓住桌角，才勉强站住身子。这样的旋转摇晃没有停下来的意思，船在肆虐的狂风中犹如一片枯叶，毫无力量，只能随着水的涡旋旋转。"商君，你怎么样？"他的脸色越来越差。商君听不清外面海浪拍打船只的巨响，也听不清萧纵卿担心的低唤，只听见自己的心像打雷一般急速地跳着，不听使唤。终于，商君忍不住地吐了一地。

半个时辰竟是如此难熬，两人不知道外面的情况，只能感觉到，船已经不再像刚才那样剧烈地摇晃了。萧纵卿勉强能站起来，商君几乎是趴在床脚，额间渗出点点薄汗，脸色泛白。萧纵卿扶着商君到床上，说道："浪好像小一点儿了，商君你躺下来休息一下。"

商君躺在床上，微微蜷着身子，过了很久，萧纵卿低唤："商君。"

"我没事。"即使是现在这样极度痛苦疲倦的时候，商君的声音依然清醒，只是低沉了很多。萧纵卿悄然起身，出了船舱，在过道上，遇上一身湿透的老尤，可见刚才的风浪大得吓人。萧纵卿关心地问道："老尤，你没受伤吧？巨浪过去了吗？"拿着毛巾擦拭着脸上的水渍，老尤微喘着回道："我没事，暂时不会有大浪，不过这样的风浪还要持续好几天。"

"好几天？"萧纵卿惊呼，"商君吐得厉害，还有汤药吗？"老尤摇摇头，笑道："有也早洒了，我待会儿做好了给你端过去。"

萧纵卿点点头，急着回去照顾商君，才走了两步，又退了回来，说道："对了老尤，商君好像老是夜不能寐的样子，你最好加一些能让他好好睡觉的草药进去，睡着了就不吐了吧。"

"好的。"萧纵卿回到舱内，发现商君又吐了一地，就连衣襟上也沾了一些呕吐物。他的面色惨白得有些吓人，萧纵卿用衣袖帮商君擦拭唇角，轻抚他的额头，没有发烧，不过却有些不正常的冰冷。

他将商君扶起来，萧纵卿这才感觉到，他竟是这么瘦。

萧纵卿将他轻轻放回床上，看着一室的狼藉，拿起舱外的笤帚进来打扫，这是他第一次打扫房间，而且还是呕吐物，不过这一切是为商君做的，他倒不觉得有什么委屈。

好不容易打扫干净了，萧纵卿在床沿上坐下，商君面色平静，仿佛睡着了，萧纵卿长长地舒了一口气。只是他的衣襟在他呕吐的时候弄脏了，这怎么能好好睡觉呢。萧纵卿想要帮商君换下外套，不过商君睡得深沉，自己这样脱他的衣服，好像又有些别扭。萧纵卿拍拍自己的脑袋，他在想什么呢，大家都是男人，有什么不好意思的。因此，他的手也就大方地伸向了商君的衣襟——虽然都是男子，但是当萧纵卿的手解开商君外袍时，还是不由自主地微颤起来，看了商君沉静的睡颜一眼，萧纵卿更是不自觉地咽了咽口水。商君的肤色本就白皙，再加上这一番折腾，脸色白得几乎透明，长长的睫毛盖住了他平时冷静的眼眸，温润的唇此时干涩而泛白。这样憔悴的他，看起来，竟是柔美得让人心跳加速。萧纵卿赶紧收回视线，轻咳一声，半扶着商君的脖子，想将他扶起来一些，方便将外袍脱下来。他眼光扫过商君的脖子，修长而洁白，很美，但是却有什么地方不对劲？萧纵卿怔怔地盯着商君的脖子，好半天才睁大眼睛，商君，商君他怎么没有喉结？

这怎么可能呢？商君年近二十，早就应该长出喉结了，他忍不住伸手轻抚商君的喉间，细滑的触感让萧纵卿惊得赶紧收回手，商君为什么没有喉结呢？难道——不可能，萧纵卿不相信自己的猜测，再次将手探向商君的胸膛，手下一片平坦，有哪个女子的胸会平坦成这样。一颗悬着的心好像是放下来了，又好像有些失望，萧纵卿也搞不懂自己在想什么。

正想收回手，却又感觉到手下的触感有些不一样，硬邦邦的，心中有了好奇的种子，萧纵卿便一定要弄个清楚。他伸手轻轻拉下商君的衣领，发现他里边还穿着一件中衣，将中衣也掀开，里面居然还有一件？萧纵卿暗叹，商君到底穿了多少件衣服啊。仔细看，里边这件似乎不是一件衣服，而是一层又一层紧紧缠绕在胸前的束布，细密而紧实，萧纵卿纳闷，商君缠这些东西在身上是……细滑的脖子！胸前的束布！商君，难不成，他，真是——女子?!

脑中出现的声音，让萧纵卿手足无措。完全不知道自己应该干什么。他匆匆将商君放回床上，紧张地胡乱将她的衣领外衣整理了一下，不敢看商君的脸一眼，然后打开船舱的门，逃一般地跑了出去。跌撞着在船舱通道上坐下来，萧纵卿的心怦怦地跳到了嗓子眼上。

商君，商君是女子！他怎么会是女子？他进狼窝，盗贼赃，与二哥唇枪舌剑，独身入疫村，为百姓闯军营，这样的他怎么会是女子？怎么会?!白皙细滑的脖子，缠绕的束布在他眼前一一闪过，由不得他不相信，商君就是女子。

“小卿，”黑暗的船舱过道上，萧纵卿蹲坐在那儿，脸上的表情有些震惊，有些慌乱，有些不知所措，又隐隐有些惊喜。出来查看的老尤不解地问道，“风浪不小，小卿你怎么坐在这里？”

萧纵卿显然被突来的声音吓了一跳，不知道怎么回答，随便回道：“我，我就想在这里坐一坐。”萧纵卿脸色不对劲，老尤担忧地问道：“是不是商君出了什么事？我去看看他。”

“不许去！”商君是女孩子，睡觉时怎么可能随便让人进去看。萧纵卿忽然激动地大吼，吓了老尤一跳。老尤狐疑的表情让萧纵卿有些尴尬，于是轻咳一声，干笑着解释道，“我的意思是，他喝了您的药，好不容易睡着了，就不要去吵他了。我就是闷得慌，在这里坐坐。您去休息吧，不用管我了。”总觉得小卿怪怪的，不过他都这么说了，老尤也不好说什么，嘱咐道：“好吧，你小心一点儿。”

“我知道了，我会小心的。”萧纵卿连连点头。老尤走后，萧纵卿挫败地低下头，商君是女子，他没有想到震惊过后，心里又莫名地一阵兴奋。但是，商君是女子，他以后要怎么和她相处呢？还是把她当男人一起喝酒，勾肩搭背？他做不到了，把她当女人一样去照顾，怜惜，娇宠？商君又不是其他故作娇羞的女人，她或许根本不屑。哎！哎哎！巨浪之后的宁静秋夜，也只有萧纵卿一人独自苦恼，一夜无眠。

商君轻抚着微疼的头悠悠醒转，她好像睡得很熟。撑着身子坐起来，商君苦笑，上船两三天，她几乎都是睡过去的。伸了伸腰，除了有些僵硬之外，一切都还好，低头看看自己微乱的外袍，商君以为是当时浪大，自己又睡了这么久，有些乱也很正常。她整了整衣襟，然后起身，船舱外很平静，商君推开木窗，正看见一轮红日在海平面上徐徐升起，满天的红霞，映红了清冷的海水。暖人的阳光照在身上，即使还有风浪，船依旧在摇摆，却也觉得温暖。商君站在窗前，暗暗调息之后，精神也稍稍好了一些。

船舱里已经被打扫过的样子，她记得昨晚吐了好几次，但是现在船舱里依旧整洁，应该是三儿收拾的吧。商君心里一阵暖流流过，难为这位萧家三少爷了。打开门，商君低唤："三儿。"过道里有些黑，前面隐隐有一个黑影蜷坐在那儿，商君不确定地叫一声，"三儿?"

"我在这里。"商君第一次叫他的时候他就听见了，但不知道怎么面对商君，也就没回答。萧纵卿低着头，慢慢地站起身来，眼睛却是到处乱瞟，就是不看商君。商君笑道："你坐在过道上干什么？到舱里来吧。"

"哦。"他一步一步缓慢地走着，不知道在想什么，过道上的扶手他都没看见，狠狠地撞了上去。咝——萧纵卿疼得龇牙咧嘴。商君迎上去，叹道："你的手怎么样？让我看看。"才扶起他的手，三儿就像被开水烫到一般，马上弹开，一边匆匆走进船舱，一边回道："不，不用了，我没事。"

走进船舱，萧纵卿也是坐在最远的一张椅子上，眼睛左看右看，就是不敢看她。三儿看起来有些不对劲，商君在他身边坐下，问道："三儿，你怎么了?"

"没什么。"回答得很快。商君沉下脸，说道："你说谎，你为什么不敢看着我?"以前的三儿可不是这样的，他有时张狂，有时倔强，有时爽朗，却绝不会如此无所适从。萧纵卿心下咯噔一声，难道他要告诉商君：

我趁你睡觉的时候扒你衣服，知道了你是女子。商君就算不一巴掌打死他，估计也老死不相往来了。萧纵卿昂起头，故意盯着商君的眼睛，大声回道："我哪有不敢看你，我只是见你晕船得厉害，担心你而已。"

商君失笑，就因为这个？想想每个人都有自己的心事，商君也不再追问，微笑着回道："我没事，已经好多了。"

"哦。"萧纵卿怔怔地盯着商君笑了，以前只觉得她俊，怎么没发现她笑起来这么美。

这小子傻笑什么？商君看他精神恍惚的样子，说道："你上船之后都没有好好休息，昨晚上也辛苦你了，你好好睡一会儿。我去问问老尤还有没有空房间，如果没有，你就和我睡一间吧，你睡床上，我睡地上。"

萧纵卿睁大眼睛，他要和商君住一间房？这可以吗？原来还在别扭，一听见商君说她要睡地上，立刻叫道："我怎么可能让你睡地上！"哪有女人睡地上，男人睡床的道理。

商君好笑地看着三儿激动的脸，笑道："我比你年纪大，我睡地上有什么问题？在飞鹰寨的时候，我不也一样睡地上。"

那时候你是男人，现在你是女人。萧纵卿坚持说道："你晕船，身体不好，不能睡地上。不然，我就去和老尤一个房间，去他那儿睡地上。"

"好，听你的。现在我不睡了，你在床上睡吧。"他的倔强无人能敌，商君也不与他争。

萧纵卿躺在床上，总觉得有些不自在，问道："我睡觉，那你干什么？"商君拿着书，靠坐在窗边，回道："睡够了，不想躺着，你睡吧，我坐着看看书，分散注意力，可能就没那么晕。"

"哦。"躺着看商君绝美的侧脸，在晨光中有些模糊，墨黑的长发随着海风飘扬，娴静得仿佛天边的浮云，聚散随心，很美。萧纵卿缓缓闭上眼睛，轻轻地勾起了唇角。商君是女子，也好。

第十四章　情动

“三儿，你最近都在忙些什么?”放下手中的书，商君似笑非笑地看着一大早就要冲出船舱的萧纵卿。已经十来天了，从那次狂风之后，三儿整个人就怪怪的。白天几乎见不着他，晚上又时常恍惚。本来以为他有什么心事，过几天就好了，谁知这一过就是十来天，不见好便罢了，还越来越严重的样子。

萧纵卿僵硬地回过头，敷衍道：“我，我和老尤学驾船。”

他也不知道自己是怎么回事，知道商君是女子后，即使船上没有床位他也应该去和老尤挤一间才对，可是当商君说和他一间时，他一口就答应了，还有些兴奋。现在和商君说话，他都忍不住盯着她的脸看，原来商君长得还真美，如果换上女装，那一定是更美。每天想着这些，商君说什么他都没注意。总不能老盯着她看吧，他也只好逃了。

“驾船?”商君轻轻挑眉，笑道，“你还对这个感兴趣?”学驾船能学到精神恍惚，傻笑连连?他倒要问问老尤，这船是怎么驾的。

萧纵卿大方地点点头，回道：“嗯，乘风破浪的感觉很好。”那种在海浪里翻腾出没，踏浪而行的感觉他是真的喜欢。话才说完，萧纵卿忽然觉得今天的船面平静得有些异常，急道：“今天的浪好像很平静，是不是又有大风暴要来了?”

商君合上书，懒懒地回道：“不是，海域快到了，我们可以准备靠岸了。”终于到了，再这样晃下去，她都快虚脱了，学武这么多年来，还是第一次如此无能为力。

“快到了?”萧纵卿推开窗户，远远地已经能看到海岸和港湾。

打开舱门，商君笑道:“出去看看吧。”

萧纵卿连忙跟上，担心地问道:“你出去吹风，没事吧?”

商君哭笑不得:“我都晕了十几天了，已经有些习惯了。”但是绝没有下次，她痛恨这种身体不受控制的感觉，回去一定要好好物色一个人来掌管这条航线的生意。

“那走吧。”萧纵卿早就在船上憋坏了，率先走了出去。

站上甲板，商君深深地吸了一口气，终于觉得神明气清了一些，碧海蓝天的景色确实唯美，但是仅限于远观。当你真正置身其中的时候就会知道，原来美好的东西，大多隐藏狰狞，世上的事大抵如此。

船渐渐驶入海港，萧纵卿忍不住赞道:“想不到，这个岛国，还挺繁华的。”商君举目看去，港湾里，停泊着不少渔船，但是几乎没有小渔船，都是比他们的商船略小一些的大船。船上捕鱼的用具一应俱全，整洁有序。港湾的石墩，都是用整块的岩石拼接而成，却是平坦规则，这比普通石砖要费工夫得多。港湾下，竟然就是一条店铺林立的商街，这倒是各国都没有的。虽然还看不清门面，却已看出人潮攒动，热闹非凡了。

“我们下去看看。”商君现在只想赶快脚踏实地。

“主子。”商君才下船，乘另外两只船的侍卫早就在港口等她。

商君点点头，有些担忧地问道:“你们还好吧?”海上的浪比她想象的更大，不知道他们有没有不适。侍卫总管卫溪平静地回道:“很好。”忠叔早就和他们说过海上的凶险，能来的人大多都是有出海经历的。

很好?商君苦笑，看来只有她一个人不好。

萧纵卿把海港打量了一遍，奇道:“商君，海域好像有些奇怪，码头这种地方，女子居然这么多。”刚才是在渔船上看见女子，他以为是渔民的家眷，没太在意，但是现在越看越不对劲，几乎每条渔船上，都只见女子不见男子，在海港上清点货物的也是女子。如果不是在前方商铺里看见几个男子，他会认为自己到了女儿国。商君心下也不免疑问，这到底是怎么回事？“这是因为海域的风俗习惯与东隅大有不同。”老尤爽朗的笑声从身后传来。

商君回过身，请教道：“老尤你给我们说说吧，别冒犯了人家，就不好了。”毕竟他们身在别国，能避免的矛盾，还是避免的好。

老尤别有深意地看着商君，笑道：“怕只怕，你们会给人冒犯，尤其是商公子你。”毕少爷有交代，不到海域不得将海域的风俗说给商公子听，他还真觉得有些对不起商公子。

“我？”商君莫名其妙，为何独独说他？事关商君，萧纵卿有些不耐烦地追问道：“老尤，是什么风俗习惯你说清楚嘛，别吊人胃口了。”

“这海域，是一个女子为尊的国度，从一国之主到一家之主，都是女子，女子还可以娶多个夫君，皇室或是有钱人家的女子自然更不用说了。简单一点说，这里女子与男子的地位，与东隅刚好反过来。所以，你们最好不要离开港口及附近的街铺，这里是女皇特令颁布的外国商旅出入的地方，比较不容易被调戏。”尤其是商公子，丰神俊朗，又风度翩翩，虽然海域多美男，但是如商公子这般气质独特者，自然少不得狂蜂浪蝶。

“调戏？”不仅萧纵卿目瞪口呆，商君和身后的侍卫也是一副惊吓过度的样子。他们可从未听说过这种习俗。

萧纵卿有些不相信地拍拍老尤的肩膀，开玩笑道：“老尤，你会不会太夸张了，难道这里的男人都足不出户，在家绣花带孩子啊。”

“虽然没有这么夸张，不过亦不远矣。”他真以为他没事消遣他们啊。

“那这个地方也太恐怖了。”萧纵卿倒吸了一口凉气。这样的男人还叫男人吗？“三儿，不要随便评价别人的习俗和生活方式。”商君面色不悦，只因身边的这些男人都是一副罪该万死、天下大乱的表情。凭什么男子为一家之主，一国之君，三妻四妾，就是天经地义的事情，而今换了女子，就是离经叛道，颠倒黑白。商君表情微变，萧纵卿耸耸肩，不再搭话，侍卫们也都住了嘴。

老尤心里暗叹，毕少爷找对人了，如果商君也如他们一般见识，生意也不用做了，还不如早早回去，省的得罪人。虽然他们都不说话，他也知道，他们还是对海域有所抗拒，商君转而对老尤说道："老尤准备一下，尽快备货装船，早点离开。"

"是，以前毕少爷和这里的商家都有过合作，东隅带过来的货，她们也都很喜欢，每到船来的时候，她们都会主动上门，也会带来很多奇珍异宝，备货三到五天就能完成。"从怀里掏出一本册子，交给商君，老尤为难地说道，"但是商船必须由海域商监司梦大人在笺子上签字盖章，船才能离开海域。平日毕少爷去办都需十天半个月。"

"这么久？"商君翻了翻册子，每一页都有一个大大的印鉴和日期，想不到毕弦每年都来海域一次，今年已经是第八个年头了。他口中的人是谁呢？谁有这个能耐，让他不来就不来？合上册子，商君说道："我去办吧。"与女子打交道，应该不难吧。

萧纵卿皱眉，劝道："商君，你身体都还没好，反正也不急在这一两天，你休息好了再去吧。"

"没事，早点办好，我心里也踏实一些。"十天半个月，还不知道会不会出什么事。"那我陪你去。"萧纵卿自告奋勇。商君却拦住他，说道："不用了，待会儿应该会有很多商家回来，你留在这里帮老尤我比较放心。"就他这直来直去的脾气，别惹祸才好。萧纵卿撇撇嘴，回道："好吧，你要小心点。"

商君点点头，转身而去，不带任何人。盯着商君的背影，萧纵卿忽然拉过老尤，问道："老尤，那个梦大人也是女人吧？"看他神神秘秘的样子，老尤莫名其妙地回道："是啊，怎么了？"

萧纵卿摇摇头，心情大好地笑道："没事，我去帮你点货。"是女子就好，这样商君就不会吃亏了。不过他忘了，现在商君是男子。商监司离港口并不远，穿过繁华的商街就能看见，商君却走得并不轻松，终于相信老尤所言绝对不假，也坚定了要尽快离去的决心。一路上，她被无数或欣赏、或惊艳、或戏谑的眼神打量，而这些视线都来自女子，商君没想过自己有一天会被女子用这样的目光紧盯，说实话，还真是不习惯，心里五味杂陈。商监司的大门气派而醒目，青石台阶，灵兽石雕，红铜大门，样样不容忽视。门两侧站着四名银甲女将，她们面色微黑，背脊挺直，眼里有着一种从未见过的自然流露的自信、坚毅。那应该是海域特殊的习俗孕育下的独特气质吧。

商君心中对她们颇有好感，礼貌说道："在下是东隅来的商旅，求见梦大人。"女将看了商君一眼，眼中一抹惊艳一闪而过，神色很快恢复如常，回道："稍候。"女将入内一会儿后，与另一蓝衫女子一同出来，女子看见商君，却是微微皱起眉，问道："你是东隅来的?"

"是。"商君颇有兴致地细细打量眼前的女子，她有一双如猫一样清澈明亮的眼睛，长得可算一位美人，再配上落落大方、毫不矫揉造作的作风，让人过目难忘。不过引起商君兴趣的却不是这些，她是第一个眼神没有异样的海域女子，而且她的视线一直在自己身后搜索着，似乎在找什么人。商君大胆猜测道："姑娘可是在找毕弦?"

女子先是一怔，眉头皱得更紧了，看商君的眼神也有些戒备。

商君淡淡地笑道："他没来。"这女子会不会就是毕弦不能来、不敢来的原因呢？兰伊讨厌这个男子温和的笑容，讨厌他仿佛看清一切的眼睛，转过身，冷冷地说道："跟我来。"

商君心情颇好地随着她向里走去，商监司倒是表里如一，内部的装饰也是以大气为主，穿过宽阔的回廊，女子将他带进了一间书房。

女子微微躬身，轻声叫道："大人。"商君朝前看去，书案前，坐着一个微胖的中年妇人，她低着头写着什么，看不清长相。一身暗绿官服在身，让她看起来颇有些威严。商君不知道海域的官阶品级是如何定的，只是看那官服的布质还有绣工，这人应该就是自己要拜访的梦大人了。

梦意如稍稍抬眼点了点头，目光扫过兰伊身后的白衣男子，她手上一顿，好俊的男子。嘴角温和淡然的笑容不仅没让他如其他男子一样显得孱弱，反而越发气宇轩昂。这是海域男子身上少有的气质。梦意如放下手中的笔，问道：“你是谁？怎么不见毕弦？”东隅来的商旅，好像只有毕弦一家吧。商君抱拳回道：“在下商君，毕弦这一年来身体一直不太好，所以我就替他来了。”商君注意到，他说到毕弦身体不好的时候，身边的女子明显一僵。这女子与毕弦之间必有一段故事。

梦意如点点头，笑道：“商君，好名字。”她本来对毕弦挺感兴趣的，这些外来的男子身上有一种海域男子没有的劲儿。这次来的这个，更是甚得人心，不仅有着一副好皮相，还风度翩翩，气度不凡。

“大人过奖。这是此次的通关文笺，烦请大人过目。”将手中的文笺交给兰伊，商君被这位梦大人看得起了一身鸡皮疙瘩。

通关文笺上清楚地记载着商船上的货物，以方便监管。梦意如随便翻了一下，笑道：“今年倒是运了不少好东西过来。”

商君意会，回道：“商君待会儿命人送一些到大人府邸，东西好不好还得大人评鉴之后才知道。”梦意如放下文笺，故作生气地怒道：“这怎么行。”

“大人身为商监司主管大人，检验各国货物乃是分内之事，就是货物不少，大人受累了。”商君给她找了一个好台阶，对于商人来说，贪官要比两袖清风的清官来得好相处。聪明人，知情识趣！她更喜欢了。梦意如点点头，顺势说道：“本官身居要职，实属不易，还是商君理解啊。”合上文笺，梦意如说道，“时候也不早了，商君留下一同用晚餐吧。”

用晚餐？商君看看外面烈日高照，还不是用晚餐的时候吧。而且梦大人的眼神让她很不舒服。商君微微拱手，回道：“商君今日才刚到，还有很多事情要处理，而且大人忙了一天，商君就不打扰了。”

梦意如显然不接受拒绝，沉声吩咐道：“商君不需客气推托了，就当是本官为商君接风。兰伊，请商公子入花厅。”

“是，商公子这边请。”兰伊在前面引路，商君倒有些进退不能了。想了想，商君还是随着兰伊向后院走去。一路上，商君闲庭信步，倒不见得担心，走在前面的兰伊却一副心事重重的样子。商君也不急，故意放慢脚步，等她发问。可惜一直到进了花厅，她都只是一脸纠结的样子。商君在木椅上坐下，终于笑问道：“兰姑娘是否有话要问商君？”

这次兰伊也不别扭，直接问道：“毕弦的身体到底怎样？”

她果然关心毕弦。商君计上心头，故意皱起眉头，深沉地叹道：“他的身体本来就不太好，一路上狂风巨浪、险滩礁石也不好走，他却每年都要自己前来。去年回去的时候，他一直郁郁寡欢，而且常常酗酒，身体也越发差了。”天知道，她只见过毕弦一面而已。

“很严重吗？”诚如商君所料，兰伊脸色大变。

商君低叹一声，摇摇头：“大夫说，郁结于心，若是解不开这心结，只怕是好不了。”她故意停顿了一下，暗暗观察着兰伊的神色，故作惋惜地说道，“只可惜，我们都不知道他的心结是什么，只隐约听他在醉得不省人事的时候一直喃喃着什么‘为什么不让我来，不让我见你’之类的，所以我猜测他的心结应该就在海域。”兰伊听完，忽然背过身去，冷然地回道：“你就在这里等候吧，大人很快就会过来。”说完就急急走出花厅。

“兰姑娘。”看不见表情，但她急于逃开的身影已经告诉了他答案，商君朗声说道，“你，就是那个心结吧。”兰伊离去的背影一顿，没有回话，直直出了后院。

靠着门框，商君若有所思地看着她焦急离去的方向，再想到那夜毕弦痛心的低喃，明明就是一个有情，一个有意，何苦会弄成这步田地。还有那梦大人，这晚餐只怕不简单。商君轻轻勾起唇角，坐着闭目养神。毕弦，你把我毫无准备地送到了这么“有趣”的海域，我一定会好好谢你，一定！

商君喝过第五杯茶，太阳终于落入云层，渐染红霞的天际宣告着夜幕的即将降临，她多久没有这样花一个下午的时候静静地喝茶了，有一年了吧。原来，已经一年了，她成为商君，已经一年了。习惯了忙碌，习惯了奔波，习惯了不让自己停下来，她竟是不习惯在这样阳光灿烂的午后，细细品味茶的芬芳，感受闲暇的时光。放下茶杯，商君伸了伸腰，在海域，男子真的如此不被重视吗？梦意如说是要宴请他，结果把他晾在花厅两个时辰，或许，他以后应该选一个女子前来海域，更为符合这里的风俗习惯。

商君思量着，一道女声自门口传来："让商君久等了。"

商君回头，只见梦意如丰腴的身影缓缓踏入花厅。商君拱手，淡淡地回道："梦大人客气了。"或许也觉得让商君等太久了，梦意如和颜悦色地笑道："家宴而已，商君不必拘谨，快坐。"

商君礼貌地在她对面坐下，梦意如没有多说什么，对着身边的家仆说道："上菜吧。"就他们两人吗？这样也叫家宴？商君有些为难地提醒道："呃，还是再等等您的家眷吧。"

梦意如大手一挥，故作不悦地说道："宴请贵客，他们岂能随便上桌，扫兴。"拿起家仆斟的酒，梦意如笑道，"为你接风，先干一杯。"说完便是爽快地先干为敬了。

"好。"商君不好推托，也干下一杯，这酒竟是辛辣无比，只觉得喉咙烧得慌，梦意如却是一脸的平静，仿佛喝下去的是水一般。是她酒量真的如此惊人，还是海域的女子都这般巾帼不让须眉。

商君才放下酒杯，梦意如立刻帮她满上，也顺势坐到她身边。商君怕她再次劝酒，连忙问道："对了，商君初来不知规矩，敢问大人通关文笺一般几日能办妥呢？"梦意如一副很是不愿多谈的样子，回道："货物清点不仅要点你们运来出售的货物，还要点你们装船之后的货品上报朝廷，待户部侍郎检验，还得呈尚书审阅过后，商监司才能盖章放行，最少也得一个月。不着急，在海域多住些日子再走不迟。"好不容易来了个俊俏的公子哥，当然要多留些日子。

一个月？老尤不是说十天半个月吗？还是这日子，是按她心情而定。如果是这样，她倒是有办法了。商君故意蹙紧眉头，为难地低喃道："如此麻烦，这就难办了。"梦意如有些疑惑地问道："怎么了？商君急着回去？"

商君摇摇头，一脸惋惜地回道："那倒不是，我觉得一年只往返一次海域太少了。问过老船员，一年应该有四次机会进出海域，商君打算每年来四次，现在看来，却是不可行了。”

听他说一年来四次，梦意如立刻眼前一亮，急道：“怎么不可行?”

看她一副兴致勃勃的样子，商君故意叹道：“航程上来回就需一个半月，再加上两地装货、卸货，少说也得十天半个月，而这通关文笺如此费事，来回时间上就不够了。再则，商君一年来四次，也想将各国时令产物与海域交换，这时间拖这么久，怕是不新鲜了，真是想做这笔生意都难了。”梦意如暗暗盘算着，一年四次，各项费用中她就能克扣不少，而且港口货物交换越多说明她越有能力，政绩自然越好，这确实是一件利己的好事，光是其中的关税就是一笔庞大的费用，而且次数如此密集，货物还没卖出，就得再备货，这一来二往中，又不知要投入多少银子。眼前这个年轻男子，真有这么大能耐吗？梦意如掩下眼中狂热，故作好意地劝道：“商君可知这费用不菲，还需谨慎考虑才是。”

商君忽而大笑，坦然回道：“这大人无须担心，银子对于商君来说，只是小事而已。”其实商君不免夸口了，一年四次，确实吃力，只是她今日经过港口店铺，只随意看了几眼，已经发现这里果然很多奇珍异宝，若是常年往来，其中收益可想而知。然而最让商君有信心的是，海域奇缺的茶叶、布匹正好是慕容家所有，她备起货来，要比毕弦容易得多，也便宜得多。好大的口气！原来她以为，他不过是代替毕弦来的小人物，就是皮相俊了点，现在看来，倒是她看走了眼。梦意如暗暗重新审视眼前的男子，绝美的俊颜、清润的气质、坚定的眼神、大方的姿态，或许他才是真正的财神爷。收起原来有些轻浮的姿态，梦意如认真地笑道：“商君果然是有魄力之人。如果真如你所说，我倒是可以帮你在朝中周旋，或许十日之内能为你办好通关文笺。”

“还要十日?”商君摇摇头，说道，“不如大人帮忙引见，商君亲自拜访户部尚书大人。”商君把“拜访”二字说得格外用力，也是在暗示梦意如他不介意花点钱。梦意如立刻急道：“这就不必了，户部大人每日日理万机，怕是没空理会你。海运之事本就是商监司职责所在，还是由我出面更为妥当，六日商君觉得如何?”本来通关文笺就是十天可以办成，若是让商君见了户部大人，岂不糟糕；再则，那些钱用来孝敬她不是更好。

目的达到，商君爽快地笑道：“好，就六日。”这样他们很快就能回东隅了。梦意如暗暗松了一口气，笑问道：“往后船队都由商君带领吗?”这样的俏郎君她可舍不得。那毕弦实在难缠，花样诸多，商君或许能让她得偿所愿。又是那种眼神，商君心中苦笑，她是不会吃什么亏啦，就是浑身不自在。商君想了想，并未说实话，回道：“是，商君恐怕要经常叨扰大人了。”一听商君以后经常要来，又如此识时务，梦意如立刻眉开眼笑，连连举杯，说道：“哪里哪里。来，再干一杯。”

商君可不敢再喝，压下酒杯，起身回道：“大人好酒量，商君自愧不如。连日奔波，商君有些累了，告辞。”

梦意如也跟着起身，不依道：“酒还没喝够，可不能走啊。”

商君实在受不了这样风韵犹存的妇人故作娇羞、又一副命令口吻地挽留，不着痕迹地退后几步，尴尬地说道：“来日方长。商君先告辞。”

商君说完，不管梦意如还要说什么，匆匆离去。

一句“来日方长”让梦意如安心地坐了下来，任商君离去，太心急只怕吓坏了他，而且他身后可是数不清的银两，她还是少安毋躁的好。

通关文笺已经谈妥，这样双赢的事梦意如应该会尽心尽力去做。商君发誓，再也不踏上海域这片土地，起码，她作为男人的时候，不再踏上。

商君匆匆走出后院，在商监司前厅正好遇见心绪不宁、一脸烦躁的兰伊。商君停下脚步，叫道：“兰姑娘。”

兰伊忽然听见人声，微惊抬头，看清月影之下，一身白衫的商君，立刻脸色微变，仿佛话也不愿与他多说一般，转身朝旁厅走去。

商君微微一笑，其他人的事她还不想管，但是毕弦的事，她今天非要搅上一搅。谁叫她与他一见如故！背对着兰伊，带着淡淡的讽刺与责备，商君故意低声斥道：“兰姑娘真不顾毕弦死活吗?”

清朗的声音在这静夜下，格外清晰，也格外刺痛人心。兰伊跨出去的脚竟是进退不能，她暗暗深吸了一口气，冷漠地回道：“离开海域是为了他好，他若是想不开，也只能自苦。”明明一颗心都纠结在毕弦身上了，为何还如此嘴硬呢？她不知道自己的声音抖得厉害吗？商君真的不太懂：“兰姑娘心中既有毕弦，何苦如此折磨他，也折磨自己。”

商君原以为兰伊会如下午一般决然离去，不承想，她却是忽然转过身，双眼直直瞪着商君，冷笑道：“你根本不懂，有什么资格妄自评价！梦大人对他另有所图，他来海域躲得过一次、两次，三次、四次呢？总有一天是躲不过的。他为我来海域，却不知我早有夫郎，他可愿为侧君？我与他根本就是不可能，倒不如早早了结的好。伤了心，绝了情，也便结束了。”或许海域的女人习惯压抑自己，兰伊即使在情绪激动的此时，依旧没有歇斯底里地大吼，只是那双猫一般的眼睛里蓄满哀伤与决然。

原来，她已有夫君了。这个女人是真的太爱毕弦，凡事为他着想？还是太爱自己，即使伤他，将他驱逐，也不愿道出已婚的事实，是想要毕弦永远忘不了她吗？商君轻叹道：“你为何不把事情原委告诉他，如何应付梦大人，做不做你的侧君，都应该让他自己决定，而不是伤他的心，绝他的情，将他抛出海域事情就结束了。毕弦不是海域男子，他有能力保护自己，更知道如何处理自己的感情。但是你却让他‘死不瞑目’。”

一句“死不瞑目”，让兰伊顿时没了言语。

“我可以帮你带一封书信给他，要不要写，写什么，兰姑娘自己斟酌吧。”男女间的爱恨情缠，欲说还休。这里边的各种心思，或许她永远也想不明白吧。商君缓步走出前庭，声音依然温和，只是有些累了。

夜间的商铺街，少了白日的喧嚣，倒是多出了一份娴静。月华下的青石板，反射着莹莹月光，走在上边，犹如走在一条纤长迂回的玉带上一般，让人心境也随之安宁平和起来。商君低着头，却是思绪繁杂，与萧家的货物往来已经谈妥，海域的商贸也渐入佳境，她正按着慕容舒清说的暗线一步一步地行进着。但是苍月政局如何，朝中大势所向，人员变迁，还有，那能让陇趋穆万劫不复的御笔遗诏、奉国玉玺又在哪里？她一无所知。即使只是一年，她已觉得身心疲惫，每当这样寂静无人的夜里，她常常问自己，她真的能报父母大仇吗？要到何时才能报仇？

商君不自觉地环紧双臂，深秋的夜，竟已是这样的冷。

“商君。”远处传来一声惊喜的男声，打破了夜的寂静与寒冷。

商君缓缓放下双臂，挺直腰背，收起了眼中的迷茫，等待着小跑过来的萧纵卿。萧纵卿跑到商君身边，微喘着抱怨道：“怎么这么晚才回来？”商君淡淡地回道：“梦大人一定要我留下来用晚饭，所以就晚了点，你怎么还不上船休息？”

萧纵卿搓搓手，有些不自然地讪笑道：“我……我想看看夜景，顺便等你回来。”他不会告诉商君，从她离开的时候他就在等她回来。商君在的时候，他就想一直看着她；商君不在的时候，他就想着他们是怎么认识的，一起做了什么。总之，他的心时时刻刻想的都是商君，就在刚才，他发现，自己喜欢商君，想和她永远在一起。

商君抬眼看了看，他们已经到了港湾，虽然只有几盏渔火，看不清海的辽阔瑰丽，不过月光下的大海别有一番神秘的魅力，海浪轻拍细沙的声音，悦耳动听，夜景也算有些看头。商君笑道：“你慢慢欣赏吧，快入冬了，天气凉，自己小心身体。”

商君转身想要上船，身后萧纵卿忽然叫道：“商君！”

商君莫名其妙地转过身，就看着萧纵卿局促地站在那里，笑得奇怪地说道：“今晚的月亮很漂亮，一起赏月吧。”

赏月？她不知道三儿还有如此雅兴。商君轻轻摆手，笑道：“我有些累了，你自己看吧。”三儿欲言又止的样子，让商君终于看出些许端倪，不禁问道：“你是不是有什么话要和我说？”什么事让为所欲为的三儿都难以启齿？商君不免好奇。商君认真地看着他，萧纵卿紧张得脑子一片空白，立刻回道：“没有。”舌头都快打结了还说没有。商君失笑，头又开始隐隐作痛，不说算了，她真的好累了，才转过身，走了两步，萧纵卿又忽然大叫道：“有，我有话说。”商君无奈转过身，好笑地看着今天异常紧张的三儿。

萧纵卿轻咳一声，商君以为他要说了，谁知他收起玩笑的表情，问道：“商君你今年多大了？”

呃？他大晚上的不睡觉就为了这个？商君老实答道：“二十。”

果然二十了，女孩子二十岁年纪不小了，不过商君一点儿也不显老。看着商君，他认真地说道：“我十六。”虽然差四岁，好在也不多。

“你家里有什么人？”萧纵卿接着问道。

商君身上一僵，久久才说道：“妹妹。”

萧纵卿低喃：“我有两个哥哥。”他没在意商君脸上一闪而过的悲伤，因为他的心思都放在另一个地方。

年纪相仿，家世也很像，他和商君真是挺般配的。越想越觉得合适，脸上的笑容也越发愉悦。商君却是一头雾水，他支支吾吾半天就为了这个？回忆他这几天怪异的举动，再想想刚才的问题，商君一副了然的样子，大笑道：“三儿，你是不是想和我结拜做兄弟？我没意见，我早就把你当成弟弟了。”

萧纵卿一听，原本还笑容满满的脸，立刻黑了下来，吼道：“谁要和你结拜做兄弟。”她怎么还不明白呢？

不是结拜，那他刚才问年纪，又问家里还有谁，还在上船的时候自认是她拜把子的兄弟？商君本来头就痛，现在更痛了，不解地问道：“三儿，你今晚是怎么了？”

“我……”他也不知怎么了。看着商君疲惫的脸，萧纵卿烦躁地挥挥手，不耐烦地说道，“我没事，你先去睡吧，我再坐会儿。”

“好吧，你也早点休息。”商君不再多问，上了船。

盯着商君绝丽的背影消失在眼前，萧纵卿挫败地垂下头，现在怎么办？商君根本不知道他想说什么。他要怎么让商君知道，他喜欢她呢？

唉……

第十五章　风暴

商君在船上躺了五天，偶尔在甲板上站一会儿，一步也没有下过商船。一来，十几日的海上行船，让她的身体很不舒服，需要好好休息；二来，梦意如不时会派人请她过去，她都以身体不适婉拒了，懒得应酬。吩咐了老尤给梦意如送去银子和货物，让她小赚了一笔，她也不多为难，货物很快就装船了，现在就等着通关文笺。

商君百无聊赖地随手翻着一本杂书，算算时间，今日该是通关文笺发下来的日子，到现在也没有消息，莫不是，梦意如又有什么花招不成？

商君正思量着，一个年轻的船员在舱外大声吆喝道："商公子，外边有位姑娘找您。"

"好，我知道了。"商君利落地起身，走出船舱，不出所料，果然是兰伊。商君点头笑道："兰姑娘。"兰伊一副公事公办的样子，冷冷地回道："通关文笺已经办妥，我家大人请公子过府一叙。"看来这次是逃不掉了，也好，她再去会会那位梦大人。商君坦然说道："有劳兰姑娘了。"

两人一路上没有交谈，一前一后地走着，快到商监司门口的时候，兰伊忽然停了下来，转过身时，手里拿着一个淡蓝色的信封，递到商君手中，兰伊轻声说道："交给毕弦。谢谢。"商君接过信封，轻薄如蝉翼，或许里边只有寥寥数语，商君却能感受到兰伊书写它的沉重。把信小心放入袖口，商君回道："兰姑娘无须客气。"

兰伊转身走了两步，又停了下来，商君只听见她低低的声音传来：

"梦大人虽爱美色，但是更爱财，你自己小心。"说完她便头也不回地匆匆进了商监司。商君轻轻扬眉，爱财？梦意如何止是爱财，简直就是贪婪。带着淡淡讽刺的笑容，商君缓步踏入商监司的大门，这次或许是梦意如早有交代，女将没有多询问，商君一路顺畅地走向书房，站在门前，轻咳一声，笑道："梦大人。"

"商君来了，快坐。"梦意如立刻起身迎了上去，态度与上次大相径庭。商君出手之阔绰，她甚是喜欢，再则她已将商君增开商船的事情上报朝廷，自然不忘吹嘘是她极力争取的结果，斐大人大喜，还多番夸奖。商君现在的身份当然不同于初见。梦意如上下打量了商君一番，才笑道："多日来，听说你病了，今日看来，气色不错啊。"

商君微微拱手，笑道："调理了几日，好一些了。"

"那就好，那就好。"将书桌上的通关文笺拿在手上，梦意如得意地笑道，"这通关文笺我可是按约定给你办下来了。"

也吃掉她不少银子，商君心里暗斥，脸上依旧是商人的笑容，回道："梦大人办事雷厉风行，让人好生佩服。"

梦意如大方赞道："商君的实力也让人大开眼界。"看了文笺上的入货清单，她也不免惊叹，商君居然入了如此多的货物，而且入的货与毕弦选择的大为不同，大多是海域珍宝，这些物件可是不便宜。

"哪里，大人过奖了。"商君无所谓地笑笑。

梦意如将文笺放在桌上，推到商君面前，轻拍商君的手背，意有所指，暧昧不清地说道："其实我俩若是能多多沟通，常常往来，这关系自然是别人难比的。我能帮你多担待着的就会多担待些，你放心。"毕竟海域有些东西是不许上船出港的，若是他肯就范，她自然会给他不少好处，只是有些话不便明说，他若是聪明人，自然知道。

商君当然知道，尤其是一只肥硕的手若有似无地在她手上来回轻抚的时候，她就更是再明白不过了。商君的怒气隐隐由心底而升，她压下恶心的感觉，轻轻收回手，故意将脸别开，回道："那就要多谢大人了，以后商船常常进出海域，还得劳烦大人了。”商君的脸色微变、不识时务的样子，有些惹恼了梦意如。她尴尬地收回手，轻扬语调，故作为难地说道：“这是自然，不过港口船只甚多，我就怕顾不过来。”

她这算是威胁他？商君冷笑，她以为别人的钱就这么好拿。双手环于胸前，商君冷冷地回道：“据我所知，每年往返海域的商队，除了我们从东隅出海外，燕芮也有一支商队自西海而来，应该就没有别的商队了吧。如果还有，这就说明海域每年外运的货物很多，那我就没有必要一年来四次了。”你忙是吧，那我就让你没得忙好了。

原以为商君是个生意人，逐利是一定的，他若是从了她，其中的好处他应该知道。谁承想，商君竟是如此不识时务。看他微怒的表情，梦意如立刻打圆场道：“不不不，我不是这个意思，我的意思是海域的渔船也很多，平日里公务繁忙，照顾不到。”她已经上报朝廷了，他可不能说来就来，说不来就不来，这可不是闹着玩的，再则他来一次，自己就能得不少好处，心下虽然垂涎商君的美色，却也不好因小失大。

那副官场算计的嘴脸没来由地让商君看得烦厌，她拿起桌上的文笺，起身说道：“通关文笺既已办妥，我就不打扰大人了，待会儿就离港了。”

梦意如急道：“这么急？那商君下次何时会来呢？”

“四月之后，商队自然会前来。商君告辞了。”说完商君大步流星地跨出书房。梦意如轻抚着刚才握着商君的那只手，他的皮肤比她想象中的好呢，就是脾气大了点。不过她就是喜欢那不怒而威的霸气，下次，下次她一定和他好好培养感情。

老尤指挥船员检查船上的用具，看见商君面色不悦地走上船，手中拿着方巾用力地擦拭着手背。进出海域多次，老尤猜也猜到，商君在气什么。老尤并不点破，上前一步，问道：“商公子，货已备齐了，是要今晚出港吗？”商君点点头，回道：“对，现在就走。”

“好吧。”抬头看看天色，并未全黑，天边有几丝红得不寻常的妖艳霞光，空气中咸湿的闷热气息让人莫名地有些不安，但是有什么不妥，老尤也说不清楚。想了想，他还是大声吆喝道：“准备出航了。”

萧纵卿一直坐在甲板上，看商君的脸色不太对，跟着她进了船舱，问道：“商君，为什么这么急着走呢？”

站在窗边，看着满天红霞，她心中的怒意已消退了不少。商君摇摇头，轻声回道：“没什么，早些回去也好。”无论是在哪个国度，无论是男子为尊，还是女子掌权，一样都是如此肮脏的官场交易，一样是掌权者恃强凌弱，可恨的是她无法改变什么，唯有迎合这种肮脏丑恶，这是她愤怒的原因，说是在气梦意如，不如说她是在气自己。

萧纵卿感受到商君隐忍的愤怒，却不知她在愤怒什么，就好像他不明白商君为什么要女扮男装，为什么总好像有说不出的苦楚和故事。此刻，他觉得自己根本不懂商君，这让自己有些心慌起来。船已起航，在波浪起伏间，慢慢下起的细雨，打湿了窗棂，天地一片灰蒙，分不出哪里是海，哪里是天。海上风浪渐大，让人几乎有些站不住，萧纵卿劝道：“商君你坐下来吧，风浪好像有些大了，待会儿你又要晕了。”商君一脸平静，轻声回道：“我没事。”

萧纵卿不喜欢商君这样的表情，好像没有人能走进她的心里。萧纵卿深吸一口气，说道：“商君，我有件事想告诉你。”他要告诉商君，他喜欢她，他想要走进她的世界。

商君依然看着船外，背对着萧纵卿，并不很在意地问道：“什么？”

萧纵卿对着商君清冷的背影，他或许有勇气说出来，于是握紧双拳，暗暗咬牙，说道：“商君，我，我喜欢——”话还没说完，船忽然剧烈地晃了起来，两人都没站稳，后退了好几步。只听见外边传来一声巨响，然后就是甲板上纷纷扰扰的脚步声和低吼声。雨势渐大，从窗外看去，只觉得到处都是水，打湿窗棂的不知道是雨水还是浪花。

“怎么回事？”商君皱起眉，隐隐有一种不好的预感袭上心头，拉开舱门，一阵狂风夹杂着水雾袭来。商君抓紧船舱旁的扶手才勉强能在巨浪中行进的船上走动。萧纵卿也紧跟其后，两人一阵摸索，好不容易出了船舱，却被眼前的一幕惊呆了。天地间一片昏暗，乌云滚滚，闪电划破长空，仿佛一条条银蛇穿梭于云层波涛之间。刺目的闪光，映照出风暴下深海暴怒的狰狞。雨比想象中的大，和着狂风，砸在脸上，让人睁不开眼睛。巨浪荡得比船更高，不时扑向甲板。商君和萧纵卿才走出舱门，就已经被雨水和浪花打得浑身湿透。

甲板上，老尤和几个年轻的船员正拿着几捆麻绳向船尾奔去。商君踉跄地走过去，大声问道："老尤，怎么回事？"即使商君已经用了最大的声音，在惊涛骇浪的海面上，仍几乎被狂风吹散。

老尤扶着商君，在他耳边大声回道："忽然起了风暴，看样子不会这么快结束。"是他的失误，看到满天异样的红霞，却依然自大地认为，在深秋时节少有风暴，结果居然遇上了如此大的暴风雨。

船晃得厉害，商君紧紧地抓住船边，才勉强站住脚，急道："现在回港还来得及吗？"才出港一个多时辰，现在回去避一避也好。

老尤摇摇头，沉重地回道："不行，飓风是向海内吹的，现在根本回不了港口，只有顺着风向继续走，出了风暴的范围就好了。"现在是退无可退，只有顺风闯过去了。萧纵卿站在商君身后，一只手紧紧地拉着商君的手，一只手抓住船边的麻绳稳住身子。雨越下越大，他用力抹了一把眼睛，才算看清了眼前的情景。船在风浪中如一片无依的落叶，失控地打着转。萧纵卿不解地问道："为什么船一直在打转？"

老尤指着船尾巨大的船帆，回道："主帆的桅杆断了一边，船帆固定不了，船把不住方向。"商君回头，风雨中只见船帆在剧烈地抖动着，传来啪啪的巨响，商君抓住老尤的衣袖，叫道："带我过去看看。"

"不行。"老尤用力摇摇头，回道，"浪太大了，你们不习惯风浪中行走，一不小心就会掉下海里，而且商公子你还晕船，还是到船舱里好些。"他瘦成这样，狂风都能把他吹跑了。

"我现在没事，老尤，别说这么多了，先过去看看。"才上船一会儿，前两天又休息得很好，商君只觉得有些眩晕，还能支持。是她执意要在晚上出港，遇上风暴，她责无旁贷，不去一看究竟，她心有不安。放开抓着老尤的手，商君扶着船边，艰难地向船尾走去。

“商君等等我！”即使抓着麻绳的手已经麻木，萧纵卿仍是要跟着商君走向船尾，他怎么可以连一个女孩子都比不过。

“商公子！”老尤大喊，商君消瘦的背影依旧坚定地在狂风中艰难行进，老尤无奈地背起一捆麻绳，走在商君和萧纵卿身后。来到船尾，商君看见十几个船员都集中在这里。抬头看去，三角形的主帆右下角已经崩脱，在狂风暴雨下左右翻飞，几个船员已经好不容易抓住了布脚，用麻绳捆紧，却是怎样也不能在如此大的风力下将船帆系回去。

看见老尤，一个老船员手中紧拽着麻绳，嘴上大吼道：“老尤，不行，风太大，船帆根本绑不上。”老尤将麻绳往脚下一放，也冲了过去，合力拽着仍狂动不已的船帆，对着船员说道：“绑不上也得绑，多来几个人，一定要把船帆固定，不然我们只能在风暴中央旋转，最后卷入旋涡。大家一起用力！”

“一二三，一二三——”在老尤的指挥下，船员很快分别拉住两根绳索，和着节奏，船帆终于一点一点地靠近桅杆。用脚蹬着桅杆固定身子，老尤脸憋得通红，对着身旁的小船员艰难地说道：“快！绑上去！”

小船员手忙脚乱地将麻绳绕过桅杆，却还是差一点点，老尤大喝一声：“加——把——劲！”憋足一口气，所有人的身子都尽力地向船桅的方向用力，即使肩膀手掌早已磨破，那股劲仍不松懈。终于，就在那一点点的靠近中，船帆捆回了桅杆上，船仍是在巨浪中颠簸，却不再旋转。一股劲一松，包括老尤在内，一群人全都倒在地上大口大口地喘着气，任雨水冲刷，脸上却是爽朗的笑容。

商君眯着眼，深深地敬佩着这群不惧惊涛骇浪、狂风暴雨的汉子。就在众人都松了一口气的时候，商君忽然听见桅杆顶端发出奇怪的声音，即使在暴雨下，依然清晰，想要细看，却被雨水冲得睁不开眼。显然老尤也听见了，商君看不清，常年在海上往来的老尤却是看得一清二楚，瞬间脸色变得惨白。原来松了一口气的船员看老尤表情诡异，纷纷抬头看去，一看之下，皆倒吸了一口凉气。桅杆最上方的船帆松了。惊恐地看着三丈有余的高杆上摇摇欲坠的船帆，老船员急道：“怎么办？要是主帆掉下来，风暴这么大，绝不可能再绑上去。”刚才只是那些小的一角他们就已经精疲力竭，桅杆之上他们根本无能为力。

“爬上去加固它。”老尤牙一咬，叫道，“拿绳子来。”

船员们面面相觑，却没有一个人拿。老船员摇摇头，苦叹道：“老尤，风浪这么大，不可能爬上去的。”

主桅杆少说三丈有余，杆体笔直，上面只有几个简易的木桩子供攀爬。平时阳光明媚、风平浪静的情况下，也只有经验丰富的老船员才能爬上去，现在狂风暴雨，杆子湿滑，晃得厉害，怎么可能爬上去。弯腰捡起一捆麻绳背在肩上，老尤面色平静地回道：“不可能也要试一试，不然就是等死！”老船员抢过麻绳，说道：“那我去！”

“我去！”“我去！”几个有经验的老船员纷纷涌上前去，老尤大喝一声：“胡闹，桅杆这么高，一不小心被风暴掀下来，必定掉到海里，这样的天气掉下海就是一死。”老天似乎为了迎合老尤的话，一声惊雷适时响起，那要将天地劈开的气势让人心惊胆战。

“走开。”老尤夺回麻绳，趁着他们没回过神来，蹬掉鞋子，独自攀爬在光滑笔直、摇摆不定的桅杆上。所有人的心都提到了嗓子眼，谁也顾不得雨水砸在眼睛里是什么滋味，只是眼光一刻也不肯离开老尤那艰难向上的身影。雨水顺着桅杆流下来，即使老尤脱了鞋，在湿滑的桅杆上，还是寸步难行，往上爬上一点，又滑下一截。如此反复几次，他才爬到不过三分之一处，却已经精疲力竭。风暴似乎在和他们作对，越发猖狂起来，小船此刻就只是它的玩具，任其蹂躏。一个巨浪打来，船上的人踉跄跌倒，老尤也从桅杆上摔了下来。

“老尤。”所有人都围了上去。商君急道：“你怎么样？”老尤摇摇头，扶着腰，缓缓地坐了起来。好在老尤爬得不高，摔在了船上，若是再高一些，跌到海里，就难逃不测了。

主杆上绳索与桅杆摩擦的声音越来越响，飓风下，仿佛随时就要掉下来。老尤惊道："主帆快支持不住了。"老尤挣扎着还要站起来，被一只并不厚实却有力的手按了下来。商君拿下老尤身上的麻绳，说道："我来吧。"

"商君你不行！"萧纵卿瞪大眼，他亲眼看见老尤这样壮实的男人都被风浪掀了下来，何况商君这瘦弱的女子。

船员都是一脸惊恐不信地看向商君，连老尤都做不到的事情，他又怎么可能做到，这不是找死吗？老尤大惊，叫道："商公子使不得。"

商君走到桅杆下，指着杆头，问道："你们谁能跃上杆顶？"

跃上？爬上都困难，怎么可能跃上去。

商君朗声说道："我能！"她也知道，这条船上只有她能。即使现在已被风浪转得头晕目眩，她还是要去。

"商君——"萧纵卿见识过商君的武功，这桅杆她确实能一跃而上，但是现在毕竟不是在平地上。

"别说了，我一定要去。"容不得多想，眼看船帆就要倒下来了，拿好绳索，商君提气于胸，一跃而上。或许是飓风太强，或许是商君身体不适，她没能一跃到杆顶，只是上到一半，商君脚踏桅杆，再次借力而上，最终还是上了杆头。下面的船员都看傻了眼，纷纷叫好，他们怎么也没有想到，看上去瘦瘦弱弱的书生居然身怀武艺。

杆头上没有立足点，商君只有用脚勾住杆子，手上麻利地绑上船帆加固，就在她绕了一圈之后，原来的麻绳应声而断。再晚一点，船帆就要掉下去了。商君刚想松一口气，只觉得手中一紧，没有了原来的绳子固定，船帆上承载的风力一下子转移到了商君手中的麻绳上，力量太大，商君几乎抓不住。紧咬牙根，她将麻绳用力扯紧，不一会儿，麻绳上尽是血痕，随着雨水的冲刷，一点一点的殷红血迹顺着手腕滴落。

她只知道要尽量将绳子缠绕在桅杆之上，终于，也不知道缠了多少圈，打了一个死结，总算是固定好了。

“绑好了，绑好了。”下面船员欢呼着，萧纵卿却紧张得直冒冷汗，大声叫道：“商君你快下来。”她的脚一刻不踏在船板上，他的心一刻悬着。

商君浑身湿透，被雨水砸得有些恍惚，眼睛睁不开，耳朵也只听见嘈杂之声，看不见也听不清。一阵狂风刮过，她原来钩着的船帆膨胀起来，脚下没了支撑，商君只觉得自己被一股巨大的力量抛了出去。像一只断线的风筝一般，从杆顶飞了出去，雪白的身影在风雨中还来不及看清，已经没入汹涌的怒涛之中。

“商君！”萧纵卿趴在船沿上，死死地盯着波涛汹涌的海面，浪花狂乱地相互拍打着，追逐着，形成一个个旋涡，仿佛想要将一切都吸入冰冷而寂寞的海底。商君的身体落入大海之后，就失去了踪影，萧纵卿一遍又一遍地喊着她的名字，却只有越来越大的暴雨和撼人的惊雷猖狂地回应着。

“商君——”萧纵卿觉得自己的心似乎狂乱得快要从嗓子眼里跳出来，又似乎没有了跳动的力气，死寂而沉闷。他就这样看着商君在他眼前掉了下来，然后消失在大海里，他就要这样失去她了吗？不，商君一定没有死，她还在海里等着他去救她。萧纵卿眼里心里全是商君在海底挣扎的情景，他推开身边的船员，爬上船沿就要往汹涌的大海里跳。

“小卿，不行，你不能跳下去！”好在船员们眼疾手快，几个人扑上去把他拽了下来。他如此冲动，老尤又是惊又是气，怒道：“你疯了吗？水下到处是旋涡，跳下去必死无疑！”

“商君！商君还在下面……”萧纵卿哪里听得进这些，挣扎着要站起来，谁想他并不强壮的身材，在一番推搡下，竟然将几名船员拖倒在地。可惜毕竟是十来岁的少年，再怎么发狂，还是被狠狠地按在甲板上。萧纵卿实在爬不起来，大喊道：“老尤，放开我。商君还在下面！求求你们，放开我！”雨水打在他年轻的脸上，看不出是泪水还是雨水，但是那几近哀求的呼喊，让老尤的心也疼痛不已。傻孩子，怎么就这么倔呢。他何尝不想救商君，如果跳下去能救，他早就跳了。别过头去，不再看向萧纵卿，老尤对其他船员大声说道："稳住船舵。各个方向都找一找，看见商君立刻汇报，快！"

即使所有人都努力地在翻飞的浪花间寻找那抹雪白的身影，但是依然一无所获。老尤握紧拳头，狠狠地捶向桅杆，他刚才就应该拦着商君，不让他上桅杆，他也不会出事了。老船员忽然拍着老尤的肩，说道："老尤你看，连着杆顶的绳索也落到水下了，如果商公子抓着另一端，我们还有可能找到他。"老尤抬头看去，绳索确实是从杆顶垂落下去的，老尤大喜，叫道："快，把绳索拉上来。"船员们一拉绳索，立刻有了希望，因为绳索的另一端有重量，大家来了精神，合力往上拉。终于，那抹白色的身影破开浪花，再次出现在众人面前。

"是商公子！""真的是商公子！"再次看见他，船上立刻一片沸腾。老尤最为激动，拉着麻绳，大声喝道："快拉。"

萧纵卿听到众人的欢呼，原来悲鸣的心又注入了希望。他推开身边的人，看向海面。商君紧闭着眼睛，似乎已经失去了意识，好在手还紧紧地绕在麻绳上。萧纵卿冲上前，和船员一起拉着绳索，嘴上对着商君大叫道："商君，你抓紧绳子，别放手。一定不能放！"

商君觉得自己被卷入了一片黑暗中，身边有无数股力量或轻或重地推搡她，她胸口好痛，痛到不能呼吸。她想动，但是不管多么努力，身体就是不由她控制。渐渐地，她累了，什么也听不见，沉浸在黑暗中漂荡着，沉浮着，身体上的疼痛仿佛在慢慢消退。眼前闪过爹爹爽朗的笑容、娘亲亲昵的爱抚、师父严厉的教导、笑儿甜甜的笑容，没有刻骨的仇恨，没有血腥的屠杀，他们都在她的身边，温柔地看着她。商君再也不想动，不想思考，不想努力，不想坚持，这就是死的感觉吗？原来并不可怕。

商君几乎沉溺在这样的感觉中，手忽然被一股强大的力量提了起来，那股力量将她带离了那片宁静的地方。她的胸口又开始疼了，手也被扯得厉害，好像快断掉了，耳边又响起了嘈杂声，是谁？是谁在叫她的名字？叫她不要放手，叫得那样声嘶力竭，让人痛心。

用尽全力睁开眼睛，却只睁开了一条缝，蒙眬间，她看见三儿焦急的脸，他是在哭吗？不是，应该是雨水吧。她好累，眼皮终于还是抵不过疲倦，慢慢地垂了下来。

“商君！商君！商君——”她的脸色一片死灰，就连唇也泛着吓人的紫色。萧纵卿抱着商君冰冷瘦弱的身体，不敢摇她，除了一遍一遍地叫她的名字。他不知道还能干什么，只是那颤抖的声音，连他自己都不认识。

老尤从有点傻掉的萧纵卿手里接过商君，将他平放在甲板上，使力按压着他的胸口，几次过后，商君一阵轻咳，呕出了不少水。老尤暗暗松了一口气，拍拍萧纵卿的脸颊，说道：“小卿，他没事的，先扶进舱里去。”

萧纵卿终于回过神来，抱着商君踉跄地往船舱里走去。

进了船舱，老尤拿出几床棉被，说道：“你们赶快把他的湿衣服脱下来，我去生火炉。千万别让他着凉，在海上发热就糟了。”几个跟进来的船员拥了上去，七手八脚地就要解商君的衣衫。萧纵卿忽然想到商君是女子的事实，他推开船员的手，拦在商君身前，大吼道：“住手！”

船员们面面相觑，不明白他要干什么。萧纵卿也不知道应该怎么解释，不自在地说道：“你们都出去，我来就好了。”老尤微微皱眉，小卿的脸为何莫名地红了起来，他对商君，莫不是——这孩子怎么……“哎。”轻叹一声，老尤摆摆手，说道，“算了，走吧，你们回船尾把好船舵，船还在风暴中心，一切要小心。这里，就交给小卿吧。”出门前，老尤若有所思地看了萧纵卿一眼，最后还是什么都没说退了出去。

船舱里又只剩下萧纵卿和商君，萧纵卿的手几次放在商君衣领上，又放了下来，商君是女子，他这样解她的衣服，岂不是坏了她的名节？管不了那么多了，救人要紧，若是商君介意，那他娶她好了，反正他也喜欢商君。一番自我说服之后，萧纵卿屏住呼吸，轻轻地解开了商君的外衣，衣服湿湿地贴在身上，想要解下来不容易。萧纵卿将她揽在怀里，不敢乱摸，先小心翼翼地脱下外袍，接下来是缠在胸前的束布，这就更难了。萧纵卿的额头布满了细汗，他深呼吸了几下，才将手伸向商君胸前的束布，可是找了半天，也不知道应该怎么解，这也缠得太紧了吧?

商君恍惚间，觉得有人在扯自己的衣服，努力地睁开眼，就看见萧纵卿的手在她胸前拉扯着，惊得她赶忙叫道:“你干什么?”

虚弱的身体，让她的呵斥显得软弱无力。萧纵卿看向商君，见她醒了过来，开心地笑道:“商君，你醒了?”想想现在暧昧的姿势，萧纵卿的脸一下子烧了起来，他赶紧收回手，解释道:“你不要误会，我是想帮你把湿衣服脱下来而已。”

商君艰难地坐起身子，往后退到床里面，回道:“不行。”

“你这样会生病的，不要倔强了。”萧纵卿又想上前，商君抓起旁边的被子抱在胸前，大叫道:“我说不行!”

萧纵卿一愣，抓抓脑袋，有些不好意思地说道:“我知道你是女子，不方便让我给你宽衣，但是你的湿衣服不脱下来不行，你让我帮你好吗?我保证不乱看不乱摸。”说到后面，还举起两只手指头作起誓状。

商君大惊，低吼道:“你胡说什么?”他怎么会知道自己是女子，难道他刚才……

萧纵卿低声说道:“我没有胡说，来的时候看你吐了一身，我帮你收拾时无意中就发现了。”他说完，商君的脸色越发灰暗，原来就惨白的脸，现在更是吓人。不能让商君再这样僵持下去了，要是真的引起热病可怎么办，萧纵卿坐在床沿，认真地说道:“商君，我不知道你为什么要隐瞒你的身份，我也不想管，但是你的命我一定要管。如果你不让我帮你，我只好不顾你的意愿了。”

三儿的性格她很清楚，他说到做到，商君赶紧说道:“等等，我自己可以。”萧纵卿怀疑地看着她。商君轻轻点头。

背过身去，萧纵卿闷闷地说道:“你自己来，要是不行，你叫我。”

商君看着萧纵卿僵直的背影，不禁哭笑不得。商君低叹道:“三儿，你能不能出去?”

“不行，要是你晕倒了怎么办?如果你不放心，我再蒙上眼睛。”说完他真的拿起旁边的布巾将自己的眼睛蒙上。

“我——”商君不知道自己还能说什么。罢了，她小心地解开胸前的束布，缠绕了太多层，光是解开它就耗费了商君全部的力气。好不容易将身上的湿衣服全部脱下，商君才发现，她没有干的衣服可以换，无奈之下，她只能把两床被子裹在身上。

眼睛被蒙上，耳朵就会特别敏锐，身后窸窸窣窣的布料摩擦的声音，还有商君轻浅的呼吸声，都让萧纵卿紧张得心跳加速。好久之后，萧纵卿低声问道：“好了吗？”

商君低头看看自己，回道：“好了。”应该算好了吧。

解开布巾，萧纵卿转过头来一愣，她这是干吗？身上堆满了被子，只露出一个头。但是看向旁边放着的湿衣服，萧纵卿明白过来了。这么说，被子下面，商君什么也没穿了？即使商君现在包得严严实实，萧纵卿还是没来由地一阵燥热。他们这么对看不太好吧。

“我——”别开视线，萧纵卿转过身，有些手足无措地说道，“我，我去拿火炉。”萧纵卿走到门边又走回来，在衣柜里帮商君找了一套衣服放在床边，才又急急地走出去。

“三儿。”萧纵卿停下脚步，却还是没回头。商君想了想，低声问道，“我是女子的事，你还和谁说过？”萧纵卿背后一僵，他有些赌气，冷淡地回道：“你放心吧，你的事我一个字也不会和别人说。”

嘭的一声，门关上了，商君抚着自己的头，好疼。她没有想过三儿会知道她是女子的事情，这件事，她对谁也不想说，只想自己努力变强，然后为爹娘报仇，她甚至害怕别人知道她是女子的事实。她承认，现在脑子里一团糨糊。抓过衣服胡乱地穿上，商君还是把自己包裹得好好的，因为她觉得从头到脚都冷，没有一处不痛，却又怎么也睡不着。一会儿之后，萧纵卿在门外低声问道：“我能进来吗？”

“可以。”门被轻轻推开，商君不得不佩服萧纵卿，在这么晃的船上，硬是端进来一个火盆，火盆里还放着一碗姜汤。

把火盆放下，萧纵卿用布包住碗，把姜汤递到商君手里，闷闷地说道："喝点姜汤，好好休息。"商君接过，一股暖流从手中直达心底。

背对着商君，萧纵卿坐在火炉前，一句话也不说地帮她烘烤湿透的衣服，自己一身湿漉漉的却不管。商君看着他冷硬的背影，低叹一声："三儿，谢谢你。你在生气？"他应该生气的，是她先女扮男装骗他，现在还怀疑他。

萧纵卿转过身，气恼地回道："对，我在生气，气你不肯告诉我你是女子，气你明明是女子，却比男子更要强，气你不懂得照顾自己，气你不相信我。"而他最气的，是他自己，他竟然不能保护她不受伤害！

"对不起。"除了说这个，她不知道还能说什么，低下头，商君黯然地说道，"我假扮男子，有我的苦衷。这里边关系到我的家仇，所以我才不想让任何人知道。就算再辛苦、再难熬，付出再多，我也会坚持下去。"

隐忍的坚持在那沙哑的嗓音里缓缓流淌，这样的商君，让萧纵卿心疼，他放下手中的衣服，说道："你这么辛苦，让我帮你吧。"他想为她承担，想让幸福的笑容出现在她脸上。商君坚定地摇摇头。

"为什么？"

"这是我自己的事情，不想连累任何人。"她要靠自己的力量，完成她的使命。"我不怕你连累。"她要他说多少次！

商君苦叹道："我怕！"她真的怕，她怕拖累他，怕有人因为她而卷进那场杀戮，怕再看见血溅黄沙的凄厉景象，那是夜夜纠缠她的噩梦。

"你！"萧纵卿大怒，站起身，吼道，"你就是不相信我能照顾你，帮你，对不对？"三儿那倔脾气又来了，商君无奈地说道："我不是这个意思。"

"你就是。在你心中，我就是个任性的孩子，你从来就没有把我当一个男人看待，对不对？"说着，萧纵卿居然爬上床，瞪着商君的眼睛里有怒火，也有不甘，甚至还有委屈。

"三儿，你……"商君被这样的萧纵卿吓到了。

萧纵卿怔怔地盯着商君，一咬牙，大声地说道：“我喜欢你，我想照顾你，想保护你，想——想娶你！”其实，说出来这句话，也没有这么难嘛。萧纵卿觉得一身轻松，他早就应该说了。他轻松了，商君却惊呆了。娶她？商君拍拍脑袋，她是不是听错了，还是摔傻了？这时候，她倒是真的希望自己是摔傻了，但是萧纵卿无比认真的眼神告诉她，他说的是真的。

冷静，冷静，暗暗调息之后，商君小心地往后挪了挪，温和地劝道：“三儿，我知道你喜欢我，但那是因为你娘亲走得早，一直都是哥哥在照顾你，所以你对我的喜欢，其实，就像对姐姐一样，等你再长大一些，你会发现，有很多好姑娘——”

“够了！”抓住商君的肩膀，萧纵卿逼近，一字一句地说道，“我说，我喜欢你。男人喜欢女人那种喜欢。”她还是以为他是小孩子，什么都不懂吗？他要她知道，他就是非商君不可！

萧纵卿的脸几乎贴在她脸上，灼热的呼吸喷洒在她的脸上，痒痒的。放大的俊颜让商君有些呼吸困难，而他热烈而坚定的眼神，竟让她莫名地有些心慌。此刻的他，不再是那个阳光下痞痞笑着的男孩了，他现在是一个男人。商君背靠着墙，咽了咽口水，低声说道：“三儿，你听我说——”

他就是听太多了，他现在不想再听。真应该堵上这喋喋不休的唇，而他也真的做了，用他的唇。

“嗯……”萧纵卿的脸忽然在她眼前放大，她只觉得一股温热的气息袭来，唇上一热，一种不可言喻的酥麻自唇间传到心里……

啪！一个巴掌打下去。“你知不知道自己在做什么！”

商君用手背使劲地擦着嘴唇，以此来掩饰自己呼吸急促的窘态，三儿居然吻她。怎么可以！她一直都把他当成弟弟一样对待，嘴上温热的气息还在，商君却觉得自己仿佛身在冰窖里。

脸上火辣辣的，一个暗红的五指印赫然留在萧纵卿的右颊上，他却仿佛感觉不到痛一般，怔怔地看着商君，一字一句地说道：“我从来没有像现在这样肯定自己想要什么。”

“萧纵卿!”商君气结。

“我说过，我喜欢你，不是什么该死的姐弟之情，我不会吻自己的姐姐。”他爱上她了，从什么时候开始他不知道，但是在这一刻，他无比坚定。商君本来就疼的头，现在就像要炸开一样。冷静，她一定要冷静，不能被三儿影响。商君扶着前额，深深地呼吸，好一会儿，才抬起头来，缓慢地回道：“好，我不管你喜欢我，是亲人间的依赖，还是男人对女人的喜欢，总之我不会和你谈这些儿女情长的事情，你想要娶妻生子，就该去找个和你门当户对的姑娘，不要在我身上浪费时间了。”他们，根本不可能。

“为什么?”萧纵卿不明白，他们俩不就是门当户对吗？轻轻蹙眉，萧纵卿问道，“你不喜欢我?”商君在心里暗暗叫苦，不知道怎么解释，她只好如实说道：“不是针对你，我活着的意义是去完成我的使命，现在我没有心思，也没有资格谈情说爱。”一个背负着血海深仇的人，拿什么去爱?

“我可以帮你完成你的心愿，我可以陪着你、保护你。”商君会女扮男装，这里边一定有缘由。萧纵卿早就猜到她是一个有秘密和故事的人，这不影响他喜欢她！要怎么说他才会明白呢？商君摇摇头，叹道：“你不明白这其中的利害，我不想你牵扯其中。”

萧纵卿终于气恼地大叫起来：“说来说去，你就是不要我帮你，就是把我当成外人。或者，在你心中，我根本就是一个孩子，你不相信我能帮你、保护你！对不对?”

“三儿!”商君头痛欲裂，身上一阵冷一阵热，还要面对萧纵卿泼皮无赖一般的叫嚣，她火了，忍不住吼道，“你看看你现在这个样子，任性，倔强，自以为是，你不是孩子是什么？你说你要帮我，要保护我，凭什么帮我，凭你是萧家的三少爷？凭你莽撞行事的性子，还是凭你天下无双的倔脾气？我要做的事不是闹着玩，它有可能会让你还有你们萧家家破人亡，万劫不复。你什么都不知道，却只会叫嚣生气，你让我怎么把你当成一个大人来看待?”即使是骂这么几句，商君就已经低喘不已，靠着墙壁，额头布满了细细密密的薄汗，喉咙里像是要冒火一样，每说一句话，都是一种煎熬。商君想到萧纵卿待会儿还不知道要怎么闹腾，心里一阵无力。

只是久久商君都没有等到萧纵卿的怒吼，她缓缓抬起头，只见他木然地盯着那盆火，浑身上下充满了恼怒又冷然的气息。商君从他的侧脸看去，在他牙根紧咬的脸颊上，一道道冷硬的线条显示着他正在克制着自己的脾气。

船舱里，安静得只听见外面海浪狂风拍打着船舱，还有木炭吱吱燃烧的声音，商君暗暗自责，是不是她说得太过严厉了，三儿不过是一个十多岁的少年，而且他对她，真的是尽心尽力了，她不该这么说他。

刚想开口道歉，萧纵卿平静微低的声音缓缓传来：“你的心里，只有你的心愿、你的使命是不是?”

商君一怔，如实回道：“是。”灭门之恨，她一刻也不敢忘记。

“如果完成了心愿，你就会像其他女子一样简单而快乐地生活，相夫教子？是不是?”

“三儿?”商君看着他平静得有些古怪的样子，不免有些担心。

抬起头，一双墨黑的眼不容她躲闪地继续问道：“是不是?”

是不是？商君问自己，报了家仇，她也没有什么好牵挂的了，应该就能过平静的日子了吧，如果，她还有命在的话。商君心里暗暗自嘲，淡然回道：“或许是吧。”就在商君以为他还要说什么的时候，萧纵卿漠然起身，竟是头也不回地离开了船舱。“三儿!”商君轻唤，回答她的，是一抹冷硬的背影。

几个时辰之后，船有惊无险地穿过了这场大风暴，而商君却是彻彻底底地病了，晕船加上伤风，让她十几天都不得不待在船舱里。自从那日之后，三儿就搬到老尤的房间去了，每天只有送药的时候能见到他，而他也总是默默地等她喝完，拿着空碗就走，再也不愿和她多说一句话。商君的心有些痛，她知道她伤了他，可是不这样又能怎样呢？比起将他卷入这场血战里，她宁愿他恨自己。船终于驶入了东隅港湾，商君走出船舱，站在甲板上，看着湛蓝的天空，忽然有些怅然，眼光不自觉地在港湾里搜寻了一遍，没有看见几个月前那个绝美的男子，商君失笑，她是渴望再见他一面吗？果然人对美好的事情总是记忆深刻。

商君回过头，就见萧纵卿站在离他不远的地方默默地看着她。商君走上前去，主动笑道："三儿。"

"我，回苍月了。"这是他这么多天来和她说的第一句话。商君心里有些酸楚，毕竟，他真的把她当朋友甚至亲人一般对待，如今却只能是道别了吗？即使心中酸涩，商君还是微微笑道："路上小心。"

萧纵卿轻轻点头，转过身离去。商君微微仰头，看向无边的云海，竟是不愿看那冷傲的背影就此消失在眼前。

"商君。"当她以为萧纵卿已经走远的时候，他微低的声音再次响起。商君向下看去，三儿就站在石阶上看着她，仿佛看了很久。第一次，她在三儿的眼睛里，看到了淡淡的薄雾。在穷凶极恶的贼窝里，她没有看到；在疫病危重的床前，她没有看到，但是今天她却看见了，那是心伤的痕迹吗？商君有些不知所措。萧纵卿看着船头迎风而立的商君，他知道自己现在不配和她站在一起。萧纵卿轻轻张口，低低地说道："总有一日，我会让你知道，只有我萧纵卿才能帮你实现心愿，保护你不受伤害，照顾你一生一世。"他不在乎商君能不能听见，因为这是他许给自己的誓言。最后看她一眼，萧纵卿再也没有回头地离开了港口。

"三儿！"三儿说什么，商君听不清楚，但是那坚毅决然的眼神她认得，那是三儿必做一件事时的眼神，只是这一次比平时更为锐利。他要做什么？商君莫名地有些心慌起来。

"怎么，纵卿又和你闹脾气了？"清朗的低笑声在身后响起，商君回头一看，惊道："毕弦？你怎么会在这儿？"

耸耸肩，毕弦笑道："你忘了我们之间的约定？今天是货物回港的日子，我自然是来验属于我的那一半货物。"

商君摇摇头，叹道：“果然是商人本色。”

和毕弦说话的时候，三儿的身影早就消失在了港湾里，商君黯然地收回视线。罢了，三儿的事情几时轮到她来管，不在他面前出现或许是最好的办法。她还有很多事情要去做。

看向毕弦，商君低笑道：“有没有兴趣谈另一单生意？”

毕弦温和地笑道：“说说看。”

“我已经决定，每年往返海域四次，梦大人那里也已经打点好了，每一趟船货我都可以与你对半分。”

毕弦扬扬眉毛，笑道：“条件？”这世上获得任何东西都是要付出代价的。和聪明人说话就是省事，商君也不拐弯抹角，回道：“我要苍月朝野上下、宫禁内外的大小消息。还有，先皇驾崩时关于凤凰灵柩和玄石的消息。”

看向商君，毕弦心里自有计较，商君似乎对苍月朝廷的事情特别上心，其实这也没什么，他卖消息，他买消息，不过是一场交易。只是那凤凰灵柩他确实听过，因为有人出高价买，可惜查了半天却都是些有头没尾的消息，只隐隐知道关系到皇族即位之事，他不愿惹麻烦便作罢了，今天商君再次提起，难道他与皇族有关？一番斟酌之后，毕弦回道：“前一个要求我可以答应你，每月向你通报一次苍月的消息，至于后一个，先皇驾崩二十余年，那么久的事情我无能为力。”

连查都没查，就知道无能为力？拒绝得太快了，只有一种解释，就是他一定知道什么。背靠着桅杆，商君忽然低低地笑道：“兰姑娘真是温柔可人的好姑娘，人长得漂亮，心地也好，我都有些动心了。”

“你——”毕弦瞪着商君，按行程算，他只去了六日，就能看出他与兰伊之间的情愫吗？他必是认准了他知道凤凰灵柩之事，不然何苦拿兰伊出来说呢！毕弦轻叹道：“真是什么事也瞒不过你。”这人当真有如此好的眼力，他算是服了。

商君依旧笑着，故作苦恼地说道：“兰姑娘托我带一封信给一个人，我这人就是粗心大意，一时不知放在哪里了！真是糟糕。”他就不信，毕弦不答应。

“给我半年的时间，我会给你答复。”

商君掏出袖口的信封递给毕弦，一向沉稳的他，竟是立刻抢了过去，手微颤着缓缓打开。

商君背过身去，不去打扰毕弦。正午了，初冬的日头依旧照得人眼睛生疼，港口的海风并不寒冷，吹得人很舒服，商君轻轻闭上眼，任海风将她束起的发丝吹乱。这样牵肠挂肚，欲罢不能，不放手会痛，放手更痛的可就是爱情？她还是不懂，三儿，是否真的懂呢？希望不是吧，懂了，也就开始痛了。

虽已是初冬，竹林里依旧绿意盎然，一汪清潭上，几缕竹叶悄悄飘落，辗转于波纹之间。夜深了，明月悄悄爬上湖中小楼，柔和的月光洒在寂静的小院里，只有风沙沙地吹过竹林。一片宁静。一青衣女子半靠在紫貂皮裘铺垫的躺椅上，未绾的青丝长及脚踝，披散在身侧，旁边放着几盏烛火，清茶相伴，女子随意地翻看着手中的书卷。忽然，屋外湖面上，一黑一白两个身影纠缠着打了起来。两人武功均不弱，一时难分胜负，在平静的水面上，竟也过了好几招。两人似乎未能尽兴，一跃而起，从湖面一路打到竹林之上。

放下书，走出竹屋，借着月光，女子微微眯起眼，好久才算看清那与炎雨纠缠在一起的白衣人是谁。“炎雨，住手。”清润的嗓音，成功地阻止了两人的对决，炎雨戒备地盯着白衣人，此人的武功极高，他已是用尽功力，也不过和他战成平手。白衣男子也是一脸欣赏地看着他，这么多年，能与他在水面上过这么多招的，也唯有他而已，此人内功修为必定很高。

这人永远俊得让你不能忽视，不管是烈日下还是朗月中，他都那样光芒四射。慕容舒清轻笑着走过去，站在白衣胜雪、面带微笑的男子面前，淡淡地笑道：“好久不见，商君。”

第十六章　青玉菡萏

商君转而看向慕容舒清，墨黑的长发在夜风里纷飞飘扬，脸上是一贯的轻柔浅笑，身上却只着了一件靛青长衫，虽然是在温暖的南方，但是初冬的夜风依然寒凉。商君微微皱眉，说道："入冬了，出来也不知道加件衣服，进去再说吧。"两人进了竹屋，里面暖和了很多，一盆烧得火红的木炭就放在窗边，即使有冷风吹进来，也不显得寒冷，显然舒清不会照顾自己，身边的人却把她照顾得很好。为商君斟了一杯热茶，舒清问道："怎么有空来看我？是出了什么事吗？"

"没事。"将茶握在手中，商君笑道，"我去了一趟海域，回程经过花都，就来看看你。"站在商君身侧，如她一般靠着身后的窗棂，舒清问道："海域？"她来这异世不过两年多，一直只听说苍月、燕芮，却不知道还有海域这样一个地方。虽然有炭火，夜风并不冷冽，只是舒清单薄的青衣还是被吹得翻飞作响，她在临风关待惯了不怕冷，舒清可受得了？拉着舒清到内室，商君才解释道："海域位处东海尽头，少有人知道进出的方法，所以与内陆少有往来。我这次去看过，那里十分富足，奇珍异宝也很多，我想经常与之贸易交换。"

进了内室左右看看，商君才发现舒清的房间除了一张大床、一把躺椅、半面书柜，再无其他。让舒清在躺椅上坐下，商君索性在她身边席地而坐，也不在乎自己那一身似雪的白衣。她继续说道："海域是岛国，种不出好茶，产不出精棉，那里的人很喜欢这两样东西。所以，我想和你长期购买茶叶和丝棉，如何?”慕容舒清失笑，她虽然没有盖世武功，但是身体还没有那么弱。商君的细心周到，舒清看在眼里，这样处处为人着想，却总是忘了如何照顾自己的女子，谁能不心疼呢？拉起商君的手，让她与自己并排而坐，舒清才微笑着回道：“那当然好，我正准备扩大茶园，把茶叶分等级出售，到时留些好的给你。”

“分等级?”商君一脸莫名其妙地看着手中的清茶。慕容舒清点点头，笑道：“对，我发现茶只分新茶、陈茶，品种远远不够。同一品种的茶，还应该根据产茶的土地、阳光、雨水、采摘时间的不同分等级，甚至一株茶，也可以将茶芽、茶胚细分，我要让茶卖出黄金的价格。”让茶卖出黄金的价格？商君轻轻扬眉，颇有兴致地笑道：“这个想法有意思。”

“物以稀为贵，天下间从来不缺有钱人，我也不过就是借助了人性的虚荣而已。”到最后，也不过就是让所谓的达官显贵用来附庸风雅罢了，她倒是觉得浪费了她的好茶。那些人根本不懂得欣赏和品味茶意，他们喝的不过是那份虚荣而已。好个人性的虚荣，商君摇摇头，笑叹道：“还是你会做生意。”

半倚着商君，两人背靠着背，舒清揶揄道：“你也不差啊，听说现在谁要送货物到苍月，走龙峡谷，必找缥缈山庄，你是大大地有名了。”她拿下了龙峡谷这条黄金通道，可比她的茶值钱得多。

商君用后背轻推舒清，苦笑道：“你又来消遣我。”

两人笑闹着，原来别于商君腰际的一块玉佩顺着躺椅咣当落地。舒清弯腰拾起，窗外的月光透过窗棂照在她手中的玉佩上，莹润的墨绿光华让舒清低呼：“这是?”商君微笑回道：“青玉菡萏佩环。”她第一眼看见它的时候，竟有一种心悸的感觉，仿佛与它极有缘分。细看才发现，青玉上雕刻的是菡萏，母亲最喜欢的花。她和它或许真的有缘吧。

舒清轻抚玉身，细腻润泽，圆形的雕花，让它看上去图案饱满。而最为难得的是，雕刻者对青玉的了解和喜爱都表现在这小小的玉面之间。青玉每一处自然纹理上的翡翠，都对应着一朵菡萏花苞，细致而绝美。泼墨的玉色加上极致的雕工，真是一件难得的精品。

“你喜欢?”看得出慕容舒清爱不释手，商君轻声笑道：“送你吧。”菡萏又名荷，清雅高洁，与舒清倒是般配，若她真喜欢，送她又何妨呢。

舒清却是轻轻摇头，将玉佩递还给商君，淡笑道：“君子不夺人所好。”认识她两年有余，她几时戴过什么佩件，唯有这块玉佩，她随身携带，该是深爱至极吧。商君将玉佩放进舒清的手心，慢慢握紧，爽快地回道：“君子有成人之美。”好东西送给好朋友，该是一件美事，或许舒清比她更适合这块青玉菡萏。

两人握着玉佩一阵推搡之后，忽而相视大笑起来，她们这是干什么，一口一个君子的，她们几时遵循起君子之道了？为人处世，一切不过随心而已。舒清握着玉佩，最后坦然回道：“商君，这玉佩我收下了，谢谢。”

商君摇摇头，回道：“你喜欢就好。它是在海域偶得的，我还选了一些精品，明日让人送过来。我在临风关，只想做交换贸易，不方便开店售卖，那些古玉珍宝，总是要倒卖的，不如卖给慕容家，你来出售，价格自然随你定了。”慕容舒清眼前一亮，这个主意倒是不错。慕容家原来的丝绸布匹生意确实还不错，但是没有新的产业终究不是办法，商君若能找到好的古玩美玉，她是有兴趣试上一试。把玩着手中的玉佩，舒清笑道：“看来我要准备开几家古玩店了。海域能出这么多奇珍异宝，应该是个灵气十足的地方。”

舒清虽慵懒，但是做起事来，必是言必行，行必果。商君低笑，东隅很快就会出现一家让人趋之若鹜的古玩店了。刚下船没多久，又一路奔波到花都，商君有些累，半靠在软榻上，说起海域，她轻轻扬起唇角，回道：“不只灵气十足，还奇异非常呢。”

舒清接过商君手中的空茶杯，看她笑得古怪，不禁也奇道：“是怎么个奇异非常?”

“海域民俗特别，那里女子为尊，上至君王，下至贩夫走卒，莫不如是。”

“是吗?”舒清大笑，想不到这异世也有母系氏族社会，真正是有意思得紧，“那倒有趣了，你有没有如鱼得水的感觉?”商君这样的女子，在这里，绝对担得上巾帼不让须眉，去海域自是不必说了。

谁知商君撇撇嘴，一脸沮丧地回道：“可惜，我现在是男人。”想起梦大人在她手上摩挲的肥手，她就一阵恶心。

啊?舒清忍不住地笑了出来，这世界是怎么了，在苍月，商君必须女扮男装，才能让自己屹立于天地间，而到了海域，好不容易女子为尊了，她却又是个“男人”了！怎么不让人感慨，世上的事情，多半不尽如人意。起身将手中的杯子放到书架旁，舒清才发现窗外竟然下起了细细的小雨，打在平静的湖面上，寂静无声，却是荡起了一波波涟漪。她喜欢这样清冷的雨天，如雾般的细雨，能让她神清气爽，若是人心也如这平静的湖面，是否也期待一场如这般润物无声的情丝呢?

“商君，你既然来了，就在花都多住些日子吧，临风关天气寒冷，我这有些白貂皮裘，明天让人做成皮袄，你给笑笑带回去穿吧，反正花都也穿不上。”慕容舒清转过身，只见软榻上的商君面色平静地微闭着眼睛，仿佛睡着了，又仿佛只是在闭目养神。

“商君……”舒清低唤。“嗯?”久久，商君才轻轻地回了一声。舒清低叹，她要什么时候才能好好地睡一觉，不用这样即使是睡觉的时候也警觉着。那张绝美的脸，要到何时才能绽放出柔和的笑?商君，这个不过双十的女孩子，还要苦多久?

最后，商君还是没在花都待多久，就匆匆赶回了临风关，因为快冬至了，她想陪笑儿一起过节。快马加鞭，终于还是赶在日落前到了缥缈山庄，可是，在门口迎接他的只有杨忠。

“主子，您回来了。”

“笑儿呢?”她为了让笑儿开心，不是提早修书，说今天会到吗?怎么不见笑儿?

杨忠哈哈大笑，回道：“小姐知道您今天回来，非要亲自去买您喜欢吃的桂花香蜜，侍卫护着她出去了。”三天前接到消息后，这大小姐可没少折腾，一会儿要种新的花草，一会儿又要买新窗帘，刚才又风风火火地要出门买花蜜，让侍卫去还不行。笑儿的脾气她是知道的，倔起来也是一头牛。商君失笑，问道：“去了多久了？”

杨忠看看天色，回道：“有一会儿了。”

商君干脆也不进庄了，直接将马匹交给杨忠，说道：“我去接她，晚上让厨房做酒酿丸子。”杨忠看着那抹白影急急地往山下奔去，不由摇摇头，会心一笑，这兄妹俩，都是一样的急性子。

临风关市集平日就很热闹，现在快过节了，大家都想趁早备好过节的用品，即使暮色渐浓，还是人声鼎沸。商君一路寻去，在市集门口看见一群人围在一起，不知道是什么事，不时还传来男女的对骂声。商君本来想要离开的，又觉得那女声有些熟悉，想了想，还是走上前去一看究竟。

“你不要脸！”商笑叉着腰，对着一个尖嘴猴腮的干瘦男子破口大骂。干瘦男子没想到她居然这么泼辣，忍不住喝道：“小丫头，你怎么骂人啊！”

商笑才不怕他，上前几步，继续骂道：“骂你怎么了，你就是不要脸，乘人之危。”看热闹的人见小女孩骂得爽快，管他发生什么事，先起哄讪笑再说。男子脸上有些挂不住了，推开旁边看热闹的人，指着一素衣女子大叫道：“笑话，你不识字还是不长眼啊！没看见她自己白纸黑字写着‘卖身一夜，厚葬家父’，我这是在帮她，免得她爹曝尸荒野。她还要谢谢我呢！”

原来地上还跪着一个人。众人向那女子看去，只见她身着一件素衣简裙，头上插着一根枯草，她的身后，还有一具白布盖着的尸体。女子长得倒是清秀瑰丽，但是她面无血色，眼睛直直地盯着地面，脸上也未见悲伤。任前面的两人为了她吵得天翻地覆，她甚至连眼都没有抬一下。若不是她还能跪着，真怀疑她也是一具尸体。

“你……你无耻！”商笑指着干瘦男子大骂。她本来要来买花蜜的，但是看见这登徒子对那姑娘又是摸又是捏的，人家死了爹爹已经够可怜的了，他嘴巴还不干不净的。这样厚颜无耻之徒，还敢大放厥词！她不好好教训他一顿怎么行。

“无耻？”干瘦男子哼道，“人家姑娘愿意卖，我愿意买，你管得着吗你？”商笑从怀里掏出一袋银子，晃了晃，笑道：“好，要买是吧，我买！”她决不让他得逞。

“你买？”干瘦男子忽然大笑起来，指着跪在地上的女子，一脸奸猾地笑道，“哈哈哈哈，天大的笑话，人家是卖身子陪睡，不是给你做使唤丫鬟，你买还真是浪费了这水灵灵的大姑娘，还不如让我来疼呢！”

这样污言秽语商笑哪里听得下去，冲上去就给了他一脚，骂道：“我呸！你也不照照镜子，癞蛤蟆想吃天鹅肉，没脸没皮！”

男子被她这一踢，跌倒在地。商笑本就练了几年武功，尤其是这两年，得商君指点，又勤学苦练，武艺精进不少，对付这么一个干瘦男子，自然是小菜一碟。男子从地上爬起来，抓起旁边小贩的扁担就要挥向商笑，守在一旁的侍卫岂容得他放肆，手中的长剑纷纷出鞘。

看这架势，男子咽了一下口水，又退了回去。他丢下扁担，只敢不痛不痒地回道：“死丫头，好男不跟女斗。我不和你计较，你也少来搅和少爷的美事，知道人家姑娘卖的是什么吗？走走走！”

今天真是倒霉，好不容易遇上件好事，就被一个小丫头搅和了，还无缘无故挨了一脚。这一脚他可不能白挨了，拉起还跪在地上的女子，男子说道：“小娘子，快起来，你爹本少爷会帮你厚葬的，跟我走吧。”

不知死活的东西！商笑冲上前去，拉着女子的另一只手，把银子塞到女子手里，昂着头，得意地说道：“你放开她。银子我已经付了，她应该跟我走。”干瘦男子也急了，斥道：“小丫头片子，你又不是男子，不懂就不要来凑热闹。人家姑娘卖的是初夜，买了你能用吗？”

此话一出，众人纷纷大笑起来，甚至有好事之徒吹起了口哨附和。这回换男子得意了，摆摆手，故意装出一副善意的样子，劝道：“好了小姑娘，天色不早了，你还是早点回家吧，家里人该担心了。”

商笑轻轻咬唇，她不明白他们在笑什么，难道帮助这个可怜的女子一定要男子吗？想了想，商笑微昂起头，大声回道：“我……我不能用，我哥总能用了吧，我买给我哥！”

“笑儿！”此话一出，一直隐身于人群的商君不得不出声。本来笑儿要做这样打抱不平的事情，她是没什么意见，可是这丫头知不知道所谓的“用”是什么意思，就给她捅娄子。

清朗的声音吸引了众人的视线，只见人群之后，站着一个白衫男子，旁边的人不自觉地让出一条道。男子缓步走来，看清的人无不倒吸一口凉气，男人真的可以俊帅到这种地步？白衣胜雪尽显翩翩风采，眉宇间的朗朗之气让人不敢逼视。“哥！”商笑笑颜如花地迎上去，挽着商君的胳膊，撒娇道：“你回来了，真好！”

见到商君，侍卫立刻收了刀剑，抱拳行礼道：“主子。”有主子在，即使那男人再找什么帮手，笑儿小姐也不会有危险了。商君微笑着点点头，转而看着挂在她胳膊上的商笑，故作生气地低骂道：“一来就看见你胡闹。”

心里清楚商君不会真的骂她，商笑撇撇嘴，指着还怔怔地盯着商君的干瘦男子，一脸委屈地说道：“是他欺负我。”商君失笑，这丫头武功没见长进，恶人先告状的本事倒是不小。只是自家的宝贝妹妹，她自然是宠着护着的。商君抬头，冷冷地看向站在中间的干瘦男子。

对上一双深沉冰冷的眼，男子不由自主地后退了一步，磕巴地回道：“我……我才没有！”是谁欺负谁啊？比动口她骂得他狗血淋头，比动手她那一脚他的腿估计都要瘀青好长一段时间，心里虽然不甘，不过在商君的冷颜下，却是不敢再回嘴。

轻扯商君的衣袖，商笑在她耳边轻声哀求道：“哥，我们帮帮这个可怜的女子吧，别让她被那些畜生买走，好不好？”这姑娘真的好可怜，这么久了连动也没动过。估计心已经疼到不能再疼了吧。

木然呆滞的眼神，远比哭哭啼啼的泪眸来得悲怆，那种痛她明白。商君轻轻地点点头，算是认同了商笑的做法。得到商君的认可，商笑心气更足了，趾高气扬地斜睨着干瘦男子，叫道：“我告诉你，本姑娘要她要定了，她现在是我的人，你给我有多远滚多远！”

商君暗暗摇头，这丫头是和谁学的？十足的一副痞子样！

“你……算你狠！走着瞧！”知道自己占不到什么便宜，干瘦男子也不再逗留，拖着还在痛的脚狼狈地跑了。见男子落荒而逃，商笑大笑：“快滚吧你！”众人看到没有好戏看了，也都纷纷散去。

虽然她不期望笑儿要像什么大家闺秀一样恪守礼节，但是这样大嚷大叫也实在有失女儿家的风范。商君低低地说道：“闹够了没？”商笑轻吐舌头，摇晃着商君的胳膊，嘟囔道：“路见不平人家当然要把它踩平嘛。难道要看着姑娘受辱也不管不顾吗？爹娘平时可不是这样教我们的。”

这时候她就会把爹娘搬出来了，商君无奈地轻拍她的脑袋，笑骂道：“你啊，就知道莽撞行事！”如果今天遇到的不是那没用的痞子，而是恶徒，她就知道什么是麻烦了。许久不见了，商君也不愿为这事与她闹，说道，“走吧，天色也不早了。”商笑开心地点点头，但是看着还跪在地上的女子，商笑为难地问道：“哥，她怎么办？”

商君想了想，说道：“再给她些银子，让她厚葬家人之后，还能过日子。”

“好。”商笑摸摸口袋，才想到自己的钱早就都给那女子了，她将手伸到商君面前，痞痞地笑道，“给我钱！”宠溺地轻敲了商笑的头一下，商君从怀里拿出一张一百两的银票，轻轻拍在她手心上。这丫头越来越没规矩了，自然商君不会承认这都是她宠出来的。

商笑跑到女子面前，将银票塞到她手中，笑道：“姑娘，这里还有些银子，一起给你，安葬好了家人，要好好照顾自己。”虽然她一个人很可怜，但是哥哥不开口，她也不敢将她领回缥缈山庄。商笑刚想站起来离开，手忽然被女子抓住，冰凉的手心不像是人的手。将银票塞回商笑的手中，一直没有动过分毫的女子终于缓缓抬起了头，冷冷地说道："这些已经够了。"

女子的声音冰冷而沙哑，不带任何感情和温度，眼睛里一片死寂。商笑愣愣地看着手中的银票，她为什么不要？还有人嫌钱多的吗？

女子慢慢起身，已经僵硬的脚让她有些踉跄，她走到蹲守在尸体旁的几个男子身边，将手中的五十两银子全部抛到他们面前，漠然地说道："把我爹葬在昨日选好的地方，一切都要最好的。"

其中一个男子拿起沉甸甸的银子，立刻连连点头，献媚地笑道："是是是，姑娘放心，时辰都看好了，今晚一定给您办妥。"原来她说要用最好的棺木，还要给她爹选个风水宝地，他们觉得这女人简直是疯了，身无分文还有这么多要求。想不到她运气不差，卖身还寻了个好人家。

商笑有些看不懂了，她把所有的钱都用来葬父了，以后怎么生活啊？而且她为什么不要她给的银票呢？安葬父亲，子女可以不去吗？她怎么能就这样交给别人去办？商君轻轻皱眉，这女子所作所为都异于常人，要不就是别有居心，要不就是另有隐情，而这两种情况都不是她想管的，她牵起商笑的手，淡淡地说道："走吧。"

商笑虽然觉得女子可怜，但是能做的她们都做了，接下来也帮不上什么忙了，只能随着商君离开。出了喧闹的临风关，商笑频频回头，因为那女子一直跟在她们身后，原来她以为她回家也走这条路，可是现在都快到缥缈山庄了，她还是紧跟着不放。商笑轻咬樱唇，走到女子身边，问道："姑娘，你跟着我们干什么？"

女子低垂着头，看着脚下，依旧是一脸的麻木冷漠，既不看商笑，也不回话。"姑娘，我只是喜欢打抱不平，并不是真的要买你，你不用跟着我们，回家去吧。"任商笑说来说去，女子都仿佛没听见一样，默然无语。

商笑挫败地走回商君身边，哭丧着脸，问道："哥，怎么办？"这姑娘油盐不进，根本没在听嘛。商君也看到了，这姑娘只怕谁的话也不会听，思索了一会儿，商君直接说道："走。"

商君一行都是有武功的，御气而行，很快就把女子抛在了身后，即使追不上，她还是一路跑着跟过来，可惜缥缈山庄早就被商君布下了五行阵，没有庄里的人带着，别说这一个小女子，就是武林高手也别想进来。

站在山庄门口，商笑于心不忍地看着密林，担心地问道："我们把她困在密林里，不太好吧？"商君轻叹道："等她走累了，再让侍卫送她出去吧。"现在也只能这样了。心里不忍，商笑也只得点点头，缥缈山庄的大门缓缓关上。

临风关的冬天，从来都是冷冽寒霜，缥缈山庄身处群山环抱之下，还算是温暖，然而即使如此，也还是寒风环伺。永乐阁里，商笑缠着商君说这次出行的趣事，被缠烦了，商君拿出一个精致的半人高的檀木长盒，笑道："给你的。"

"是什么？"商笑被这看似平实，却檀香环绕的盒子夺取心神，打开一看，盒子里是一件通体雪白，没有一丝杂色的雪貂长披肩，在月华之下，泛着柔和的光芒。轻抚上去，只觉得手下温暖而绵柔，仿佛是在抚摸天上的流云一般。商笑将披肩拿出来抱在怀里，开心地叫道："我好喜欢，你最好了。"看她摸了又摸、赞叹不已的样子，商君笑道："是舒清送你的。舒清可是请了十名能工巧匠硬是在两天内赶制了出来。"

"舒清姐姐？"商笑一愣，立刻连珠炮一般地追问道，"你去了花都吗？什么时候去的？她好不好？有没有说什么时候会再来临风关？"她好想念舒清姐姐那淡淡的浅笑和一身的风华，她是她见过的最特别最温柔的女人。商君轻抚额头，苦笑道："几月不见你，怎么变成麻雀了。"

商笑哼道："谁让你不带我去！"

用脸蹭蹭雪貂柔软的细毛，商笑迫不及待地穿上身，在商君面前转了一个圈，开心地笑道："好不好看？"纯白的披肩，将笑儿晶莹的皮肤衬得越发剔透，貂毛轻柔的质地，让她即使穿上披肩之后，也依旧曲线玲珑。月光洒在她身上，她就像一个小仙子，纯洁而美好。好久没这么仔细地看着她了，原来，她的笑儿长高了，更美了，是个亭亭玉立的姑娘了。

商君用力地点点头，回道："好看。我们家的笑儿长大了。"爹娘，你们在天上，可看见了，你们的笑儿终于长大了，她的笑很美，对不对？我会让她永远都这样美丽，永远都这么开心地一直笑下去。

商笑在商君眼中，看见了淡淡的薄雾，她缓缓走到商君身边，偎进她的怀里。她是长大了，在她的保护下长大了，没有受到一丝一毫的伤害和委屈，她给了她最好的生活、最好的照顾，还有最多的爱，但是为什么她的心却好痛，尤其是每次看见她夜不能寐、忙碌奔波的时候，每一次叫她"哥"的时候，她都痛得几乎不能呼吸。用力揽着商君的腰，商笑终于忍不住地在她耳边轻轻地叫了一声："姐！"商君浑身一僵，身体竟是控制不住地颤抖起来，这一声低唤，让她原本徘徊于眼眶中的泪终于抑制不住地沿着脸颊滑落。只是即使泪已潸然，她却依然不让自己哭出声来，因为，她是商君。

沉静的月光透过薄薄的窗纸，映照在温馨的小间里，商笑微笑着端坐在铜镜前，商君拿着碧玉梳轻轻地为她梳理着一头齐腰的长发，轻柔而缓慢。只是或许很久没有打理过这样长的青丝，商君绾髻的手显得有些笨拙，好不容易将发丝绾起，商君从袖中拿出一支上古的血玉长簪，轻轻地别在商笑的云鬓上。她没有选错，嫣红的长簪穿梭于青丝之间，别样的娇俏明媚，和笑儿很配。

商笑摸摸发间的玉簪，开心地拉着商君的手，小心地左右看看，低声说道："我也帮你梳一个盘云髻，好不好？"她记忆中的姐姐，青丝飞扬，广袖罗裙，美得让人心惊。商君却是微笑着摇摇头，这样的娇俏早已不属于她，何苦流连。

商笑还想说什么，商君微微抬手，示意她不要出声，果然一会儿之后，轻轻的叩门声响起："主子。"商笑气恼地站起身，打开门，对着门外的卫溪恼道："有什么事不能明天说吗？"

卫溪一脸莫名其妙，却是微微低头没有说话。商君站在商笑身后，轻拍她的肩膀，对着卫溪温和地说道："说吧。"

卫溪迟疑了一会儿，还是如实说道："下午那位姑娘还在密林里。"

商笑皱起了秀眉，不解地问道："不是让你们带她出去了吗？"吃过晚饭她就让人领那女子出去了，现在都什么时辰了，怎么还在密林里？

卫溪也很无奈，回道："带她出去她不肯，几次强行将她送走，她又跑进来了，也不说话，就是一个劲儿地在密林里横冲直撞，非要进来。"

即使站在屋里，还披着貂皮披肩，商笑依然觉得寒风刺骨，更别说那女子还身处密林。想起她下午那身单薄的衣衫，商笑担忧地看着商君，哀求道："哥，天气这么冷，冻一夜，好人也给冻坏了。她不过是一个女孩子，不如先让她进来，休息一个晚上，明天再好好和她说，好吗？"

商君轻抚着商笑的头，淡笑回道："嗯，你先睡吧，我会处理。"

商笑放心地点点头，目送着商君缓缓离去。

出了永乐阁，商君脸上的笑立刻褪去，她冷冷地说道："卫溪，把她领进来，安排在北苑休息，命人暗中监视，看看她到底想干什么。还有，立刻去查她的身家背景，尽快来报。"那个女子的行为太过古怪，执拗得也不合常理，或许今天下午这场好戏根本就是她为了混进缥缈山庄而自导自演的，为了笑儿的安全，她不得不防。

"是。"卫溪领命而去。

刺姬，似火的花朵就如同它的名字一般，红得刺裂人心。迷蒙月华笼罩下，它非但没有变得柔和些，反而越发妖艳，这是长在雪峰之上的骄物，愈冷它红得愈艳，开得愈娇。商君爱它的傲慢、狂放，也因此在缥缈山庄内遍植刺姬，每到寒冬，走在院子里，就仿佛置身火海一般。商君独自走在刺姬花丛小径之中，素白的背影，徜徉于火红的花海之中，孤傲而苍凉。

第十七章　朗月

慕云君苑。长烛将尽，商君轻揉前额，疲惫地闭上眼睛。几月未归，查看账面就是一件让人心力交瘁的事情，而这几个月，进出龙峡谷的人比她预计的要多，看来明天，她要去一趟飞鹰寨。轻靠着椅背，微闭着眼睛，商君低语道："何事？"

清冷的低语，让站在门口犹豫着是否要回禀的卫溪一怔，继而回道："主子，女子的身份已查明，她叫文朗月，临风关人士，家世简单清白，其父是一家小私塾的教书先生，其母五年前病故，没有兄弟姐妹。半月前在放灯节诗会上被郡守看上，欲纳她为妾，父女俩不肯从，她父亲将她藏到山里躲避逼婚。郡守几次上门都没能找到她，一怒之下，将她父亲痛打了一顿，三天前不治而亡。"

"我知道了，你也早点休息吧。"这就是她的身世吗？黄史杰他是见识过的，一个人渣。商君缓缓睁开眼，想起下午女子悲怆麻木的眼，不免心生恻隐之情。卫溪却没有离开，为难地站在门外。

商君轻问道："还有事？"

"那女子进来之后并未休息，执意要见主子，已在前院徘徊了两个多时辰了，是否先将她软禁起来？"除了这样，他实在想不到应该把那倔强的女子怎么办！

原来商君以为那女子心怀不轨，另有所图，现在看来，似乎不是那么回事，那她这般执着为哪般呢？轻叹一声，商君疲惫地说道："罢了，带她过来吧。”商君斜撑着头，闭目养神，不一会儿，女子略带迟疑却也毅然地缓缓踏入慕云君苑，就在女子即将走到门前时，商君平和的声音传来：“姑娘留步，你我男女有别，为了姑娘的名节着想，深更半夜不宜相见，你若有什么事情需要商君帮忙，商君定然竭尽全力，你先回去休息，明日再谈可好？”

久久，女子既不回话，也没有打算离开的样子，隔着薄薄的窗纸，商君看不清她的表情。月光将女子清瘦的身形拉得完美而修长，墨黑的青丝，轻柔的素衣罗裙在夜风的撩拨下，纷飞飘扬。

商君头疼了，她不会要在门口站一宿吧？商君正在苦恼应该怎么和她沟通的时候，女子忽然的一个动作，吓得商君立刻站了起来，目瞪口呆，脑子一瞬间一片空白，因为她就站在她的门前——脱衣服！

“姑娘你……你住手，你不能……”商君第一次说话都语无伦次了，可门外的女子就像什么也没有听见一般，罗衫轻解，翩然落地。白皙的皮肤在月光的抚慰下，莹润而光洁。商君可没有心情欣赏这些！天！她的头更痛了，她知不知道自己在干什么？庄内一向有暗侍守护巡防，而她执意前来，卫溪一定调派了侍卫在院子里守护，一方小院里有多少双眼睛在看着！

“够了，不要再脱了！”

就在女子伸手解开肚兜的时候，木门飞快地开启，一块宽大的披风向女子飞过去，正好笼罩住她衣不蔽体的身体。商君轻揽女子的肩背，将她带进屋内，门又立刻关上，隔绝了所有的视线。让女子站定，商君退到离她一丈有余的地方，才背过身去，既无奈又恼火地说道：“姑娘你这是何苦？”女子微低着头，冷硬地回道：“我既已卖给你一夜，理应如此！”

商君苦不堪言，不管她是女子还是男子，都不知道应该如何去面对一个急于献身的女人！想了又想，商君几乎是无奈地轻哄道：“我想姑娘你误会了，救你的是笑儿，她不过是想帮你，并非真要你回报什么。再则，商君亦不是好色之徒，姑娘无须如此。若是你不嫌弃，就在舍下多住几日，我会为你安排一个安全的住所，开始新的生活，可好？”

身后安静得可怕，商君不得不回头，只听得扑通一声闷响，女子忽然双膝一软，重重地跪在她面前。商君后退一步，惊道：“姑娘？”

女子缓缓抬起头，脸上早已是泪眼迷蒙，而一直冷漠僵硬的脸也终于有了一些神采，沙哑的声音悲戚地说道：“朗月知道，公子为人正义，乘人之危的事情，不屑为之。但是，就当朗月求您，要我！”

商君皱眉，一个女子到底要有多大的勇气，才敢在一个男人门前宽衣解带，才敢开口要求一个男人要她？她真的只是单纯地为了那五十两银子来献身的吗？直觉告诉她，不是！商君低声问道：“姑娘是有什么苦衷吗？你说出来，我或许可以帮你。”女子轻轻摇头，用手背粗鲁地抹掉泪痕，倔强地回道：“公子要我，就是帮我。”

“你不愿说，便罢了。”她是她见过最固执，简直可以称之为难缠的人。商君无语，她现在只想赶快离开，这间房间就留给她好了。

“公子！”眼见商君就要离开，女子终于还是缓缓开口，“我爹是被人活活打死的，我要替他报仇。我要让那个人得到报应！”

“那为何要我……”她爹的事情她已经知道了，但是商君不解的是，她要那人得到报应，和一定要献身给她之间有什么关系？

“那人之所以打死我爹，是为了要我的身子。我，会给他的，但要用他的狗命来换！”女子神色有些激动，秀美的脸上尽是冷冽狠绝之色，眼中满含着蚀骨的恨。这种眼神她认得，因为当年也曾如她一般，湮没在那无边的仇恨之中。听她话里的意思，商君猜测道：“你是想用自己的身体做饵？”

“对！”女子答得干脆，这是她能想到也能做到的唯一办法！

“我不想将自己最宝贵的东西给那样一个畜生！求公子成全！”女子站起身，一副毅然决然的样子，一步一步走向商君，身上的披肩也随着她的走动而再一次翩然飘落。

“别！”商君赶快上前一步，点了女子的穴道，赶紧将已经滑落了一半的披风拉好。别说她不是男子，即使她真的是男子，也绝不可能答应这样的要求！现在怎么办呢？这女子根本不听人劝告，而连日的奔波也让商君实在疲于应付。

“得罪了。”商君将她拦腰抱起，小心地放到床上，拉过棉绒丝被帮她盖好，柔声劝道，“你今天太累了，先好好睡一觉吧。有什么事情，明日再从长计议。”帘帐缓缓放下来的那一刻，商君看见了女子眼角滑落的泪。

这样的疼，她也曾经历过，那是除了仇敌的血，谁也安抚不了的伤，磨灭不了的恨，遗忘不得的痛。站在帘帐外，商君怅然地低声说道：“商君明白你的心情，有些仇不报不足以苟活于世，但是世上的事情总是那么不公平，能同归于尽倒是一件幸事，就怕赔上了性命，也不过成为别人蔑视炫耀的资本，那便是不值得了。姑娘的仇要报，却不应该是这样报。”言尽于此，缓步离开房间，将这一室的舒适和温暖都留给了她。

朗月一双泪眼悲哀地盯着床顶的帷幔，心痛得不能自已。

如果她不去诗会，她就不会碰上那贼人。如果她不躲到山里，爹爹就不会死，起码要死，他们也可以死在一起。如果她能早一点遇见这个清朗温润的男子，是不是一切都会不一样？如果……可惜，人生没有如果！

商君只休息了两个时辰，就赶着上龙峡谷见冷冽，一番长谈之后，本来要回来了，又被冷芙拉着非要他用过午饭才能走，席间免不了要和冷冽喝几杯，折腾到下午才回来，进到缥缈山庄时，都已是夜暮时分了！

商笑在前厅等了半天，终于等到商君了。拉着她的衣袖，商笑数落道：“哥，你可算回来了，我等着你吃晚饭呢！以后可不许这么晚才吃饭了！”商君好笑地摇摇头，笑儿越大管得倒是越多了。进了正厅，商君就看见一大桌子菜，而且还是热气腾腾的，这么冷的天，也不知道热了多少回了吧。牵着商笑的手，商君的心也和这些饭菜一样暖暖的。

落座之后，商君才发现只有她们两个人，问道：“笑儿，那位姑娘呢？”以笑儿的性格，不可能对那女子不管不问的。

商笑轻松地笑道：“走了。”

“走了?”

“嗯，早上她来找我，说要回家，我就送她出去了。”真好，她终于想通了，若是硬要赖在山庄里，倒还麻烦了。

“你知道她出去之后上哪儿了吗?”

商笑摇摇头，回道：“不知道啊，应该是回家了吧。”她这么大人总不会丢吧？她要给她银子她还是不要，真是奇怪!

回家？商君暗叫一声，“糟了!”以那女子执拗的性格，必是报仇去了!“哥——”商笑不明就里地看着又匆匆跑出去的商君，一头雾水，这到底是怎么回事?

夜，迷魅惑乱的时刻，所有肮脏猥琐的事情，都喜欢在夜的掩盖下进行。即使今夜的月光异常明亮皎洁，华彩照亮每一处黑暗，却依旧照不进黑暗后的阴影。郡守府里雕花重楼，富贵奢华的雅间里，传来猥琐奸猾的笑声，让人觉得恶心而寒栗。

一抹黑影穿梭于郡守府内，松懈的巡防，脓包的衙役，让黑影如入无人之境。商君身着一袭黑衣劲装，冷傲的容颜也藏在黑巾之下，黄史杰见过她，她不能让他认出来。

“小美人，算你识相。放心，只要你乖乖的，我会好好疼你的。”找到雅间外，黄史杰得意的淫笑声传出，让商君蹙起了眉头。从窗棂间看去，只见黄史杰一只肥腻的手正捏着朗月的下巴，另一只则在拉扯着她的衣襟。朗月紧咬着唇，不让自己哭出声来，但是颤抖的娇躯还是显示着她心中的恐惧和羞耻。任由黄史杰将她压在身下，朗月的手一直紧紧地压着藏在腰带里的短刀，她要一刀刺在他的心窝上!

商君已经伸出的手僵在窗前，不知道是应该上去救她，还是让她完成她的心愿，毕竟她深刻地明白这报仇对她的意义。商君迟疑着，一串杂乱的脚步声由远及近，她轻轻跃起，躲到了屋檐之下。

师爷跑到门前已是一头大汗，他微喘着轻拍着房门，低叫道：“老爷!老爷!”压在朗月身上，黄史杰粗喘着不耐烦地吼道：“找死啊，敢打扰本老爷的好事！滚！”师爷也很为难，若不是来的是得罪不起的人，给他十个脑袋，他也不敢来打扰大人的好事啊！师爷紧张地搓着手，为难地低声说道：“是……是那位大人来了。”

“呃?”原来还一脸色欲熏心的黄史杰，一听来人是谁，立刻紧张地吩咐道，“命人奉茶！好好服侍，我立刻过去。”

“是是是。”师爷连连点头，离开的步子也比来的时候更加急促。

低咒一声，黄史杰不甘不愿地放开怀里的朗月，朗月已经握紧短刀的手不得不停下来，不甘心让他就这样跑掉。朗月紧紧拽着他的衣带，身子又迎了上去，她如此主动，黄史杰心花怒放，不过想到前厅里的那位，还是不得不轻推开朗月，嘴上淫笑道：“小美人，你别心急，我很快就回来。”说完一边整理衣衫，一边急急地朝着前厅奔去。

商君微眯着眼，盯着黄史杰匆忙的背影，是什么人让他惧怕成这样，即使美人在怀，他这色鬼也能抽身离去？看了一眼木然跌坐在地的朗月，目前她应该不会有什么危险，商君决定跟上黄史杰看个究竟。

越过九曲回廊，黄史杰走进了正院前厅。商君悄无声息地潜入，背靠着梁柱，从半开的窗户看去，一个紫衣男子背着手，站在大厅中间，挺拔的背影极具存在感，让人觉得莫名地压抑。黄史杰进门立刻拱手，谦恭地连连说道：“大人前来，有失远迎，失礼了，失礼了。”

“哪里，黄大人贵人事忙。”男子缓缓转过身，低沉的声音让黄史杰紧张得猛咽口水。黄史杰摇头急道：“不敢当不敢当，大人折煞我了。”每次和他说话，他都要出一身的冷汗。

是他！看清男子的长相，商君大惊。尤霄！苍月御前铁甲卫总兵为何会在深夜出现在东隅临风关郡守府邸？东隅郡守为何要对他点头哈腰？商君隐隐感觉到这其中泛着阴谋的味道。

“上次的事你办得很好，主上很满意。”尤霄从袖口中拿出一个白色信封，轻轻放在一个方形木盒上，手里有一下没一下地轻敲着，惬意地笑道，“只要你办好该办的事，这些里面的东西就都是你的。办不好，就只能把你的头装进去了。”轻松的语调里却隐含着阴鸷和杀机，黄史杰脸色立变，脚都有些不由自主地颤抖起来，嘴上更是不敢有一丝怠慢，哆嗦地回道：“是是是，多谢尤大人赏识，下官一定，一定竭尽所能办妥。”

他们之间有什么交易？看来只有拿到那信封才能知道，商君敛眉思索着，一声踩碎枯枝的轻响惊扰到了屋里的尤霄。只听一声低吼：“谁在外面？”这样低级的错误不会出现在商君身上，她微微侧身，立即隐没在黑暗中。但是当她看清站在院中发出声音的始作俑者时，她一惊。

怎么会是她！文朗月，她不是应该好好地待在雅间里吗？若是让尤霄发现她必死无疑！就在大门打开的一瞬间，黑影如闪电般掠过朗月的身边，将她带到旁边的花丛里。忽然被人揽在怀里，嘴又被捂住，朗月惊恐地睁大眼睛，手不停地挥舞着。

“别动！”耳边清朗低沉的声音让朗月一僵，这声音……是昨天那位公子！他怎么会在这里？朗月终于安静了下来，商君放开捂着她的手，低声说道：“待会慢慢爬出去，从后门走。”这里离后门小径很近，她应该能逃得出去。

不由他多想，尤霄已冲了出来，站在院子中央，一双鹰眼敏锐地注视着周围。朗月不会武功，呼吸难以隐匿，尤霄很快发现了草丛里藏着一只“大老鼠”，于是勾起一抹残酷的笑容，朝草丛缓步走来，每一步都走得悠闲而响亮，仿佛一只狩猎的猫儿，玩弄着即将到手的猎物。

商君对朗月使了一个眼神，便从草丛间一跃而起，在空中翻腾数圈，越过尤霄的头顶，在他背后的一棵大树上站定，戏谑的低笑声在宁静的夜里幽幽响起：“尤霄，数月未见，别来无恙啊！”

“又是你！”这骄傲的声音他永远也不会忘记，是他，那个从他手中逃了两次的男子！盯着商君，尤霄的眼里闪着如箭一般的寒光，此时他只想把这个羞辱过他的男子撕成碎片，根本不会去想为何刚才草丛里会有凌乱的呼吸声。商君轻挑剑眉，潇洒地在粗大的枝干上坐下，还顺手摘了一截树枝，仿佛很无聊地轻挥着，心情颇好地笑道：“这说明我们还真是有缘分呢!”

“确实有缘，因为今日就是你的死期!”尤霄握着银戟的手上青筋暴起，恨不得一戟砍碎男子那满目的闲暇。

商君居高临下地看向尤霄身后，暗夜的花草间，朗月正慢慢地在花丛里爬行。商君轻扬起树枝，有一下没一下地拍打在另一只手的手心上，树叶发出沙沙的响声。她狂傲不羁地斜睨着尤霄，不屑地回道：“啧啧，你每次都想要我的命，可惜每次都输得一败涂地。我很好奇，你的自信从何而来?”其实商君也不是真的想做这样的姿态来羞辱他，尤霄的功力不弱，若是全力袭来，她不知道能不能接得住，但是朗月还在花丛里，不吸引尤霄的注意力，扰乱他的心神，她不可能跑得出去。

“等你死的时候，你就知道我的自信从何而来了!”果然这样的挑衅让尤霄彻底抓狂，挥着银戟直直地向商君刺去。尤霄势如破竹，来势汹汹，银戟直指商君命门。商君钩住脚下的树枝，向后倒去，一个漂亮的下翻，险险躲过银戟，落到树下。商君抬眼看去，只见朗月已经爬出草丛，走在通往后院的小道上，提着的心终于放了下来。她抽出腰间的软剑，再次飞身跃上树梢，与尤霄大打出手。

听到打斗声，终于赶来的衙役手握着长刀，将大树团团围住。一直躲在屋里不敢出来的黄史杰，看衙役们到了，终于敢露出头，大声叫嚣道：“快，给我抓住那个刺客！抓住他!”

衙役愣愣地看着树梢上刀来剑往的两人，这大树起码三丈有余，他们除了看，也做不了什么！即使爬上去了，高手过招，他们估计没靠近就已经被剑气所伤了。衙役面面相觑，就是不动手，黄史杰在屋里急道：“愣着干什么！上啊！把他给我砍了!”这人不知道有没有听见他与尤大人说的话，私通敌国，那是灭九族的大罪啊!

“凭你们也配!”商君抓起一把树叶，御气于胸，发力于手，树叶仿佛有生命一般，直直射入衙役握刀的手腕之上，一时间，兵器落了一地!

衙役都追过来了，朗月应该离开郡守府了吧？商君不愿久留郡守府，对着痴缠的尤霄冷哼道："这里施展不开，找个宽敞的地方再打过！"商君提气一跃，飞到了屋檐之上。"奉陪到底！"今天不决出个胜负，绝不罢休！尤霄紧追不放，几个起落，两人的身影消失在茫茫夜色之中。

尤霄是铆足了劲，不肯轻易罢休。商君疾行了数十里，还是没能摆脱他。罢了，一咬牙，商君将尤霄引上了千里雪峰之上。第一次他背着父亲的尸体，第二次尤霄没有银戟。尤霄也算是个难得的对手，今日就在这无遮无拦的雪峰之上，比个高下也未为不可！雪峰之上，在这片狂风暴雪的夜色里，一黑一紫两个颀长身影各据一方，而雪地的苍白将他们衬托得无所遁形，兵器上的寒光也绝不逊色于天际的明月。

商君软剑缠于腕间，敌不动我不动。尤霄一招横扫千军，激起丈余雪花，如海潮一般向商君汹涌而去。商君气沉丹田，不躲不闪，迎着雪花以一招白虹贯日，硬生生地劈开雪墙，穿越而过，正面攻向尤霄，软剑因商君的内力发出龙吟般低沉的清音。尤霄大惊，却是避无可避，唯有横过银戟，抵住剑尖。即使是这样，尤霄已经感觉到了一股强劲的内力通过银戟传来，硬接下这一击，他胸口开始隐隐作痛起来。男子不过双十年华，竟然有此功力，尤霄虽不甘也不得不承认，他的内功修为在自己之上！

尤霄的后脚已深深陷入雪里，两人都是运足了内力，身边的雪花似也感受到了这股杀气，竟是从地面慢慢地飞升而起，不受狂风控制地将二人环在中间，他们脚下的坚冰也因为两人的较劲而轻轻地震动起来。或许精力都已集中在对决上，他们都没有发现，原来还明亮的繁星弯月早已被滚滚黑云所掩埋。雪山之上，呼啸的狂风似乎也变得更加张狂起来。

"数月未见，你的武功倒是精进不少！"商君是真心称赞，她已将内力用到极致，尤霄虽面露难色，手臂微颤，却是实实在在地接下了她这致命的一击。与第一次对决相比，他的招式没有多大改变，内力却是有了大大的提升，他是如何做到的？

尤霄毫不领情，吃力地低喘着哼道："少废话！"这是在嘲笑他数次败下阵来吗？尤霄气结于心，强用真气于双臂之间用力地将银戟顶了出去。

商君没想到这时候尤霄还有这么强的内力，硬是被震出了三丈之外，狼狈地跌在地上。尤霄也没有好到哪里去，一口浊血喷在白雪之上。

两人都收了内力，才感觉到雪地微微颤动，商君还没来得及站起身，身边的冰峰居然裂开了一道长缝。她脚下的冰面突然下沉。商君大惊，提气向上，却因为刚才内力消耗太大，指尖碰到了冰沿，却还是没能抓住。身体再次急速下滑，只是下坠的一瞬，商君手上一紧，她的手被紧紧地攥着，商君抬头，意外地撞进一双深沉的眼里，抓起他的是——尤霄。

商君没想到他会救她，尤霄也同样没有想明白为什么在看见他身体下坠的那一刻，他会不由自主地奔过来。两人都还惊讶的时候，商君再次听见冰裂的声音。“啊——”冰峰之巅，雪暴狂风之下，两个黑影迅速消失在千尺冰沟之间。

痛！这是商君现在唯一的感受，全身的骨头仿佛都错位了一般，胸口也闷得厉害，四肢像被什么东西压着，不能动弹。四周刺骨的寒意，让商君混沌的神志慢慢恢复清明。她微眯起眼，仔细观察四周，以她不错的眼力，却仍然什么也看不见，一片漆黑。稍稍动了一下手，感觉所触之处，尽是寒冰，上面掉下来的冰块应该都砸在了她的身上。商君自嘲，这样摔下来都没死，她是不是应该感谢老天的仁慈？

商君忽然听见身下传来一声低沉压抑，充满痛苦却仍不忘讽刺的男声：“老天真是不开眼，这样也摔不死你！”

是尤霄？她压在他身上！

“彼此彼此！”商君莞尔，看来老天今日真的不开眼！被压在最下面的尤霄都没死，果然是祸害遗千年！轻轻动了一下四肢，发现身上的冰块并不多，商君用力推开身上的碎冰，好不容易坐了起来。她发现，她每动一下，就能听见下面传来压抑的闷哼声，商君轻轻扬眉，倒是不急着起来，在冰上坐着慢慢调息，待浑浊凌乱的呼吸恢复如常，她才缓缓地拿出怀里的火折子，轻轻吹燃。虽然只是点点火光，但是在暗黑的冰缝里，已足够看清周围的一切。和商君预料的一样。这个冰缝并不大，抬头望去，隐约还能看见淡淡的雪花飞舞，应该也就二十余丈而已。商君微微低头，从冰块夹缝间，看到了那抹暗紫流光，她轻轻勾起唇角，慢慢起身，下了冰堆。

拿着火折子，商君轻抚着四周的冰壁，坚硬而光滑，可见不是刚刚形成的冰沟，该是早就有了的。刚才与尤霄比试，内力震碎了表面的冰层，他们才会掉下来。久久，压在碎冰下面的尤霄终于慢慢地推开冰块，艰难地坐了起来。

想要站起来时，尤霄才感觉到一股钻心的痛从麻木的右脚涌上心头。商君随意瞟了一眼，他的右脚上压着一块不小的冰块。冰块下，凝结着血色冰沙，看他疼得冷汗直流的样子，他的脚八成是脱臼且腿骨折断。收回视线，商君继续研究冰面。暗暗调息之后，商君一跃而起，在空中感觉胸口闷痛，气血滞涩，才跃起三四丈，竟是陡然跌落下来。她撑着冰壁，低低地喘着气，背后传来一声不屑的低斥："不用白费心机了，你根本不可能上去，如果你想死的话倒是不妨多试几次！"刚才的对决，几乎耗光了他们所有的内力，再加上从峰顶跌下来，现在他们两个都是内伤在身，怎么可能上得去！

商君并不答话，闭上眼睛，运功调息。好不容易将脚上的冰块推开，尤霄点了脚上的穴道，疼痛才算缓解了一些。背靠着冰壁，尤霄冷冷地盯着对面凝神静气、盘腿而坐的男子，脸上的面巾早已不知掉在何处，清朗的面容在微弱的光线下，越发俊美卓然。他还是第一次这样近地观察一个男人，不得不说，他长得极好。可恨的是，他的武功还深不可测，想起几次与他的比试，尤霄一股恶气横在心中，不甘地逼问道："你叫什么名字？"

商君漠然，仿佛没听见。暗暗咬牙，尤霄激道："怎么，冻傻了还是变哑巴了，不会是连话也说不出来了吧！"

久久商君开口了，只是清冷的声音让尤霄想杀人："还是留点力气御寒吧，手下败将。"

“你——的——名——字！”尤霄如地狱一般的声音与身边的环境一样阴寒。商君缓缓睁开眼睛，清冷的眼中蕴藏着几簇难解的幽光，寒声回道：“商君。”微一拂袖，火折子光芒泯灭，冰缝里再一次陷入无边的黑暗之中。原来他叫商君！在暗黑的环境里，人的听觉异常敏锐，尤霄感觉到商君微微动了一下，微低的声音也随之响起：“你刚才，为什么救我？”

尤霄想也没想，大声嗤笑道：“你应该死在我手上，让你这样死太便宜你了。”说完尤霄以为商君一定会反击，谁知，她却是轻轻地笑了，淡淡地说道：“是吗？”

尤霄一僵！那清冷的略带笑意的低语仿佛一夜都在耳边环绕。

阳光如约而至，只是能照到冰缝下面，该是正午了吧。一夜的调息，商君觉得自己的内伤虽未痊愈，也恢复了六七成，缓缓起身。尤霄也睁开眼睛，冷冷地看着他，却并不说话。商君抽出腰间的软剑，轻踏冰壁，每跃起五六丈，用剑在冰壁上划下一道深深的裂缝，再次借力，几次之后，她到了顶端。

尤霄以为她会就此离开，却不承想，商君居然又缓缓地落了下来，在他面前站定。商君双手环在胸前，似笑非笑地说道：“为了报答你昨晚拉我一把，我想——”停顿了一会儿，商君缓步向尤霄走去，声音也变得冰冷起来，“死在我手里，应该比冻死光荣一点儿吧。”

尤霄坐直身子，戒备地看着商君，他的银戟在落下来的时候不知道去了哪里，而脚伤让他动弹不得，他根本不是他的对手！果然，商君敏锐地一个箭步上前，只交手了几招，商君就成功地点了尤霄的穴道。在尤霄愤恨的目光下，商君缓缓蹲下身子，用力地狠抓了一把尤霄折断的残腿。尤霄闷哼了一声，脸色立刻变得惨白，额头上也布满了细汗，他一边低喘着，一边冷哼道：“怎么，你就这点本事！”

“好吧，就让你见识一下——我的本事。”商君轻轻挑眉，忽然勾起了唇角，尤霄来不及多想，商君已抓起他的脚踝，把他原来点的止血止痛的穴道全部解开，然后毫不留情地扭转——

“啊！”尤霄只觉眼前发黑，剧烈的疼痛几乎让他承受不住，只是脚心缓缓传来的真气，让尤霄一惊，虽然疼，但是他知道，他的脚因为商君的推筋续骨，已经能动了。等他终于能看清的时候，只见商君已经站了起来，没有了刚才戏谑的笑容，只是冷漠地说道：“想想杀你还脏了我的手，现在我们两不相欠了，能不能上去就看你自己的本事了。”说完不等尤霄反应，她几个轻踏，已站在冰缝之上。

“商君——你最好永远也别落在我的手上，不然我一定让你生不如死！”商君站在峰顶，就听见下面传来一声困兽之吼，即使是隔着长长的峡沟，依然清晰可闻。商君想象下面那骄傲的男人狂乱的样子，不禁扬起了一抹愉悦的笑：“我等着你！”

商君回到缥缈山庄，已是晚霞染天、夕阳西下之时，换下一身夜行衣，还来不及坐下休息，商笑焦急的声音由远及近。“哥！哥！”

商君立刻打开门，就见商笑一路狂奔过来，商君急道：“怎么了？”什么事让笑儿急成这样？

“你，你跟我来，快！”急喘着气，商笑抓着商君的手，火急火燎地往外面冲出去。商君惊疑，却也没有多问，跟着商笑出了山庄，一路上快马加鞭，很快，她们到了临风关城门下！拉紧缰绳，商笑利落地下了马，商君被商笑拖着，冲进比平时更加拥挤的城门。进了城门才站定，商笑指着城门之上，急道：“哥，你快看！”

顺着她所指的方向看去，眼前的一幕让商君瞬时间血气上扬，怒火翻滚！城门旁边，原本用来拴马的圆木柱子上，捆绑着一个衣不蔽体的女子，血污的残破裙摆，显示着女子已被奸污的事实。她的身上，还留下了深可见骨的鞭痕，血在这寒冷的冬日里，竟已凝结成冰。她从脖子到脚踝被一条粗大的麻绳紧紧地拴在圆木上，被绳子缠绕着的皮肤，呈现深深的紫灰色。被绑在半空中，瘦弱的她就好像一个破布娃娃一般，在凛冽的寒风里，飘荡着。她的头低垂着，乱发覆面，看不出是死是活，但是商君还是从这张布满青紫淤痕的脸上认出，她就是——朗月！

第十八章　遇见

昊天出华月，茂林延疏光。

仲夏苦夜短，开轩纳微凉。

虚明见纤毫，羽虫亦飞扬。

物情无巨细，自适固其常。

刺姬已谢，没有了火红的娇花，它看起来与普通灌木无异。一棵数百年的老树，矗立在刺姬丛中，单一而突兀，繁茂的枝叶让它如一把撑起的大伞，即使是如今夜一般莹润明亮的月光也穿透不了。靠近树顶的地方，枝叶间隐隐能看见一抹白影，自顾自地躺在高大的横枝上。

又是一年夏天了吗？手枕在脑后，隔着枝叶，商君看着头顶的繁星，依旧璀璨而明亮。三年，似乎一晃即逝，她几乎忘了自己是如何度过的；三年，又似乎极尽漫长，她忘不了每一个日夜的煎熬。这样的日子，还要过多久？商君痛苦地闭上了眼睛。

“公子？”一声清灵的女声缓缓传来，打断了商君的愁绪。

商君缓缓睁开眼，朝树下看去，站在绿丛中的女子，一袭淡紫长裙，轻绾的长发被调皮的夜风吹拂得有些凌乱，她正绕着树，抬头看着树冠，在繁茂的枝叶间寻找着那抹纯白的身影。

看着树下这张温婉秀丽的脸上扬起的平静而淡雅的笑容，商君有一瞬间的恍惚，她还记得那女子被捆绑在城门时的难堪和惨烈，醒来后的惊恐和绝望，那种生不如死的痛震伤了她，她第一次违背了与舒清定下的“不问政治”的约定，窃取了苍月与黄史杰的私通密函，并且放到了东隅驻军张将军的书桌之上。私通敌国的罪名足够灭黄史杰满门，不过他很狡猾，密函丢失的第二天，就收拾行囊，准备投奔苍月。她怎么可能让他如愿，于是黄史杰死在了龙峡谷山贼的乱刀之下，尸体喂了山涧饿狼。

看着朗月听到黄史杰惨死的消息时，脸上的惊喜和得偿所愿的欣慰，商君很明了，帮助朗月其实是自己的借口，她不过是想感受大仇得报时，带给她的安慰感，即使不是她的仇恨。陇趋穆，她还要等多久才能将长剑刺入他的胸膛，她好像有点儿等不及了。

“公子？”朗月脖子都仰疼了，也没看见商君的影子，只好大声问道，“公子，您在不在？”

“我在这里。”低沉温和的声音伴着一袭白衫轻盈而落。

递出手中的信笺，朗月微笑道：“舒清小姐的书信。”

“谢谢。”商君心情甚好地接过，看了朗月轻薄的紫衫一眼，说道，“朗月，虽然已近初夏，但你的身体不好，夜里出来还是要多披件衣服，早点回去休息吧。”

“是。”微微欠身，朗月缓步离去，走出刺姬丛。她回头看去，只见商君背靠着树干，嘴角轻扬地看着信笺，公子只有在接到舒清小姐来信的时候，才会笑得这样轻松快意吧。想起年前来过庄里一次的舒清小姐，朗月轻叹，或许，也只有那样的女子才配得上公子吧。

清晨，下起了淅淅沥沥的小雨，走在回廊上，淡淡的雨丝溅到脸上，雾蒙蒙的，很舒服。微风和着泥土的芬芳迎面而来，沁人心脾。朗月端着早点，准备送到商笑的房间里，却在前厅遇见拿着伞的商君，朗月问道：“公子，您要出门？我去帮您准备马车。”

“不用了，朗月。”拦下要去张罗的朗月，商君看了看烟雨蒙蒙的天空，笑道，“我想走走。”

“哦。”朗月微愣地看着独自撑伞、漫步于细雨之中的素白身影，没来由地，只觉得淡淡的孤傲与落寞与他相携而去。

“商君你来了。”阮听风听管家说商君来了，匆匆赶过来，就看见他负手而立，背对着他，站在一幅水墨荷花前细细观赏着。阮听风不禁暗叹，这样的男子，即使只是一个背影，已然让人沉醉，难怪听雨……

商君回过身微笑点头，阮听风招呼道：“坐。”

“好。”潇洒落座，商君问道，“那批药材可还满意?”

阮听风连连点头，回道：“很好，多谢你了，若不是你，我还真不知道怎么才能找全这些药材。药材和运输的钱，我明天就和忠叔结算。”

“我来就是为这件事，你们经常要进药材，每次结算甚是麻烦，不如改为半年结一次，可好?”会帮阮听风买卖药材，主要是敬佩他们阮家济世为怀、乐善好施的门风，做他们的生意，根本赚不到什么钱，每次都点算，两边麻烦。“这……”阮听风一愣，随即真心地谢道，“商君，谢谢你。”阮家虽然行医百余年，却因经常义诊施药，清贫得很，商君半年结一次，算是帮了他一个大忙。

“听风不必客气，举手之劳。”商君从袖口拿出一小包茶叶，笑道，“对了，前些日子得了些上好的新茶，送一些给你品尝。”这些就是舒清所说的精选出的顶级茶叶，传说有钱也未必买得到，若是出售，市价已超过两百两银子一两，商君佩服，这价格可比金子来得贵。

阮听风接过，笑道：“商君你太客气了。今天可有空闲，好茶适合与好朋友分享。”想想今日也是无事，商君大方地回道：“好。”

两人在窗前矮桌旁坐下，下人要上前泡茶，商君却是轻轻抬手，自己动手，将茶叶缓缓倒入茶壶。注入热水，茶香立刻幽幽地飘散出来，并不十分浓郁，清雅怡人。片刻之后，商君将壶中的茶水完全倒出，浸泡着白玉杯，一会儿之后捞起，再向杯里倒入沸水，动作轻柔舒缓。

淡淡的鹅黄茶汤，在白玉杯里，隐约泛着淡淡的新绿，阮听风将茶杯拿起，轻酌了一口，茶汤入口，味甘回甜，满口生香，果然是好茶。再看对面的人，清茶在手，泰然处之，这人就连喝个茶，也比别人优雅几分。

阮听风暗暗打量商君，他承认，商君无论是人品还是才华、样貌还是家世，都是上上之选，而听雨对他，早已芳心暗许，他是乐见其成的，只是这两个都不挑明，那么今天就让他来做这个媒好了。

轻咳一声，阮听风故作闲聊地问道：“商君，你，二十出头了吧？怎么还没娶妻？是还没找到心仪的女子吗？”

“我……”商君一怔，还在思考着如何回答的时候，敏锐的听觉让她感觉到花厅外轻微的脚步声，而听到阮听风的问题，门外的人也是一滞。商君想了想，回道：“我已经有意中人了。”她知道阮听雨对自己有意，既然不能和她坦言自己的身份，那么像今天这样的方式，或许再好不过。

“啊？”阮听风只是随意开个头，却听到了一个意外的答案，想起有一天听雨落寞地回来，提到过一个叫舒清的女子，莫不是她？迟疑了一会儿，阮听风问道：“是那位姓舒的姑娘吗？为何还没有完婚呢？”

姓舒？他说的可是舒清？商君暗笑，却也不否认，心情不错地回道：“她老是有很多事情忙，想见她一面也不容易，所以耽搁了。”

“是吗？看起来你很喜欢她。”商君的笑容愉悦而温暖，起码他没见过他对谁这样笑过。阮听风轻叹，听雨是注定要心伤了。

“她是我生命中最特别的人，我与她之间的牵绊很难说得清楚。”舒清之于她，确实是这样的存在。门外忽然转了方向急奔而去的脚步声，说明她要达到的目的已经达到。商君起身，微微拱手，说道：“我还有事，先走了。”阮听风点点头，实在不知道，还能说什么。

出了阮家，商君撑着伞，缓缓走在大街上，漫无目的。虽是雨天，街上人却不少，来来往往，匆匆忙忙。不经意地抬眼看去，远方信步而来的男子让商君不由自主地移不开眼，一身的青墨长衫，在雨中一路走来，非但不见狼狈，反而优雅安然。手中的油纸伞，遮去他的面容，但是商君却判定，此人必是清朗如云、风雅脱俗之人。因为有一种人的俊朗，无关相貌，气质使然。就在男子即将与商君擦肩而过时，商君在他的腰间看见了一样东西。那是——她送给舒清的青玉菡萏玉佩！那人就是舒清信中让她帮助的人吗？

商君并不急于上前，而是缓缓地跟在男子身后，走到街道的尽头，男子忽然停下脚步，转过身来，油纸伞轻轻抬起。

“你，为何一直跟着我？”

温润却又略带清冷的声音在耳边响起，商君再一次撞进了一双如沧海明月般绚烂深邃的眼睛里。这双眼睛好像在哪里见过，但是却一时之间想不起来，陌生而熟悉。纸伞轻抬，隔着薄薄的雨雾，商君看清了男子的长相，除了那双眼，五官平凡无奇，普普通通，只是那一身的风华，却是怎么也掩盖不住。商君看向他腰间的玉佩，淡淡地笑道：“因为，它。”

它？秦修之原来还略带戒备的脸忽然一亮，问道：“你认识？”

“认识。”这块玉佩是她精心挑选的，又岂会不认识！

“你就是舒清所说的那个人？”秦修之暗暗打量眼前风神俊朗的男子，微微扬起的唇角，让他看起来自信飞扬。长得出众的男子，他见过很多，但是如他一般清冽优雅的，却从未见过，秦修之承认，他几乎被他的风采折服。商君轻轻点头，“我是。”

“我叫秦修之。”他微微颔首，沉若低弦的嗓音穿过如丝雨幕，悠悠传来，商君没来由地一怔，心里仿佛被一条柔软的羽毛轻轻滑过，失神了一瞬，商君才轻声回道：“我叫商君。”

“商公子，我如何才能回到海域？”他已经找了三年，依旧没有找到回去的方法，而眼前的人莫名地让他信任。自从父亲去世之后，他已经很久没有这种感觉了。

“十日后我有商队要去海域，你可以那时一同前往。”他用了“回”这个字，难道他是海域人？商君不着痕迹地再一次看去，他眼神坚定，温文尔雅，朗朗神韵中透露着大气，似乎不像海域男子。

“多谢。”商君淡淡不解的眼神，让秦修之彻底相信，他是真的去过海域的人，了解那里的民风，不然他不会用这种奇异的眼神看他。收回视线，商君爽快地笑道：“无须客气。你既是舒清的朋友，便是商君的朋友。

如果你不嫌弃，可以到舍下小住，到时也方便你随商队前往海域。”只因为一块玉佩，他就愿意帮他，还将他邀请到家中？商君与舒清的感情必是深厚的吧。想起舒清淡雅温暖的笑容，再看眼前潇洒卓然的商君，秦修之暗叹好般配的一对。

在商君等待的目光下，秦修之微微拱手，回道：“那就打扰了。”

于是，午后微雨中，人们看见两个颀长的身影，一前一后，踏着雨雾，悠然行去，一个清朗如风，一个恍若仙谪。

回到缥缈山庄，雨早已经停了，还未踏进庄门，一声雀跃的女声远远传来：“哥，你回来了。”话音才落，一个粉装的年轻女子就朝着他们奔了过来，如一只低飞的小鸟，美丽而生气勃勃。来到商君跟前，商笑才发现还有一个人，商笑毫不忌讳地打量他，奇道：“这位是?”哥很少带外人回家，这人有何特别之处？商君轻拍商笑的脑袋，叹道：“他是舒清的朋友，秦修之。”哪有一个姑娘家这样目不转睛地盯着男子看的?

一听是舒清的朋友，商笑更来了兴致，才不管商君警告的眼神，对着秦修之甜甜地笑道：“原来是舒清姐姐的朋友啊。我叫商笑，你和舒清姐姐一样叫我笑笑就好了。我叫你秦大哥可以吗?”果然是舒清姐姐的朋友，和她一样，也有着一双温暖的眼睛。

对于商笑的直爽，秦修之觉得很可爱，点头笑道：“当然可以。”

商笑立刻缠着秦修之，一会儿问他和舒清是怎么认识的，一会儿又问花都漂不漂亮。商君觉得再不出声，这只小麻雀能一直问到天黑。双手环在胸前，商君清冷地说道：“笑儿，你如果喜欢在门口聊天的话，我不介意你今晚都待在这儿。”

轻柔的嗓音不急不慢，商笑却像受了惊的兔子一般，跑到商君身边，缠上她的手臂，一边拉着她往里走，一般嬉笑着讨好道：“哥，你辛苦了，我们进去聊。对了，我还让朗月姐姐做了贵妃鱼，你最喜欢吃的。”商君故意摇一摇头，一脸的不相信，吐槽道：“是你最喜欢吃，才缠着朗月做的吧。”商笑噘着嘴，回道：“才不是。”

商笑抓狂的样子逗得商君哈哈大笑。商君对着秦修之拱手一礼，笑道：“舍妹顽劣，让秦公子见笑了。”

“没有，笑笑活泼开朗，真性情很可爱。”他不知道，看起来内敛清雅的商君，笑起来竟是如此美丽。秦修之微愣，他怎么会用美丽来形容一个男子，但是刚才那一刻，他确实有这样的感觉。

商笑的出现，让三人似乎更加熟悉了一些，晚饭也吃得轻松。吃完晚饭，因为几个管事送账本过来，商君让朗月把秦修之安排在沐晨阁便匆匆离开。账本看过一遍，已是两个时辰之后了，抬头看看皎洁的明月，商君转而走向沐晨阁。才刚走进沐晨阁，清幽的古琴声缓缓传出，琴声悠扬而低缓。商君虽不擅长各种乐器，却也能在那悠远的琴声中，听出淡淡的寂寥，那是一种让人心不由自主地微痛的感觉。本来要跨入的脚，在门外停了下来，一曲清音，矮墙内外，各有感怀。

琴音渐歇，久久商君才缓缓回过神来，轻叹一声，转身离去。只是才走出数步之外，一个极快的暗黑身影从空中滑过，商君心下一惊，庄外布满奇门迷阵，居然还有人进得来，而那人的身手，快得几乎让人以为只是一阵夜风。只是商君再明白不过，那是顶尖的高手才能达到的境界。而那抹黑影，直奔的方向是——沐晨阁。

商君迅速赶到沐晨阁，只见一抹寒光乍起，黑衣人手中的长剑毫不留情地刺向还坐在古琴前的秦修之，剑锋直指他的咽喉。商君大惊，一跃而起，扯下一枚树叶，运足功力掷出，树叶击中剑身，发出低低的长吟声。剑尖也偏了方向，险险地掠过秦修之的脸颊。

黑衣人感受到长剑传来的劲力，冷冷地抬眼看去，只见一抹素白的影子急速而来，拉着秦修之的胳膊，后跃而去，硬是退出一丈开外。黑衣人眼神一闪，冰眸紧盯着商君。

黑巾遮去了所有的表情，只是那一双眼，就足够让人胆战心惊。那是一双冷若寒冰的眼，没有温度、没有感情，被这样的眼紧盯着，仿佛脖子被一根冰冷的丝带紧紧缠绕一般，越是与他对视，越是觉得窒息。

缓缓地将秦修之拉到身后，商君轻声说道：“修之退后。”

面对面前的这个人，商君没有一丝把握。他只是静静地站在夜风之中，一身的冷残气势仿若死神，手中血红的长剑在月光下闪耀着猩红的寒光，那是一把渴血的宝剑。商君亮出腰间软剑，紧紧握住，一黑一白的两个身影，分庭对峙。看了一眼商君手中的凌霄软剑，黑衣男子的冰眸里，染上了少许兴味。

无须废话，黑衣男子举起猩红长剑，朝着商君面门横扫而去。商君挥剑隔开，避过了这一击，手掌却被震得微麻。黑衣男子没有想到他竟能硬生生地接下这一剑，原本不屑的心思在这一刻也变得认真起来。手中的赤炼似乎也感受到了主人的心情，红得越发妖艳。

感受到黑衣男子的变化，商君先发制人，御气于剑，软剑如鞭一般缠绕上黑衣男子血红的长剑，剑锋相交，一时间擦出长长的火花。商君用力拉回软剑，黑衣男子微惊，赤炼在强劲的内力下脱手而出。男子顺着长剑的去势贴近商君，一掌袭向胸口。商君侧身闪过，一时分神，长剑又回到了黑衣男子手中。男子夺回赤炼，立刻利落地挥向商君握着软剑的右手。

“商君小心！”秦修之脸色大变。

商君狼狈地翻转身形，避过了凌厉的长剑，然一截素白衣袖却被剑气削落，温热黏湿的血液沿着手臂滑向银白的剑身。商君低喘着握紧软剑，一刻也不敢放松，好凌厉的剑法，好敏捷的身手！如果不是她刚才退得快，被削落的就不是衣袖而是她的手了！

黑衣男子并没有乘胜追击，收了长剑，冷声问道：“庄外的阵是你摆下的？”商君也收了软剑，傲然回道：“是又如何？”

他以为这世上，只有楚吟才摆得出那样精妙的阵法，眼前的这个白衣男子不过双十年华，竟也有此能耐，还有那漂亮的身手、绵长的内息，都让他因为没有对手，沉默死寂多年的心隐隐地兴奋起来。黑衣男子盯着商君，冷声下了挑战书：“他的命我要定了，想救他，我给你一次机会，以你的山庄为界，一个时辰之后我会再来，只要你能把他藏起来，寅时之前不被我找到，就算你赢。”

商君蹙眉，不直接迎战，朗声问道：“如若我赢了，你是否永远不再为难他？”黑衣男子冰眸里依旧毫无情感，冷残的声音低低地回道：“我杀人从来只杀一次。”怕他反悔，商君朗声回道：“好，一言为定。”

黑衣男子根本不屑于回答，暗黑身影如风般消失在夜色里。

他要杀谁，应该没有人能躲得过吧！要救秦修之，只有这一次机会。注视着男子离去的方向，商君有些无措。男子既然进得了缥缈山庄，还立下这样的约定，必是精通奇门术数之人，她要如何在一个时辰之后将秦修之隐匿在山庄里呢？

商君的右手几乎被鲜血浸湿，秦修之掏出素巾，帮他把伤口包上，纠结地说道：“商君，你无须太过担心费神，一切尽力就好。”淡然的嗓音，似乎赌注只是一件事不关己的小事，而不是他的性命一般。

商君坚毅地摇头，回道：“你会没事的，一定会。”一个时辰，只有一个时辰，她到底应该怎么办？商君陷入了沉思。

秦修之绑布巾的手一顿，他不明白，为什么这个男人的话会让他的心跳没来由地加快，他是怎么了？

一个时辰后，暗黑的身影毫不费力地穿越了密林和乱石阵，站在缥缈山庄门口。莫残寒眸扫过身后的密林与乱石，有些疑惑了。那人居然没有调整阵形，也没有加设机关，一切都与一个时辰前毫无二致，或者新阵势在庄内？莫残轻轻一跃，入了缥缈山庄。

莫残再一次站在缥缈山庄简朴的大门前，脸色冷得几乎凝霜，原本冰冷的眼也染上跳动的火焰。山庄里没有任何玄阵，他找不到秦修之，就连那个叫商君的男子也没了踪影，难道他带着秦修之逃了，根本没打算应战？不可能，想起那双沉静毅然的眼，莫残否定了这个猜测，那他们人呢？难道——莫残眼神一暗，好个商君！

高耸的树木遮住了月华的光彩，斑驳的落影下，视物都成问题。秦修之微微眯起眼睛，朦胧中，只看到一排一排错综复杂的树林，即使勉强能看清道路，也不知道应该如何走，不过走在前面的商君却如行走在白天一样轻松。他们在这乱林里差不多走了一个多时辰了，秦修之不解地问道：“商君，我们这是？”

商君放缓脚步，轻声解释道：“我们在迷阵里。一般情况下，接了挑战书的人一定会用心布置精密的阵法，然后再把你藏在隐秘之处，但是那人既敢下此挑战，奇门术数必不在我之下，我也没有把握在一个时辰之内，建一个困得住他的阵法。唯有反其道而行之，把你带进阵里，与他捉迷藏。等他入庄之后找不到你，再寻来的时候，寅时应该也过了吧。”

了然地点点头，秦修之暗叹，好聪明的人，揣测别人的心思，这应该是最不容易的吧。心里想着事情，脚下一个不小心，秦修之被树藤绊到，差点摔倒，一只纤长的手及时抓住了他的手腕，让他得以稳住身子。

“阵中幻象繁多，岔路纠缠，你一定要每一步都紧跟着我。”看他不习惯在夜间的迷阵里行走，商君索性抓住他的手腕，在前面带路。“嗯。”虽然隔着层层布衣，秦修之还是感受到了商君手心的温热，他很少与人身体接触，手腕忽然被抓住，有些不自然，不过，他好像并不讨厌。

走到一处稍微明亮些的地方，商君抬头看看月色，应该快寅时了吧。回头只见秦修之已是一头薄汗，商君失笑，这人明明累得不行了，却不吭一声。放开他的手，商君微笑道：“在这里休息一会儿吧。”

秦修之点点头，在大树旁坐下，背靠着树干。看着商君还在戒备地注视着四周，秦修之抱歉地叹道：“麻烦你了，商君。”他也不明白，为什么父亲去世之后，一直有人跟踪他，甚至是要杀他。他原以为，才换了新的易容面具，应该不会这么快被发现，想不到还是没能躲过，早知如此，他就不应该来缥缈山庄。

秦修之清冷的声音里有些晦涩，商君回过身，轻轻笑道：“修之无须多礼，你是舒清的朋友，为了她的托付，我必定尽全力护你周全。”也为了他清澈如海、温暖璀璨的眼睛，只是这句商君绝对不会说出来。

秦修之一愣，原来他帮他不过是因为舒清的托付，想起他与慕容舒清在易家的那次相遇，秦修之如实地说道：“其实，我与舒清也只是一面之缘，根本谈不上交情，你不必如此。”

“她既然让你来找我，必定有她的理由，你……”还想说什么，一股凌厉之气袭来，商君拉着还坐着的秦修之向旁边滚去，他们身边的树被掌风一扫而断。商君怒瞪着桀骜而立的黑衣男子，冷声说道：“寅时已过，你输了。”商君说着，手却已抚上了腰间的软剑，如果男子不守信用，那也免不了一战了。莫残心中虽不快，但也不得不佩服他的急才。这个人，他总会有机会和他一决高下的。

男子武功极高，性情孤僻，商君还在想如何应付，他却一个字也没有留下，向着山下飞身而去。他，就这样走了吗？他到底是何人？与秦修之又有什么过节儿？怔怔地看着他离去的方向，折腾了一晚上，商君竟觉得有些脱力，转身对已经站起来的秦修之说道：“我们回去吧。”秦修之点点头，商君忽然觉得有些不对劲，仔细看去，秦修之的脸颊上有一道剑气划出的伤口，皮肉外翻，但是却没有一丝血迹，刚才在黑暗的密林里看不清楚，现在在月光下看去，不免有些诡异，商君迟疑地问道：“修之，你的脸？”

秦修之伸出手，摸了一下脸颊，才发现自己的人皮面具破了，他已经很久没在人前展露过他原本的面貌，但是对着面前这个清朗卓绝的男子，他只迟疑了一会儿，便轻轻地掀开了薄薄的人皮面具。

“你……”待看清面具后的那张脸，商君一瞬间愣住了。

“是你？”面具后的完美五官，鲜明挺立，润泽的丰唇轻抿着，夜风吹得他的长发与青衫纠缠在一起。这张绝美的脸，温润如玉的气质，与脑中的某个影像重合，难怪他会对这双灿若星辰、深如沧海的眼有一种似曾相识的感觉。商君终于想起他，就是那个坐在渔船上赏画的男子。

秦修之知道自己的长相，因为这张脸，他被无数人的目光追随过、惊艳过。他不喜欢这种感觉，甚至是讨厌的，但是被商君这样怔怔地盯着，秦修之心里却没有厌烦的感觉，反而有一丝丝的紧张。

听清商君的话，秦修之轻轻蹙起眉头，问道："你见过我？"不可能吧，他完全没有印象！像商君这样的人，见过一面他绝对不可能忘记，而且商君见的还是他没有戴人皮面具的样子，这就更奇怪了，他这几年很少以本来面目示人。商君微笑着回道："差不多一年前在东海港湾，你坐在一只小渔船上。"

秦修之奇道："坐在礁石上的男子是你？"当时他找不到去海域的办法，在东海边上住了一个多月，每天泛舟海上。他记得有一天感应到一抹探索的目光，抬眼看去，一个气宇轩昂的男子坐在礁石上看着他，只是随意地坐着，却是说不出的潇洒。虽看不清男子的样貌，他还是不由自主地对他点头，为此他还懊恼了很久。

"是我。"商君点点头，淡然回道，"那时我正要去海域。"

两人不禁相视而笑，都感叹世间的事情真是奇妙。那时只是一面之缘，想不到今晚却成了生死之交。折腾了一晚上，天竟是亮了，朝霞染红了天际，隐约可见密林之外一个急速而来的身影。商君迅速将秦修之拉到身后，戒备地盯着来人，直到看清来人的脸，商君才暗暗地松了一口气。御枫日夜兼程地从苍月赶回来，才进了密林就看见商君与一个绝色男子站在庄外。现在不过刚刚破晓，他们是要出去还是才回来？心里虽然有疑惑，御枫却知晓本分，不多言，抱拳说道："主子。"

商君微笑着点点头，说道："御枫，到书房等我。"

"是。"御枫依言闪身入了庄内。商君对着秦修之说道："一个晚上没休息了，你也累了，回去休息吧。"

"嗯。"秦修之与商君缓步进了庄内，商君对他点点头，沿着另一条路快步而去。刚才那个男子身上，一定有他急于知道的事情吧，不然，商君怎么会如此急躁。商君确实很急，才进来书房，就立刻问道："找到了吗？"

"幸不辱命。"御枫打开一路小心保护的木盒，从里面拿出一个正方形的墨黑砚台。商君小心接过，轻抚之下，柔滑如肌，细腻坚润。砚台四面雕刻着似鳞片一般的花纹，细细密密，雕工精细。商君拿在手上细细把玩，敲其壁，只听得低低闷闷的响声，沉鸣之声良久不绝。果然是舒清要找的墨砚，而且还是其中的极品。找了两年，总算找到了！将砚台递还给御枫，商君心情不错地笑道："辛苦你了御枫，一会儿就让人快马加鞭送到慕容家吧。"

"是。"御枫将砚台放好，用布包起来，起身正要退出去，身后传来商君有些迟疑的声音，"御枫。"御枫停下脚步，看向商君。她犹豫了一会儿，还是轻声问道："三儿，他好吗？"

御枫皱眉，他不知道怎么算是好，怎么算是不好，想了想如实回道："萧三公子不常在萧家出现，生意上的事情好像也不太管，而且……"看商君着急，御枫还是决定把自己看到的说出来，"而且性子似乎越来越冷淡，对人也越发冷漠了。半年前他见到我，常一副欲言又止的样子。这半年来就没有了，一概的冷然。没人能和他说上几句话，就连萧家的两位公子也很纳闷，却是一点儿办法也没有。"商君掩下眼眸，平静地说道："我知道了，你赶回来也累了，下去休息吧。"

"是。"他知道主子与萧三公子之间必是有什么事情发生，但又不知能说什么，只好退了出去。书房一下子安静下来，商君缓缓抬起头，她觉得心里闷得厉害。三儿一向骄傲，回去之后生闷气她是猜得到的，但是她不能想象三儿冷漠是什么样，他一向都是肆意而热情的，起码她认识的三儿是这样的！现在已经不是了吗，他在船上和她说那些，是否是她错了呢？抚着额，趴在书桌上，商君没有答案。

商笑跑进书房，就看见商君没有精神地趴在书桌上，心下微惊。此时的她看起来疲惫而无措，她几时这样过？商笑急了，赶快跑到商君身旁，轻拍她的肩膀，急道："哥，你怎么了？"商君抬头，看清商笑担忧的脸，轻轻扬起一抹平和的笑容，回道："没事，想些事情。"此时她看起来又温和而平静，难道是她刚才看错了？心下疑惑，商笑嘴上也不再深究，笑道："哦，吃午饭了。"

午饭？商君看向窗外，初夏阳光已经开始展现它的炙热了，白晃晃地刺眼。商君苦笑，原来她刚才竟是发了两个时辰的呆！她起身牵着商笑的手走向前厅，想了想说道：“你别去叫修之了，他刚来庄里不适应，昨晚可能没睡好，让他多睡会儿。”

商笑挽着商君的手，撇撇嘴，讪笑道：“人家秦大哥才没有你这么懒，早就起来了。我过去的时候他就坐在院子里抚琴呢。不过他的琴弹得真好，人也好。”起了？还是根本没睡？商君暗叹，这世上总有那么多的事情来折磨人，各人有各人的愁法。身边的商笑还在一个劲儿地夸秦修之的琴弹得有多好，眼里闪着崇拜的光芒，脸上也荡漾着淡淡的红晕。商君微微皱眉，问道：“小丫头，你看上他了？”商君一时搞不清楚自己的心思，秦修之是如此优秀，笑儿喜欢他也没什么不对，只是心里莫名地有些气闷，这莫不就是吾家有女初长成的心态？

谁知商笑怪叫一声，回道：“才不是呢，他和舒清姐姐的感觉好像，都是那样温和而淡雅的人，他们是最般配的一对了，我才没有乱想呢！”

秦修之和舒清？商君一怔，淡淡地回道：“是啊，他们很般配。”

感觉到商君的脚步越发慢下来，商笑拖着商君的手，急道：“快走吧，别让人家秦大哥久等。”“嗯。”随着商笑的脚步，商君觉得脑子有些乱，或许是昨晚没睡的原因吧。

来到前厅，秦修之已经坐在那里，他的脸上又戴上了人皮面具，遮住了绝色的容貌，却遮不住那风雅的气质，看见商君进来，秦修之轻轻点头，商君微笑回礼。餐桌上，只有商笑叽叽喳喳地说个不停，商君和秦修之都只是随意地回了几句，一顿饭吃得随意也很无趣。

用过午饭，商君想了想，还是和秦修之一同回了沐晨阁，两人在院里的树荫下坐下。商君说道：“昨日那人看来是个守信用的人，应该不会再纠缠你了，过几天商队就出发了，我会让几个暗卫随行保护你。”如果不是昨晚那样难缠的人物，暗卫应该可以保护秦修之的安全。秦修之摇摇头，拒绝道：“商君不用如此费心，我自己会照顾自己的。”他已经麻烦他够多了。

“不妨事。”商君只是淡淡地回道，无意继续这个话题，她决定的事情就一定会去做。眼光扫过秦修之的腰间，那块青玉菡萏玉佩他还带在身边，青玉的润泽的光芒在靛青长袍间闪耀，竟是如此相得益彰，难怪舒清会把玉佩送给他。顺着商君的视线，秦修之低头看向玉佩，微笑道：“商君真是好眼力，只是擦肩而过就能认出这玉佩。”

商君摇头笑道：“这事说来也很巧，玉佩是我在海域的时候看见的，因为十分喜爱，就带在身边，后来舒清看了喜欢，我就送她了，所以对玉佩印象深刻。”绕了一大圈，玉佩还是要回到海域。

这是他送给舒清的？秦修之心下一怔，低喃道：“原来如此。”这玉佩是他们的定情之物吗？秦修之缓缓摘下玉佩，递到商君面前，说道：“物归原主。”商君却不收，回道：“舒清送你的，就是你的了，就算要物归原主，你也该还给舒清，而不是我。”

秦修之有些尴尬，商君也意识到这话说得有些不妥，她今天是怎么了？两人对视了一会儿，忽然没了话题，又匆匆移开视线。商君觉得今天浑身不自在，干脆起身，轻咳一声，说道：“你早上大概也没有好好休息，我不打扰了。”看着商君缓步离开的背影，秦修之也觉得自己今天很奇怪，他失落什么呢？是因为舒清与商君的关系太好？握紧手中的青玉菡萏，秦修之黯然，自己应该是喜欢舒清的吧。

第十九章　冤家路窄

一大早，商君的书房里，卫溪报告着这几日查到的信息："主子，苍月的军队已经在临风关外五十里处扎营，大概七万余人，均是以前武家军的旧部，作战能力很强，不过这次的主帅，却是一个从来没听说过的将军，叫尤霄。"

尤霄？商君原本还在翻看账本的手一顿，怎么会是他？他不过是陇趋穆身边的近身侍卫长，何以会委以主帅之职？陇趋穆应该知道，行军作战并非易事，武功再高也是无用！

商君想了想，问道："东隅这边有什么动静？"

"轩辕逸带了三千人马，以视察边关为名，三日前已赶赴临风关。"

"轩辕逸都来了？"东隅会有所作为她早猜到，但是来的居然是轩辕逸这个被誉为"战神"的镇国将军，她就没有想到了！

卫溪点头回道："是，而且原来的东隅驻军张孝飞将军已被调离临风关。"

商君暗叹，玄天成果然谨慎，上次黄史杰与苍月的书信应该是呈给朝廷了，为了安全起见，玄天成竟是连常年驻扎于此的张孝飞都调走了，为的怕是张孝飞在此多年也被苍月收买吧。以现在的情况看来，战事在所难免了。

因为这场即将到来的战事，她的心有些乱，但是脸上依旧平静。商君淡淡地吩咐道："静观其变，小心应付，尽量不要卷进去。"

卫溪沉声应道："是。"

商君默不作声，卫溪正要退出去，她忽然问道："往海域的商船出发了吗？"

"出发了，收到暗卫的消息，秦公子已经安然上船。"主子对秦公子的事情好像特别上心，从秦公子离开到现在，已经问过三次了。

"那就好，你去忙吧。"上船就好，她也不需要再挂心了吧。

卫溪平静地退下了。想到即将到来的战事，商君的心却不能平静，接下来，她应该如何面对呢？这次的战乱是否是她的机会呢？

又是一个炎热的仲夏之夜，月明如水，清楚地照亮了一大片空地上整齐扎起的数千营帐。军营中，士兵五人一队，在营地里来回巡视。军营旁茂密的大树上，一个黑影隐身于枝叶间，双眼闪着清明犀利的光芒，专注地盯着位于中间的主营。

商君思索着要不要靠近，她有些烦躁，想了一个下午，依然不明白自己的心态，既想要听从舒清的建议不问政治，休养生息。又不想放过关于陇趋穆的任何行动。这次苍月与东隅的对战，或许对她是有利的，尤霄应该不是轩辕逸的对手！

还在思索着，一抹纯白儒衫打扮的男子悠然地出现在主营前，那身触目的白在一群戎装士兵中间穿梭，看起来是那么的突兀。他只在主营前站了一会儿，尤霄竟然亲自出来迎接，将他请了进去。商君微微蹙眉，此人是何身份？心中有疑惑，商君不再迟疑，轻松地跃下树梢，借着黑幕的掩饰，身手极快地靠近了主营。到了营帐前，她未敢靠太近，一来是尤霄的武功高强，二来就是摸不准那白衣男子的深浅，不好妄动。

绕到主帐后方，这里离议事之处较远，不易被发现，用藏于袖间的薄刀片轻轻划开一道细口，商君撩开一角，眯眼看去。

那白衣男子与尤霄对面而坐，而且，男子坐的竟是上位主位，商君微怔，这人的身份，必是比尤霄高出许多，不然尤霄身为主帅，岂会屈居下位？商君想要看清楚白衣男子，可惜身处帐后，只看到他的背影，从行为举止上看，他温文儒雅，而且浑身上下流淌着贵族的气息。

“九公子此计谋甚好，就怕做起来不容易，毕竟一个是朝廷重臣，一个是东隅巨贾。”尤霄的声音略带迟疑地传来。

男子爽朗地笑了起来，自信非凡地回道：“尤将军无须担心，我自会处理好。”有了他的保证，尤霄也笑道：“既然如此，就按照九公子的意思办吧。”

“尤将军爽快。”

“哪里，要不是九公子鼎力相助，此事怕也没有这么顺利。时候也不早了，九公子早点休息吧，其他的事情明日再详谈亦不迟。”

“也好，告辞了。”白衣男子起身，一派悠然地走出了主营。

商君却陷入了沉思，站在这个位置，以她的耳力，刚才的对话她听得很清楚，他们所指的东隅巨贾是谁？会是舒清吗？所谓的计谋又是什么？

商君还在思量，尤霄冷然的声音再一次从帐内传来：“出来。”

商君大惊，屏住呼吸贴着营帐，只见尤霄犀利的眼正直直地看着她所在的方向。她已经很小心了，还是被发现了吗？尤霄一步一步走过来，每一步都缓慢而用力，仿佛每一下都要踏在敌人的心上一般。商君抚上软剑的手心也微微地冒汗，只是她并不打算此时现身，尤霄是个难缠的对手，每一次交手，似乎都更强一分，她要沉静地等待时机。

就在尤霄快要走到商君面前的时候，一抹暗影手执长剑，对准尤霄的咽喉猛刺过去。可惜尤霄早有准备，一个侧身躲过长剑，并快速移身上前，一拳击中黑衣人的肩头。黑衣人狼狈地跌在一旁，砸碎了一面翠玉屏风。

看见如此拙劣的身手，尤霄张狂的眼中有一丝失望，他以为会是那个几次三番让他受辱的男子，原来却只是个小贼。想想也是，如果是他，也不会这样容易暴露了。他不耐地斜睨黑衣人一眼，冷哼道：“还真有不怕死的。”

商君松开抚剑的手，脚步轻抬，准备离开，既然有了替罪羊，她就不需要再与尤霄正面冲突了，才走出一步，商君听到一道既熟悉又陌生的男声响起：“大言不惭，让爷爷给你点教训！”

商君朝黑衣人看去，那人已经站了起来，正和尤霄过招，只是显然不是尤霄的对手。他身材略高而魁梧，身手普通，但是那声音为何觉得耳熟呢？不需要商君费力思考，因为黑衣人的面巾已被尤霄揭了下来。看清黑衣人的长相，商君眼神微闪，是东隅驻军副将王平！

王平来此是奉命前来打探，还是自己的鲁莽之举，要不要救他？商君衡量着其中的利害关系，最后决定——离开。

突然王平被尤霄一脚踢中胸前，正以极快的速度向商君砸过来。商君此时根本来不及躲避，只得伸出右掌，运气撑住王平的背心，缓了他下坠的力度。王平只觉得背后一股绵厚的掌力托住自己，他也顺势翻转而起，平稳落地。

这一瞬间的变故，让商君不得已暴露在尤霄眼前。尤霄先是一怔，然后居然一反常态，一副心情颇好的样子，笑道：“你果然来了。”

尤霄的表情让商君觉得十分怪异，简直就是毛骨悚然。商君对着站在一旁的王平说道：“走。”

谁知王平还是个硬汉，大声回道：“不行，我岂是贪生怕死之辈！”

商君不耐烦道：“走，不要在这碍事。”她现在只想快点离开，而这个人确实碍事！

“你！”王平气结，果然拂袖而去。

尤霄并不在乎王平逃脱，因为他就算现在逃了，也是必死无疑！他在乎的是眼前这个人，这个即使戴着面巾，他也可以一眼认出的人！这个让他恨得夜不能寐的人！商君！

带着三分阴狠、三分戏谑，还有三分兴奋，尤霄盯着商君的眼，似笑非笑地说道：“今天是你自己送上门的。”

商君讨厌这样的感觉，仿佛自己就是一个任人宰割的猎物。她冷冷地回视尤霄，满目不屑地回道：“你这军营我想来便来，想走便走。”

"是吗?"尤霄非但没有因为商君的挑衅生气，反而笑得更加肆意，一字一句地说道，"你没发现自己气血不畅，胸闷难当?"

商君暗自气运全身，果然感到气血停滞，胸口犹如压着一块大石头一般难过，几乎喘不过气来。她没有大惊失色，而是冷冷地瞪着尤霄得意的脸，脑子里快速思考着应对之策。她还想再次运功，却发现每运功一次，那种压迫感更深一层，到后来，竟是喉头一黏，一口污血自唇间滑落。隔着面巾看不出来，但是淡淡的血腥味却在两人之间弥漫开来。

商君不敢再妄动，只是戒备地看着尤霄，她知道自己中毒了!

"要说我卑鄙? 这可是我专门为你准备的。"尤霄轻轻牵动嘴角，只是完全看不出笑意，看着商君僵硬的身体和满是薄汗的额头，尤霄心中升起一股怪异的感觉，既兴奋开怀，又莫名地烦躁。一定是太想折磨他了，他才会这样怪异地烦躁! 他得意地道:"商君，你终于落到我手上了!"

一步步逼近商君，尤霄的手缓缓升起，粗鲁地扯下商君脸上的面巾，他再次见到这张让人恍神的俊颜，即使是现在，面色苍白，唇角沾染血污，他依旧骄傲得让尤霄想要一掌打碎他的傲慢!

"你说我要怎么折磨你比较好呢?"尤霄故作思考，绕着商君，一边走，一边问道，"废了你的武功? 还是挑断你的手筋脚筋? 或者你喜欢经脉尽断?"尤霄仿佛是在询问地轻笑，反而比疯狂地喊叫更叫人胆战心惊。

"都不好? 我知道了，你不是一直很骄傲吗? 把你吊在桅杆上示众，如何?"商君一句话也不说，面无表情地看着前方。他的反应早在尤霄意料之中，如果他此时面露一点点惧色，就不是他认识的商君了。而他想做的，本来就只是要好好地羞辱他，让他知道任人宰割的感觉。

商君忽然低下头，尤霄看不清他的表情，伸手扣住他的下巴，使劲地抬起他的头，指尖的力道让商君的下巴立刻被掐出几条暗红的瘀痕，手下冰冷的触感让尤霄竟有一瞬间的恍惚。只是这一下，就看见商君眼中闪过一丝光彩，尤霄惊觉有异，想要后退已经来不及，一抹银光闪过，他只觉得脸上先是一凉，接着便是灼热的疼痛，他以为商君要逃，抓住他下巴的手不因脸上的伤而松开，反而越发用力。

商君眼一闭，直接软倒下来，尤霄想也没想，伸手揽着他的腰，缓住他的下滑之势。才刚抱紧他，尤霄只觉得命门穴上一痛，再也动弹不得，而此时商君原来还紧闭的眼缓缓睁开。

尤霄狠狠地瞪着商君，怒道：“想不到你也会用这种卑鄙无耻的手段！”他怎么会这么笨，明知道他狡猾得很，在他倒下的那一刻，居然还会去扶他！

商君不住地微喘着，她本来打算跌倒在地趁尤霄检查她是死是活的时候突袭他，没想到他会扶她。暗暗调息了好一会儿，商君才从尤霄怀里慢慢地爬出来，浑身无力的她几乎要再次跌倒。商君扶着营帐，冷声回道：“你也不见得光彩到哪里去！以其人之道还治其人之身，也不算辱没你！”

商君按着胸口，踉跄地从营帐后面爬出去，她不敢多留，怕待会儿巡视的士兵发现或者尤霄大叫，她就跑不了了。

果然，商君才爬出营帐，就听见尤霄的怒吼声。

“商君！你给我站住！”感觉到士兵纷杂的脚步声往主营跑，明知不能再运功，商君依旧没有选择地运功提气，向前方飞掠而起，只是眼前的景物愈来愈模糊……

“该死！”尤霄此时怒火中烧，该死的商君！他知不知道他中的是由万年冰湖中水蜈子炼制而成的至阴之毒——冰覆！没有解药，他活不过三天，如果他还强行运功的话，今晚他就要见阎王！该死的商君！

更该死的自己，他在担心什么？怕他死？他死了不是更好！更好！

商君一路飞奔，到后面，眼前已经一片漆黑，她完全是靠着意志力在奔跑。夏夜里她不但没觉得炎热，反而越来越冷，那种冷从骨头里透出来，寒彻全身！终于，她还是支持不住地倒在了路边的草丛里。

深夜的山林小道，本应该只有虫鸣蝉噪，风声落叶，然而轻轻的马蹄声在此时响起，不免让人有诡异的感觉。窄窄的小道上，一匹雪白的骏马由远及近，懒洋洋地走过去，婆娑的月影下看不清楚，白马背上似乎驮着什么。待云层散去，才看清马上驮着一个人，来人一身白衣，几乎与白马融为一体，而他正躺在马背上，手枕在脑后，看着天上的繁星，年轻的脸上尽是惬意。

“霜霜，你说我要不要管这闲事?”清朗的声音与他的脸一样年轻，半眯着的眼睛里满是苦恼。他很远就闻到淡淡的血腥味了，走近了血腥味更加浓重，不用看他也知道草丛里有一个人，而且是个半死不活的人。

白马走到树丛边的那团黑影前，就停下了脚步。

男子轻笑，翻身下马，拍拍白马的头，有些无奈地笑道：“你就是善良。”走到黑影前，男子半蹲下身子，搭上黑衣人的脉门，微弱得几乎感觉不到脉动，救还是不救?男子扫了黑影人的脸庞一眼，就这一眼，他浑身像被雷击中一般，原来还惬意的脸上满是惊恐，手也不自觉地颤抖起来。男子扶着商君坐起来靠在自己怀里，从袖口掏出了一个青玉瓷瓶，倒了几颗药丸出来，也不管这是他平时珍惜如命的宝贝，一股脑儿地都塞进商君嘴里。确定商君吞下去之后，男子的神情才平静了一些，轻拍着商君的脸颊，轻声唤道：“偌君！偌君你醒醒！”三年不见，她怎么把自己搞成这个样子！

不知是药丸真的如此厉害，还是商君一直都警醒着。几次低唤之后，商君终于慢慢地睁开了眼睛。夜色下，男子背着月光，看不清长相。商君入目之处一片模糊，只听耳边急切的男声，叫着她都快不记得的名字——偌君！

这个名字仿佛给了商君力量，她抓紧男子的手努力看去，可惜依旧徒劳，她是瞎了吗?靠在男子怀里，商君闻到了淡淡的药香，这个味道……

“小师叔?”商君伸出手，想要抚上来人的脸。男子抓住她的手，主动把脸凑过来，轻声回道：“偌君！是我。”

手下皮肤光滑而微凉，高挺的鼻子，薄薄的唇，深邃的眼眶。商君放下心来，低喃道：“真的是你！”有了安心的人在身边，她终于抵不过身体的疼痛，彻底晕了过去。

“偌君，偌君！”祁风华立刻搭上商君的细腕，与刚才不一样，现在脉象强劲每一次都有力，但是紊乱非常！难道是凝息丸与毒气相撞？偌君怎么会中这样奇特的毒？

来不及多想，祁风华抱起商君置于马上，自己也利落地跨上马，紧紧揽着她的腰，低声说道：“霜霜，快！”

白马一声长嘶，在窄窄的林间小道上疾驰而去，哪里还看得出原来的慵懒。月光下，只看见一条白影在小路上驰骋。

墨色一般的黑暗，死一般的寂静，商笑不知道自己在哪儿，只知道这无边的黑暗让她恐慌。她握紧双拳，指甲深深地陷进肉里，她想借由掌心的疼痛来让自己镇静，可惜毫无用处。蹲下身子，商笑抱着膝盖，闭上眼睛，瘦弱的身体瑟瑟发抖。

笑儿！

笑儿！

耳边似低吟又似轻唤的声音让商笑缓缓睁开眼睛，左右看看，依旧是漆黑一片，只是那痛苦的呼唤越来越清晰，这是……这是姐姐的声音！商笑倏然起身，心中虽然恐惧，却毅然向着声音的方向慢慢走去。黑暗仿佛无边无际，耳边的低唤却又无所不在，商笑只管向着前方奔跑，坚定那就是姐姐所在的地方。

终于，远处有了一丝光亮，她看见了那抹让她安心的背影。她快步跑过去，背对着她的人也慢慢转过身来，脸上是淡淡的笑容。越来越近，商笑脸上的笑容却变成了惊恐，因为她眼前的商君面白如纸，一贯的白衫上，血慢慢地从胸前、腹部、手臂渗出来。渐渐地，白衣变成了刺目的猩红。她还是那样微笑着，只是脸色白得几近透明，所有的血色都在缓缓褪去。

姐姐！

商笑张口，才发现自己发不出声音，想要靠近，却又被一层无形的东西阻隔了。不管她多么努力，都是徒劳，心中的焦急和恐惧压抑得她喘不过气来，她绝望地跪坐在了地上……

姐姐——

不要离开我！不要！

“小姐，小姐你怎么了？”

朗月有些不知所措地看着床上痛苦挣扎的商笑，一向浅眠的她一直听见断断续续压抑的哭声。过来一看，就见小姐眉头紧皱，泪如雨下，眼睛却还是紧闭着的，莫不是做噩梦了？叫了很久，商笑依旧沉浸在自己的世界中，朗月只好轻拍她的脸颊，叫道：“小姐，你醒醒！醒醒！”

“不要！”商笑大叫一声，坐了起来，眼里满是恐惧，沿着腮帮一滴一滴滚落下来，不知是泪水还是汗水，一时还没有缓过劲来。商笑傻愣愣地呆坐着，朗月担心地轻问道：“小姐，你做噩梦了吗？”

噩梦？看清周围的淡紫纱帐，只有朗月担心的脸庞，商笑终于回过神来，梦中惊恐的一幕却挥之不去，她握着朗月的手，急道：“我哥，我哥呢？”朗月不明就里，看了看窗外漆黑的夜色，答道：“此时公子应该在慕云君苑休息吧。”

商笑立刻翻身下床，胡乱地套上鞋子，就往慕云君苑跑去。刚才的梦太可怕了，她一定要现在就见到安然无恙的姐姐，不然她的心会从胸口跳出来！冲进清幽的慕云君苑，商笑拍着商君房间的木门，敲了十几下仍无人应答，她后退一步，一脚踢开了商君的房门：“哥！”一边叫，一边把卧室、书房翻了个遍，还是没有看见商君，糟了，那个梦，那个梦会是真的吗？

朗月没有武功，她赶到慕云君苑的时候，只见商笑从公子房里跑出来，站在院子里有些疯狂地大声叫道：“卫溪，卫溪！”声音才落，卫溪的身影已经出现在院内。商笑长发未束，身上也只穿着纯白的单衣，满目的狂乱，眼中闪着的泪仿佛随时都要落下。她这个样子把一向冷静的卫溪都吓了一跳，急道：“小姐，发生什么事了？”

盯着卫溪，商笑期待地问道：“哥呢？你没和他在一起，你知道他去哪里了吗?”

“属下不知。”卫溪皱眉。

慕云君苑里的喧闹，也把杨忠引了过来，同样也被商笑的样子惊到，杨忠不解地问道：“怎么回事?”

抓着杨忠的手，商笑终于忍不住哭了出来：“忠叔，我哥不见了。”

另一边迎接晨光的人，心情也异常烦闷！祁风华站在残破的寺庙窗前，看着地上的一摊污血，眉头紧紧地皱在一起，是谁用这样阴险的毒来伤害她？她又为什么要女扮男装？这三年来，她音信全无，过的是怎样的生活？太多的疑问盘旋在心头，祁风华年轻的脸上满是郁结之色。躺在地上的人轻轻动了一下手指，祁风华走到她身边，轻声说道：“醒了?”

商君缓缓睁开眼睛，入目的是祁风华温暖的俊颜，总算看得见了。商君暗暗地松了一口气，看看头顶的破砖烂瓦，轻声问道：“这里是?”

“这是龙峡谷附近的一处破庙，你中毒了，我只能把你先安置在这里。”看她想起来的样子，祁风华小心地扶着她靠坐在石柱上，问道，“你现在感觉怎么样?”

商君苦笑道：“浑身无力。”她刚才试过了，连坐起来的力气都没有，想不到三年不见小师叔，第一次见面便是让他看见最狼狈的自己。

看她精神好一些了，祁风华解释道：“先不要运功，也不要用力，你身上的毒阴邪得很，武功越高、内力越深的人，毒气入体越深，我已经封住你身上的所有大穴，这段时间只怕是不能用武了。”

“要多久?”商君急问。

祁风华的手轻轻搭在她的腕上，在仔细把过一会儿脉象之后，回道：“这中的是至寒之毒，没有解药，我现在也只能给你针灸，放出毒血，慢慢化解，最少也要半年才能恢复。”

半年？太久了，苍月东隅战争在即，这个时候不能用武，就像被束缚了手脚一般！不过她并不怀疑祁风华的话，他的武功或许不如自己，但是医术和炼毒的本事她是远远不及的。罢了，谁让自己不小心，着了尤霄的道，要不是遇见小师叔，她或许连命都没了！头靠着石柱，商君淡淡地回道：“我知道了，多谢小师叔。”

一个身怀绝技的人，不能用武就好像一个人不能走路了一样，祁风华知道那其中的痛苦。但是偌君却是冷静地接受了，记忆中的她是个烈性子，为人处世求的就是一个爽快、利落。现在看来，她倒是沉静了许多，即使是现在这样的情景，她的唇角依然轻轻勾起，眼中是淡淡的思量。这样的偌君，他好像有些不认识了，祁风华困惑地说道：“偌君，你变了很多。”变了吗？商君轻笑，再次见到小师叔，她想起了小时候和他一起捉过叶猴，射过秃鹰，还一起炼过毒药放在师父身上，结果找不着解药，被罚跪在绝壁峰顶三天三夜。那时的她是快乐的，也是无所不为的，因为那时她还是武偌君，现在已经不是了，从她家破人亡的时候开始，一切都不同了。

商君微微低下头，低声回道：“现在我叫商君，是——男子。”

“商君吗？”祁风华低喃着品味这个名字，里边有多少无奈和心伤？他知道了偌君家里的变故，却不知这对她有这样大的影响。

两人皆是无语，商君不喜欢这样的气氛，他们之间一直都是互相调侃、互相作弄的，这样的沉重不适合他们。看着祁风华，商君故意轻松地笑道：“小师叔，你私自下山了？”

祁风华白了商君一眼，回道：“我满十八岁了。”他不明白师父为什么要定这样的规矩，不满十八不许下山，他等今天已经等得够久了。十八了吗？和三儿是一年的，三儿是不是也如他一样，长成了一个男人了呢？

祁风华奇怪地看着商君，平时这个时候她一定要回嘴取笑他的，现在是怎么了？祁风华轻抚她的额头，担心地问道：“你不舒服吗？”

商君懊恼地回过神，不好说自己走神，只能轻轻地摇头，看到祁风华，她不免想起另一个人：“师父……他好吗？”从下山之日起，她好像已经没有资格叫他师父了吧？

“你走之后，师兄也离开绝壁云游四海去了。我差不多快三年没见过他了。偌……我叫你小君行吗?”他还是不喜欢叫她现在的名字——商君!总觉得这是一个悲伤的名字，这个他，不是他认识的那个她!

商君无所谓地回道:“随你喜欢吧。”

看出她眼中的悲伤和失望，祁风华劝道:“你不用担心师兄会责怪你，当年说的那些话也是一时气话，他还是很关心你的。下次有机会见了面赔个不是便罢了。”他们师徒俩的感情，他是最清楚的，师兄之所以外出，还不是怕在绝壁上看见什么东西都睹物思人!

商君缓缓地闭上眼睛，一切都不可能再回到从前了，师父已经把她逐出师门，她难过，却不后悔当初的选择!

祁风华对现在的商君一点儿办法都没有，她把自己的悲伤封锁起来，不让人分担。扶着她的肩膀，让她躺下，祁风华有些无奈地说道:“累了就好好躺着吧。”

才将她平放在铺好的稻草之上，一串急促的马蹄声由远及近而来。

“你别动，我去看看。”祁风华刚要起身出去看，商君却不肯乖乖地躺着，无力起身，于是紧紧地抓着祁风华的手。

她或许性子变了一些，骨子里的倔强却是一点儿没变!多年相处，自然知道劝她是没用的。揽着商君的腰，祁风华将她扶了起来，两人透过破庙半掩的窗棂往外看去。

远远地跑来一个马队，共有十几个人，领头的男子脸颊上有一道深深的伤口，满脸的狂躁甚是骇人。商君低叫道:“尤霄!”他居然追来了?他还真要不死不休!

“你认识?”

商君点点头，回道:“这毒就是他下的。”他们两人是不是注定每次见面，一定要见血?这就是所谓天生的敌人吗?

祁风华眼神一暗，低声笑道:“那就太好了。”商君不解地看向祁风华，在他眼底，她看到了再熟悉不过的戏谑，只是这次还多了一丝冷酷。

祁风华盯着越来越近的尤霄，笑道:“既然是他下的毒，就应该有解药，现在他自动送上门来，你也就不用等半年了。这个人把你害成这样，不替你好好教训他，我还怎么做你师叔？”看他的样子不像说笑，商君微惊，急道：“小师叔，他武功不弱，而且……”

“放心，我又不是要和他比武！”祁风华轻轻挑眉。商君还想说什么，却直接被点了穴道，祁风华将她扶到佛像后的帷幔旁，让她不会被人发现，又能看见外边的情况。

商君再次张口，却被祁风华的食指压住嘴唇：“嘘，小君，如果你不想被点哑穴，就不要说话。”

商君只好闭上嘴，祁风华满意地笑道：“别乱动，好好看戏！”说完心情颇好地走到刚才他们坐过的地方，懒懒地半靠在石柱旁，等着尤霄送上门。商君有些头疼，以她的经验，祁风华发起脾气来，一点儿也不好玩，而且现在看来，因为她的伤，他好像真的——生气了！

马蹄声在破庙前渐歇，众人整齐划一地下马。尤霄这次带来的是一支精锐之兵，商君的心悬了起来。小师叔的武艺一向平平，平日里只痴迷药石之妙，三年来武艺想必不会有什么大的提高，尤霄那样难缠的人，要是不着他的道，那他就很危险了。

商君的心七上八下，比自己应战还紧张。祁风华倒好，悠闲地把地上的稻草拿起来盖住地上的污血，完全无视气势汹汹冲进破庙的尤霄一行。

尤霄早已看见庙外的雪白骏马，也猜到庙里会有人，进来之后看见一个白衣男子正在铺稻草，一脸的悠然，能对一群铁甲将士视而不见，此人必不是一般人。尤霄暗暗打量了他一番，并不打算招惹他，他现在只想找到那个半路脱逃的男子——商君！尤霄对着身后的士兵低声说道：“搜！”

士兵们了然地点点头，绕过男子朝四周搜查。

商君微惊，她不能动，只能屏住呼吸，好在祁风华把她放在了一个看起来不像能藏人的地方，纷飞破烂的布巾中间！祁风华一边抖着稻草，一边笑道：“将军，可是要寻人？不如我帮你卜一卦吧，不准不要钱。”

低浅的声音让尤霄轻轻皱眉，他生平最讨厌这种故弄玄虚的神棍！不再看向男子，尤霄缓缓走近寺庙中间的佛像，残破而肮脏，这就是人人敬畏祈求的神吗？没有人给它修金身，造寺庙，它不就是一坨泥？可笑的是，它反而成了救苦救难的神。他只相信自己，当你强大的时候，你就是神！尤霄灼灼的视线烧得慌，商君没来由地有些紧张，因为她就坐在佛像旁边的布条里，和尤霄面对面。他锐利的眼狂傲而不羁，商君竟是有些移不开眼！祁风华怕尤霄发现商君，走到尤霄身后，再次朗声说道："只怕这次将军要无功而返了。"

"将军，没有发现。"仿佛是为了印证祁风华的话，士兵的回报也适时响起。

"走。"尤霄不愿浪费时间，直接越过祁风华走向门外。

祁风华暗叹，好坚毅果决的人，这人伤了小君，原本他对他很是不爽快，现在看来，此人有点能耐，有点意思！对着尤霄的背影，祁风华故作惋惜地说道："一卦不算就走了？我还想告诉你，你要找的人在什么方向呢！"尤霄脚下一滞，缓缓收紧双拳，冷残的声音里，显示着他的不悦："你到底是什么人？不要在我面前装神弄鬼。"如果他想死，他不介意送他一程！

祁风华半靠着石柱，似有还无地笑道："将军此言差矣，我这可不是装神弄鬼，人世间的际遇各有定数，只是你自己不知道罢了，你要找的那个人，是你命中的克星！"他虽不知这人和小君间有什么纠葛，不过他始终还是相信，他不是小君的对手！这叫护短！

一句克星让尤霄心神微恍，想起这三年来的几次交手，商君还真是他的克星！每一次面对他，他似乎总处在劣势。尤霄回过身，第一次正眼看祁风华，冷声问道："他在哪里？"

鱼儿上钩了！祁风华暗笑，看来他真的非要找到小君不可。在稻草堆上坐下，祁风华笑道："这得好好算一算才知道，将军莫急。"

尤霄思量了一会儿，最后还是走到了祁风华面前，一双犀利的眼直直地盯着他，仿佛要将他看穿。"坐啊。"祁风华与他对视，却是一副轻松自在的样子，完全不被他的气势所影响。

尤霄爽快地在他对面坐下，沉声道："好，开始算吧！"他根本不相信什么卜卦，他猜想这个男人一定知道商君的去向。他要玩，那他就陪他好好玩一玩！祁风华摇摇头，伸出手，问道："你身上可有他的东西？或者和他接触过的东西，你不给我些和他有关的东西，我要怎么算？"

尤霄皱眉，几时听说卜卦还要东西的？他更肯定他不是什么术士。本来想说没有东西，不过转念一想，看他还有什么花招也好，尤霄从怀里拿出一块黑巾，丢到祁风华手中。

祁风华微愣，他没想到这男子身上真的有小君的东西，抓在手中轻揉，这布料和小君的夜行衣一样，上边还有一些干涸的血迹，东西确实是小君的。祁风华微微挑眉，这就怪了，按理说，他们两人是仇敌吧，谁会把仇敌染血的面巾随身携带，还装在怀里，他对小君怀着怎样的心思?!

被祁风华探索的眼睛看得浑身不自在，尤霄喝道："要算就快算！少磨蹭。"恼羞成怒？有意思！掩下眼中的精光，祁风华将布巾折好，两只手夹住，口中念念有词了一阵子，向半空抛去，不一会儿，布巾散落在地上。祁风华盯着布巾，一副细心研究的样子。商君在佛像旁猛翻白眼，小师叔演的是哪一出啊？师父卜卦的时候，几时这样过？他这是在挑战尤霄的智商吗？尤霄看不出来这是闹剧才见鬼了呢！

商君看向尤霄，只见他双手环于胸前，冷眼看着祁风华一个人在表演，渐渐泛白的指关节显示着他在极力隐忍。商君不解，他为什么要在这里和小师叔周旋，看他的样子，他根本不相信卦象。

就在尤霄耐性几乎告罄的时候，祁风华抬起头来，一脸认真地说道："卦象显示，你要找的人武功高强，不过受了重伤。"

废话！面巾上全是血迹，不是受了伤才怪！尤霄面不改色，问道："那么他是死是活？"

"半死不活。"他可没说谎，小君现在确实如此，所以这个人就更该死！说了等于没说，尤霄已经没了耐心，瞪视着祁风华，怒道："他到底在哪里?”他是发了什么疯才会半夜跑出来追赶他，以商君中的毒，不用理他，他自然活不过三天，那他这样火急火燎，是要干什么?越想越觉得窝囊，尤霄的脸上也越发阴晦。

随着尤霄的怒火渐涨，商君的心又开始不安了，相较于商君的担心，祁风华却意外地欣喜。他从来不怕人动怒，越是容易感情波动的人，越是容易控制！祁风华无视尤霄要杀人的视线，继续无比认真地说道：“光是这件东西，还是算不清楚，和他接触最多的还是将军你吧，用你来算，再准不过了。”用他来算?这就是此人的目的?尤霄眯起眼，沉声问道：“你要怎么算?”

一听这术士要用尤霄算卦，随行的将士立刻齐声说道：“将军，请三思！将军乃三军统帅，不得有损啊!”

祁风华哈哈大笑起来，回道：“各位放心，不会对将军有损。将军眼中一定留有他的影像，你看着我的眼睛，我就能看见他的样子，就能更好地算出那人在哪里了!”只要看着眼睛就可以?士兵们面面相觑，哪有这等事情!

祁风华看了尤霄的眼睛一眼，立刻怪叫起来：“好俊俏的人啊，原来将军要找的，竟是如此仙姿妙容。”商君哭笑不得，他还可以再夸张一点儿!

尤霄轻轻勾起唇角，笑道：“你真的能看见?”

“当然!”很好，就是这个人，他绝对认识商君，也绝对知道商君在哪里，顺着他，一定就能找到那个该死的男人!

祁风华指着自己的眼睛，笑道：“我就要开始算了，你眼睛看着我的眼睛，切记不要动，放轻松。”

尤霄犹豫了一下，还是看向了他，依他刚才的作为，也就是个刚刚长大的孩子，也没什么本事，看看他还有什么花招也好。

两人四目相接，尤霄先是感觉这男人的眼睛很漂亮，清晰地映照出了自己的样子。接下来，男子的眼睛里忽然闪过一道诡异的紫光。他的头竟有些晕眩，惊觉有异，想要收回视线，却发现自己根本动不了，只能死死地盯着这双诡异的眼，他仿佛被吸进了一个庞大的旋涡里，意识渐渐开始迷糊……

一炷香之后。祁风华轻声问道："你叫什么名字？"

"尤霄。"

商君皱眉，尤霄的声音为什么变得这样温和，如低吟，一点儿也不像他。祁风华很满意，继续缓慢地说道："现在我问你什么，你就回答什么，听清楚了吗？"

"清楚。"又是这样的声音，不对劲，商君仔细看向尤霄，他依然坐得挺直，眼睛也睁得炯炯有神，只是眼神异常呆滞，而且一眨不眨地盯着小师叔的眼睛！他忽然脑中一个念头闪过，难道小师叔真的练成了摄魂术？难怪他刚才那么自信满满！

为了测试尤霄是否真的听话，祁风华依旧问了些无关痛痒的问题，"你是哪里人？"

"苍月冰城。"

差不多了，祁风华有些好奇尤霄对小君的关心，问小君她一定不肯说，那就问尤霄好了。"你要找的人，和你是什么关系？"

没有前几次的顺畅，尤霄停顿了一会儿，才轻声回道："宿敌。"

真的只是宿敌？祁风华忽然坏坏地笑了起来，问道："你是不是喜欢他？"商君双目圆睁！一口气哽在喉间，吸也不是，吐也不是！

祁风华！你发什么疯啊，怎么会问这种问题！他现在是男人，男人！祁风华能感受到来自乱布堆里杀人的视线，不过她现在更想知道的是——尤霄的答案。

尤霄眼神依旧呆滞，只是眉心有些不自觉地轻皱。久久，在祁风华几乎以为自己的摄魂术没有练到家的时候，尤霄缓慢地回道："没……有。"

没有？在被摄魂术催眠之后，人基本上是不能抗拒的，除非这个问题在他心里分量很重，意志坚定者才有可能迟疑或者抗拒不答，而问他是不是喜欢自己的宿敌，会是一个很难回答的问题吗？祁风华暗笑，看起来这个答案让布帘里的小君如释重负。不过对于他来说，尤霄的回答等于——有，只是或许他自己也没有发现罢了。

尤霄明显不同以往的性情让随行的士兵们觉得事有蹊跷，领头的小将走到尤霄旁边，不解地问道："将军，您没事吧？"尤霄沉默不答，仿佛他根本不存在。小将迟疑了一会儿，还是伸出手在尤霄眼前晃了晃，还是没有反应。祁风华朗声警告道："你们最好不要打扰我给将军卜卦，一旦有什么差错，反而会伤到你们将军，到时就不是我能控制的了。"

"放肆！"小将怒视祁风华，但是现在将军这个样子，他们又不能贸然行动，只得恨恨地说道，"你这术士，最好不要耍什么花样，将军如果有什么事，要你立刻身首异处！"他的威胁对于祁风华来说，根本不痛不痒，他懒懒地说道："你们最好闭嘴。"

"你！"军人的脾气本就火暴，哪里经得住这样的挑衅。小将一怒，抽出长剑就要朝祁风华身上刺去。可是还没有靠近他，就被一股劲力弹开，狼狈地跌在一旁。这时候，他们才知道眼前这个年轻的白衣少年竟也是个厉害角色！士兵们纷纷拔出长剑，将祁风华团团围住，却不知应该如何下手！祁风华对他们逼近的长剑视而不见，依然牵引着尤霄的视线，继续问道："你下的毒可有解药？"

"有。"

果然有，祁风华喜在心头，立刻追问道："在哪里？"

"怀里。"想要伸出去的手顿在半空中，他不能不看着尤霄的眼睛，他是一个意志坚定者，稍有不慎，他便会逃脱。祁风华想了想，轻声说道："把解药拿出来。"尤霄有些木然地将手伸进怀里，拿出一个暗黑瓷瓶。祁风华接过，打开瓶盖闻了一下，一股血腥味涌了上来，里边一定有血纪子，天下最好的解毒药之一应该就是它了。祁风华本来决定收功，转念想想，这个人这么难对付，下次还想让他疏忽上当怕是不可能，不如借此机会，把他的弱点找出来。

祁风华将瓷瓶放进袖口，继续问道："你武功中的死穴在哪里？"

"将军不可说！"士兵们都急了，高手过招，如果死穴给人知道，那就是输了一半了！尤霄的额上已经覆上了一层薄薄的汗珠。他一直在抗拒，最后，还是低声回道："天……溪穴。"

"你到底对将军做了什么？"士兵们大惊，将军连这个都说了，莫不是这人施了什么咒语不成！一群人鬼喊鬼叫的，祁风华不耐烦了，冷声说道："你们再靠近一步，我就能让他立刻死在这里，不相信的可以试一试。"士兵们相互交换着眼神，最后看向领队的小将，问道："怎么办？"

小将再看尤霄一眼，皱眉回道："静观其变，等将军醒了再说！"

身边终于安静了下来，祁风华继续问道："你最害怕和最渴望的是什么？"这是人最大的两个弱点，一个源自恐惧，一个源自欲望。尤霄只觉得这个声音在耳边回响，似乎是从心底而来的疑问，他害怕什么？恐惧什么？眼前忽然闪过那个威严的男人，他每说一句话都是那样冰冷刺骨，每一个动作都冷酷无情，没有人可以违抗他的命令。小时候，他从来没有正眼看过他，伴他成长的，是刀枪棍棒，而那个对他最狠心的人，却是——尤霄有些艰难地回道："父……亲。"一个他从来不能称呼的称谓。

"为什么？"

"父……亲……的肯定。"他一直在努力，就为这一个信念。他一定要那个从来只留给他背影的男人肯定他。现在他似乎是做到了，他老了，虽然依然那么高高在上，却再也不能对他视而不见了！

尤霄的情绪越发激动，祁风华觉得自己几乎不能控制他，他的父亲是谁，居然让这个冷酷的男人忽然变得如此躁动，又敬又畏？祁风华暗暗调息，稳住心神，追问道："你父亲是谁？"尤霄的额上不仅冒出来大颗大颗的汗珠，青筋几乎暴起，就连一直垂于身体两侧的手也渐渐握着拳，似乎身体的每一处都在抗拒这个答案！祁风华也感受到了这股力量，仿佛一个困兽在横冲直撞，急于逃脱他的牵制。僵持了一会儿，就连祁风华的气息也渐渐不稳起来，但是他并不打算放弃，坚持问道："你父亲是谁？"

问了几次之后，尤霄终于万分痛苦、断断续续地回道：“陇……趋……穆……”

陇趋穆——这个答案不仅震得祁风华和商君目瞪口呆，连随行的士兵也个个脸色大变，他们都是苍月人，这个名字再熟悉不过，却没有一个人能唤他的名，因为他是苍月无上尊贵的王！

尤霄是陇趋穆的儿子？商君盯着眼前这张轮廓分明的脸，他竟然是陇趋穆的儿子！在苍月的树林里，她为什么没杀了他！在临风关冰缝之内，她为什么没杀了他！杀了他，也让陇趋穆尝一尝，失去至亲之人的痛！她为什么没杀了他！商君好恨！好恨！

就在祁风华被这个答案震得一阵心神恍惚的时候，只感到一股劲力向他袭来，尤霄忽然抱着头，低吼一声，闭上了眼睛。祁风华大惊，他居然能挣脱摄魂术！解药已经拿到手，他本就不是尤霄的对手，祁风华当机立断，趁着尤霄还未恢复，起身闪过团团包围着他的士兵，揽住商君的腰，将她带出了破庙。士兵们只觉得一个白影闪过，门外白马蹄声已响起。

尤霄半跪在地上，痛苦地撑着头。小将咽了咽口水，不敢靠太近，小声说道：“将军您怎么样?”原来将军竟是皇上的儿子！尤霄只觉得头像是炸开一样，他慢慢站起身，看见破庙里只有他们一行，不禁问道：“那人呢?”

“他，他跑了。”跑了？刚才发生的事情在脑子里回荡，他只记得看向白衣男子的眼睛，然后就开始混沌，莫不是着了什么道！尤霄急道：“刚才是怎么回事?”小将定了定心神，才朗声回道：“他不知给您施了什么咒，他问什么您就答什么，还把解药拿走了。”问什么就答什么？尤霄忽然一阵心慌，冷冷地看着小将的眼睛，问道：“我刚才说了什么?”

“没……没什么。”将军是王的儿子这件事绝对不能说，不然他们也别想活了！没有他紧张什么，尤霄逼近一步，哼道：“说!”

“您……您就是把解药给了他……”

“还有呢?”

“没……”小将还没说完，脖子就被尤霄狠狠地钳住，死亡的气息随着铁钳一般的手臂一步一步地逼近。小将的脸已经憋成了暗红色，出于对死亡的恐惧，小将最后艰难地回道：“您说……您父亲是……”

谁知，这句话成了他的催命符，只听见咔嚓一声，小将的颈骨已被折断，气绝身亡。其他士兵吓得握剑的手都隐隐发抖，此时的尤霄太可怕了，一向冷傲的眼睛现在如充血一般，闪着猩红的光芒，浑身上下充满了戾气，透露着死亡的气息。“啊——”破庙里，一声嘶吼撕裂人心。良久，尤霄脚步有些踉跄地站在佛像前，面目森冷，然而他握着银戟的手却在轻轻抖着，鲜红妖艳的血沿着银戟一滴一滴滑落在地上，清晰的声音每一下都滴在心里。他身后十六具尸体横在庙中，原本就已经残破的庙堂，被鲜血沾染上了腥臊之后，越发狰狞起来……

尤霄满目的狂乱，对着眼睛如铜铃一般的佛像大笑起来：“你都看清楚了，我就是这样滥杀无辜，要下地狱吗？那就下吧，下吧——”

猖狂的笑声久久不绝，恍若悲鸣。

第二十章　心系舒清

雕栏玉砌的宫殿前，一张舒服的贵妃软榻，四季蔬果摆了满桌，五六个奴才低首静默地立在一旁，等待主子的吩咐。虽然明知道是不敬，几个小奴才还是忍不住悄悄抬起头，瞄一瞄这个女王失而复得的皇子，不仅是因为他尊贵的身份，还有他俊得让人自惭形秽的容貌。尤其是现在，皇子不坐软榻而是背靠玉杆席地而坐，淡淡的笑意凝于唇边，双眼灿若星辰，那纯净而祥和的气质没有人能忽视。

“看什么这么出神?”秦修之一愣，一声讪笑的女声在耳边响起，手中的青玉环佩已经被夺去。秦修之抬起头看去，始作俑者已经舒服地躺在软榻上，把玩着手中的战利品。西烈月把吊绳绕在手指上，来回晃动着玉佩。这玉质细腻润泽，玉色浓淡适中，圆形的雕花饱满而细致，雕工上乘，确是一件难得的精品，不过并不是什么天下奇珍。随手将玉佩丢给秦修之，她无聊地说道：“普普通通。”

看着玉佩向自己飞过来，秦修之大惊，赶快起身，险险接住，将玉佩紧紧地捧在手里。秦修之有些无奈地看向一脸坏笑的肆意女子，海域本就以女子为尊，而她更是除了女皇之外最尊贵的人，我行我素是她的性格。

西烈月斜撑着下巴，一脸揶揄地笑道：“这么紧张，心上人送的?”

秦修之轻笑摇头，回道：“别胡说，我说过是因为别人帮忙才有机会回到海域，这玉佩不过是她给帮我那人看的一个信物而已。”

西烈月才不听这种敷衍之词，直接问道：“那送你玉佩的可是女子?”

秦修之点点头。

西烈月了然地低笑，猜测道："嗯，不用说一定是美艳绝伦、风华出众、仪态万端了？"能让修之看上的女子，才情气韵自不必说了。

秦修之想了想，摇摇头，赞叹道："她长得一般，清秀吧，不过确实是风华出众、清雅脱俗。"慕容舒清的美不在她的容貌，而是那一身的清雅之风让人倾慕。

啧啧啧，西烈月微眯眼，讪笑道："还说不是喜欢，你几时这样夸过谁？"看他那眼眉带笑的样子，就知道一颗心都系在不知道哪位佳人身上了。瞟了一眼他还紧攥在手中的玉佩，西烈月笑道："会选择这样款式的玉佩，它的主人应该还是有些品位的，说不定，也对你芳心暗许了呢！"

玉佩的主人？商君吗？秦修之没来由地一阵心跳加速，立刻回道："不可能！"本来西烈月也只是调侃一下他，谁知秦修之反应如此激动，有些不解地问道："为什么？"

秦修之一愣，他也不知道自己在心慌什么，每次想到慕容舒清，他总觉得温和而舒服，而一想到商君，他就奇怪地心绪不宁。如果说他喜欢的是慕容舒清，那么商君就是他的情敌。但是对于情敌，应该是这样的情绪吗？他有些茫然了。

秦修之一脸深思的样子，西烈月也懒得纠缠于他的情感之事，摆摆手，说道："算了，不和你说这些了，三日后我要去一趟东隅。"

东隅？母皇退位在即，她这个时候离开海域，好吗？秦修之转过头，等着她解释。西烈月利落地起身，轻拍着裙摆的褶皱，不在乎地笑道："身为太女，海外三国我还是要出去看看的，别一副我有去无回的样子。你如果有兴趣，到时可以留在宫里好好看戏。只不过你在宫里，自己要小心谨慎些才是。"

看来他是白操心了，西烈月能傲居太女之位十几年，早该有自己的打算了。秦修之还是那样靠着玉杆，随意地坐下，漫不经心地回道："我会的，你别担心。"

秦修之一副无所谓的样子，让西烈月看得冒火，十年不见，他还是小时候那副德行。西烈月忍不住劝道：“母皇给你恩赐，你都不要拒绝，要多培养自己的势力，毕竟以后的日子还很长。”趁现在母皇对他心存愧疚，宠爱有加，就应该好好利用！

秦修之别开头，摩挲着手中的环佩，看向天边的碧云，淡然回道：“宫里钩心斗角，尔虞我诈，我早在十年前就见识过了，这次回来不过是完成父亲的遗愿，我不会一直待在海域的。”富贵荣华、崇高身份从来就不是他想要的。西烈月微微眯眼，问道：“你还要走？”对方点点头。

看向他始终不离手的玉佩，西烈月奇道，“因为她？”是什么女子把修之迷成这样？

“不是。”看来她是误会了，秦修之将玉佩收入衣袖，回道，“我只是习惯了外面的生活而已。”他习惯了独自一人，习惯了清贫自得，习惯了自由自在。西烈月轻叹一声，看着这样的修之，她想到了他的父君，那个同样风华正茂的绝色男子。当年他为了母皇来海域的时候，是怎样的心情她不知道，他走时的决然她却是真正见识过的。为了心爱的人，他来得义无反顾；同样为了心爱的人，他走得毅然决然。

修之是否也是这样看似随性温和，实则内心刚烈？

已经踏出宫殿的西烈月最后还是在宫殿门前停下，低声交代道：“只怕你想走也不一定能走得了，更没有人会相信你真的想离开，所以还是不要那么清高，抓住一切对自己有利的东西才是正事。”

这宫里的阴险龌龊她早就见怪不怪了，她，言尽于此。

十年了，他早就不是那个打不还手骂不还口的小皇子了。秦修之缓缓闭上眼睛，唇角扬起的弧度让旁边的小奴才都看痴了。

砰！砰！砰！

萧纵卿剑眉轻皱，看向窗前西斜的月亮，这么晚了，他已了然谁会来找他，于是有些不情愿地起身打开了房门。

“三儿。”门外果然不出所料是萧纵寒苍白的脸。

“二哥。”萧纵卿让萧纵寒进屋，直接问道，“这么晚了，有事？”

萧纵寒慢慢悠悠地在书桌前坐下，随手翻开几页桌上的书籍，嘴上平淡地说道：“你难得回家一趟，现在不来，我怕明日一早你又不见踪影了。”他这个亲哥哥，想要见他一面，可真不容易。

萧纵卿不说话，因为他说的是事实，明日一早他确实就要离开。

萧纵卿沉默不语，书房里静得只听见两人浅浅的呼吸声，他倒是越来越沉得住气了！萧纵寒冷声问道：“萧家的生意，你是不打算管了？”

“有你和大哥在啊。”萧家没有他的帮忙，一样是苍月第一家。

他这是什么态度？一向冷静自持的萧纵寒也忍不住发怒了：“三儿，到底发生了什么事？两年了，你还要这样多久？”他不是一定要三儿管理萧家的事情，他可以做他自己喜欢做的事情，但是不能像现在这样，对人不理不睬，满脸寒霜，整天不见人影，也不知道他在外面忙些什么！

萧纵卿再次沉默。“是因为那个商君？”萧纵寒实在不忍看他这样，干脆直接说道，“你如果真的那么喜欢他，就去找他好了，虽然我和大哥并不希望你陷入这样的情感里，但是更不希望你像现在这样！”他知道三儿变成这样，和那个叫商君的男子一定有关系。两年前回来，他就失魂落魄！当年商君来萧家的时候，他就看出三儿对他不同一般！只是万万没有想到，三儿竟是陷得这么深！

果然，提到商君的名字，萧纵卿原来还冷漠的脸立刻就变了，手也不自觉地握成拳！他何尝不想去找她，但是现在还不行！他还不能保护她，还不能帮她实现心愿！

萧纵卿背过身，打开门，轻声说道：“二哥，我知道自己在做什么，你们不用担心了。不早了，你身体不好，早点休息。”

西斜的月光将他的背影拉得很长很长，孤傲而萧索。萧纵寒看着这个算是由他和大哥抚养长大的弟弟，心里百味杂陈。三儿，是真的长大了，却是离他们越来越远了。

一切都是无益，罢了！萧纵寒不再多说什么，缓步离开。

萧纵卿有些愧疚地看着萧纵寒消瘦的背影，在心里轻声说道：对不起，二哥。十五已经过了，月亮还是很亮，就像我们一起赏月的每一个夜晚一样，商君，你是否也在赏月？是否还记得我？是否……如我想念你一样想念我？我已经知道你的仇你的恨了，我能帮你，照顾你，保护你的，一定！你要等我！等我！

临风关的冬天，只有一字可以形容，那就是冷！再过一个月便是新年了，庄外早已是暮雪皑皑，万木凋零。慕云君苑内得天独厚，不经风雪，刺姬遍地，如火的花海仿佛能把寒意都驱逐在外。不过即使如此，书旁里依旧燃起两盆红红的炉火。

朗月加好了炭，捧起摆在书桌前快一个时辰的药汤，走回炭火旁，药还是热的时候更有效些。她准备再热一次，但身后略带无奈的低语缓缓响起：“好了，拿给我吧，别热了。”

商君投降了，在这个家里，笑儿的死缠烂打和朗月的锲而不舍都是她最没有办法抗拒的，那碗药她热了有四遍了吧。

“是。”朗月微笑着把药递过去，心里暗暗舒了一口气，公子终于喝药了。接过药碗，皱起眉头，一口气喝了下去，小师叔不知道是不是在整她，这药苦得让人恨不得瞬间丧失味觉。药碗才放下，朗月已经把蜜饯送到商君手里，但是一个大男人喝了药之后吃蜜饯算什么事，商君只看了一眼，就轻轻推开了，抓起旁边的茶灌了几口，才算冲淡了口中苦涩的味道。“笑儿呢？”她受伤之后，倒是更少见她了。

收了药碗，朗月轻声回道：“小姐在后院练武。”

又练武？看来她这次中毒是真的吓到笑儿了。那天如果不是她让卫溪去找她，她和小师叔都受了伤，想要回山庄，只怕不容易。笑儿是真的长大了，看看外边寒风吹得刺姬如火海般摇曳，商君的心有些痛起来，她对着朗月叹道：“你去看看她，过犹不及，别让她伤了自己。”

“是。”朗月端着碗碟，贴心地退了出去，这对兄妹都是一样不让人省心，这是她在缥缈山庄两年得出的结论。

推开紧闭的窗棂，冰凉的寒风扑面，商君瞬间觉得舒爽。院子里，卫溪快步走了过来，在门边站定，低声禀道：“主子。”

卫溪肩上、发上满是雪花，看样子是从外面匆匆赶回来的，商君淡淡地说道：“进屋里说吧。”进来书房，屋里暖暖的气息很舒服，卫溪利落地回报道：“慕容家的第三批粮食昨夜已经送抵军营，这次慕容家送来的粮食够军队食用一个月。”

将热茶递到卫溪手上，商君问道：“查出焚粮的是什么人了吗？”行军打仗，粮草先行，居然有人将东隅八万石粮食全部焚毁，这人用心之险恶，行事之果决可见一斑，会是尤霄吗？

卫溪握着茶杯，皱眉道：“对方手脚麻利，做事干净利落，押送的人一个不留，粮食也毁得颗粒不剩。目前只查出是江湖人士所为，具体是谁，没有线索。”对方是在距临风关五百里的葭度镇官道杀人焚毁的，他们赶到的时候，只留下满地残骸。

江湖人士？会是上次他在尤霄军中见到的那个叫九公子的白衣男子吗？商君继续问道：“尤霄和轩辕逸可有异动？”

“苍月这边攻势不断，但都是小打小闹，像是在拖延时间。轩辕逸果然有大将之风，即使是在粮草不足的时候，他也沉着迎战，目前占了上风，只是或许还没有摸清对方的底细，现在只守不攻。还有，舒清小姐已经动身前来临风关。”

舒清要来临风关？是因为轩辕逸吗？上次的信中，舒清明明说已经和轩辕逸退婚了。如果说送粮有可能是朝廷给的压力不得不为之，那么现在她亲自前来，又是为何。一切只有等她来了，再问她吧。

近几年来，苍月官府苛捐杂税，为的就是这一仗吧！商君细问道：“苍月朝廷各方对这次战争有什么回应？”

“六成四品以上官员对此时发动战争颇有微词，其中吏部尚书厉陵、睿亲王陇宜亥反对最为强烈，就连皇后的父亲、国丈张潮升也不支持。但是陇趋穆一意孤行，在皇权压制下官员大多敢怒不敢言。”

难怪这次的将军是尤霄，这时候，陇趋穆估计也只能寄望于自己的儿子了吧。这样更好，若是这一仗输了，一定会再次激起矛盾，局势越是动荡，对她越有好处。想起半年前毕弦给自己的信，商君问道：“毕弦是不是已经去了海域?”听到对方说：“是。”

商君轻笑，他还真是一个勇敢的男人，她欣赏他。

毕弦去了海域，无声门应该换门主了吧？商君奇道：“现在无声门主是谁?”卫溪摇摇头，回道：“不清楚，新门主很神秘，不过很守信用，给我们的消息有增无减。”以前是一个月交换一次消息，这半年来，反倒多了起来，尤其是苍月宫内的消息，详尽细致。

商君点点头，说道：“既然换了新门主，找机会约他重新谈条件，看他想要什么。”苍月的消息对他来说很重要，绝对不能失去这条线，既然是新门主，必有自己想要的利益，他不介意满足他的新条件，只要值得。

卫溪了然地点头。商君还想说什么，看卫溪一脸疲倦的样子，最后还是轻声说道：“你也累了，先好好休息吧。”将茶杯放下，卫溪回道：“是，我会继续查探两军的消息。”说完又急匆匆地赶了出去。

战事已成定局，她要何时介入，怎么介入，明帮还是暗助？轩辕逸值不值得她赌一把？如何把握这次机会，她要好好想一想！

卫溪才出去，书房的门再一次被人推开，祁风华一身白衫在寒冬里看起来更加单薄。他风风火火地走到商君身边，看到她发呆，撞了她的肩膀一下，拿出一粒暗红色的药丸，兴奋地递过去，说道：“想什么想得这么出神？吃下去。”商君看清眼前的东西，苦笑道：“我的伤已经好了。”这一个月，她吃的药比她十几年来吃的还多。

祁风华把药塞到商君手里，笑骂道：“不识货，这是多少人梦寐以求的灵丹妙药，我还能害你，快吃！这药能让你的功力恢复到原来的九成。我待会儿要离开了，你自己好好调养，说不定武功还能更上一层。”好不容易找齐药材，炼了大半个月的好药，她倒好，一脸的嫌弃。

商君自然知道祁风华的药都是好药，但是谁会喜欢没事吃药啊！迎着祁风华逼迫的视线，商君一咬牙，将药吞了下去。商君不甘愿地吃了药，嘴上也不饶人，说道：“你要去哪里，云游四方，祸害天下?”

祁风华白了她一眼，回道：“离家十八年，我想回去看看。”为了救小君，爷爷的七十大寿已经错过了，不过再怎么说，他也应该回去看一眼。即使多年不见，他和他们并不亲。

小师叔在刚满月的时候就随师公上绝壁了，她都忘了他还有家人，想到祁风华的姓氏，商君调笑道：“你姓祁，不会正好和东隅祁相家有关吧?”东隅祁家名震四海，当年祁钟霖的大名可说是无人不知，无人不晓，即使现在过去了几十年，依然威名远播。商君只是一句玩笑话，祁风华却是无所谓地回道：“祁钟霖是我爷爷。”

商君一怔，他们还真有关系？那小师叔和舒清不就是姐弟了？这个世界还真是小。商君假意拱手，笑道：“名门之后，失敬了。”

“你少来调侃我。”什么名门之后，爷爷的威名那是爷爷的，与他何干？看了看天色，祁风华潇洒地笑道：“我走了，小君。”

商君起身相送，他们虽然从小就一路斗嘴，感情却是好得很。祁风华摆摆手，头也不回，一边走一边轻松地笑道：“不用送了，我认识路。自己注意调养身体，等着我回来祸害你。”他们之间何必矫情虚礼。

天下无不散的宴席，谁都可以陪谁一程，却注定无人能伴谁一生，她早已明白其中的道理。压下心里扬起的离别惆怅，商君依然站在园中，微笑着目送那道白影飘摇而去。

寒风环绕，她并不觉得寒冷，刺姬又红了，今年似乎比往年更加妖艳，更加旺盛。她轻抚着猩红的叶片，想到将要到来的激战，是否一如这一片刺红花海一般，商君没来由地一阵轻颤，是兴奋，也是恐惧。

“我又输了！”书房里传来一声挫败的娇嗔，商笑气恼地盯着棋盘，明明黑子多，白子少，可是还是她输！尤其是对面的人还是闲闲地一边看书一边和她下，怎不叫人生气？商笑撇撇嘴，恼道：“不和你下了，你到旁边看书去，我和朗月姐姐下。”

商君哭笑不得，是谁一大早拉着她不放，现在倒是嫌弃她了。商君摇摇头，笑道："就你这样的下法，朗月也一样赢你。"下棋不是子越多越好，像她这样，全是无用的死棋，怎么会赢？输了一个早上，商笑说什么也不要再和她下："哼，起码我还有赢的机会。"

"好，你们下。"商君无奈起身，潇洒地躺上旁边的软榻，终于可以好好看书了。商笑心情大好，对着对面强忍笑意的朗月热情地招呼道："朗月姐姐，我让你先下。"

书房里平静而宁和，只有棋子轻轻落下的声音，几缕冬日暖阳透过窗棂透进来，正照在软榻之上。商君拿着书，却有些看不下去，又是半个月过去了，尤霄和轩辕逸还在相互试探，他们到底在等什么呢？敌不动，我不动，只有再等等吧。"怎么又是我输啊！"商笑不甘的怪叫声再一次响起。

商君抬眼看去，只见商笑托着腮帮，一脸郁闷，朗月一边收拾棋子，一边轻声劝道："只半子而已，不算输。"

商笑摆摆手，也不耍赖，喃喃说道："输了就是输了，半子也是输了。"这时，杨忠的声音在门外响起："主子。"

商君合上书，起身问道："忠叔，什么事？"

"庄外秦公子求见。"

秦公子？商君疑惑："秦修之？"

杨忠迟疑了一会儿，才回道："是。"虽然秦公子面相与上次大相径庭，但是风雅的气质却是一眼就能认出来。

"请。"他不是回海域了？怎么才半年，又出现在临风关？

一会儿之后，杨忠带着一个年轻男子缓步行来，男子面如皎月，朗眉星目，单单素衣墨发，已是风华尽显。他今天没有戴人皮面具，虽然商君已见过秦修之的绝美俊颜，但是他这样带着一身风霜，迎面而来，商君还是被惊艳了一回。直到秦修之走到面前，商君才回过神来，笑道："修之，别来无恙。"秦修之微笑点头，回道："好久不见，商君越发清朗了。"才半年而已，他好像清瘦了很多，尤其是这大冬天的，他一袭白袍，越显瘦弱。两人就这样对看着，一时之间都有些恍惚。

“你是秦大哥?”商笑迎了上来，绕着秦修之上看下看，简直不敢相信自己的眼睛。秦修之对着她笑道：“笑笑。”

低吟一般的嗓音，温文尔雅的笑容，似曾相识的感觉，他真的是秦修之！太神奇了，商笑忍不住伸出手，抚上他俊美的脸颊。

商笑忽来的动作让秦修之一愣。商君赶快抓下商笑的手，喝道：“笑儿，道歉!”哪有一个姑娘家对一个男子这样动手动脚的。

她只是好奇而已嘛！商笑低下头，委屈地说道：“对不起，秦大哥。”

秦修之温和地回道：“没关系，笑笑不用放在心上。”他刚才是怎么回事，商笑温暖的小手抚上他脸颊的时候，他并没有什么特别的感觉，倒是商君抓下她的手，冰冷的手指不经意地滑过他的脸颊，他却感受到心里一阵战栗，为什么他一见到商君就变得奇怪起来。

自然商君和商笑都不知道他心里在想些什么，商笑盯着秦修之的脸，好奇地问道：“秦大哥，你比我哥还俊呢！上次我看到的就是传说中的易容术吗？能不能教我?”她一直听说有易容术，想不到会有机会见识，不过秦大哥长成这样，还真是要遮掩一下才好。要不是有商君这样的绝美之人经常在她眼前晃，让她看惯了，她一定会被秦大哥的容貌震得说不出话来。看她双目圆睁的样子，秦修之失笑，回道：“其实易容术也不是很难，笑笑喜欢的话，我教你。”他没有和妹妹相处的经验，也没有这么可爱的妹妹，商君有她陪伴，应该不寂寞吧。

“真的?”商笑惊喜万分，叫道，“太好了，什么时候开始?”最好现在就开始。

“笑儿!”商君淡淡地说道，“这就是你的待客之道?”

商笑吐吐舌头，扬起一抹讨好的笑容，对着秦修之笑道：“秦大哥，我们到里面坐下来慢慢聊。”她抓着秦修之的衣袖，拉着他往里屋走。秦修之有些尴尬地看向商君，商君回了他一个无奈的笑容。这个妹妹，她算是没办法教好了，于是只能安慰自己，江湖儿女，不拘小节。

进了里屋，朗月已经贴心地准备好了热茶。商君接过热茶看向秦修之，问道：“修之这次来临风关是有什么事吗？”他不会无缘无故来临风关吧？秦修之摇摇头，回道：“我这次算是护送舒清来临风关。她在路上受了箭伤，伤势很重。”

“什么？”听到舒清受伤的消息，商笑最先发难，“舒清姐姐受伤了？那现在她人呢？伤好了没有？是谁伤她的？”

“笑儿！”

“人家着急嘛！”商笑盯着秦修之，追问道，“秦大哥，你快说。”

“我也是在半路上遇见她的，她被一群武功诡秘莫测的蓝衣人挟持，肩上还中了一箭，但是她不肯好好休息，执意要立刻前往临风关，到了后就直奔军营。她已经被轩辕逸接进去了，应该会得到很好的照顾，我不能擅入军营，就来看看你们。”秦修之暗暗观察商君，他虽然没有商笑激动，但是自从听到舒清受伤的消息，他的眉头就一直紧锁着，手紧紧地握着茶杯，甚至连热茶都洒在手上，他依旧没有所觉的样子。

“舒清的伤势怎么样？”秦修之能这样轻松地和他们说笑，舒清应该没有性命之忧吧。

秦修之回道：“舒清肩部中箭，长箭穿肩而过，伤口深可见骨，伤势极重。没休养好就舟车劳顿，此时身体极弱。”秦修之看着商君被烫红的手，不知道应不应该提醒他，他现在的心思全在舒清的身上。

心思细腻的不仅是秦修之，朗月一双素手接过商君手上的热茶杯，从袖间掏出丝帕小心地给他把水渍擦干。商君自然让她收拾，继续问道：“你知道伤她的是什么人吗？”秦修之收回视线，回道：“不清楚，领头的是一个华服男子，身边还有一个邪魅的绛紫男子，武功深不可测。舒清应该知道他们的身份吧。”不知道为什么，来缥缈山庄之前，他心里的兴奋不可言喻，现在忽然又有些提不起精神了，或许是累了吧。

看出他的倦意，商君不再追问，说道：“修之远道而来，也累了，先好好休息吧。”

“好。”秦修之从善如流，他要好好想一想，他到底是怎么了？

“朗月，带秦公子到沐晨阁。”

朗月向秦修之微微欠身行礼，然后走在前面带路。秦修之若有所思地跟随她离开了慕云君苑。

这时商笑轻声说道：“哥，怎么办？我们去看看舒清姐姐好不好？”

“不行。”商君摇摇头，提醒道，“轩辕逸的军营岂是你想去就去的！”轩辕逸被誉为战神，军纪严明自不必说，手下将领也个个不凡，若是连她都能随意进出军营，那轩辕逸这个战神之名就可以踩在脚下了。

商笑瞪着商君，叫道：“但是舒清姐姐受伤了！”

“进了军营，她应该不会再有什么危险。”起码没有人再能暗算她了，舒清一到临风关就直奔军营，必定有她的原因吧。

“哥——”

“我说不许去。”商君严肃地警告道，如果被军中的人抓住，她极有可能被当成奸细，到时谁也救不了她！

商笑轻咬朱唇，气恼地冲了出去。

商君此时也有些心绪不宁，舒清到底伤得如何，她为什么要在这个时候来？是谁伤了她？为什么要伤她？她有预感，舒清的到来必与战事有关！舒清，你到底怎么样了？

明月暮雪，苍茫的雪地里，一袭暗黑的夜行衣反而越发醒目，黑衣人看着前方不远处轩辕逸的驻军所在地，嘴角勾起了一抹自嘲的笑。她不让笑儿来，自己却还是来了，舒清到底好不好，不弄明白，她的心怎么也放不下。今天已经是第五天了，她的伤是否已好转？轻叹一声，暗黑的身影如一道黑色闪电一般，几个起落，消失在了营地里。

商君一路小心寻找，女眷一般不能进入军中，她猜想轩辕逸应该把舒清安排在营地后面，但是找了一圈，一无所获。雪越下越大了，巡逻的队伍却依旧没有怠慢，地上的雪也越积越高，再拖下去不利于她隐觅身影。

商君冒险地向主帐靠近，在离主帐不远的地方，她发现了一个相对小的帐篷，靠近倾听，里边传来一道温和的女声："小姐，该喝药了。"

商君绕到窗边，轻轻掀起一条缝，终于看见了那个她挂念的清丽身影。想不到轩辕逸竟会把舒清安排在主帐附近。他们不是退婚了？或者他与舒清之间还有外人不知道的情愫。

慕容舒清从躺椅上坐直身子，接过温热的药碗。或许是已经习惯了药汁的味道，她平静地喝下，将碗放在一旁的矮几上，拉着绿倚的手，问道："绿倚，你的脸色很差，是不是不舒服？坐下来休息一下。"

今天下午的那一幕，她都被惊得心悸不已，冷汗直流，何况是绿倚这样的小姑娘！到底是什么奇阵，能在短短的时间里让骁勇善战的前锋身首异处，敌军将首级用雪狼叼出来？用意是要挑衅轩辕逸，蔑视东隅众将吧。不知道他有没有想到破阵良策？

绿倚面色苍白地摇摇头，低声回道："我没事，就是想起……"脑子里回荡着那颗包裹在长布里的血污头颅，鼻尖似乎依然弥漫着令人作呕的血腥味，绿倚说不下去，捂住唇，怕自己再次呕出来。

慕容舒清轻拍着她的背帮她顺气，让她坐在自己身边，轻声安慰道："好了，不要想了，陪我坐一会儿。"有几个女子能承受那样血腥的一幕，真是难为她了。

握着小姐微凉的手，绿倚虽然心跳依旧紊乱，却是没有那么害怕了。

帐篷外的商君从她们的对话里似乎听出了一些端倪，正想进去帐中，细细问舒清，却听见一道渐行渐近的脚步声。商君收回要踏入的脚，闪身躲到帐篷的后面，一会儿之后，一个年轻的小将出现在了舒清帐前，叫道："慕容小姐！"绿倚出来，将小将接了进去，商君本来想等小将离开之后再去找舒清，却在此时看见了另一抹在营地里穿梭的黑影，看到那身形，商君低咒一声："这丫头！"

商君为难地看看舒清，再看看远处穿梭在营地里的黑影，她无奈地离开了小帐，向那个在军营里横冲直撞的黑影奔去。刚才看过舒清的样子，脸色虽然还不太好，精神却还不错，应该已无大碍了吧。至于她此行的目的，有机会再问也不迟。

裴彻刚才在敌军阵外观察了一遍，怎么看都只是普通的迷阵，但是从今天前锋闯阵的情况看，里边一定内有乾坤，只是他不能轻举妄动，怪只怪他自己学艺不精。他心情有些烦躁地走向主帐，忽然感到前方有一抹黑影闪过，裴彻警觉地大喝一声："是谁?"

难道是奸细？前方没有回应，裴彻握紧手中的长剑，戒备地向帐篷后缓缓靠近，才走了几步，一柄锋利的软剑正面袭来。裴彻大惊，后退了一步，黑衣人趁机向营外狂奔而去。

"站住!"裴彻哪里会让他如意，提剑直追。

比轻功，黑衣人稍逊一筹，很快便被裴彻缠上。裴彻内力刚猛，为了抓到奸细，剑剑锋芒犀利。黑衣人躲得有些狼狈，不过好在剑法精妙，总能险险躲过裴彻的攻势，几个回合之后，黑衣人体力渐渐不支。

被逼到绝境，黑衣人忽然后退一步，软剑绕过腰肢，在手腕上绕出一道漂亮的剑花。气御于剑，软剑立刻如灵蛇一般，在黑夜人的驱使下，缠绕上裴彻的手臂。裴彻心下一惊，好古怪的招式！右手被人牵制，裴彻不再多想，运足内力，轻震右臂，软剑被震得立刻松脱下来，黑衣人也被裴彻的内力震得手腕发麻，软剑脱手而出，裴彻趁机抓住了黑衣人的衣领。

同时，他也在黑巾覆盖下的脸上看见了一双明亮璀璨的大眼，眼中满是倔强和坚毅的神采。他没来由地怔了一下，什么样的奸细会有一双这样的眼睛。裴彻片刻闪神，忽觉脚下一痛，他竟然踩他的脚？这样下三烂的招式他都使得出来!

裴彻拽紧他的衣襟，伸手抓住他覆在面上的黑巾，他也不明白为什么自己这样急于知道黑衣人的面容。就在裴彻准备把黑衣人的面巾扯下来的时候，忽然感受到背后一股强劲的内力袭来，不得已，裴彻只好放开手中的黑衣人，后翻躲开这一掌。待他站定，只见面前又出现了另一个黑衣人，此人身形颀长，手中拿着刚才被他打落的软剑，同样是那把软剑，但是剑在他手中，似乎瞬间注入了不一样的气息，凛冽而犀利。裴彻暗暗心惊，此人绝不好对付。

那人只冷然地看着裴彻，似乎没打算和他交手。他扶着旁边低喘不已的黑衣人，就要离开。裴彻哪里肯罢休，提剑迎上去，那人猛然回身，单手利落地挑出剑花，和刚才的黑衣人一样的招式，但是软剑很快缠上了裴彻的右臂，裴彻根本没有机会反击，手臂就被紧紧地缠住，稍一用力，他的右手必定废了。

那人猛力抽回软剑，裴彻感觉到右臂一阵疼痛，他的右手脱臼了，剑锋划破皮肉，血沿着手臂缓缓流下。疼痛让他后退了几步，等他再抬起头来，面前已空无一人。裴彻扶着右臂暗叹道，好俊的武功。放眼而去，数丈内都没有遮挡，那人竟在这样短的时间内就将人带走了。

低头看着自己伤得并不算重的右臂，裴彻有些纳闷，为何他只是让他脱臼而没有废了他的这条右臂？整个军营中，能与他交手的或许也只有轩辕逸而已。那人到底是谁？他今夜前来的目的是什么？是敌是友？他是否是苍月的人？如果是，就太不妙了。

纷飞的雪花越下越大，白茫茫的大地上，两个黑衣人一前一后地走在雪夜里，后面的人跟得辛苦，却不敢抱怨。商笑的面巾已经扯了下来，脸被冻得通红，她揉着发麻的手腕，对着前面沉默不语的人，小心翼翼地叫道："哥。"商君依然故我地往前走着，商笑小跑上前，不敢拉她的衣袖，只好在她身侧说道："哥，我知道错了，我就是担心舒清姐姐嘛，你别生气了，好吗?"

商君目不斜视，茫茫雪地里，似乎只有她一个人一般。商笑有些怕了，美丽的眼睛里蒙上了一层水雾："哥……我真的知道错了。"

商君无奈地看着身侧眼睛红得像只小兔子一样小跑地跟在身边的商笑，真不知道应该怎么说她才好。商君停下脚步，冷声说道："舒清已经没事，你不用担心了，你自己到陵园反省吧。知道错没有用，等你明白错在哪里，再出来。"

“是。”她肯和她说话了，即使受罚她也高兴，商笑终于破涕为笑。商君在心里暗叹，她是永远不会吸取教训的。她绕过商笑，向苍月营地的方向走去。

看着那道马上要消失在眼前的黑影，商笑急道：“哥，你不回去吗?”

“我四处看看，你先回去。”在轩辕逸的军营里走了一圈，她感觉到苍月似乎有什么新招，让东隅受挫，她倒有兴趣去看看，尤霄能耍出什么花样来。

“哦。”随着声音消失的，还有商君的身影。商笑挫败地揉揉自己的手，都是他，要不是他，她早就见到舒清姐姐了，也不会被哥发现，更不会被罚禁足陵园，都是那个该死的男人！商笑一边诅咒着，一边朝缥缈山庄走去。在主帐里包扎手伤的裴彻没来由地一阵轻颤，他心里挥之不去的，是那双璀璨的明眸。

第二十一章 伏击

朝苍月营地方向没有走多远，商君就发现了一个古怪的乱石树林。它既不在苍月领地里，也不在东隅属地之中，它就这样横在两国之间。说它古怪，是因为它外观看来就是一片普通到不能再普通的乱林。在寒冬飘雪的洗礼下，树木有些凋敝，一幅萧索的景色，外面乱石堆放的位置却极其讲究，可见摆下这阵势的人不容小觑。

商君没有贸然进入，而是绕着外围走了一圈，她心下暗叹，居然看不出里边到底是什么阵势，难道外围这些枯木乱石只是为了掩饰里边更为精妙的阵法？这是尤霄摆下的阵吗？他有这个能耐？商君思索着，警觉地发现身后不远处有一抹暗影，正冷冷地盯着她的背脊。

商君的手抚上腰间的软剑，缓缓转身，在看清黑影之后，肃杀之气转变为惊喜的低呼："冰魄？"是它，那高大挺拔的身姿，桀骜不驯的霸气，天下间的骏马，也唯有它有这样的气势吧。商君朝它走去，冰魄终于也认出了她，它依旧是那样骄傲地立在那里，只是眼中少了戒备与疏离。

商君高兴地轻拍冰魄的背脊，笑道："冰魄，好久不见。"这么多年了，它还是老样子，商君失笑，跟随舒清到南方，也没能改变它不羁的性子，还有那用鼻子看人的习惯。冰魄轻轻点头，用鼻子喷着气，算是打招呼了，一双炯炯有神的眼睛直直地盯着前面的密林，连它都感应到这密林的诡异之气了吗？看它跃跃欲试的样子，商君连忙拦在它面前，沉声说道："里边很危险，你千万不要进去，知道吗？"

冰魄用前蹄轻踏雪地，一副不以为意的样子，商君暗暗头疼，只好使出撒手锏了：“舒清现在身体不好，你想让她担心？”

商君不知道冰魄是否真的能通人性，但是每当她提到舒清，总能让它妥协。就像现在，冰魄有些不耐烦地转过身，追风而去，方向是它钟爱的雪山之巅。商君松了一口气，站在乱林之前思索了片刻，终是没有踏进去。

“修之，早。”

一大早，秦修之才走进花厅，就听见一声温和的声音响起。在缥缈山庄住了几日，他早已习惯商君的作息。似乎每天早上他都起得很早，晚上却又睡得很晚，有时他甚至怀疑，商君是否都不需要休息！

“早。”秦修之没看见商笑灿烂的笑脸，奇怪地问道，“笑笑呢？”

“她在陵园自省，不用理会她。”商君将朗月刚盛好的粥递到秦修之面前，笑道，“用膳吧，昨日你不是说想去见识一下龙峡谷的险要吗？待会儿我陪你去。那里风光秀美，但是山贼肆虐，一定要多加小心。”现在整个龙峡谷飞鹰寨一家独大，确实有嚣张的资本，好在冷冽是个讲信用的人，飞鹰寨称霸龙峡谷对他有利无害。

他昨天不过随口一提，他竟然记住了？他还弄不清楚自己对商君的心思，秦修之有些回避地说道：“不用了，叨扰了这么多天，我已经过意不去了。你一定有很多事情忙，我自己去就行了。这次回来，家人派了侍卫相随，你不必担心我。”

商君并不知秦修之心中所想，只当他不好意思，笑道：“修之客气了，商君已将你视为朋友，那些客套虚应之礼就勿提了吧。我本来也要去龙峡谷，一道前往，正好。”龙峡谷的位置正好处在轩辕逸驻军正后方，只怕尤霄会做什么手脚，她也想通知冷冽注意苍月的动向。

秦修之一怔，面对商君清朗的笑容，推托的话竟是说不出口。他暗暗叫苦，脸上还要笑得自然，回道：“既然如此，那就一起去吧。”

商君点点头，才吃了几口粥，这时杨忠手拿一封帖子，恭敬地站在花厅前，说道："主子，庄外有一小将送来拜帖，自称东隅驻军。"

东隅驻军？是轩辕逸的手下？商君皱眉，伸出手接过拜帖，大略地看了一眼，眉头越皱越紧。轩辕逸请她相助，虽然没说如何相助，她也猜出了，是为了那个诡异的乱石阵。轩辕逸会想到求助于她，是舒清的意思吗？商君脸色微变，秦修之猜测这拜帖应该和舒清有关，好像只有她能牵动他的心思。

将拜帖递给杨忠，商君平淡地回道："拜帖退回，缥缈山庄只管做生意，不问政治，让他们另请高明。"情况不明，还是先拒绝吧，若真是舒清的意思，她自然有办法让自己知道。

他拒绝了？秦修之有些搞不懂了，商君此时表情轻松自然，好像拜帖一点儿也没有影响到他。依他送舒清入军营时所见，舒清与轩辕逸交情匪浅，商君不肯帮忙，是因为这个吗？他不像这样的人。

看看天色，商君放下碗筷，笑道："我们走吧。"

两人走出庄外，一个玄衣男子牵着一匹骏马漠然地等在那里，身后还有四人四马，一样的冷然肃穆。玄衣男子看见秦修之出来，目不斜视地走到他面前，恭敬地抱拳行礼道："主子。"

商君轻轻挑眉，此人身形颀长而健壮，看体格就知道是常年练武之人，凌厉之风气势凛然。他是秦修之从海域带来的侍卫吗？原来海域也有如此刚猛烈性的男子。商君了然，有这样的人物相随，秦修之在海域的身份，自然非富即贵了。秦修之对玄衣男子说道："袭慕，他是我的好朋友，缥缈山庄的主人，商君。"原来他叫袭慕，商君欣赏地朝他点头微笑。

袭慕看了商君一眼，只微微点头，算是打了招呼，随后便恭敬地站在秦修之身后，不再说话。

秦修之有些尴尬又有些无奈地看向商君，脸上是一副"见谅"的表情。其实他和袭慕并不熟悉，袭慕是母皇身边最为厉害的暗卫，这次来东隅，他没想到母皇会把袭慕带领的暗卫送给他。这或许是母皇将对父亲的歉意和内疚之情转到了他的身上。他却领受得有些勉强，他不过是想自在地漂泊于世，又何须这样一群精英相随。商君并不在意袭慕的冷漠，自在地对秦修之笑道："修之乘马车还是骑马?"

今天天气很好，太阳照在雪白的大地上，尽管入目之处全是白色，却别有一番风情，秦修之回道："既然是去郊游，自然骑马了。"

"好。"商君接过杨忠牵过来的两匹金棕骏马，爽快地把缰绳交到秦修之手上，轻巧地翻身上马，轻扬马鞭，大笑道，"修之，快，我们赛一程!"才说完，马已在他的驱驾下，扬蹄而去。

秦修之感染了商君的好心情，也利落地上马，追着前面驰骋在雪地上的白影而去。白雪覆盖的官道之上，两道金棕烈影追逐着，奔驰在寒风里，秦修之早上的纠结在这一刻荡然无存。龙峡谷前，商君面对着前方如玉带蜿蜒一般的峡谷笑道："前面就是龙峡谷了。"难怪叫作龙峡谷，从谷口看去，果然如一条蜿蜒起伏的苍龙一般，秦修之叹道："果然地势险要，群峰叠嶂。"

商君率先策马而入，笑道："置身其中，才更能感觉出它的魅力，走!"进了峡谷，才走了一炷香的时间，秦修之不得不承认，商君说的是对的。因为地势原因，龙峡谷外白雪皑皑，寒风凛冽，峡谷之内，竟然一点儿也没有感觉到冷风。峡谷里草木依旧繁茂，抬头只能看见头顶的一小片天空，旁边的群峰挡住了所有的视线，人仿佛置身在群峰环绕之中，美不胜收。

秦修之感叹景色的美好，袭慕却警觉地注视着周围，这里地形复杂，他们处于峡谷底端，位置非常不利。袭慕向身后的四人使了一个眼色，立刻有两人飞身而起，立在岩壁三四丈的地方，观察着周围的地形。另两人一前一后地将秦修之护在中间。

商君看在眼里，心里暗叹，好谨慎周密的人。

牵着马匹，商君悠哉地走在最前方，秦修之策马与他同行，问道："商君对这里很熟悉?"看他一路行来，似胸有成竹。

商君轻笑，避重就轻地回道："还好，往来东隅和苍月，难免进出这里。”走到一处险峰下，商君翻身下马，指着一个险峰之巅说道：“上边就是帝王业，是龙峡谷最为险要之处，不过景色也最秀美，是峡谷里唯一能看见日出日落的地方。”

虽然对于不会武功的人，要爬上去不容易，但是秦修之还是下马，爽快地回道：“那就一定要看看了。”说完，他卷起衣摆，认真地开始攀爬起来。商君看着他踉跄的背影，不禁轻笑。当初舒清为了鼓励她从商，曾经说过，如果你很擅长一件事情，做成功了，不过是理所当然的事情；如果你明明对一件事情毫无把握，却依旧奋力去做，那才更让人钦佩。

眼前这个人，就在做着让人钦佩的事情，商君第一次没有用轻功，而是陪着秦修之一点一点地向上攀爬。站在峰下的袭慕，盯着岩壁上一点点向上挪的人的背影，原来紧绷的唇角也轻轻勾起了细小的弧度。不过百丈高，秦修之爬了快半个时辰。好不容易爬到了峰顶，他立刻一屁股坐在了石地上，不住地喘着气。寒冬腊月，他的额间依然渗出一层薄汗。

秦修之不禁苦叹，同样是爬山，他一身狼狈，身边的人却是一副神清气爽的样子——衣袂纷飞的白衫甚至纤尘不染，长身而立于险峰之巅，那样地潇洒自如。看着这样的商君，秦修之觉得自己本就紊乱不齐的心跳此时更加狂乱不已。

看到秦修之奇怪的表情，商君有些担心地问道：“修之，你还好吧？”

低吟一般的声音震得秦修之赶紧移开视线，他这是在干什么？商君是男子，男子啊！他们是朋友，而且只能是朋友！秦修之在心里不断地告诫着自己，心绪缓缓平静下来，有些不自然地笑道：“我没事，就是有些累了。”心情平静了一些，秦修之才发现，眼前的景色美得惊心，险峰之顶几乎与群峰相齐。在这个高度，可以清楚地看到每一个山顶，好像自己就踏在云海之端，轻轻抬脚，就可以游走于群峰之间一般。秦修之忍不住叹道：“果然无限风光在险峰。”

峰顶的位置并不宽大，只能容纳五六人，现在峰顶只有她和修之两人，商君感觉到对面峰林之间有异动，应该是有人潜伏其中。守在峰下的袭慕也发现了异常，立刻飞身而上，将秦修之护在身后，戒备地盯着对面的山峰。商君原来以为是飞鹰寨的人，但是细细观察并不像，来人武功显然比飞鹰寨的人高出许多，会是尤霄的人吗？商君上前一步，站在峰沿之上，蕴涵内力的低喝在龙峡谷内回荡，清晰而稳健。

“来者何人？”不仅对面隐身在山峰密林里的人被这样浑厚的内力所震，就连站在商君身后的袭慕也惊诧地看向他，没想到他瘦弱得一阵风就能吹走的样子，功力竟是这样的深！

对面沉寂了一会儿，忽然不再隐藏，几十个黑衣人走出树丛，站在岩石之上，个个手持长弓，直指险峰。原来守在峰下的四人想要上来保护秦修之，却给箭雨所阻。商君牵出来的两匹棕马长嘶一声，撒蹄狂奔而去，其他在山道上的马匹全部被射死。

商君低头看下去，四人虽然身手敏捷，极力闪避，但是面对居高临下的长箭，不知还能抵挡多久。对面站在最中间的中年男人，狭长的脸，干瘦的身形，一双阴狠的眼。中年男人与商君对视片刻之后，盯着秦修之扬声说道：“把东西交出来。”

冰冷而尖细的声音听起来像是被一条蛇缠着脖子一样恶心。商君蹙眉，他们是早有准备，埋伏已久。选在这里伏击她可以理解，但是他们怎么会知道秦修之今天会来龙峡谷？这些人要找什么东西，需要这么多人围堵一个不会武功的秦修之？

他们到底在找什么？秦修之真的不知道。父亲去世之后，就不断有人追杀他；从海域回来，又不断有人找他要东西！他根本一无所有！秦修之对着商君挺拔的背影歉意地说道：“商君，他们应该是冲着我来的，又连累你了。”商君回过身，满不在乎地笑道：“修之说的哪里话，我好久没有活动筋骨了，今天正好动一动。”

商君笑得洒脱，秦修之却是脸色一变，他上前一步，把他拉到身后，一向温和的脸上满是严肃：“我虽然不知道他们要我交什么东西，起码可以肯定，他们在没有找到东西之前不会杀我，你不用担心我。他们武艺皆精，你千万要小心。”他知道商君的武功很好，上次在缥缈山庄，若不是他，他应该已经死了吧。但是今天不同，商君虽然对山庄地形了如指掌，但是这里却毫无遮挡，数十把长弓对着他们，武功再高，怕也很难施展吧。商君有些恍惚地看着紧张地将她护在身后的秦修之，他这是在干什么？不知道这样背对着利箭很危险吗？她的手被秦修之握得有些疼，她从来没有想过，有一天她需要一个不会武功的人来保护，从来都是她守护别人才对，真可笑，不是吗？商君没来由地心跳不稳，这是一种什么感觉呢？

秦修之见他不说话，轻摇着商君，急道：“答应我，不要和他们硬碰硬，好吗？”

商君敛下眼眉，不再看秦修之沉若深海的眼，她怕会陷进去。商君稍稍稳住心神，凝神看向对面训练有素的敌人。秦修之说得没错，和他们硬碰硬讨不到什么好处，几十把弓箭对着险峰，即使他们不想杀修之，乱箭之下，她和袭慕可护得住不会武功的他？该怎么办呢？环视群峰，商君嘴角忽然扬起一抹飞扬的笑容，轻声问道：“修之，可知这里为何叫作帝王业？”

“不知。”秦修之不解，他为何在这个时候说起这个，表情还如此惬意。商君忽然倾身向前，几乎和秦修之贴在一起，极低的声音只有他可以听得到：“那正好，我让他们来给你证明。待会儿你就站在这里，不要乱走。”

秦修之能清晰地感觉到商君的唇就在他的耳边，温热的气息、若有似无的淡淡清香，都让秦修之如中了魔咒一般，握着商君的手也因为紧张而不自觉地抓紧。

“修之？”商君吃痛，他怎么了？

秦修之回过神，连忙慌乱地放开手，回道：“好。”

商君身形一闪，以极快的速度奔到崖边，朗声说道：“敌众我寡，力量悬殊，我就不□浑水，先走一步了。袭慕，修之交给你了。”说完竟是头也不回地提气飞跃而起，商君凭着高超的轻功，轻松地跃出数丈有余。

谁也没有想到他会忽然逃走，袭慕怒瞪着那道飘逸的背影，贪生怕死之徒！藏于袖间的星形毒镖已扣在指尖，修之认得，那是袭慕的独门暗器，赶紧压下他的手，急道：“袭慕住手，专心对敌。”

对面的黑衣人在一愣之后，也立刻放箭。袭慕只得收了暗器，挥舞着弯刀，挡下劲力十足的箭锋。商君跃出后，直接翻过险峰旁的山峦，身影立刻消失在众人面前。

中年男人抬手，示意停止放箭，那白衣人武功如此之高，走了也好。就算他要去搬救兵他也不怕，龙峡谷距离临风关百余里，等找到人，他早就把人擒到手了。尖细的声音再次得意地响起：“给你最后一次机会，再不把东西交出来，就别怪我不客气了。”

迎向对面阴险的眼，秦修之实在不解，问道：“你们到底要什么？”

“少装傻，玄石在哪里？”这次出动这么多人，若是还找不到玄石，他回去也会没命！玄石是什么东西？秦修之肯定自己从来没有什么玄石，于是坦荡地回道：“我没有你们要的东西。”

敬酒不吃吃罚酒，等抓到他大刑伺候，不怕他不说！中年男人果然不再废话，毫不留情地下令道：“放箭！”

等待已久的长弓满弓尽放，他们的目标是袭慕。

“袭慕！”秦修之低呼。

一支支长翎箭力透千钧，瞬间飞向袭慕。袭慕用弯刀利落地挥斩，残箭满地，只是险峰之巅本就不大，同时射来的数十支箭，即使是冲着袭慕而去，秦修之依旧难逃箭雨。袭慕一边挡在秦修之前面，一边说道：“主子，我背你下去。”

秦修之明白他的打算，但是看向旁边百丈有余的山峰，他摇摇头，回道：“不行，你背着我受拖累，是不可能跃到旁边的山峰上的，跃下险峰，也一样是避不开他们的箭阵。”商君刚才低语的温热气息还残存在耳边，提醒着他，秦修之淡淡地坚持道，“而且……商君刚才让我不要离开这里。”

听到秦修之提起商君，袭慕怒了，挥刀越发狠绝，哼道：“不战而逃，那样的人不值得您相信！”

秦修之轻轻一笑，平静地回道：“他这么做，必有原因。”不为什么，他就是相信。

不置袭慕于死地，对方似乎死不罢休，险峰下奋战的四人也受了伤，精疲力竭，这样下去，只会一起死。秦修之对着气息也渐渐不稳的袭慕说道：“你带他们先走，这里的环境不利于你们，看准机会再来救我。”

就在秦修之说话的时候，一支利箭刺穿了袭慕的右臂，血立刻喷涌而出。箭还留在手臂上，袭慕不为所动，沉声回道：“袭慕领命，誓死保护皇子！”

换言之，就是死也要死在他前面，秦修之急在心里，却无计可施。

就在袭慕挥刀的手渐渐麻木的时候，对面一阵骚动，也停止了放箭。

秦修之上前扶着几乎脱力的袭慕，急道：“袭慕，你怎么样？”

袭慕用刀撑着地面，倔强地站着，戒备地盯着对面，摇头回道：“我没事。”

“什么味道？”从对面传来一股刺鼻的味道，瞬间弥漫整个山谷，他们又想玩什么花样？闻到这味道，秦修之惊道：“火油！”

他话音才落，对面山头上忽然蹿出十几个人，手里握着刺目的火把，只见他们将手中的火把丢到黑衣人附近的草丛里，立刻火光冲天。黑衣人还没弄明白为什么会有火油从山顶流下来，就已经置身火海。

“啊！”身上燃火的黑衣人发出惨烈的嘶吼，有些为了躲避火苗，直接跳下山道。但是火油是顺着山涧来的，他们跳下后，身上的火苗立刻点燃了山道，一时间山谷里仿佛火海。

原来在山道上的四人在停止放箭的时候就已经跃上险峰，五人将秦修之护在中间，对这峰回路转的局势看得一头雾水。正当他们纳闷的时候，对面火海中再次飞出数支长箭。箭法精准，箭尖直嵌入险峰下的石壁上，箭尾还绑着一条粗麻绳。几个衣服已经着火的黑衣人急忙跳上麻绳，向险峰上冲过来，走在最前面的就是领头的中年男人。

袭慕冲到崖壁，挥起弯刀，想要斩断麻绳。对方早有准备，一边走着，手中的箭也继续放，这次的目标是秦修之！“主子小心！”尖护修之，袭慕不得已，只能挥刀斩箭，眼看中年男人离他们越来越近。

一抹银光闪过，如一条纤细的丝带飘过眼前，七八根粗壮的麻绳立刻被截断。站在上面的黑衣人失了依托，瞬间掉下山道，被火海吞没。

袭慕回身看去，身后站着他刚才咒骂的“贪生怕死”之徒——商君。

“你?”面对着眼前孑然而立、淡笑傲然的男子，袭慕不知道自己应该说什么。商君收回软剑，笑道：“我说了，寡不敌众，我只有先走一步去找人帮忙了。”这叫“螳螂捕蝉，黄雀在后”。

秦修之迎上前，奇道：“商君，可是这么短的时间，你怎么……”才一炷香的时间，他就能找到人，还有这么多火油?他一直相信商君有自己的打算，却不承想他弄出这么大的阵势来。即使离了十来丈，他依然能感受到熊熊火焰的热力。商君大笑道：“龙峡谷是山贼的天下，他们无处不在。”飞鹰寨的一线天就在帝王业后面不远，上次他帮冷冽胜了席邪之后，冷冽就运了很多火油在一线天上，她正好一用。

站在唯一不受大火侵蚀的峰顶，商君微笑着解释道：“这里之所以叫帝王业，不仅是它的位置最为尊贵，傲视群峰，还因为它独立于峡谷中央。峡谷里最常用的攻势，一是箭阵，二是火攻，三是泥流。而这里，是唯一能躲这些攻势的地方，他们以为这里孤立无援，其实它才是最好的位置。”秦修之放眼看去，原来青翠的山，现在已是火光冲天。不管怎样的风景，在这里都能尽收眼底，却不受其扰，果然不负帝王之名。

“商君，我损失了八十桶火油。”商君和秦修之兴致颇好地看着风景，一道漠然的男声冷冷地传来。商君好笑地回头，迎向冷冽难看的黑脸。本来狰狞的脸，在治过之后虽有些好转，只可惜他煞气十足，所以还是一样的狰狞。商君了然地笑道：“我记下了，你是要银两还是丝绢?”

冷冽想也不想地回道：“我要龙涎新茶。”

商君头疼："你还真会挑！"龙涎新茶，一年才出多少？每个人都想要，舒清真应该继续扩充茶园才对！

冷冽扬扬眉，冷声回道："过奖，你教得好。"

他们的斗嘴石舫是见怪不怪了，不过看着对面越烧越旺的山峰，他担心地问道："大哥，这火一直烧下去可怎么得了？"把龙峡谷的树林都烧光了，他们哪里还有地方隐蔽，还怎么营生？

商君胸有成竹地回道："石舫放心，这里是西北风向，再烧过去就是光滑的绝壁，没有草木，没有火油，很快火就会灭了。"

这些人就是商君刚才说的山贼吗？他们和商君的关系非同一般。秦修之凝视着商君的侧脸，有些疑惑。无论是慕容舒清那样清雅脱俗的大家小姐，还是眼前穷凶极恶的山中草莽，他都能引为知己，广为结交，他到底有着怎样的魅力呢？这样的人，他的心会为他而起落，是否也正常呢？

商君感觉到秦修之有些灼热的视线，看向他，却发现他的手臂在刚才的箭雨中被箭擦出了一道口子，忙上前："你的手臂受伤了？"

秦修之无所谓地笑笑，回道："没事，皮外伤。"比起袭慕他们，他这根本就算不得伤吧。

"我看看。"商君扶着秦修之的右臂查看，皮肉被箭刺破，血一点一点地往外渗，在墨绿锦袍的掩盖下，并不明显，伤也不算重，商君却没来由地烦躁。看看下面还火星不断的山道，再看看秦修之的伤口，商君沉声说道："冷冽，看样子这火还要烧一阵子，去你寨子里休息一会儿吧。"

冷冽若有所思地看着商君异常紧张的脸，回道："好，我正好有事要和你说。"一行人越过身后的山峰，向一线天走去。

龙峡谷内，冲天大火，足足烧了两个多时辰，夜幕因为这场奇异的山火，染红了大半个天际，也牵动了两军主帅的心思。

龙峡谷内火光缭绕，烧得好不痛快，整个天际被渲染得火红一片。东隅主帐里，轩辕逸微眯着眼，看着火红的天际，脸上仍然是一贯的冷傲。这大火烧得诡异，众将隐隐感觉到这里边大有文章，却又说不出个所以然，只得默默地等待前方探子回报。整个营帐里，估计也只有裴彻还有心情品茶了，安静的主帐内，只听见裴彻拨弄茶碗的声音。

“将军。”一个身穿盔甲的少将大步流星地冲进主帐，才踏入营内，立刻说道，“前方探子回报，龙峡谷这场大火，不是山林之火，而是火油引起的，火势很大，几乎烧掉一整面山头，在山道上还发现了一些被火烧过的骸骨。”

人为纵火？果然另有隐情，轩辕逸一副若有所思的样子。裴彻放下茶碗，问道：“可知是何人所为？”

李鸣摇摇头，猜测道：“不知道，赶到的时候只剩下山火和骸骨了。那么大的火，估计得好几十桶火油才行。这么大动静，我看是附近山贼干的，山寨之间在争抢地盘也说不定。”抢地盘？不太像！裴彻还没来得及细问，坐在最后的雷翼沉声说道：“应该不会。”

李鸣回过头，对着雷翼说道：“为什么不会？龙峡谷山贼肆虐，混战不休是出了名的。”

“三年前确实如你所言，后来飞鹰寨胜了险狼寨，其他小寨子也归顺了，现在是飞鹰寨独霸龙峡谷，其他小山寨不会，也不敢与之为敌。”

雷翼是驻守临风关的老将了，对于临风关的一切再熟悉不过，裴彻相信他说的。看向始终沉默的轩辕逸，裴彻猜测道：“也有一种可能，有人想要攻占龙峡谷，与飞鹰寨发生冲突？毕竟龙峡谷的地理位置非常独特，苍月可能也在打它的主意。这场火或许与苍月有关！”他相信，轩辕逸一定也有这样的担心，不然他不会面色如此凝重。

裴彻此言一出，帐内的其他将领都三三两两地窃窃私语，龙峡谷可以说是驻军的背后屏障，要是被苍月攻陷，对他们可是大大的不利！前面的邪阵还未破，如果再腹背受敌，这一仗就真的难打了。众人不自觉地看向雷翼，没有人比他更加了解龙峡谷的状况。雷翼思考了一下，最后谨慎地回道：“龙峡谷常年被山贼占据，官府多次围剿，一些正义之士也打着为民除害的名义围攻过，结果不是找不到他们的老窝，就是败在他们的神出鬼没之下，想要攻占龙峡谷，只有一个字，难。”

虽然龙峡谷越难攻陷对他们越有利，但是李鸣还是看不上山贼，认定他们就是一群草莽无赖：“这么嚣张？龙峡谷是苍月和东隅的重要通道，平日贸易往来都要经过，山贼如此横行，如何过得？临风关怎么还会有这么多苍月的东西？”是雷翼想倚老卖老，言过其实了吧！

雷翼听出李鸣话里有话，却也没有发作，依旧坦荡地回道：“三年前，客商进出龙峡谷都战战兢兢，运气不好就得搭上小命。你想看到苍月的东西可就没这么容易了。”

三年前？他怎么老是说三年前？裴彻似乎听出了一些端倪，追问道：“那现在如何能贸易呢？”

“因为有一个人，他的货物可以安然通过龙峡谷，经常往来苍月和东隅的客商都知道，只要插上他的名号，就可以大方地往来龙峡谷。”

“谁？”裴彻纳闷，谁有这样的本事，还有雷翼脸上隐隐的骄傲是怎么回事？雷翼朗声回道：“商君。”

“又是商君！”裴彻与轩辕逸交换了一个眼神，在对方眼中看见了同样的诧异。看来这个商君可不是个普普通通的商贾，不但武功高强，精通奇门术数，还能自如往来于龙蛇混杂的龙峡谷！最夸张的是，仿佛原来驻守过临风关的将领，对这个叫商君的神秘男子都有一种尊敬之情，这到底是为什么呢？

李鸣撇撇嘴，笑道：“说不定他就是龙峡谷里最大的山贼头子！”如果山贼真的如雷翼说的那么强悍，又怎么会卖给别人面子？最有可能的就是那个商君就是个山贼头子，下山来装好人，骗银两，说不定就直接谋财害命了。

李鸣言语中不难听出几丝玩笑调侃的意味，雷翼却异常认真地立刻反驳道：“不可能。飞鹰寨扎根龙峡谷几十年，历代寨主都姓冷、和商庄主有什么关系？再则，缥缈山庄时常救济平民，乐善好施，绝不可能是山贼！李将军不了解，就请不要胡乱猜测。”且不说商君曾经救过他，只说这三年来，他治瘟疫，除贪官，助贫民，随便哪一样，都算为百姓做了天大的好事。这样的人，不该受到如此诋毁。

本来就对李鸣说话的态度不满，他又诋毁商君，雷翼反驳的时候语气不免有些重。李鸣并不觉得自己说的有错，也倔强地与雷翼对峙，回道：“那可不一定，人面兽心的人多的是。”名字可以改，所谓的乐善好施也可以装，谁知道那个商君是不是真的姓商？说不定他们这么推崇的什么商君，其实就是杀人如麻、劣迹斑斑的冷家人也未可知！

雷翼气得双目圆睁，李鸣也不示弱地瞪回去。眼看两人就要吵起来了，沉默了一晚上的轩辕逸终于说话了：“够了，既然一切都围绕着那个叫商君的男人，那就见到他再说。缥缈山庄可有回应？”

轩辕逸说话了，雷翼敛下眼光，只是脸色依旧有些难看，而李鸣还是一副不觉得自己有错的样子。裴彻在心里暗暗叹气，李鸣这莽撞的小子，几时才懂得什么叫察言观色？

“拜帖退回来了，商君声称不问政治，不肯出手，我去查看过，缥缈山庄外确实有一个乱林阵守护，非常精妙，如果不是他们没有恶意，我估计也回不来了。”就因为这样，裴彻真正相信了雷翼所言非虚。

“再发拜帖！”商君，你到底是什么人？有多大的能耐？

轩辕逸本就暗黑的脸上看不出喜怒，只有裴彻注意到他隐隐握紧的拳头，他动怒了。

苍月军营，哨台之上，两抹颀长的身影比肩而立，一个一身戎装，一个一袭白衫。看的方向都是远处暗红的天际——龙峡谷之所在。

“看来盯上龙峡谷的人，还不少呢。”白衣人轻轻地笑了起来，声音里有几丝玩味、几丝调侃、几丝兴奋，还隐隐地带着些许幸灾乐祸。白衣男子转头看向身边意气风发的男人，笑道：“尤将军是胸有成竹了？”

“龙峡谷内，密道、乱林、山峰交错，地形复杂，那里的山贼也不简单，想要短时间内攻下它是不可能的。只要龙峡谷不为轩辕逸所用，苍月拥有凌郁的连环阵和新武器，轩辕逸是输定了。”再过两天，只要两天，他的新武器就能制成，到时他要打破那个所谓战神的神话！

白衣男子轻轻扬眉，温和一笑，说道：“尤将军这么有信心，是苍月的福气。”尤霄摇摇头，谦虚地笑道：“九公子过奖了，这也是因为有九公子的协助，才能如此顺畅。”这只玉面狐狸心机深沉，说是联盟，实则事事留一手，对他是绝对不能掉以轻心！

白衣男子轻笑道：“将军言重了。”声音清润，微笑暖人，可惜眼里却隐含寒光。

尤霄未免天真，他真的以为轩辕逸这么容易就能打败吗？陇趋穆为何会让这个名不见经传的人来对战轩辕逸？这人虽勇猛，机敏，只可惜，终究没有行军打仗的经验。不过这样也好，苍月如果完胜，对他也不见得是好事情！

月下哨台之上，两人嘴上各自寒暄着，心里却又是另一番计较。

飞鹰寨内，袭慕和其他几人伤得比较严重，由井向天帮着处理伤口。商君把秦修之扶到旁边，用泉水帮他清洗伤口。秦修之面色如常，商君却是眉头紧皱，紧张得手都有些僵。

站在一旁的冷芙一直都想和商君说话，可是他忙前忙后的，都没空理她。看他有些艰难地处理伤口，冷芙自告奋勇地说道：“商大哥，包扎这种事情还是让我来吧，女孩子比较细心。”

商君愣了一下，将手中的布巾交到冷芙手里，微笑道：“好吧。”

冷芙开心地接过布巾，利落地把药覆在伤口上包扎起来，这样的小伤她见得多了，容易得很。冷芙一边包扎着，一边对着商君娇嗔道：“商大哥，你最近都在忙什么，好久好久都没有来看我了。”

商君苦笑：“如果我没有记错的话，我两个月前才来过吧。”冷芙今年已经十六岁了，出落成了一个亭亭玉立的少女，只是在山寨里待久了，说话直截了当，少了些许女孩的娇羞，很是爽朗大方。

冷芙撇撇嘴，也不客气，继续闹道：“你自己也说两个月啦！还不是好久好久！”商君无语了，对于女子的情谊，她向来不知如何回应，好在石舫适时的大笑救了她。

石舫抬着秦修之的胳膊，笑道："芙儿，他伤得没这么重。"

众人看去，都忍不住大笑出声，只见秦修之一脸无奈地坐在那里，手臂上密密麻麻地缠满了绷带，包得手臂变得两倍粗，和这边袭慕轻便的手形成了强烈的对比。

冷芙刚才只顾着和商君说话，哪里注意这些，现在迎向秦修之温和轻笑的眼，不禁懊恼得耳根泛红。这人长得还真不错，一点儿不比商君差，不过她是很专一的，她可不仅仅只是喜欢商君的俊俏，还有他的足智多谋，武功高强。她悄悄看向商君，刚才还大言不惭地说女孩子细心，现在却搞成这样，都是石舫多嘴！

冷芙越想越生气，抬起头，瞪着石舫恶狠狠地叫道："臭石头，你懂什么，包扎厚一点儿好得快！"

石舫一头雾水，其他人更是笑得前仰后合。

屋内的人正笑得开心，冷冽走到商君身后轻声说道："商君，出来一下。"商君点点头，看向秦修之，给了他一个"我出去一下"的眼神。秦修之轻轻点头，商君跟着冷冽出了主寨。

冷芙回过头来，已经不见商君，着急地四处看，依旧没有看见他的身影，失望的表情毫不掩饰。本来还想拆了重新包扎的，现在也没有了心情，她随便地打了一个结，转身到角落的椅子上坐下，一身的落寞。

秦修之看看包得夸张的手臂，不禁好笑，他还是第一次被人忽略得那么彻底，那姑娘该是全心全意喜欢商君的吧！商君总有这样的魅力，让人不由自主地想靠近，他自己不也如此吗？

站在主寨前的空地上，商君看着眼前茂密的乱林，三年了，当年她让冷冽一把火烧了它，现在，这里又是一片生机盎然，丝毫看不出烈火肆虐后的痕迹。若是人也能如此焕发生机，是否就少了伤痛仇恨？

"两军即将开战，你有什么看法？"背后传来冷冽冰冷的嗓音。

商君转过身，一个酒坛子朝他扔过来，商君伸出右手轻松接过，不答反问道："你想怎么样？"

提着酒坛子在商君身边站定，豪迈地灌了几口酒，冷冽回道："东隅和苍月，我谁也不想理会。龙峡谷是我的天下，他们不来招惹我便罢了，如果来，我也不会任人宰割。"

"你要和他们硬碰硬？"商君放下酒坛子，若非必要，她绝不碰酒，当然，和舒清对饮除外。

冷冽看出了他并不认同，问道："你有什么看法？"

商君淡淡地回道："龙峡谷地形复杂，你确实占了优势。只是如果两军将你的龙峡谷作为争抢的对象，在这里激战，只怕数万兵将涌来，你腹背受敌，龙峡谷不保便罢了，就怕你的亲人兄弟都要面临一场生死之劫。你刚才说，谁也不想理会，却不知有些时候想要独善其身才最不容易。"

"你的意思是让我投降？"商君说得虽然有道理，但是让他投降归附，他不愿意。

商君摇摇头，笑道："不是，你可以先独守龙峡谷，他们应该不会轻举妄动。如果真有一方先出手，另一方为了不让这么好的优势被独占，一定也会出手，到时，你就带着飞鹰寨的人避开。"

"你让我逃？"不可能！

"不是逃，鹬蚌相争，渔翁得利。他们打个你死我活，与你何干？就算让他们暂时得了龙峡谷又如何？他们能留多少兵力一直驻守？这里是你飞鹰寨的天下，避过正面交锋，你要夺回来，还不是看你高不高兴？"以退为进不失为一个好方法。

"好主意。"冷冽心情大好，心中的大石头终于放下了，他拍着商君的肩膀，笑道，"说吧，你这次来不会就只是为了赏风景吧？"他从来都是无事不登三宝殿的。

商君微微侧过身，自然地避开冷冽的手，耸耸肩，笑道："我是想来提醒你注意苍月和东隅，既然你早有留意，我也就不用多言了。"他的目的是不能让龙峡谷被尤霄夺取，只要龙峡谷还在冷冽手上，对她就极其有利。

冷冽忽然盯着商君的眼睛，严肃地问道："商君，我问你一句，你老实回答我。"商君一愣，他不会是感觉到她的盘算了吧？商君冷静地回视冷冽，等着他发问。

"你什么时候娶芙儿？"

"啊？"商君傻眼，这是哪跟哪啊！她什么时候说过要娶冷芙？

商君一脸惊诧，冷冽冷哼道："你没打算娶她？"芙儿对他的心意，瞎子都看得出来，他会不懂？芙儿也不小了，不能再拖了。

商君平静下来，直接说道："我已有了意中人。"

冷冽皱眉，问道："侧室呢？"虽然他并不希望芙儿做别人的侧室，但是如果那人是商君的话，他是同意的。结识三年，足可见他是一个信守承诺、温和宽容的人，跟着这样的人，也不算委屈芙儿。再则，商君若是成了他的妹夫，他也能倚仗他多处理寨子里的事情。有些事情，他承认商君比他看得透彻。连正室都没有，还说什么侧室。商君在心里叫苦，脸上却还得严肃地回绝："商君不要侧室，一生只会有一个人。"

一生只有一人？冷冽的心忽然痛了起来，他也曾经对星儿许下过这样的承诺，可惜佳人早已不再，难怪商君到现在还没有娶妻，原来是早已情根深种。冷冽不再强求，抱着酒坛子，转身离开，只是才走了几步，忽然又停下来，说道："还有一件事。"

商君一僵，还有什么事？不是又是关于她的"终身大事"吧。

"记得我的茶叶！"冷冽说完，自顾自地进了主寨。

商君一个人愣愣地站在空地上，哭笑不得。未报家仇，她绝对不会脱下这身男装，但是她要继续做男子的话，这娶妻的事情真得要好好想一想应该怎么办了，毕竟她已经二十三岁高龄了……

商君和秦修之回到缥缈山庄时，已经是第二天的午后了，才走进前厅，商笑迎了上去。她因为自己还在面壁期，不敢太嚣张，对着商君乖巧地笑道："哥。"转而看向秦修之，惊道，"秦大哥，你的手？"

秦修之苦笑，回道："没事，一点儿小擦伤。"

"小擦伤包成这样？"

秦修之汗颜，确实只是小伤！

商笑看他不说话，焦急地上下打量着商君，急道："哥，你有没有受伤？到底发生了什么事？"他们不会又去夜闯军营了吧？

商君摇摇头，回道："我没事。你不是应该在反省？"

"你不在家嘛，我帮你处理事情。"商笑委屈地拿着一封拜帖，回道，"昨晚东隅又送拜帖来了，我听忠叔说你已经退过一次了，就让他再退回去了，不过，刚刚又有一封拜帖送过来了。"都几天了，她还要气到什么时候嘛。

"退了。"商君看也不看，走进前厅。

商笑跟在后面，一脸贼笑地说道："你确定不看一眼就退？"

商君还是不理她。商笑拿着拜帖在商君面前晃来晃去，刻意拉长声音，笑道："真的不看？确定不看？是……舒清姐姐写的哦。"

"舒清？"商君拿过拜帖，打开一看，上面只有一行简单的字，"今日酉时，慕容舒清拜会。"字体娟秀，秾纤折中，飘逸随性，是舒清的字。只是平日她要来便来，几时写过这劳什子的拜帖了？是因为轩辕逸吗？舒清这么做的用意是什么？她不是说不问政治吗？是什么让她改变主意了？

商君一时猜不透，还是等舒清来了再说吧。起码她能来，就证明她的身体好些了。商君心情很好地走到旁边的案台前，在一张白纸上简单地写了几笔，不像是在写字，倒像是画画。秦修之不知道他画了什么，但是他脸上的笑意已经足够表现出他的好心情了。

"拿给他，就说——缥缈山庄酉时恭候。"商君把纸折好递给商笑。

"太好了。"商笑拿着信封，高兴地跑了出去。舒清姐姐要来了，有舒清姐姐求情，她可以不用面壁自省了！

秦修之掩下眼眸，他没见过商君这样轻松快乐的样子，这一切都是因为舒清吧。舒清，那个清雅婉约的女子，确实能让人念念不忘，那么他的心此刻莫名地疼痛，也是因为她吧。

商君看秦修之有些恍惚，关心地问道："修之你累了吧，要不要休息一下？"昨晚折腾了一晚上，今天又匆匆赶回来，她不觉得累，但是修之不会武功又受伤了，应该是累了。

秦修之抬起头，不去想自己心里隐隐的惆怅，笑道："我没事，就是手动起来不太方便。"

看着那包得比腿还粗的手，商君大笑："确实不太方便，到沐晨阁吧，我给你重新包扎。"

两人一路说笑着去了沐晨阁。